EVA ALMSTÄDT

Akte Nordsee – Das schweigende Dorf

Weitere Titel der Autorin:

Akte Nordsee – Am dunklen Wasser
Akte Nordsee – Der Teufelshof

Kalter Grund
Engelsgrube
Blaues Gift
Grablichter
Tödliche Mitgift
Ostseeblut
Düsterbruch
Ostseefluch
Ostseesühne
Ostseefeuer
Ostseetod
Ostseejagd
Ostseerache
Ostseeangst
Ostseegruft
Ostseefalle
Ostseekreuz
Ostseenebel
Ostseefinsternis

Ostseemorde
Ostseelüge – mit MP3-CD Kalter Grund

Dornteufel

Titel auch als Hörbuch und E-Book erhältlich

Über die Autorin:

Eva Almstädt absolvierte eine Ausbildung in den Fernsehproduktionsanstalten der Studio Hamburg GmbH und studierte Innenarchitektur in Hannover. Die Titel ihrer Ostseekrimireihe um die Lübecker Kommissarin Pia Korittki finden sich regelmäßig auf den Bestsellerlisten. AKTE NORDSEE – DAS SCHWEIGENDE DORF ist der dritte Roman ihrer neuen Reihe um die Rechtsanwältin Fentje Jacobsen und den Journalisten Niklas John. Die Autorin lebt in Hamburg.

EVA ALMSTÄDT

AKTE NORDSEE

DAS SCHWEIGENDE DORF

KRIMINALROMAN

Lübbe

NACHHALTIG PRODUZIERT

Die Bastei Lübbe AG verfolgt eine nachhaltige Buchproduktion. Wir verwenden Papiere aus nachhaltiger Forstwirtschaft und verzichten darauf, Bücher einzeln in Folie zu verpacken. Wir stellen unsere Bücher in Deutschland und Europa (EU) her und arbeiten mit den Druckereien kontinuierlich an einer positiven Ökobilanz.

FSC
www.fsc.org
MIX
Papier | Fördert gute Waldnutzung
FSC® C014496

Originalausgabe

Dieses Werk wurde vermittelt durch die
Thomas Schlück GmbH, 30161 Hannover

Textredaktion: Dorothee Cabras
Umschlaggestaltung: Christin Wilhelm, www.grafic4u.de
Einband-/Umschlagmotiv: © shutterstock/Steve Bower;
shutterstock/ZoranKrstic; shutterstock/Pawel Kazmierczak;
shutterstock/Andrii Spy_k; shutterstock/Alessandro Di Filippo;
shutterstock/Rudmer Zwerver; shutterstock/Olaf Unger;
shutterstock/yanishevska; © Silas Manhood/Trevillion Images
Satz: GGP Media GmbH, Pößneck
Gesetzt aus der Stempel Garamond
Druck und Verarbeitung: GGP Media GmbH, Pößneck
Printed in Germany
ISBN 978-3-404-19316-5

2 4 5 3 1

Sie finden uns im Internet unter luebbe.de
Bitte beachten Sie auch: lesejury.de

Prolog

Ob er sie je finden würde? Fast vier Jahre waren seit ihrem Verschwinden vergangen, und was hatte er bisher erreicht? Volker Suhr kam einfach nicht so oft dazu, den Kanal abzusuchen, wie es nötig wäre. Er wagte es nur, wenn seine Frau Ruth abends etwas anderes vorhatte. Doch das war leider nicht allzu häufig der Fall. Sich am helllichten Tag auf diese verrückte Mission zu begeben riskierte er nicht. Die Leute aus Helenendeich hatten ihre Augen und Ohren überall.

Auch an diesem Abend schien er mit seiner Suche kein Glück zu haben. Wenn man denn bei so einer Aktion im Erfolgsfall von »Glück« sprechen konnte. Himmelherrgott! Wie viele halbwegs sinnvolle Möglichkeiten, eine Leiche zu verstecken, gab es auf der Halbinsel Eiderstedt? Oder jagte er einem Phantom hinterher, einem Auswuchs seiner Fantasie?

Während seiner Zeit als Polizist hatte Volker so einige Menschen kennengelernt, die Wahnvorstellungen nachhingen. Meistens war es um eingebildete Verbrechen gegangen. Und sie alle waren überzeugt gewesen, dass ihre Illusionen der Realität entsprachen. Jeder Polizist kannte die unterschiedlichen Ausprägungen des Wahnsinns …

Volker lachte bitter auf. Er schrak zusammen, weil das Geräusch, das vom Ufer widerhallte, im Dunkeln unheimlich klang. So, als würde er am Ende über die Suche und das Schicksal dieser Frau noch den Verstand verlieren.

Er stieß sein Schlauchboot sachte ab und dirigierte es sogleich wieder in Richtung Böschung. Hinter der Schleuse war das Ufer zum Teil dicht mit Schilf bewachsen. Auch

Büsche und die herabhängenden Zweige alter Weiden erschwerten seine Suche. Für diesen Ort, den Kanal, sprach, dass man gut mit einem Fahrzeug an ihn herankam. Genau das sprach aber auch gegen ihn, denn der alte Wasserweg war nicht weit vom Naturschutzgebiet entfernt. Touristen und Naturschützer kamen her, Menschen interessierten sich für den alten Kanal, die sogenannte »Süderbootfahrt«, sodass die Gefahr einer Entdeckung der Leiche hoch war. Jemand, der hier aus der Gegend stammte und etwas ein für alle Mal verschwinden lassen wollte, wusste das.

Volker vergewisserte sich, dass er keine Zuschauer hatte. Oberhalb der Böschung vor der alten Schankwirtschaft brannten nur noch die zwei Außenleuchten. Die Lampen spendeten einen fahlen, gelblichen Lichtschein, der die sie umgebende Dunkelheit umso undurchdringlicher wirken ließ.

Der Wirt und seine letzten Gäste lagen sicher längst in ihren warmen Betten. Volker fröstelte. Die Temperaturen näherten sich nachts noch häufig dem einstelligen Bereich. Er hätte sich unter der Wachsjacke einen dicken Pullover anziehen sollen.

Volker Suhr richtete sich mit der Metallstange in der Hand auf. Sogleich glich er die Schaukelbewegung des Bootes mit dem Körper aus. Dann stach das angespitzte Ende mit Wucht in den morastigen Untergrund am Rand des Kanals. Es fühlte sich so an wie Hunderte Male zuvor. Er hatte sich schon oft ausgemalt, wie es wäre, wenn die Stange endlich auf Plastikfolie und darunter auf Kleidung oder verwesendes Fleisch und Knochen treffen würde. Vielleicht auch auf Steine, mit denen der Leichnam beschwert worden war.

Jeder Aufprall der Stange auf einen Stein war ihm durch sein Handgelenk über den Ellenbogen bis in die von Arthrose geplagte Schulter gefahren. Einmal hatte er einen alten Motorblock entdeckt. Der Schmerz war ihm einerlei gewesen, denn er hatte Hoffnung in ihm geweckt. Doch bisher hatten selbst seine verheißungsvollsten Funde nie einer näheren Prüfung standgehalten.

Wie oft hatte Volker versucht, sich die Aufgabe vorzustellen, eine Leiche so zu verstecken, dass sie unauffindbar blieb! Welche Optionen hätte er nach so einer Tat? Was wäre die ungefährlichste Möglichkeit, der Weg des geringsten Aufwands und Risikos?

Wieder hob er den Arm, glich das Schaukeln des kleinen Beiboots aus und versenkte den Stab, so tief es ging, in den Uferschlamm. Das Boot schob sich in die andere Richtung, sodass er sich mithilfe seines Speers wieder heranziehen musste. Nichts …

Er zog die Stange heraus, glitt ein Stück weiter, suchte systematisch Stück für Stück den für heute anvisierten Uferbereich ab. Trotz der Kühle der Nacht lief ihm inzwischen der Schweiß Rücken und Brust hinunter. Lange war nichts anderes zu hören als das Geräusch der Stange, sein schnaufender Atem, das Plätschern des Wassers und das Wispern der Schilfrohre im Nachtwind.

Als sich auf der Straße auf dem Deich ein Auto näherte, hielt Volker unwillkürlich die Luft an und duckte sich. Das Licht der Scheinwerfer glitt an ihm vorbei, das Motorengeräusch wurde leiser und der Wagen wieder von der Nacht verschluckt. Stattdessen huschte nun eine Ratte oder ein anderes nachtaktives Tier durch das Gras am Ufer. Waren Ratten ein gutes Zeichen, dass er sie heute endlich finden würde? Nein, dafür lag ihr Verschwinden schon zu lange zurück. Und immer noch konnte er nicht damit abschließen. Er stach wieder zu.

1. Kapitel

Immerhin, ich habe einen neuen Mandanten, dachte Fentje Jacobsen. Sie sah Kurt Regner nach, wie er in seinen Wagen stieg, schwungvoll wendete und dann rasch den schmalen Weg in Richtung Hauptstraße davonfuhr. Er hatte ein paar Geschwindigkeitsübertretungen angesammelt, die der aufbrausende Mann nicht mit einem Fahrverbot büßen wollte. Die Ausübung seines Berufs und damit das Wohl seiner Familie hingen davon ab, hatte er argumentiert. Doch das war recht weit hergeholt.

Für das Wohl der Allgemeinheit war es nicht einmal wünschenswert, wenn sie den Fall für den notorischen Raser gewann. Ein hohes Honorar sprang auch nicht dabei heraus, doch Fentje konnte es sich nicht leisten, bei der Auswahl ihrer Mandanten wählerisch zu sein.

Ihre finanzielle Zukunft sah zurzeit nicht allzu rosig aus. Ihre Kanzlei dümpelte auch nach knapp zwei Jahren ihrer Existenz so vor sich hin, sowohl was die Anzahl ihrer Mandanten als auch was ihre Einnahmen betraf. Fentje gab sich noch ein weiteres Jahr. Dann würde sie eine Entscheidung darüber treffen müssen, ob die Idee, die Kanzlei vom Schafhof ihrer Großeltern aus zu betreiben, zukünftig tragbar war.

Von ihrer erhöhten Position auf der Warft, dem Hügel, auf dem das Haus der Jacobsens stand, hatte Fentje einen guten Überblick. Das Grünland um sie herum war ansonsten platt wie ein Eierkuchen. Ihr neuer Mandant bremste scharf und hätte sein Auto dabei beinahe in den Graben bugsiert. Ihrem Großvater wäre es wahrscheinlich eine Freude gewesen, den Wagen mithilfe von »Tomme«, dem alten Trecker der Familie, aus einer solch misslichen Lage zu befreien.

Jetzt erkannte Fentje auch die Ursache des abrupten Fahrmanövers. Ihr Mandant war ihrer Nichte Sofia ausgewichen, die ihm offenbar auf dem Fahrrad entgegengekommen war. Jedenfalls bog diese nun freihändig radelnd auf den Hofplatz. Fentje gab ein leises Stöhnen von sich. Sofia tippte auf ihrem Tourenrad fahrend auf dem Handy herum. Doch sie wollte nicht quer über den Hofplatz brüllen. Sie wartete ungeduldig, bis ihre Nichte das Rad abgestellt hatte und auf sie zu getrottet kam. »Hi, Sofia. Du bist ja früh dran heute.«

»Die blöde AG habe ich ausfallen lassen«, antwortete das Mädchen, ohne den Blick zu heben.

»Warum das denn?«

»Nur so. Kein Bock.«

Normalerweise liebte Sofia ihre Schauspiel-AG. »Komm bitte einen Moment mit zu mir herein.« Fentje deutete in Richtung Küchenfenster.

Nun hob ihre Nichte doch den Kopf. »Warum?« Ein angedeutetes Augenrollen. »Na, meinetwegen.«

Sie wohnten alle zusammen mit Fentjes Großeltern und Sofias Vater Bendix auf dem alten Jacobsen-Hof. Es gab hier reichlich Platz, um sich auch mal aus dem Weg zu gehen. Den ehemaligen Stall hatte Fentje sich zu einer abgeschlossenen Wohnung mit Kanzleiräumen umbauen lassen. Vor einiger Zeit war auch Sofia zu ihr herüber in den anderen Teil des Hauses gezogen, sodass nur noch Fentjes Bruder Bendix das Obergeschoss bei den Großeltern bewohnte.

Fentje hatte sich gefreut, dass Sofia mit ihr zusammenleben wollte. Mit der Zeit war ihr aber auch klar geworden, welche Verantwortung sie damit übernommen hatte. Ihre Nichte war jetzt fast siebzehn, und aus dem fröhlichen, wissbegierigen Mädchen war ein auffallend launischer Teenager geworden.

Wenn Sofia an den Wochenenden immer öfter abends mit Freundinnen unterwegs war, war Fentje angespannt und besorgt, bis sie ihre Nichte wieder wohlbehalten im Bett wusste. Sehr oft spielte sie das Taxi, denn auf dem Lande fuhr in den Abendstunden kein Bus mehr, und mit dem Rad wollte sie Sofia so spät auch nicht unterwegs sein lassen. Ständig gab es Diskussionen deswegen.

Aber war das überhaupt ihre Aufgabe? Dass Bendix beruflich so viel reisen musste, war ein ständiger Streitpunkt zwischen den Geschwistern, während Sofia vorgab, dass es ihr nicht das Geringste ausmachte, dass ihr Vater des Öfteren nicht da war.

»Auf dem Betonstreifenweg freihändig Fahrrad zu fahren ist keine so tolle Idee«, sagte Fentje, als sie sich nun dem aktuellen Problem zuwandte. »Besonders, wenn einem ein Auto entgegenkommt.«

»Dieser Typ in dem Ford hätte doch auch mal ein Stück rechts rüberfahren können.«

»Dieser ›Typ‹ heißt Kurt Regner und ist mein neuer Mandant. Und er hätte sein Auto deinetwegen beinahe in den Graben gesetzt.«

»Dein Mandant ist zu schnell gefahren. Du sollst ihn bestimmt wegen eines Verkehrsdelikts verteidigen«, mutmaßte Sofia.

Fentje unterdrückte ein Lächeln. Ein Punkt für Sofia. »Und wenn schon. Er braucht einen Anwalt, und er ist zu mir gekommen. Das spricht von meinem Standpunkt aus gesehen für ihn. Aber mir geht es hauptsächlich um deine Sicherheit.«

»Das habe ich schon verstanden.« Sofia warf einen Blick auf ihr Smartphone. »Ich tue es nicht wieder. Großes Ehrenwort!«

»Hast du in der Schulmensa gegessen?«

»Jep, Eintopf. Kann ich jetzt nach oben gehen?« Mit besonderer Betonung auf dem Wort »jetzt«. Sie erhob sich.

»Nein. Ich möchte noch etwas mit dir besprechen.«

»Was denn?«

»Setzt du dich bitte noch einen Augenblick hin?«

Sofia ließ sich mit einem schweren Ausatmen auf den Stuhl zurücksinken.

»Du lässt in letzter Zeit ganz schön viel in der Schule ausfallen.«

»Ich habe es im Griff.«

»Aber die Schauspiel-AG?«, fragte Fentje. »Das Theaterspielen macht dir doch sonst so viel Spaß.«

»Ich hatte Kopfweh.«

»Hast du die Rolle der Seeräuber-Jenny bekommen?«

»Steht noch nicht fest.«

»Hm.« Fentje betrachtete ihre Nichte. Sie sah nicht krank aus. Eher missmutig und verschlossen. »Ich möchte es nur gern verstehen«, fuhr sie mit sanfterer Stimme fort. »Du machst in den letzten Tagen einen unglücklichen Eindruck. Ist etwas passiert?«

Sofia kniff die Augen zusammen. »Es ist nichts. Wirklich. Mach dir keine Sorgen, Tantchen …« Der Anflug eines ironischen Grinsens.

»Nenn mich nicht …«, erwiderte Fentje beinahe automatisch.

»… ›Tantchen‹. Du wirkst übrigens auch nicht gerade wie das strahlende Glück, Fentje«, konterte Sofia.

»Das täuscht«, gab sie zurück.

Sofia erhob sich wieder. »Weißt du, wen ich vorhin zufällig gesehen habe?«

»Keine Ahnung.«

Sofia legte den Kopf schief. »Den Journalisten aus St. Peter-Ording. Du erinnerst dich?«

»Niklas John?«, fragte Fentje mit gleichmütiger Miene. Wen sonst? Sie hatte wegen zwei recht spektakulären Verbrechen auf Eiderstedt gemeinsam mit Niklas John Nachforschungen angestellt. Sie jeweils für einen Mandanten, er für eine der Zeitungen, für die er schrieb. Im Laufe ihrer zweiten »Ermittlung« war sein Apartment in St. Peter-Ording ausgebrannt. Niklas hatte danach seine Rassekatze Blofeld in ihre Obhut gegeben, die auf dem Jacobsen-Hof dann auch noch trächtig geworden war. Der Vater der Katzenbabys war nicht sicher ermittelbar gewesen, doch Fentje hatte den unternehmungslustigen Hofkater ihres Nachbarn Hauke in Verdacht.

Das letzte Mal, dass Fentje Niklas John gesehen hatte, war gewesen, als er Blofeld, beinahe gegen ihren Wunsch, wieder bei ihr abgeholt hatte. Fentje hatte die verwöhnte Katze auf einmal nicht mehr missen wollen, doch Niklas war natürlich ihr Besitzer oder, wie er mal angedeutet hatte, eigentlich sogar seine Ex-Freundin Patricia.

»Wie viele attraktive Männer in deinem Alter kennst du?«, wollte Sofia wissen und riss sie damit aus ihren Erinnerungen.

»Da gibt es schon so einige …« Das war vielleicht ein wenig übertrieben.

»Und Journalisten?«

»Einer reicht.«

»Er lässt dich jedenfalls grüßen.« Sofia lächelte süffisant.

»Ach, tatsächlich?« Was sollte sie damit anfangen? Erst meldete er sich wochenlang nicht bei ihr, reagierte nicht einmal auf eine Textnachricht, und dann ließ er ihr über ihre Nichte Grüße ausrichten?

»Willst du gar nicht wissen, wo ich ihn getroffen habe?«, erkundigte sich Sofia.

»Nein.«

»Und du machst dir Sorgen um *mich*«, murmelte ihre Nichte, als sie die Treppe zu ihrem Zimmer hochstapfte.

Niklas John schloss seine Wohnungstür auf und trat ein. Nach drei Wochen Abwesenheit war es ein seltsames Gefühl, wieder zu Hause zu sein. Er ließ die verschmutzte Reisetasche und den Laptop-Rucksack direkt hinter der Eingangstür fallen und ging in den offenen Wohnbereich mit der mattschwarzen Einbauküche. Hatte er dieses Modell tatsächlich erst vor Kurzem so ausgewählt und gekauft?

Während seines Aufenthalts im Kriegsgebiet in der Ukraine hatte er zu viel gesehen und erlebt, was in absolutem Kontrast zu seinem Leben in St. Peter-Ording stand. Hier drinnen wirkte alles unbelebt, wie die nichtssagende Kulisse seines alten Lebens. Und niemand erwartete ihn.

Niklas nahm ein Glas aus dem Schrank, ließ kaltes Wasser aus dem Hahn hineinlaufen und trank. Er würde sich schon wieder hier eingewöhnen. Es gab Schlimmeres! Nach Nächten in behelfsmäßigen Unterkünften, manchmal auf nacktem Fußboden und einmal auch unter freiem Himmel, mit immer wieder aufflackerndem feindlichem Beschuss im Ohr, erschien ihm sein Apartment in St. Peter-Ording mit Dachterrasse und Blick auf die Nordsee wie ein unanständiger Luxus.

Als sein Smartphone klingelte, zog er es erfreut über die Ablenkung hervor. Er wusste nicht, wessen Anruf er erwartet hatte ... Vielleicht den des Chefredakteurs der Zeitschrift, dem er am vergangenen Tag seine Reportage geschickt hatte? Oder, nachdem er vorhin unerwartet Sofia Jacobsen in der Fußgängerzone getroffen hatte, vielleicht sogar einen Anruf von Fentje? Doch es war Patricia, seine Ex-Freundin.

»Hi, Niklas, bist du zu Hause?«

»Ich bin gerade erst zur Tür hereingekommen. Was gibt es denn?« Ihm war nicht nach Small Talk zumute. Es ärgerte ihn immer noch, wie sie ihre Katze vor seiner Abreise wieder bei ihm abgeholt hatte. Zuerst hatte Patricia Blofeld ungefragt bei ihm zurückgelassen, als sie sich von ihm getrennt hatte. Dann hatte sie sich monatelang nicht dazu geäußert. Er hatte sich mit der Katze arrangiert, ja sogar angefreundet, wenn das denn möglich war, und sie aus seinem brennenden

Apartment gerettet. Und nachdem er sogar Blofelds Niederkunft und die anschließende Vermittlung der drei Kitten in gute Hände gemeistert hatte, hatte Patricia ihre Katze wieder zu sich geholt.

»Ach, du warst weg?«, erkundigte sie sich.

»Ich war beruflich unterwegs ... In der Ukraine.«

»Oh, ach so.« Eine kleine Pause entstand, in der sie offenbar nicht weiterwusste. Eine Seltenheit bei Patricia. »Wie auch immer. Ich habe es mir überlegt. Wenn du Blofeld wirklich so gern wiederhaben möchtest, könnte ich sie dir in den nächsten Tagen vorbeibringen.«

Niklas runzelte die Stirn. »Wie bitte? Als wir uns das letzte Mal gesprochen haben, warst du nicht davon abzubringen, dass sie *deine* Katze ist und ich absolut kein Anrecht auf sie habe.« Nach allem, was ich mit ihr durchgemacht habe, setzte er in Gedanken hinzu.

»Das hattest du nicht ganz richtig verstanden ...«

»Doch, das hatte ich.«

»Willst du sie nun nehmen oder nicht?« Patricia klang wie gewohnt ungeduldig. »Sonst bringe ich sie ins Tierheim!«, setzte sie hinzu.

»Stopp. Warte! Das ist nicht dein Ernst. Du würdest Blofeld nicht ins Tierheim geben, Patricia?«

»Doch, es ist mein voller Ernst. Ich fliege morgen Nachmittag nach Barcelona, und ich weiß nicht, wo ich Blofeld sonst lassen soll.«

»Nimm dir einen Katzensitter«, schlug er vor, obwohl er bereits wusste, dass er nachgeben würde. Aber so einfach wollte er es ihr nicht machen.

»Für ein halbes Jahr? Unmöglich.«

»So lange bist du weg?«

»Voraussichtlich ein halbes Jahr. Vielleicht auch länger.« Sie klang noch selbstzufriedener als sonst. »Ich habe ein recht gutes Jobangebot.«

Er wanderte vor seiner Küchenzeile hin und her. Mattschwarz – wie seine Stimmung. Er traute Patricia durchaus zu, Blofeld ins Tierheim zu geben, wenn die Katze ihr lästig war. »Wenn ich Blofeld nehme, dann für immer«, sagte er deshalb. »Nicht nur zum ›Zwischenparken‹.«

»Ja, ja, das habe ich mir schon gedacht, dass du das fordern würdest, Niklas.« Sie klang zu allem Überfluss auch noch gekränkt, so, als versuchte er, sie über den Tisch zu ziehen.

»Es ist auch für das Tier das Beste.«

»Wenn du es sagst«, antwortete sie gelangweilt.

»Wann willst du Blofeld vorbeibringen?«, fragte er und bemühte sich, seine plötzlich aufkommende Vorfreude sorgfältig vor ihr zu verbergen. Wenn Patricia merkte, dass sie ihm damit einen Gefallen tat, ja dass der Gedanke ihn spontan in bessere Stimmung versetzte, würde sie es sich womöglich anders überlegen.

»Morgen im Laufe des Nachmittags?«, schlug sie vor.

Er tat, als müsste er nachdenken. »Na gut. Siebzehn Uhr. Aber ruf mich kurz vorher noch einmal an. Dann kann ich es schon irgendwie einrichten.«

2. Kapitel

Nach vier Stunden, die sie ununterbrochen an ihrem Schreibtisch gesessen hatte, stand Fentje auf, drückte die Schultern durch und streckte sich. Ihre Muskeln waren steif geworden, und ihre Konzentration war aufgebraucht. Mehr konnte sie gerade nicht für Kurt Regner tun. Die Sonne stand jetzt, im Mai, bereits hoch am Horizont und schien direkt in ihre Bürofenster.

Die Scheiben mussten dringend mal wieder geputzt werden, dachte sie. Zum Glück durfte man das laut ihrer Großmutter Gretje unter gar keinen Umständen bei Sonnenschein tun. Fentje stand sowieso mehr der Sinn nach einem Milchkaffee und ein paar Keksen an ihrem Aussichtsplatz im Garten. Beschwingt von ihrem Vorhaben, eine ausgedehnte Pause einzulegen, ging sie in die Küche.

Als sie den Auffangbehälter ihres Kaffeeautomaten ausleerte, fiel ihr Blick durch das Fenster über der Spüle nach draußen. Da stand ein ihr unbekannter schwarzer VW Bus auf dem Hofplatz. Manchmal verirrten sich Touristen hierher, die auf einem Ferienhof in der Nachbarschaft ein Apartment gebucht hatten.

Sie verließ das Haus und lief zu dem Wagen hinüber. Beim Blick durch das Fenster auf der Fahrerseite sah sie, dass niemand mehr in dem Fahrzeug saß. Das war nicht unbedingt das, was sie erwartet hatte.

»Suchen Sie mich?«

Fentje fuhr herum. Hinter ihr stand ein großer, recht massiv gebauter Mann in Jeans und einem Norwegerpullover.

»Nein. Ich wollte nur nachschauen, wer bei uns auf dem Hof hält. Kann ich *Ihnen* weiterhelfen?« Sein Kennzeichen verriet ihr, dass er aus Nordfriesland kam. Wohl doch kein Tourist …

»Ich bin mit Hinrich Jacobsen verabredet. Das sind Sie wohl nicht?« Er musterte sie wohlwollend.

»Hinrich Jacobsen ist mein Großvater.« Fentje blickte ihn misstrauisch an. Blondes, windzerzaustes Haar, helle Wimpern und Brauen, ein von Wind und Wetter rosiges Gesicht und hellblaue Augen … Ein Friese, wie er im Buche stand. Sicher wollte er ihrem Opa irgendetwas verkaufen. Wer konnte schon sagen, was der Mann in diesem schwarzen Bus durch die Gegend kutschierte? Mähroboter? Dampfreiniger? Thermomixe? »Was wollen Sie denn von ihm?«

»Gar nichts. Er hat mich angerufen.« Er streckte ihr seine Rechte entgegen. »Ich bin der neue Tierarzt. Onno von Venen.«

»Oh, okay. Fentje Jacobsen.« Sie schüttelte ihm kurz die warme, kräftige Hand, von der man natürlich nicht wusste, wo sie heute schon überall gewesen war. »Na, dann kommen Sie mal mit.« Während er neben ihr herging, fragte sich Fentje, was wohl aus ihrem alten Tierarzt geworden war.

»Ich habe die Praxis von Dr. Braun übernommen«, erklärte er sogleich freimütig. »Der Kollege will seine Zeit jetzt lieber in seinem Haus an der Costa del Sol verbringen. Schön für mich. Es ist eine gut laufende Praxis mit einigen größeren Schaf- und Milchvieh-Betrieben im Patientenstamm.«

»Zu den größeren Schafhöfen zählen wir wohl eher nicht«, entgegnete Fentje trocken.

»Das macht nichts.«

»Na, dann herzlichen Glückwunsch zur neuen Praxis und viel Erfolg!« Hier in der ländlichen Gegend Fuß zu fassen würde sicherlich nicht so einfach werden, wie er sich das vielleicht vorstellte.

Er ging neben ihr her und sah sich wohlgefällig um. »Ich finde, das ist ein sehr schöner Hof! Ist es Ihrer?«

»Nein«, antwortete Fentje. Genau genommen gehörte er ihren Großeltern.

»Wie viele Schafe haben Sie genau?«, fragte er sie weiter aus.

Ihr selbst gehörten gar keine …

»Ostfriesische Milchschafe, nicht wahr? Gute Rasse!«, fuhr er ungerührt fort.

»Warten Sie bitte hier«, wies Fentje ihn an. »Ich sage meinem Großvater Bescheid, dass Sie da sind.«

Hatte Hinrich den neuen Veterinär tatsächlich herbestellt? War er wirklich der Nachfolger ihres alten Tierarztes? Wenn es so war, würde sie den wortkargen, eher missmutigen Dr. Braun nicht sonderlich vermissen. Aber ein netter, gut aussehender Mann, der plötzlich auf dem Hof stand und etwas für sie tun wollte … Das machte Fentje misstrauisch.

Kurze Zeit später war Hinrich mit wichtiger Miene mit Onno von Venen in Richtung der Schafe verschwunden. Fentje hatte ihm angeboten mitzukommen, doch ihr Großvater hatte abgewinkt.

»Du hast doch Wichtigeres zu tun, Kind!« Und an Onno von Venen gerichtet: »Meine Enkeltochter ist Anwältin, müssen Sie wissen!«

»Ach, wirklich?«, hatte der Tierarzt leicht erstaunt erwidert.

Fentje hatte eine genervte Entgegnung heruntergeschluckt. Warum sollte sie keine Anwältin sein? »Dann gehe ich mal wieder zu mir rüber«, hatte sie stattdessen gesagt und sich abgewandt. Doch sie konnte nicht anders, als sich noch einmal umzudrehen und den beiden hinterherzuschauen, wie sie in Richtung Schafstall davongingen: ihrem drahtigen Großvater, tapfer humpelnd, seine Rückenschmerzen ignorierend, und dem weit ausschreitenden Mann neben ihm, der völlig entspannt im Hier und Jetzt zu sein schien.

»Fentje, kiek de Herrn Doktor doch nich so achter ran«, hörte sie die tadelnde Stimme ihrer Großmutter. »Dat deit en anstännige Fru nich!«

»Ich soll dem ›Herrn Doktor‹ nicht nachschauen? Oma, wo bist du gerade? In einem viktorianischen Roman? Und außerdem: Ich schau dem bestimmt nicht hinterher. Ich bin besorgt!«

Gretje lächelte verschmitzt und zog sie am Arm. »Kumm rin, mien Deern. Ik heff jüst Waffeln backt!«

»Das klingt verlockend.«

»Sofia hat sich auch schon zwei geholt.«

»Stimmt es, dass unser alter Tierarzt sich zur Ruhe setzt?«, fragte Fentje, als sie in der Küche ihrer Großeltern vor einem Berg Waffeln, Schlagsahne und roter Grütze saß.

»Der Gute ... Ja, leider. Aber wer will es ihm verdenken, wenn er noch ein paar ruhige Jahre bei seiner Tochter in Spanien verbringen kann?«

»Die ist also auch dort?« Fentje erinnerte sich an Katrin Braun, die in etwa so alt wie sie war.

»Sie ist seit drei Jahren dort verheiratet.«

»Meint er denn, dass ihm die spanische Hitze bekommt?« Der alte Tierarzt hatte immer schon gestöhnt, wenn das Thermometer mal über zwanzig Grad geklettert war.

»Das wird man ja sehen. Er hat dort übrigens auch schon Enkelkindchen.« Gretje schenkte ihr von ihrem Filterkaffee ein.

»Schön für ihn.« Fentje versuchte, die Anspielung auf ihre Ehe- und Kinderlosigkeit zu ignorieren. Auch Gretje hatte schließlich »Enkelkindchen«. Nämlich ihren Bruder Bendix und sie. Ihrer beider Eltern waren bei einem Autounfall ums Leben gekommen, als Fentje zwölf Jahre alt gewesen war. Ihr

Bruder und sie waren danach bei ihren Großeltern aufgewachsen. Das löste bei Gretje wohl manchmal das Gefühl aus, sie seien eher ihre Kinder. Mit Sofia, Bendix' Tochter, hatte sie sogar schon ein »Urenkelkindchen«.

»Du möchtest bestimmt noch eine Waffel, Fentje.«

»Danke, aber mehr als eine schaffe ich heute nicht.«

»Unsinn. Nimm noch, wenn es schmeckt.«

»Ich möchte wirklich nicht, Oma.«

»Willst wohl deine schlanke Linie behalten«, bemerkte ihre Großmutter verschmitzt.

»Ich bin einfach satt.«

Gretje schaufelte sich gedankenverloren Sahne auf ihre Waffel. »Ist man erst mal verheiratet, dann werden gewisse Dinge einfacher«, verkündete sie.

»Meinst du?« Fentjes Beobachtungen nach wurde auch so manches komplizierter.

»Was hältst du denn von unserem neuen Tierarzt?«

»Onno von Venen? Der muss erst mal zeigen, was er so draufhat.«

»Aber ein Schnuckelchen ist er schon.« Sie musterte ihre Enkeltochter.

»Schnuckelchen? Also, ich weiß nicht …« Fentje schüttelte den Kopf.

»Und diese Landadeligen haben so hübsche Namen.«

»Findest du?« Fentje erhob sich.

»Fentje von Venen«, murmelte ihre Großmutter. »Gar nicht mal so schlecht.«

»Wie bitte?«

»*Fentje von Venen* – das schreibt sich auch gut. Habe ich schon ausprobiert.«

»Du hast was? Ich muss leider los. Ganz lieben Dank jedenfalls für den Kaffee und die Waffel!«

»Wo willst du denn nun schon wieder hin?«

»Arbeiten.«

Missbilligend schüttelte Gretje Jacobsen den Kopf. »Lass das mal sein. Geh doch lieber in den Stall … Es sind neulich noch zwei späte Lämmer geboren worden«, fügte sie hinzu, als wäre Fentje neun Jahre alt und würde deswegen sofort losflitzen.

»Ich war heute Morgen schon bei den Lämmern.« Fentje lächelte matt. Sie hatte nicht vor, dem Umweg durch den Stall zu nehmen.

»Und kämm dir vorher die Haare, Kind!«

Maren Harms beobachtete ihre Tochter Ylva, die mit ihrer besten Freundin Molly in der Sandkiste saß, beide in das Backen von Sandkuchen vertieft. Immerhin hatte Ylva eine Freundin in Helenendeich, während sie selbst mal wieder außen vor war.

Die anderen Mütter, Jeanette, Paula und Ina, saßen auf der Bank vor der Rutsche und schenkten Kaffee aus Thermoskannen in ihre mitgebrachten Becher aus. Jeanette war Mollys Mutter und noch die netteste der Frauen, die in Helenendeich Kinder im selben Alter wie Ylva hatten. Bunte Plastikdosen mit Keksen, Obstschnitzen und Müsliriegeln machten die Runde. Die drei hatten Maren sogar pflichtschuldig gefragt, ob sie sich nicht dazusetzen wolle. Doch erst, nachdem die Freundinnen die Bank komplett mit Beschlag belegt hatten, sodass kein Quadratzentimeter mehr für sie frei war. Um sich herum hatten sie die Bollerwagen, Laufräder und Buggys ihrer Kinder zu einer Wagenburg arrangiert.

Maren hatte höflich lächelnd abgelehnt und tat nun so, als wäre sie in das Lesen eines Romans vertieft. Sie ärgerte sich, wie selbstverständlich die Frauen, allesamt »Zugezogene« aus dem Neubaugebiet von Helenendeich, den Spielplatz für sich beanspruchten.

Ihr Mann Eike lebte schon lange hier. Er und seine Nachbarn und Freunde hatten in ihrer kargen Freizeit den Spielplatz mit angelegt, die Spielgeräte aufgebaut, den Bereich vor dem Schuppen gepflastert und die Hecke angepflanzt. Und diese Frauen kamen von sonst wo hierher, als wäre es selbstverständlich, dass dieser Spielplatz für die Kinder von Helenendeich existierte!

Doch insgeheim verspürte Maren auch ein wenig Neid auf die Frauen. Sie schienen sich in allem so ähnlich zu sein, dass es vermutlich kaum Konfliktpotenzial zwischen ihnen gab. Sie waren alle Anfang bis Mitte dreißig, mittelmäßig hübsch, ausreichend gebildet und finanziell gut versorgt, sodass sie es als ihr naturgegebenes Recht betrachteten, auf einen Großteil der Dörfler herabzublicken. Wenigstens vermutete Maren, dass das so war. Sie schien im Wertesystem dieser Frauen geradeso zwischen »tolerierbar« und »manchmal lästig« angesiedelt zu sein, je nachdem, ob eines ihrer Kinder mit Ylva spielen wollte oder nicht.

Zu allem Überfluss wohnten alle in neu erbauten Häusern, die in etwa gleich groß und wohl auch gleich teuer gewesen waren und gleichermaßen größtenteils noch einer Bank gehörten. Es sei denn – das wollte Maren nicht ausschließen –, dass bei der einen oder anderen nicht schon ein erkleckliches Erbe bei der Finanzierung geholfen hatte.

An jedes der Häuser war ein Carport angebaut, in dem der Familien-Van oder -SUV bereitstand, und es gab einen Ehemann, der bei Grillabenden und auf dem Fußballplatz eine gute Figur machte. Die Frauen waren im Homeoffice oder arbeiteten höchstens drei Tage die Woche, auch das hatte Maren mitbekommen.

Sie selbst konnte nur mittwochnachmittags und am Wochenende herkommen, wenn die Physiotherapie-Praxis, in der sie arbeitete, geschlossen war. An den anderen Nachmittagen musste ihre Mutter nach dem Kindergarten auf Ylva aufpassen.

Ihr Mann Eike verdiente als Koch zwar nicht schlecht, denn er war gut in dem, was er tat. Jedenfalls, solange er nüchtern blieb. Trotzdem konnten sie sich nicht so viel leisten wie die Frauen rechts von ihr. Sie benötigten dringend eine neue Heizung für ihr altes Haus, und ihre beiden Autos waren ständig in der Werkstatt. Sobald sie ihrer Tochter etwas Neues zum Anziehen kaufte, hatte sie ein schlechtes Gewissen. Ylva war nicht Eikes leibliches Kind, sondern die Tochter ihres ersten Ehemanns Rainer.

Sie war eine Witwe mit einem kleinen Kind gewesen und froh, als Eike sich für sie interessiert hatte. Doch wenn er schlecht drauf war oder betrunken, ließ er sie manchmal spüren, dass er sich nicht als Ylvas Vater fühlte und ihre Tochter, zumindest in finanzieller Hinsicht, eine Last für ihn war. Er wollte unbedingt ein gemeinsames Kind mit ihr, am besten einen Sohn, doch das konnte sie sich unter diesen Umständen nun mal nicht vorstellen.

Wenn Maren ihre schwarze Daunenwinterjacke jetzt schon im fünften Jahr weitertragen musste, war das okay für sie. Doch Ylva wuchs schnell, da kam sie wohl nach ihrem Vater, der eins neunzig groß gewesen war; bei ihr ging das nicht. Und ihre Tochter sollte nicht unter den Problemen ihrer Eltern zu leiden haben. Eine Menge Probleme … die sie ängstlicher und einsamer machten, als Maren sich normalerweise eingestehen wollte.

Ihre einzigen Freunde im Ort – wenn man es denn so nennen wollte – waren ihre direkten Nachbarn, Wiebke und Ingmar Claussen. Ingmar kannte Maren schon ihr Leben lang. Eine Zeit lang hatte es sogar so ausgesehen, als könnte es zwischen ihnen mal etwas werden. Doch dann hatte Maren ihren ersten Mann Rainer kennengelernt. Als der schon kurz nach Ylvas Geburt an einem Hirntumor gestorben war, hatte Ingmar bereits Wiebke geheiratet.

Die resolute Rothaarige passte auch viel besser zu ihm als sie, Maren. Wiebke war wie gemacht für das Leben auf einem großen Bauernhof, und sie kam auch mit ihrem Schwiegervater Karl Claussen erstaunlich gut klar. Er war ein autoritärer, resoluter Mann, vor dem Maren sich insgeheim fürchtete … Leider hatte es bei Wiebke und Ingmar bisher nicht mit Nachwuchs geklappt.

Das verursachte eine Kluft zwischen Maren und Wiebke, besonders, weil sie sich nicht über Wiebkes unerfüllten Kinderwunsch und Marens Probleme mit Eike aussprachen, die Wiebke durchaus aufgefallen waren. Maren konnte sich nicht mit Wiebke über Erziehungsfragen oder die mangelnde Fürsorge austauschen, die Eike Ylva angedeihen ließ, während sie gleichzeitig wusste, wie sehnlichst sich die andere Frau nach einem Kind sehnte. Ganz zu schweigen von deren Ehemann Ingmar, deren Schwiegervater Karl und einer ganzen Dorfgemeinschaft, die wissentlich oder unwissentlich Druck auf Wiebke ausübten.

Drüben auf der Bank wurde laut und ausdauernd gelacht, doch die Mütter mieden den Blickkontakt mit ihr. Nur Paula warf ihr einen schuldbewussten Seitenblick zu. Maren fragte sich, ob der Witz vielleicht auf ihre Kosten gegangen war.

3. Kapitel

Als Fentje um zwanzig Minuten vor Mitternacht vor die Tür trat, bereute sie ihr Angebot, für ihren Großvater das Ableuchten zu übernehmen. Sobald sich Schafe und Lämmer im Stall befanden, drehte Hinrich Jacobsen vor dem Schlafengehen immer noch einmal eine Runde, um nachzusehen, ob bei den Tieren alles in Ordnung war. So weit, so gut.

Doch seine Rückenschmerzen waren noch immer nicht besser geworden. Fentje hatte ihm deshalb vorgeschlagen, sich ein paar Abende lang auszuruhen. Sie würde das Ableuchten in nächster Zeit übernehmen.

Den Vorschlag hatte sie ihm am Abend gemacht, als die Sonne tief am Horizont gestanden und das Land mit einem goldenen Schimmer überzogen hatte. Während sie später drinnen gemütlich in ihrem Wohnzimmer gesessen und einen skandinavischen Krimi angeschaut hatte, hatte sich das Wetter gewandelt.

Heftige Windboen fegten nun über die Warft. Vom schwach erleuchteten Hauseingang aus sah der Nachthimmel pechschwarz aus. Weder Mond noch Sterne spendeten etwas Licht.

Sie schlüpfte in ihre Gummistiefel und die Jacke, die neben der Haustür hing. Dann ergriff sie die große Taschenlampe und den Schlüsselbund und lief los. Außer Atem und mit zerzausten Haaren trat sie in den Stall. Der Wind hatte ihr die Kapuze vom Kopf gerissen, kaum dass sie den schützenden Eingangsbereich verlassen hatte. Fentje strich sich eine Haarsträhne aus dem Gesicht.

Immerhin, die Außenleuchte hatte ihr, als sie näher gekommen war, den Weg gewiesen. Fentje schloss die Stalltür hinter sich. Sofort war das Heulen des Windes leiser. Dafür hörte sie, wie die Fensterflügel klapperten.

Der Lichtschein ihrer Taschenlampe zuckte in der Stallgasse hin und her, ohne dass sie viel von ihrer Umgebung erkennen konnte. Sie tastete nach dem Lichtschalter und atmete unbewusst tief aus, als ein paar Neonleuchten fahles Licht spendeten. Sie schaltete die Stablampe aus und legte sie auf einem Fenstersims neben dem Eingang ab.

Etwas Kleines huschte im letzten Schlaglicht der Taschenlampe hinter einem Futtereimer an der Wand hervor und verschwand in einer dunklen Ecke. Wahrscheinlich eine Maus …

Sie musste nur kontrollieren, ob in diesem Stall alles in Ordnung war. Danach konnte sie zurück ins Haus und dann ab ins gemütliche Bett gehen, sagte sie sich.

Fentje blickte vom Stallgang in die abgeteilten Boxen, von denen nur wenige von Mutterschafen und ihren Lämmern belegt waren. Die meisten Tiere befanden sich draußen auf den Weiden. Zum Glück schien es hier keinerlei Probleme zu geben. Fentje war um diese Uhrzeit nicht unbedingt in der Stimmung, Geburtshilfe bei einem Schaf zu leisten.

Sie zuckte zusammen, als etwas auf das Blechdach krachte. Das Geräusch übertönte sogar das Heulen des Windes. Wahrscheinlich war es nur ein abgerissener Ast.

In diesem Moment erklang ein lauter Bass! Eine ganze Tonfolge. Sie erschrak nochmals, doch dann erinnerte sie sich daran, dass es einer der Klingeltöne auf ihrem Smartphone war.

Sofia hatte Fentje verschiedene Signaltöne einprogrammiert, aber diesen bekam sie nicht allzu oft zu hören. Es war ein umgeleiteter Anruf von ihrem Festnetztelefon. Wie kam ihre Nichte in diesem Fall eigentlich auf *Heavy Metal*? »Jacobsen«, sagte sie etwas argwöhnisch.

»Hallo? Ist da die Rechtsanwältin Fentje Jacobsen?«, hörte sie eine ihr unbekannte Stimme. Der Mann klang etwas heiser, ein wenig atemlos. Es war eher ein Flüstern.

»Ja. Und mit wem spreche ich?«

»Ich … Ich bin Sascha«, fiel er ihr ins Wort. »Wir kennen uns nicht. Aber ich brauche Ihre Hilfe!«

»Sascha? Und wie weiter?«

Er redete, ohne auf ihre Frage einzugehen. »Ich habe gehört, Sie sollen gut sein. Können Sie nicht einfach herkommen?«

»Worum geht es?« Die aufgeregte Stimme des Anrufers und auch die ungewöhnliche Uhrzeit weckten ihr Interesse. Doch sie würde den Teufel tun und jetzt einfach auf den Zuruf eines Unbekannten irgendwohin fahren.

»Ich … Sie müssen mir helfen. Als Anwältin. Bitte!«, stammelte der Anrufer. Im Hintergrund meinte sie, schwach eine Art Wimmern zu hören. »Er ist tot. Tot! Ich glaube, ich habe gerade einen Mord begangen!«

»Wenn Sie wollen, dass ich Ihnen helfe, brauche ich …«, sagte Fentje noch, bevor das Gespräch unterbrochen war.

Stirnrunzelnd schaute sie auf die Anrufliste. Das Telefonat war von einer unterdrückten Nummer erfolgt. Sie schüttelte unwillig den Kopf, wartete einen Moment, ob sich der Anrufer wieder meldete. Doch nichts geschah. Was hatte er gesagt? Er habe einen Mord begangen? Das klang eher nach einem schlechten Scherz. Erlaubte sich jemand einen dummen Jux mit ihr?

Fentjes Stallrundgang war sowieso beinahe beendet. Sie schaute pflichtschuldig noch in die letzte Box. Auch hier war alles in Ordnung. Ein neugeborenes Lamm kuschelte sich eng an seine Mutter. Fentje steckte ihr Telefon wieder in ihre Jackentasche, griff nach der abgestellten Stablampe und verließ den Stall. Mit einer Hand die Kapuze festhaltend, lief sie durch den pfeifenden Wind zurück zum Wohnhaus. In der vertrauten Umgebung ihrer hell erleuchteten Küche rief Fentje nach kurzem Zögern die Polizei an.

»Was hat der Typ gesagt? Dass er einen ermordet hat? Ist ja krass!« Sofia saß am Frühstückstisch und bestrich sich ein halbes Brötchen dick mit Butter und Haselnuss-Schokocreme.

Irritiert blickte Fentje sie an. Der letzte Trend bei ihrer Nichte war doch die gesundheitsbewusste, fettreduzierte, vegetarische, wenn nicht gar vegane Ernährung gewesen. Und nun das? »Er hat gesagt, dass er einen Mord begangen hat«, erklärte Fentje einigermaßen ratlos. »Und dass er meine Hilfe will – als Anwältin.« Der Schrecken, nachts im Stall einen solch seltsamen und verstörenden Anruf zu bekommen, saß ihr doch ein wenig in den Knochen.

»Aber seinen Namen hat er nicht genannt?«

»Doch, ich habe Sascha verstanden. Wie viele Männer, die so heißen, mag es in der Umgegend geben?«

»Kam er denn von hier? Hat er was gesagt?«

»Er meinte, er habe gehört, dass ich gut sein soll. Warum sollte er sonst ausgerechnet mich anrufen, wenn er nicht von hier ist?«

»Und was hast du dann gemacht?« Sofia biss herzhaft in ihr Brötchen und leckte sich die Schokolade von der Unterlippe.

»Als ich wieder im Haus war, habe ich die Polizei angerufen. Die meinten jedoch nur, dass es bestimmt ein Spinner war, ein Scherzbold, oder eine geschmacklose Wette dahintersteckte … Oder dass ich mich verhört habe. Mit anderen Worten: Sie konnten oder wollten nichts unternehmen.«

»Da geht dir jetzt aber ein interessanter Mandant durch die Lappen.«

»Sind Scherzbolde interessant?«, fragte Fentje.

»Jedenfalls spannender als dein Raser gestern.« Sofia zog ihr Handy hervor und scrollte durch irgendwelche Seiten.

Fentje nippte an ihrem Kaffee und sah hinaus. Das Wetter war vielversprechend. Blauer Himmel und Sonnenschein. Doch an den Büschen vor dem Haus, die sich gen Osten bogen, sah sie, dass immer noch ein frischer Wind wehte. Aber laut Wetterbericht sollte sich das jetzt ändern. Angeblich standen ihnen ein paar warme, wolkenlose Tage bevor. Fentje hatte noch kein einziges Mal auf ihrer Terrasse im Strandkorb gesessen und ihr Gesicht in die Sonne gehalten, und wie es aussah, würde sie auch in den nächsten Tagen nicht dazu kommen. Sie hatte Bürokram und Steuersachen aufzuarbeiten, und in der Scheune war an einer Stelle das Dach undicht.

Fentje fragte sich, wie sie ihren Großvater daran hindern sollte, selbst auf die Leiter zu steigen. Sie musste unbedingt vorher einen Handwerker finden, der zuverlässig und nicht zu teuer war …

»Oh, ich glaube, ich habe die Lösung deines Rätsels gefunden«, verkündete Sofia, ohne von ihrem Handy aufzublicken.

»Was meinst du?«, wollte Fentje wissen.

»Einer von meiner Schule schreibt gerade, dass bei ihm im Ort ganz viel Polizei vorgefahren ist. Mit Sirene, Blaulicht und allem. Da muss etwas passiert sein.«

»Wo wohnt er denn?«, erkundigte sich Fentje zwischen zwei Bissen Käsebrötchen.

»Florian wohnt in Wellhusenkoog.« Sie schaute wieder in ihr Handy. »Moment, das ist gar nicht bei ihm im Dorf. Er ist nur mit seinem Roller daran vorbeigefahren. Die Polizei hat da ein Haus abgesperrt. Der Rettungswagen ist schon wieder weggefahren, stattdessen ist …« Ihr Mund verzog sich zu einem diabolischen Lächeln: »… nun noch ein Leichenwagen vor Ort.«

»Du nimmst mich auf den Arm, Sofia.«

»Nein. Schau doch, hier!« Sie hielt Fentje ihr Smartphone hin.

Fentje nahm es ihr aus der Hand. Das Foto gehörte zu einem Post auf Instagram. Der Benutzername hinter dem Post war *»florzuske07x«*. Fentje wischte sich durch mehrere Bilder. Bei einem zögerte sie. Sie zog Zeigefinger und Daumen auf dem Bildschirm auseinander, um das Foto zu vergrößern, und krauste die Stirn. »Ich glaube, ich weiß, wo das ist!«

»Tatsächlich?« Sofia kniff die Augen zusammen. »Woran erkennst du das?«

»An dem Kirchturm im Hintergrund.« Sie erhob sich. »Das ist in Helenendeich.«

»Was hast du vor?«

»Ich fahre dorthin.«

»Ist das nicht etwas voreilig?«

»Du hast doch eben selbst gesagt, dass mir ansonsten ein spannender Mandant durch die Lappen geht.«

»Wie willst du denn an den herankommen?«

»Ich sage, dass Sascha mich dringend sprechen will.«

»Sascha? Und weiter?«

»Der Ort hat nicht mehr als dreihundert Einwohner. So viele Männer namens Sascha wird es in Helenendeich nicht geben.«

So einfach, wie sie es ihrer Nichte gegenüber dargestellt hatte, würde es wahrscheinlich nicht werden, vermutete Fentje, als sie in ihren Pick-up stieg. Aber einen Versuch war es wert. Jemand, der möglicherweise in erheblichen Schwierigkeiten steckte, hatte sie gestern Nacht angerufen und um Hilfe gebeten. Was für eine Anwältin wäre sie, würde sie da nicht die Initiative ergreifen? Und außerdem: Alles, was zu Hause zu tun war, erschien ihr weit weniger verlockend als ein spontaner Ausflug nach Helenendeich …

Auf der Fahrt die schnurgerade Chaussee hinunter überlegte Fentje, wen sie in Helenendeich kannte? Es war ein kleiner Ort hinter dem Deich mit einem oder zwei größeren Bauernhöfen und einigen Einfamilienhäusern aus den Fünfziger- und Sechzigerjahren. Mittlerweile war auch ein Neubaugebiet hinzugekommen. Es gab die überdimensionierte Kirche, einen verlassen aussehenden Dorfgasthof, einen Spiel- und Sportplatz und eine Bushaltestelle. Keine Einkaufsmöglichkeit, soweit Fentje es wusste, nur an der Straße manchmal Stände mit Eiern, Honig oder Kartoffeln.

Obwohl sie ihrer Großmutter ungern erzählen wollte, was los war, hielt sie es für ratsam, ein paar Insider-Informationen einzuziehen, bevor sie in Helenendeich aufschlug. Also rief sie sie über die Freisprechanlage an. »Guten Morgen, Oma. Sag mal, kennen wir eigentlich jemanden in Helenendeich?«, fragte sie so beiläufig wie möglich.

»Wo bist du, Fentje? Warum kommst du nicht rüber?«

»Ich fahre mit dem Auto.«

»Oh, ach so. Was ist denn mit Helenendeich?«

»Da wohnt ein neuer Mandant. Kennst du da wen?«

»Das meiste Land da gehört der Familie Claussen«, kam es wie aus der Pistole geschossen zurück. »Es ist der große Hof, der an der Dorfstraße liegt.«

»Kennst du die Familie näher?«

Sie stieß eine Art Kichern aus. »Der alte Friedrich Claussen hat mir mal den Hof gemacht, als ich noch ein junges Ding war. Alle haben gesagt, dass ich hübsch bin und die freie Auswahl habe … Aber den Friedrich wollte ich nicht. Der hat dann später die Gertrud geheiratet. Beide schon lange tot … Der Friedrich war nur der jüngere Sohn, weißt du? Nicht der Vater von dem Karl Claussen, der jetzt da Bauer ist.«

»Kennst du Karl Claussen auch?«, hakte Fentje nach. Sie wollte ja keinen Friedhofsbesuch machen.

»Mein Hinrich war damals viel fescher als Friedrich. Und netter!«, fuhr Gretje unbeirrt fort. »Man sollte nicht zu sehr nach dem Aussehen gehen, Kind. Schon gar nicht als Frau. Schönheit vergeht …«

»… Hektar besteht. Ich kenne den Spruch, Oma. Was sind die Claussens für Leute?«

»Ich weiß es nicht mehr. Aber ich wusste es mal, glaube ich. An die alten Sachen kann ich mich nämlich viel besser erinnern, Kind.« Sie klang ein bisschen traurig.

»Schon gut, Oma. Nicht so wichtig«, versicherte Fentje ihr eilig.

»Wieso fragst du danach?«, erkundigte sich ihre Großmutter. »Haben die etwa etwas Unanständiges getan?«

»Wie kommst du nur darauf, Oma?«

»Ach, Kindchen. Wenn du deine Nase irgendwo reinsteckst …«

»Kennst du sonst noch jemanden in Helenendeich?«, Fentje überholte rasch einen Trecker. Die vergangenen Verehrer ihrer Großmutter schienen ihr nicht der richtige Aufhänger zu sein, um sich im Ort bekannt zu machen. »Vielleicht einen gewissen Sascha?«

»Nein, der Name sagt mir nichts. Aber ein Kollege von Ralph stammt ebenfalls aus Helenendeich. Ralph hat jedenfalls mal erzählt, dass er den anderen Polizisten ein paar Mal dort abholen musste, als sie Bereitschaft hatten. Der andere hatte einen über den Durst getrunken und konnte nicht mehr Auto fahren. Der Schluckspecht ist aber nun schon etwas länger in Pension. Hilft dir das weiter?«, erkundigte sie sich leutselig. »Ansonsten fällt mir leider niemand mehr ein.«

Ralph war der Mann von Fentjes Cousine Telse und mit Leib und Seele Polizist. Es gab Gretjes Erinnerungen zufolge also auch einen Polizisten a. D. in Helenendeich. Fentje fragte sich, ob dieses Wissen ihr nicht nützlich sein konnte.

»Ich danke dir, Oma. Ich bin jetzt in Helenendeich angekommen. Bis später!« Sie beendete das Gespräch und rollte mit reduzierter Geschwindigkeit die Dorfstraße hinunter.

4. Kapitel

Als sie sich dem Ortszentrum näherte, sah Fentje schon von Weitem das Blaulicht der Polizeifahrzeuge, die kreuz und quer an der Hauptstraße standen. Sie hielt langsam darauf zu, wurde aber von einem Streifenpolizisten mit ungeduldigem Winken dazu aufgefordert, zügig weiterzufahren.

Fentje hatte jedoch schon gesehen, welches Haus von der Absperrung betroffen war: ein in die Jahre gekommenes Einfamilienhaus, in dessen Vorgarten eine alte Kiefer stand. Es befand sich nicht weit von dem Helenendeicher Gasthof entfernt, den Fentje von der Konfirmationsfeier eines Kindes von Freunden ihrer Oma her kannte. Sie erinnerte sich nun an das schmucklose, in Beige- und Grautönen gestrichene Gebäude, hatte es aber zunächst nicht gleich mit Helenendeich in Verbindung gebracht. Schräg hinter dem inzwischen verlassen wirkenden Gasthaus befand sich die alte Dorfkirche, deren Turm sie auf einem der Fotos auf Sofias Handy erkannt hatte.

Fentje war schneller am Ort des Geschehens vorbei, als ihr lieb war. Sie hatte ein ziemliches Aufgebot an Polizeifahrzeugen, Leichenwagen und, wie es aussah, auch zivilen Fahrzeugen passiert. Hinter dem mit rot-weißem Flatterband abgesperrten Bereich auf dem Fußweg hatten ein paar Leute gestanden und den Hals gereckt. Einige hatten miteinander geredet. Was war hier passiert? Und hatte es tatsächlich mit dem seltsamen nächtlichen Anruf zu tun?

Fentje bog kurz entschlossen nach rechts in die erste Querstraße ab, wo sich eine etwas ältere Siedlung befand. Wäre sie weitergefahren, wäre sie im Nu wieder aus Helenendeich hinaus gewesen und, wie der Name es schon sagte, am Deich gelandet. Sie fand erst nach etwa zweihundert Metern eine Parklücke für ihren Pick-up. Was immer hier passiert war: Es hatte für ein ungewöhnlich hohes Verkehrsaufkommen sowie für einiges Aufsehen in der Umgegend gesorgt. Auch in der Seitenstraße standen Leute in den Vorgärten oder auf dem Fußweg und redeten miteinander.

Fentje stieg aus, grüßte freundlich und sprach wie beiläufig zwei ältere Männer in Cordhose und kariertem Hemd an, die am Gartenzaun zusammenstanden. »Moin. Was ist denn nur da vorn an der Hauptstraße los?«

»Moin.« Der Blick des etwas Kleineren war neugierig, aber nicht freundlich.

»Da ist was passiert …«, wurde sie von dem zweiten Mann recht einsilbig informiert.

»Hat es einen Unfall gegeben?«, fragte Fentje nach.

»Unfall … wohl eher nicht, junge Frau.«

Innerlich vor Ungeduld aufstöhnend, doch mit einem freundlichen Lächeln erkundigte sie sich: »Ich wollte einen Bekannten besuchen. Er heißt Sascha. Kennen Sie ihn vielleicht?«

Sie sahen einander kurz an. »Nee, kennen wir nich' …«, antwortete der etwas zugänglichere der beiden Männer. Er presste jedoch anschließend die Lippen zusammen und starrte zu seinen Blumenrabatten hinüber.

»Man sieht sich, Erich«, sagte der zweite, warf Fentje noch einen misstrauischen Blick zu und zog sich in Richtung seiner Haustür zurück.

»Wissen Sie vielleicht …«

Doch anstatt ihr zu antworten, schüttelte der Mann am Gartenzaun mitten in ihrem Satz den Kopf und trottete ebenfalls davon.

Nun habe ich den beiden auch noch ihren unterhaltsamen Vormittagsschnack verdorben, dachte Fentje. Hätte sie sie vielleicht besser auf Platt ansprechen und gleich duzen sollen? Doch die beiden hatten nicht wie alteingesessene Helenendeicher ausgesehen. Oder hatte sie sich da von den Wohnhäusern in dieser Siedlung täuschen lassen?

Mehr erstaunt als verärgert, dass sie aufgelaufen war, ging Fentje weiter in Richtung Dorfstraße. Auf dem Weg machte Fentje noch ein paar Versuche, mit Einwohnern, die sie auf der Straße antraf, ins Gespräch zu kommen, doch sie erfuhr nichts Neues.

Das war sie so nicht gewohnt.

Fentje ging auf einen der Polizisten zu, der den abgesperrten Bereich bewachte. Dabei überdachte sie rasch ihr weiteres Vorgehen. Sie könnte den unbekannten Beamten nach ihrem Cousin Ralph fragen. Da er ebenfalls Polizist war, war er wahrscheinlich bereits vor Ort oder hierher unterwegs. Er hatte ihr schon einmal geholfen, als sie für einen Mandanten ein paar Ermittlungen angestellt hatte. Nicht, dass er ihre Initiative, Verbrecher zu jagen, begrüßt hätte, doch im Nachhinein hatte er eingeräumt, dass sie der Polizei sogar ein klein wenig nützlich gewesen war.

Aber hier lag der Fall etwas anders. Sie hatte keinen Mandaten – noch nicht. Dazu musste sie erst mal herausfinden, wer dieser Sascha war, der sie in der vergangenen Nacht angerufen hatte. Sie wollte sich nicht einfach so auf Ralph und ihr Verwandtschaftsverhältnis berufen, um eine Sonderbehandlung zu bekommen.

Als Fentje auf den Uniformierten zutrat, breitete dieser andeutungsweise die Arme aus, als fürchtete er, sie würde das Absperrband ignorieren. Sie fragte ihn nach dem Kollegen vom Kriminaldauerdienst, mit dem sie in der vergangenen Nacht wegen des Anrufs telefoniert hatte.

Der Streifenpolizist, ein junger Mann mit pickeliger Haut und nervös umherblickenden Augen, runzelte die Stirn. Er überlegte kurz, sagte ihr, der sei noch nicht da, und schickte sie dann zu einem Kollegen in Zivil, der ein paar Meter weiter mit dem Rücken zu ihnen stand.

Der breitschultrige Mann in grellblauer Regenjacke steckte gerade sein Telefon in die Hosentasche, als Fentje auf ihn zutrat. Erkennen leuchtete in seinen kleinen Augen auf, und seine Mundwinkel bogen sich nach unten. Sie kannten einander von zwei früheren Ermittlungen her. Was hatte sie erwartet? Vielleicht, dass die Flensburger Kripo, die für Mord und Totschlag in dieser Gegend zuständig war, nicht ganz so schnell vor Ort sein würde?

Kriminalhauptkommissar Thorsten Reimers musterte sie von Kopf bis Fuß. »Sie sind doch Fentje Jacobsen. Die Anwältin.« Und an den Kollegen gewandt: »Jörn, warum schickst du sie zu mir?«

»Sie will mit einem Kollegen vom Kriminaldauerdienst sprechen. Mit Rick Stammer. Aber der ist meines Wissens nicht vor Ort.«

»Na gut, Anwältin Jacobsen …«

Etwas an der Art, wie er ihren Namen aussprach, gefiel Fentje nicht. Als würde sie sich etwas anmaßen, was ihr nicht zustand, und er sei gezwungen, dieses Spiel mitzuspielen. Er atmete schwer ein und aus. Sie war offensichtlich die letzte Person, die er an diesem Ort – höchstwahrscheinlich einem Tatort – zu sehen wünschte, da gab sich Fentje keinerlei Illusionen hin. Doch sie hatte einen guten Grund, hier zu sein.

»Stimmt, Herr Reimers. Wir hatten vor einiger Zeit wegen der Morde auf dem Fehnsen-Hof miteinander zu tun. Und davor im Fall der ermordeten Lehrerin«, antwortete sie. »Was ist hier passiert?«

»Dazu sage ich nichts. Kein Kommentar«, antwortete er ohne Umschweife.

Fentje warf einen raschen Blick zu dem unscheinbar wirkenden Haus hinüber, wo es von Polizisten nur so wimmelte. »Sind Sie über den Anruf bei mir heute Nacht informiert?«

»Ich habe davon gehört.«

»Besteht ein Zusammenhang? Was denken Sie?« Fentje bezweifelte, dass es sich hier um einen bloßen Zufall handelte.

»Möglicherweise«, räumte Reimers ein. »Wir hätten uns früher oder später sowieso mit Ihnen in Verbindung gesetzt, Frau Jacobsen. Sie hätten nicht herkommen müssen.«

Eine Frau in einem weißen Schutzoverall trat aus der Haustür und rief nach Reimers. Er signalisierte ihr mit einem Winken, dass er gleich kommen würde. »Aber da Sie nun schon einmal hier sind: Gehen Sie zu dem Mercedes-Bus, der ein Stück weiter die Straße hinunter steht, und melden Sie sich bei meiner Kollegin Scarpetta. Die wird Ihre Aussage aufnehmen, sobald Sie Zeit dazu hat.«

Wenn wenigstens der Pastor endlich verschwinden würde! Wiebke Claussen ging zum dritten Mal wie auf Samtpfoten an der Tür zu ihrem Wohnzimmer vorbei und horchte, ob erste Anzeichen eines nahenden Aufbruchs zu vernehmen waren.

Nein, nichts. Nichts als kaum wahrnehmbares Stimmengemurmel. Marens Stimme, unterbrochen nur von einem leisen Schluchzen, danach wieder Ruhe. Vielleicht das abschließende Gebet? Wenn es denn hilft …, dachte Wiebke und ging zurück in die Küche. Sie hatten ihren Glauben an die Kirche verloren – nicht den an Gott, nein, sie glaubte schon an ein höheres Wesen, nur den an die Institution.

Es hatte angefangen, als sie nach Helenendeich gezogen war. Schon das Traugespräch mit dem hiesigen Pastor hatte die wohl schon lange in ihr schlummernden Zweifel angestachelt. Sie hatte den armen alten Mann gefragt, ob es die

Hölle gebe. Der Pastor war sichtlich überrascht gewesen und so konsterniert, dass er ihr eine Antwort schuldig geblieben war.

»Das ist wichtig! Er hat Theologie studiert. Er muss doch eine Meinung dazu haben«, hatte Wiebke sich später gegenüber ihrem Bräutigam Ingmar verteidigt, der nicht begeistert über den Verlauf ihres Traugesprächs gewesen war. Doch dann hatten sie gemeinsam darüber gelacht. War das wirklich schon fünf Jahre her?

Sie hörte, wie sich die Männer nebenan die Hände wuschen. Es war schon wieder Zeit für ein zweites Frühstück mit Brötchen und Wurst, Schinken und Käse. Frühmorgens gab es nur etwas Müsli und mittags beinahe immer ein warmes, frisch gekochtes Essen. Sie alle auf dem Hof standen früh auf und arbeiteten hart, da brauchten sie regelmäßige Mahlzeiten. Daher wurde auch ein zweites Frühstück verlangt, das Wiebke des Öfteren vor organisatorische Probleme stellte.

Der plötzliche und gewaltsame Tod ihres Nachbarn und die Betreuung der Witwe und ihres Kindes, noch dazu die Omnipräsenz der Polizei in Helenendeich, waren allerdings eine gute Ausrede, dass heute Mittag ausnahmsweise mal die Küche kalt bleiben musste. Selbst ihr Schwiegervater würde sich einen Kommentar dazu verkneifen … Zu tief saß der Schock über die Geschehnisse der vergangenen Nacht.

Als sie alle gegessen hatten und Wiebke den Männern gerade die zweite Tasse Kaffee einschenkte, erschien Maren im Türrahmen. Ihre dreijährige Tochter Ylva saß auf ihrer Hüfte und presste einen Plüschhasen mit langen Ohren an sich.

Das Kind war offensichtlich gerade von einem Vormittagsschläfchen aufgewacht. Auch Ylva musste bewusst oder unbewusst etwas von dem Drama mitbekommen haben. Ihre Wangen waren gerötet. Das dunkelbraune, weiche Haar stand ihr vom Kopf ab wie das eines kleinen Trolls.

Der Anblick von Mutter und Kind versetzte Wiebke einen feinen Stich.

»Ist der Herr Pastor schon wieder weg?«, fragte Karl freundlich. Normalerweise würzte er alles, was er sagte, mit einer Prise Spott oder Ironie, doch der Ernst der Situation schien auch ihn für eine Weile handzahm gemacht zu haben.

»Ja, er lässt euch grüßen«, antwortete Maren nach einem leisen Räuspern. Ihre Stimme klang belegt. Auch ihre Wangen waren rot, jedoch nicht vom Schlaf, sondern weil sie geweint hatte.

»Willst du dich nicht zu uns setzen, Maren?«, bot Wiebke an. »Es ist noch reichlich genug für euch da.«

»Ich habe überhaupt keinen Hunger.«

»Wir stehen wohl alle noch unter Schock«, sagte Ingmar und zog einladend einen Stuhl für sie unter dem langen Tisch hervor. »Aber du musst versuchen, etwas zu essen, Maren. Sonst klappst du uns noch zusammen.«

Karl streckte die Arme nach Ylva aus: »Na, Lütte, komm doch mal zu mir, damit deine Mama einen Happen essen kann.«

Ihr Schwiegervater konnte gut mit Kindern umgehen. Ylva gesellte sich bereitwillig zu ihm und ließ sich mit einem Brot mit Marmelade füttern. Wiebke konzentrierte sich auf Maren. Sie schenkte ihr ungefragt Kaffee ein und gab Zucker und viel Milch hinzu. Dann schob sie den Becher zu ihr hinüber. »Konnte der Pastor irgendwas Hilfreiches beisteuern?«

Ingmar warf ihr einen strengen Blick zu.

»Es ist okay«, sagte Maren mit einem Seitenblick auf Wiebkes Ehemann. »Wiebke und ich sind beide nicht die größten Fans unseres Pastors … Aber ja, er war für seine Verhältnisse nett und verständnisvoll. Was heißt, dass ich beinahe die ganze Zeit über geredet habe.« Sie versuchte sich an einem schiefen Grinsen. »Entweder war das ein Teil seiner

Methode, mit Traumatisierten umzugehen, oder ich habe ihn einfach nicht zu Wort kommen lassen.«

Wie tapfer sie ist!, dachte Wiebke. Ihr Ehemann und dessen Freund waren in ihrem eigenen Haus ums Leben gekommen. Noch dazu auf eine furchtbare Art und Weise …

Dass Maren so verhältnismäßig ruhig und gefasst war, war sicherlich auch auf das Beruhigungsmittel zurückzuführen, das der eilig herbeigerufene Hausarzt ihr verabreicht hatte. Wiebke hoffte, dass er genug von den Tabletten dagelassen hatte. Ein weiterer Grund für Marens Haltung war sicherlich, dass sie für ihre Tochter stark sein wollte. Es gab für sie einen Menschen, für den sich jede Mühe lohnte: ihr Kind. Sie hatte einen sehr guten Grund, ihr Leben neu zu ordnen und über alles hinwegzukommen.

»Wir müssen wieder raus in den Stall«, sagte Ingmar. Er erhob sich, sah Wiebke jedoch nicht in die Augen, sondern blickte knapp an ihr vorbei. Karls Aufmerksamkeit galt voll und ganz der kleinen Ylva, die er nur widerstrebend zurück zu ihrer Mutter gehen ließ.

Wiebke sammelte die gebrauchten Becher, Brettchen und das Besteck zusammen. Ihr Blick streifte das blasse, wie versteinert aussehende Gesicht ihrer Nachbarin. Nicht einmal das plappernde Kind konnte ihr eine Reaktion entlocken.

Maren war nun schon zum zweiten Mal Witwe geworden. Ihr erster Mann war bald nach Ylvas Geburt an Krebs gestorben, so viel immerhin wusste Wiebke. Und nun war auch ihr zweiter Ehemann tot. Eike Harms – Maren hatte ihn heute in den frühen Morgenstunden tot – erschlagen – auf dem Küchentisch liegend aufgefunden. Die Leiche von Eikes totem Freund Sascha hatte sie ebenfalls gesehen.

Es fiel Wiebke schwer, es sich auch nur vorzustellen. Doch genau das hatte Karl Ingmar und ihr erzählt, bevor sie ihn gestoppt hatte. Es war ein Anblick gewesen, den man wohl so schnell nicht vergessen konnte, hatte er hinzugesetzt. Und wenn ein pragmatischer und großspuriger Mann wie ihr Schwiegervater Karl das so empfand, wie mochte es dann erst der Frau gehen, die Eike geliebt hatte? All das war grauenvoll! Wiebke hätte nie gedacht, dass sie so etwas mal erleben würde. Doch nun war es die neue Realität.

Ihre Nachbarin erhob sich ebenfalls, das Kind an sich gepresst, während Ylva mit ihren Haaren spielte und Wiebke über die Schulter ihrer Mutter hinweg anschaute. Die Kleine zog eine Grimasse.

Maren wandte sich zu ihr um. »Ich versuche, Ylva bei euch im Gästezimmer ein bisschen zu beschäftigen«, erklärte sie. »Danke für das zweite Frühstück, Wiebke.« Dabei hatte sie nichts gegessen und kaum etwas getrunken.

Doch Maren würde noch einmal von vorn beginnen, wenn der Schock und die Trauer erst einmal abgeklungen waren, dachte Wiebke erneut. Einfach alles auf null stellen und weitermachen. Das konnten nicht viele, aber Maren konnte es …

5. Kapitel

Nachdem sie eine Viertelstunde hatte warten müssen, saß Fentje nun Carla Scarpetta, Kriminalhauptkommissarin der Flensburger Mordkommission, gegenüber. In dem Mercedes-Bus war es so eng, dass sich ihre Knie unter der Tischplatte beinahe berührten. Fentje roch das zitronig-holzig duftende Parfüm der anderen Frau.

Sie kannte die Kommissarin, genau wie deren Kollegen Thorsten Reimers, bereits von früheren Ermittlungen her. Damals hatte Fentje die beiden insgeheim »Bulldogge und Dobermann« getauft, was nicht despektierlich gemeint gewesen war. Die zwei Beamten waren engagiert, nahmen ihre Aufgabe ernst und machten sicherlich einen guten Job.

Carla Scarpetta war hochgewachsen und schlank, beinahe mager, mit sich deutlich abzeichnenden Bizepsen unter dem engen schwarzen T-Shirt. Sie hatte ein längliches Gesicht, eine gerade Nase und durchdringend blickende Augen, die anscheinend nie zu zwinkern brauchten.

Als Fentje zu reden ansetzte, hob die Polizistin sofort die Hand. »Ich stelle hier die Fragen, Frau Jacobsen. Wir stehen unter Zeitdruck. Das verstehen Sie sicher.«

»Natürlich.« Was sollte sie sonst dazu sagen? An Menschen, die heutzutage keinen Zeitdruck kannten, ging das Leben ja angeblich vorbei. »Was wollen Sie wissen?«

»Ich zeichne dieses Gespräch auf. Sie sind damit einverstanden?«

»Bin ich Zeugin, oder werde ich irgendeines Vergehens beschuldigt?«

»Ich befrage Sie natürlich nur als Zeugin.« Hauptkommissarin Scarpetta schaltete das Aufnahmegerät ein und rasselte trotz allem die Belehrung herunter. »Name?«, fragte sie dann.

»Ich heiße Fentje Jacobsen. Wie Sie sich wahrscheinlich erinnern, bin ich Anwältin. Wir kennen uns ja bereits.«

Diese drei Sätze waren offensichtlich schon zu viel, denn Carla Scarpettas Augenbrauen zogen sich zusammen. »Es reicht, wenn Sie meine Fragen beantworten.«

»Ganz wie Sie wünschen.« Fentje setzte sich bequemer zurecht.

»Woher kennen Sie Sascha Janssen?«

»Ich kenne niemanden dieses Namens.« Fentje versuchte sich ebenfalls an einem Starren, ohne zu blinzeln.

»Der Mann hat Sie letzte Nacht von seinem Handy aus angerufen. Und Sie haben sich laut unseren Aufzeichnungen daraufhin bei der Polizei gemeldet …«

Fentje schwieg.

»Also?«

»Was ist die Frage?«

Carla Scarpetta schnaubte. »Schildern Sie den Anruf. Was hat der Anrufer zu Ihnen gesagt? In welcher Beziehung stehen Sie zu ihm?«

»Um etwa zehn vor zwölf Uhr gestern Nacht hat mich jemand auf dem Festnetz in der Kanzlei angerufen. Ich war gerade im Stall, aber der Anruf wurde auf mein Smartphone umgeleitet.«

»Was haben Sie um diese Uhrzeit dort gemacht?«

»Einer von uns geht vor dem Schlafengehen immer noch mal durch den Schafstall, um zu schauen, ob alles in Ordnung ist, vor allem in den Monaten, in denen die Schafe lammen. Normalerweise macht das mein Großvater, doch gestern bin ich für ihn eingesprungen.«

»Alles klar. Weiter.«

»Der Anrufer nannte sich selbst Sascha. Aber ich kenne keinen Mann dieses Namens.«

»Warum haben Sie danach die Polizei verständigt?«

»Weil der Anrufer mir sagte, er habe gerade einen Mord begangen. Er wollte, dass ich ihm helfe. Als Anwältin. So habe ich das wenigstens verstanden.«

»Das Gespräch, dass Sie mit unserem Kollegen geführt haben, wurde natürlich aufgezeichnet. Aber es klang da so, als wäre dieser Sascha ein Freund oder guter Bekannter von Ihnen.«

»Nein, das ist dann ein Missverständnis. Vielleicht habe ich mich nicht klar genug ausgedrückt. Ich kannte weder die Stimme, noch sagt mir der Name etwas.«

»Sascha ist nicht gerade ein seltener Vorname. Ist Ihnen wirklich niemand bekannt, der Sascha heißt?« Carla Scarpetta sah sie nun in bester Dobermannmanier lauernd an.

»Mir fällt zumindest kein Bekannter namens Sascha ein. Und den Mann am Telefon kannte ich ganz bestimmt nicht. Sonst hätte ich wohl auch anders reagiert und nachgefragt …«

»Um was zu tun?«

»Um ihm zu helfen?«

»Einem Mann, der gerade einen anderen Menschen ermordet hat?« Zwischen den Augenbrauen der Kriminalhauptkommissarin bildete sich eine steile Falte.

»Das ist mein Beruf.«

»Die Art, wie Sie Ihre Mandanten auswählen, finde ich, gelinde gesagt, befremdlich.«

Fentje fand die Art der Befragung, gelinde gesagt, ebenfalls befremdlich, hielt sich jedoch wohlweislich mit einer Bemerkung diesbezüglich zurück. »Ich habe nicht ihn ausgewählt, sondern er mich«, antwortete sie stattdessen.

»Hat er auch gesagt, wie er auf Sie gekommen ist?« Ein »ausgerechnet auf Sie« schwang unausgesprochen mit.

»Nein. Und meines Wissens habe ich Ihrem Kollegen in der Zentrale den vollständigen Inhalt des Telefonats bereits mitgeteilt.«

»Es könnte ja sein, dass Sie in der Aufregung etwas vergessen haben …«

»Nein, das habe ich nicht«, erwiderte Fentje.

»… etwas vergessen haben, das erklärt …« Sowohl die Lautstärke als auch Hauptkommissarin Scarpettas Betonung verstärkte sich, während sie das sagte. »… wieso Sascha Janssen ausgerechnet Sie, Fentje Jacobsen, mitten in der Nacht anruft, wenn er in Schwierigkeiten steckt!«

Wieder schwieg Fentje, obwohl sie wusste, dass es nicht zu ihrem Vorteil sein würde, wenn sie die andere Frau gegen sich aufbrachte.

»Ihn können wir jedenfalls nicht mehr fragen. Das müssen Sie uns schon beantworten.«

Fentje krauste die Stirn. »Dieser Sascha ist tot?«

»So tot wie der windschiefe Zaunpfosten da draußen.« Sie wies mit dem Kopf durch das Busfenster.

»Wie ist er gestorben?«

»Ich stelle hier die Fragen, Frau Jacobsen.« Ihre Mundwinkel bogen sich leicht nach oben. Es schien ihr Spaß zu machen, ihre Position so auszuspielen. Na, wenigstens eine von ihnen hatte gerade eine schöne Zeit …

»Und Sascha Janssen ist nicht der einzige Tote.« Carla Scarpetta schwang sich ein paar Millimeter vom Olymp der Macht herunter und warf ihr einen weiteren Informationsbrocken zu: »Nein, nach meiner Zählung sind zwei Tote zu beklagen.« Sie hob eine Faust und spreizte den Daumen ab. »Eike Harms, der laut seiner Ehefrau Maren in dem Haus wohnte, liegt erschlagen in seiner Küche.« Sie richtete den Zeigefinger auf. »Sascha Janssen hat sich offensichtlich, nachdem er Sie, Frau Jacobsen, angerufen hatte, am Treppengeländer erhängt.«

Das kam unerwartet. Obwohl sie Carla Scarpettas Blick unverwandt und inquisitorisch auf sich spürte, erlaubte Fentje es sich, sich mit beiden Händen durchs Haar zu fahren und dabei den Kopf zu schütteln. Als sie die Information in ihrer ganzen Tragweite erfasst hatte, sah sie wieder auf. »Es sind zwei Tote in dem Haus. Einer wurde erschlagen, der zweite Mann, Sascha Janssen, hat sich erhängt. Mein Mandant ist demnach nicht mehr am Leben.«

»So wie ich die Situation beurteile, haben Sie keinen Mandanten«, erwiderte Carla Scarpetta kühl.

Niklas war Andreas Borgholz etwas schuldig, so viel stand fest. Er fürchtete, dass er den Staatsanwalt in harter Währung würde bezahlen müssen. Mit einer gemeinsamen 18-Loch-Runde auf dem Golfplatz ... und einem daran anschließenden, mehrgängigen Essen im Golfclub.

Eigentlich hatte Niklas nach seiner Rückkehr aus der Ukraine ein paar Tage freimachen wollen. Er brauchte dringend etwas Ruhe und Abstand, um das Erlebte zu verarbeiten. Die Reportage aus einem Kriegsgebiet hatte ihm noch mehr zugesetzt, als er befürchtet hatte. Das Wetter war gut. Er könnte surfen, am Strand entlangwandern oder einfach faul auf seiner Dachterrasse herumsitzen, zumindest wenn die Meteorologen recht behielten. Stattdessen stand er mit einigen anderen Kollegen in Helenendeich, wo sich in der vergangenen Nacht ein Mord und ein Selbstmord zugetragen haben sollten.

Es war selten lohnend, bei solchen Ereignissen mit den Wölfen zu heulen und sich in einem Pulk von Kollegen zu bewegen. Jeder erfuhr das Gleiche, die Fotos ähnelten einander.

Niklas hatte das Haus, in dem sich das Verbrechen zugetragen hatte, bereits von allen Seiten fotografiert und auch ein paar Aufnahmen gemacht, auf denen entfernt die Einsatzkräfte hinter dem Absperrband zu sehen waren. So etwas kam gut an bei den Leuten. Doch das war nichts, bei dem sich der Puls eines guten Reporters beschleunigte.

Im Grunde hatte Niklas keine große Lust auf diese Geschichte. Er könnte von Haus zu Haus gehen, um etwas mehr über die Bewohner dort drüben zu erfahren. Helenendeich hatte offenbar keine Geschäfte, wo man leichter an Informationen herankäme, und auch das einzige Gasthaus schien nicht mehr in Betrieb zu sein. Die Wohnhäuser entlang der Dorfstraße sahen abweisend bis verwaist aus, zumindest fand er das in seiner augenblicklichen Stimmung. Die Nachbarn, die herumgestanden hatten, hatten sich bereits wieder in alle Winde zerstreut. Wahrscheinlich an den heimischen Herd oder zur Arbeit …

Andreas Borgholz winkte ihm zu und signalisierte ihm mit einer Kopfbewegung, zu ihm hinüberzukommen. Sie gingen nebeneinander ein Stück die Straße hinunter. Als die anderen sie nicht mehr hören oder sehen konnten, sagte er: »Ich habe mich gerade mit Kriminalhauptkommissar Reimers abgestimmt. Wir halten es für sinnvoll, wenn Sie und ein paar ausgewählte Kollegen einen Blick auf den Tatort werfen.«

Niklas war erstaunt. »Was bezwecken Sie damit?« Golfspiel hin oder her. Auch Borgholz verteilte seine Vergünstigungen nicht, ohne sich etwas davon zu versprechen.

»Wie es aussieht, wäre es hilfreich, wenn die Geschichte auf Seite eins Ihrer Zeitung erscheint.«

»Mit anderen Worten: Sie haben nicht viel.«

Er zuckte vage mit den Schultern. »Das mag sein. Zum anderen ist wohl einer der Toten eine Art C-Promi.«

»Wer ist es?«

»Sagt Ihnen der Name Sascha Janssen etwas?«

»Der Besitzer der drei *Gamberetto*-Restaurants«, erwiderte Niklas. Er hatte mal in einem der Lokale gegessen.

Patricia hatte darauf bestanden, dass er sie dorthin ausführte, und ihn sogleich mit Sascha bekannt gemacht.

Seinen Erinnerungen nach war Janssen mittelgroß, mit etwas zu langen blonden Haaren, die er lässig nach hinten gegelt hatte. Er trug ein zu enges schwarzes Hemd, und seine braungebrannten Füße steckten in weißen Leinenschuhen ohne Schnürsenkel. Seine Lederjacke war so abgewetzt gewesen, dass nur minutenlanges Rutschen über Asphalt bei Tempo 110 oder mühevolle Handarbeit – zweifellos nicht von Sascha selbst – sie so zugerichtet haben konnte.

Seltsam, dass ich mich noch so genau daran erinnere, überlegte Niklas. Oder hat mich damals nur gestört, wie Patricia ihn »Sascha-Süßer« genannt und sich ihm an den Hals geworfen hat?

»Er war einer von zwei Besitzern«, riss Borgholz ihn aus seiner Erinnerung. »Er hatte einen Kompagnon. Ich war schon ein paar Mal in seinem Restaurant auf Sylt, als ich dort ein Golfturnier hatte. Gute Küche, sehr guter Wein!«

»Janssens Tod ist demnach ein echter Verlust für die Menschheit …«

»Nun, ich hoffe, der Kompagnon macht trotzdem weiter.« Borgholz war der ironische Unterton offensichtlich entgangen. »Obwohl ich befürchte, dass Janssen Herz und Kopf der drei Läden war.«

»Und wer ist der andere Tote?«, erkundigte sich Niklas.

»Sein Name ist Eike Harms. Der hat hier mit Frau und Kind gewohnt. Und er war Janssens Koch und sein Kumpel.«

»Das sind doch schon mal ein paar Ansatzpunkte.«

»Kommissar Reimers und ich wollen, dass es groß in die Zeitung kommt. Wie gesagt: Seite eins, wenn möglich.«

»Ich bin dabei«, antwortete Niklas.

6. Kapitel

Nach einer halben Stunde Warten wurde Niklas mit drei weiteren Journalisten-Kollegen in Vollschutz und auf streng reglementierten Wegen ins Haus gelassen.

Es war ein Satteldachhaus, das mit der Dachtraufe parallel zur Straße stand. Die Fassade war dunkelrot verklinkert, mit einzelnen braunen Steinen dazwischen sowie braunen Kunststofffensterrahmen und einem schwarzen Dach. Die Eingangstür befand sich nur beinahe in der Mitte und wurde von je einem Fenster links und rechts eingerahmt. Die ebenfalls braune Tür stand weit offen, doch dieser Eingang war mit Flatterband abgesperrt.

Kriminalhauptkommissar Reimers führte die kleine Gruppe über einen Plattenweg um die Hausecke herum zur Terrasse. Uniformierte, Beamten in Zivil und Spurensicherungsleute kamen ihnen entgegen oder liefen quer über den Rasen zum Carport. Darin stand ein SUV älteren Baujahres der Marke Toyota, dahinter ein grellgelber Sportwagen, ein Ford Mustang GT, und in der Zufahrt der Transporter der Spurensicherung sowie zwei Leichenwagen.

Gartenmöbel, ebenfalls aus braunem Kunststoff, flankierten einen modernen Kugelgrill unter einem Dach. In einer Sandkiste in Form einer Schildkröte lagen ein Eimer, Backförmchen und Schaufeln aus ausgeblichenem Kunststoff. Weiter hinten, auf dem Rasen, stand ein Schaukelgerüst.

Niklas wurde schwerer ums Herz bei diesem Anblick. Wenn Kinder von einem Gewaltverbrechen mit betroffen waren, erhöhte sich noch einmal der Einsatz. Er drehte sich wieder in Richtung Haus. Über der Terrassentür und den Wohnzimmerfenstern waren ebenfalls braune Rollladenkästen montiert, die die Öffnungen kleiner und dunkler wirken ließen. Und obwohl man sehen konnte, dass das das Heim einer Familie gewesen war, spürte Niklas schon jetzt den kalten Hauch der Vergänglichkeit.

Reimers wies sie mit eisiger Miene darauf hin, dass das Fotografieren im Inneren des Hauses streng verboten war. Erst dann gab er den Weg frei. Über ein flaches Podest aus Metallgitter betraten sie nacheinander das dahinter gelegene Wohnzimmer. Sofort fiel Niklas der Geruch auf, eine Mischung aus Blut, abgestandenem Alkohol, Urin und einer Spur Feuchtigkeit unter dem buchefarbenen Laminatboden. Ein schmaler markierter Pfad führte vom Wohnzimmer zu einer Tür, die vermutlich in den Flur mit der Eingangstür und einer Treppe ins Obergeschoss hinausging.

Sie durften jedoch weder den angrenzenden Hausflur noch die Küche betreten. Zu groß war die Gefahr, dass sie trotz aller Vorsicht und der Schutzkleidung, die sie hatten anlegen müssen, den Tatort kontaminierten. Reimers ließ jedoch einen Journalisten nach dem anderen einen kurzen Blick durch die Durchreiche in die Küche werfen.

Niklas merkte ihm an, wie er mit sich kämpfte. Da war sein absolutes Missfallen, zu diesem frühen Zeitpunkt ausgerechnet der Presse den Zutritt zu dem sensiblen Bereich eines Tatorts zu gewähren. Auf der anderen Seite spürte er wohl die Notwendigkeit, die Journalisten mit ins Boot zu holen, ja sich ihre Arbeit zunutze zu machen, um schnellstmöglich an weitere Informationen zu gelangen.

Allerdings vermutete Niklas, dass Andreas Borgholz maßgeblich für die Entscheidung verantwortlich war, in diesem frühen Stadium der Ermittlung mit den Reportern zusammenzuarbeiten. Letztlich war der Staatsanwalt »Herr des Verfahrens«.

Niklas war während seiner beruflichen Laufbahn schon an einigen Tatorten gewesen und wusste somit in etwa, was ihn erwartete. Trotzdem traf ihn der Anblick, der sich ihm bot, mit unangenehmer Wucht. Es war immer das Gleiche … und doch auch jedes Mal anders. Er sah die Szene, das Verbrechen und seine Folgen, und es war, als schliche sich etwas davon in seinen Kopf ein und veränderte seinen Geist für immer.

Er schaute so genau hin wie möglich, versuchte, sich die kleinsten Details einzuprägen. Die Küche war L-förmig, und an der freien Seite unterhalb der Durchreiche stand ein rechteckiger Tisch mit drei Stühlen und einem Kinder-Hochstuhl daran. Die Tischplatte war durch eine mit Sonnenblumen bedruckte Plastikdecke geschützt. Darauf lagen der Oberkörper und Kopf eines großen Mannes, der auf einem der Stühle am Küchentisch saß.

Ein Scheinwerfer neben dem Kühlschrank leuchtete jedes Detail auf dem Tisch aus: das umgeworfene Glas mit der bereits angetrockneten, dunkelroten Flüssigkeit, diverse Weinflaschen und eine mit einem Rest Grappa darin. Verschiedene Gläser für mindestens zwei Personen, die hier offenbar zusammen getrunken hatten.

Niklas zwang sich, den reglos daliegenden Toten anzuschauen. Kannte er ihn? Auch er hatte ja schon mal in einem der drei *Gamberetto*-Restaurants gegessen. Hatte er den Koch dort oder anderswo gesehen? Der Mann kam ihm nicht bekannt vor – doch der Tod veränderte stark.

Eike Harms trug ein grün-braun kariertes Hemd mit aufgerollten Ärmeln. Einer seiner kräftigen, dunkel behaarten Arme hing herab, seine Hand war angeschwollen. Die andere lag neben ihm auf dem Tisch. Sein Kopf war rasiert, sodass die letale Verletzung deutlich sichtbar war. Ersten Annahmen zufolge war Eike Harms der Schädel mit einer Weinflasche eingeschlagen worden, wie Borgholz ihm noch berichtet hatte.

Niklas vermutete, dass Harms sofort tot gewesen war. Aus diesem Winkel konnte er sogar das Gesicht des Mannes sehen, den von Blutspuren durchzogenen Speichelfaden, der über sein Kinn bis auf die Tischdecke gelaufen war und dort einen kleinen See bildete.

Der Geruch war hier intensiver als im Wohnraum. Niklas bewunderte die Spurenfachleute, die anscheinend ungerührt die Leiche »abklebten«. Nach und nach zogen sie Fasern und andere Spuren mithilfe von Klebestreifen von jedem Quadratzentimeter des toten Körpers ab. So eine Prozedur nahm mehrere Stunden bis zu einem ganzen Tag in Anspruch, wusste Niklas. Überall standen bereits Spurentafeln mit Nummern darauf herum. Im Hintergrund der Küche lehnte eine schlanke Frau in einem Overall am Türrahmen und diktierte etwas in ihr Smartphone. Die Arbeiten waren noch in vollem Gange.

Auf den ersten Blick ließ dieser Tatort ein Saufgelage vermuten, das in einen Streit übergegangen und in einem Akt tödlicher Gewalt eskaliert war. Zwei Männer, betrunken und wohl nicht mehr wirklich zurechnungsfähig … Doch so einfach lag die Sache wohl nicht. Man hatte die Presse gewiss nicht ohne Grund hier hereingelassen.

Er wandte sich von der Durchreiche ab. Als Nächstes würde er einen Blick in den Flur werfen dürfen, wie die anderen Journalisten vor ihm. Ein jüngerer Kollege war, eine Faust vor den Mund gepresst, eilig hinausgelaufen. Daher wusste Niklas, dass das in der Küche noch lange nicht alles gewesen war.

Hauptkommissarin Scarpetta hatte Fentje mit den Worten entlassen, dass die Kriminalpolizei sich wieder bei ihr melden würde. So lange habe sie sich aus allem herauszuhalten.

Nachdem sie wieder Sand und Kies unter den Füßen und den Nordseewind in der Nase hatte, stand Fentje einen Moment unschlüssig vor dem Mercedes-Bus und blickte die lang gezogene Hauptstraße in Richtung Deich hinunter. Die meisten Anwohner, die bei ihrer Ankunft allein oder in Gruppen in der Nähe des Tatorts gestanden hatten, waren wohl in ihre Häuser zurückgekehrt. Was ihr die Möglichkeit bot, jemandem einen kleinen Besuch abzustatten, ohne die Aufmerksamkeit der Dorfbewohner oder der ermittelnden Beamten auf sich zu ziehen.

In Gedanken ging sie noch einmal ihre Bekannten durch. Wohnte doch jemand in Helenendeich? Hatte sie einen Anknüpfungspunkt?

Aber sie selbst erinnerte sich tatsächlich an niemanden, der in diesem Ort am Deich wohnte. Nicht aus ihrer Schulzeit, weder Verwandtschaft noch heutige Bekannte ihrer Großeltern. Auch ihr Bruder und ihre Nichte Sofia hatten ihres Wissens keine Freunde in Helenendeich. Auch wenn Fentje manchmal glaubte, mindestens die Hälfte der Einwohner der Halbinsel Eiderstedt zu kennen, schien Helenendeich so etwas wie eine in sich abgeschlossene Enklave zu sein. Blieb man hier eher unter sich? Oder lag es an ihr?

Doch als sie den Kopf ein Stück drehte und den Turm erblickte, fiel Fentje ein, dass sie zumindest eine Person in Helenendeich kannte, und das war Pastor Gehrmann. Gisbert Gehrmann, wenn sie sich recht entsann. Und er erinnerte sich wahrscheinlich an sie.

Der Pastor von Helenendeich betreute mehrere Gemeinden, deshalb war nicht gesagt, dass sie ihn hier antreffen würde. Das Pastorat, in dem er wohnte, befand sich in einem der Nachbarorte. Andererseits, bei dem, was gerade in Helenendeich geschehen war … Fentje wollte es darauf ankommen lassen und machte sich auf den Weg in Richtung Kirche.

Fentje hatte Glück, oder sie lag mit ihrer Einschätzung richtig, dass der Pastor seine Schäfchen in so einer schweren Stunde nicht sich selbst überlassen würde. Gisbert Gehrmann war aber anscheinend bereits tätig geworden, denn er war gerade auf dem Weg zu seinem Auto.

»Pastor Gehrmann!«, rief Fentje und lief quer über die Straße auf ihn zu.

Er zuckte zusammen, hielt inne, drehte sich um und blickte sie erstaunt an. Als Fentje vor ihm stand, kniff er die Augen gegen die Sonne zusammen. Im Gegenlicht konnte er anscheinend nicht viel erkennen.

»Kennen wir uns?«, fragte er reserviert. Der Pastor sah genau so aus, wie sie ihn in Erinnerung hatte. Er trug ein dunkelgraues Jackett über einem weißen Hemd, schwarze Jeans und braune, etwas abgewetzte Schuhe. Gisbert Gehrmann hatte ein schmales Gesicht mit einer Hakennase und blondes, von Grau durchsetztes Haar, das er hinter die Ohren zurückgekämmt hatte. Man konnte zu ihm stehen, wie man wollte, aber Pastor Gehrmann war eine Erscheinung.

»Ich bin bei Ihnen im Konfirmandenunterricht gewesen«, sagte Fentje leicht außer Atem. »Sie waren damals ein paar Wochen lang für unsere Pastorin eingesprungen. Ich heiße Fentje Jacobsen.« Den Rest der Geschichte erwähnte sie besser nicht. Er würde sich wahrscheinlich sowieso an das wohl seltsamste Mädchen erinnern, dass je an seinem Unterricht teilgenommen hatte.

»Fentje Jacobsen vom Jacobsen-Hof. Natürlich erinnere ich mich an Sie«, gab er in freundlichem Tonfall zurück, doch sein Unterlid zuckte. »Wie geht es Ihren Großeltern?«

»Beiden geht es gut. Vielen Dank!«

»Und Ihrem Bruder? Sie haben doch einen älteren Bruder?«

Den hatte er sicher in besserer Erinnerung. Soviel Fentje wusste, war Bendix ein ganz gewöhnlicher, unauffälliger Konfirmand gewesen, mit nicht viel mehr im Sinn als dem Motorroller, den er sich von seinem Konfirmationsgeld kaufen wollte. »Ja, Bendix. Ihm geht's auch gut«, antwortete Fentje.

»Womit kann ich Ihnen helfen, Frau Jacobsen?« Er klang eine Spur süffisant. Natürlich ging er nicht davon aus, dass sie auf ihn zu gerannt war, weil sie unbedingt mit ihm plaudern wollte.

»Können wir uns kurz unterhalten? Es geht um Sascha Janssen«, sagte sie so selbstverständlich wie möglich.

»Sie kennen Sascha Janssen?« Sein Gesicht verzog sich unwillig.

»Nun, er hat mich letzte Nacht angerufen und mich um Hilfe gebeten … als Anwältin. Ich bin Anwältin«, fügte sie hinzu. Warum fühlte sie sich in seiner Gegenwart wieder wie vierzehn?

Er nickte langsam, als fügten sich ein paar Puzzleteilchen in seinem Kopf zusammen. Dann sah er auf seine Armbanduhr. »Sie haben Glück, Frau Jacobsen. Ein paar Minuten kann ich erübrigen, bevor ich zurück ins Pastorat fahren muss. Wollen wir uns nicht setzen?« Er deutete auf die Bank am Wegrand.

Es war das, was Fentje beabsichtigt hatte. Trotzdem fühlte sie sich unwohl, als sie sich neben Gisbert Gehrmann auf der Holzbank niederließ. Er schlug die Beine übereinander und faltete die Hände auf dem oberen Knie. Natürlich dachte er nicht daran, ihr bei diesem Gespräch entgegenzukommen und ihr eine Brücke zu bauen. Und sie konnte es ihm nicht verdenken.

Wäre es eine Sünde, einem Pastor gegenüber vorzugeben, dass sie Sascha kannte? Spielte es überhaupt eine Rolle? »Wie schon gesagt, hat Sascha mich gestern Nacht angerufen. Er klang verzweifelt, und er hat mich um Hilfe gebeten.«

Gisbert Gehrmann schien aufzumerken, doch er nickte nur.

»Er fühlte sich anscheinend schuldig … sagte, er habe vielleicht jemanden umgebracht.«

Gehrmann kniff die Augen zusammen. »Das sollten Sie besser der Polizei erzählen.«

Fentje nickte rasch. »Das habe ich bereits. Man hat mir erklärt, dass Sascha ebenfalls tot ist. Wahrscheinlich ein Suizid. Ich habe das Gefühl, versagt zu haben.«

Gehrmann nickte. Die Frage nach Schuld in jeglichem Sinn war ihm vertraut. »Denken Sie, Sie hätten Sascha Janssen helfen können?«

»Ich hätte es zumindest versucht.«

»Manchen Menschen kann man nicht helfen.«

Anwälte können da Menschen helfen, wo ein Pastor es nicht kann, dachte Fentje unwillkürlich. Und umgekehrt … »War Sascha Janssen Ihrer Meinung nach so ein Mensch?«, fragte sie. »Einer, dem man nicht helfen konnte?«

Gehrmann lehnte sich zurück, verschränkte die Arme vor der Brust. »Das weiß ich nicht. Er stammt zwar aus Helenendeich, hat den Ort aber angeblich verlassen, sobald er achtzehn war. Seine Mutter ist bald darauf fortgezogen. Das war aber vor meiner Zeit.«

»Ich würde gern mit jemandem sprechen, der Sascha Janssen besser kannte. Einfach, um es für mich abschließen zu können«, behauptete Fentje.

»Sein bester Freund Eike Harms ist ja ebenfalls tot. Möglicherweise hat Sascha Janssen ihn sogar umgebracht, heißt es. Wollen Sie sich wirklich in diese Sache hineinziehen lassen, Frau Jacobsen?«

»Trauen Sie mir nicht zu, damit umgehen zu können?«

»Nun, es ist eine große Tragödie und ein schlimmes Schicksal für Eike Harms' Familie und den ganzen Ort. Er hat Frau und Tochter … Ich möchte nicht, dass sie unnötig leiden, weil gewisse ›Dinge‹ die Runde machen.«

»Dinge?«

»Spekulationen. Üble Nachrede. Das haben Eikes Angehörige nicht verdient.«

Fentje entging nicht, dass er Sascha Janssens Angehörige, wer immer sie sein mochten, gar nicht erwähnte. »Ich kann sehr wohl damit umgehen. Und es fühlt sich ein wenig so an, als wäre Herr Janssen immer noch mein Mandant. Immerhin wird er des Mordes beschuldigt. Wer verteidigt einen Toten?«

»Fentje Jacobsen, streitlustig wie eh und je! Lassen Sie die Familie Harms in Ruhe.«

»Ich habe nicht vor, sie zu belästigen.«

»Sie müssen doch am besten wissen, wie das nach so einem Schicksalsschlag ist«, fuhr er fort, als hätte sie gar nichts gesagt.

Es ärgerte Fentje, dass er aus einer scheinbar überlegenen Position auf ihr eigenes Schicksal anspielte. So, als wüsste sie nicht, dass ihre Eltern ums Leben gekommen waren, als sie zwölf Jahre alt gewesen war. Als könnte sie das je vergessen! Fentje erhob sich von der Bank. »Ich danke Ihnen vielmals für Ihre Zeit, Pastor Gehrmann. Auf Wiedersehen.«

»Gottes Segen, Frau Jacobsen!«

7. Kapitel

Noch in Gedanken bei dem Anblick, den die beiden Leichen in dem Haus geboten hatten, ging Niklas zu seinem Auto. Eigentlich müssten ihn sein Aufenthalt im Kriegsgebiet und das Leid der Menschen, das er mit angesehen, das er beinahe hautnah miterlebt hatte, unempfindlicher gegenüber gewaltsamen Todesfällen gemacht haben. Doch das Gegenteil schien der Fall zu sein. Er fühlte ein Gewicht auf sich lasten, etwas Düsteres, weil er nun im Nachhinein Zeuge dieser beiden hässlichen Tode geworden war.

Als er bei seinem Wagen angekommen war und gerade die Tür öffnen wollte, blickte er die schmale Gasse hinauf, die an dem verlassen aussehenden Gasthaus vorbei in Richtung Kirche führte. Eine Frau kam ihm entgegen.

Niklas hielt in der Bewegung inne. Was machte ausgerechnet Fentje Jacobsen hier? Sie ging schnell, sprang ein paar Stufen hinunter, sodass ihr Pferdeschwanz mit den braunen Locken wippte. Ihr biegsamer Körper schien federleicht zu sein, als belastete sie nichts, jedenfalls keine Bilder des Todes … Sie trug eine enge, ausgewaschene Jeans, ein weißes T-Shirt und eine Wildlederjacke darüber. Die Strahlen der Frühlingssonne, die zwischen den Wolken hervorgekommen war, schienen in diesem Moment nur auf sie zu fallen.

»Oh.« Sie stutzte, als sie ihn erblickte. »Niklas John. Ich hätte es mir denken können …« Ein spöttisches Lächeln erhellte ihr Gesicht, jedoch nur kurz, bis sie wohl die gesamte Szenerie wieder erfasste: die Polizeiwagen, die Autos der Bestattungsunternehmen, das Absperrband. »Grässliche Geschichte, das hier.«

»Hallo, Fentje.« Niklas suchte nach unverfänglichen Worten, die er an sie richten konnte, doch ihr überraschender Anblick hatte ihn für einen Moment zu sehr abgelenkt. »Du sagst es. Aber was machst du hier?«

Sie betrachtete ihn, als müsste sie erst abwägen, was sie darauf antworten sollte. »Ich bin wegen eines Mandanten hier.«

»Tatsächlich?« Er deutete mit dem Kopf in Richtung des Tatortes. »Doch wohl nicht den aktuellen Fall betreffend, oder?«

Das Lächeln war wieder da, jetzt etwas breiter. »Und du? Wirst du darüber schreiben?«

»Bleibt mir nicht viel anderes übrig«, antwortete er. »Die Polizei scheint aus irgendeinem Grund besorgt zu sein. Vielleicht, weil eines der Opfer recht prominent war. Sie haben jedenfalls gerade ein paar Journalisten den Tatort gezeigt.«

»Du warst da drin?« Ihr Blick wurde durchdringend.

Ihr mehr als beiläufiges Interesse sprach Bände. »Wer ist denn dein Mandant?«

Fentje schüttelte leicht den Kopf. »So wird das nichts, Niklas. *Quid pro quo*.«

Sie hatte ja recht. Für das, was man gab, sollte man auch etwas bekommen. Er blickte auf seine Uhr, als warteten noch jede Menge Termine auf ihn. »Einverstanden. Ich möchte wirklich gern mit dir reden. Darf ich dich zu einem Kaffee einladen?«

Sie zuckte mit den Schultern. »Warum nicht? Nur …«, sie schaute sich um, »… in Helenendeich wird das wohl eher nichts werden. Das Gasthaus hier ist nicht mehr in Betrieb.«

»Wie wäre es in der *Luzerner Wirtschaft* in Tating? Das Lokal liegt für uns beide auf dem Weg«, schlug er vor.

»Abgemacht«, sagte sie. »Aber nur für eine Viertelstunde.«

Niklas blickte ihr nach, wie sie die Dorfstraße hinunterging. Sicher, sie konnten ein paar Informationen austauschen. Doch das war es nicht, was er wirklich wollte. Irgendwie war es bei ihrem letzten Treffen zu Missverständnissen gekommen, und danach, bevor sie das hatten klären können, hatte er furchtbar viel zu tun gehabt.

Blofeld hatte ihre Jungen bekommen, bei der Zeitung, für die er hauptsächlich schrieb, dem *Tag*, waren einschneidende Sparmaßnahmen beschlossen worden, und er hatte sich umorientiert und weitere Auftraggeber akquiriert. Eines hatte zum anderen geführt, sodass er schließlich für eine Reportage in die Ukraine aufgebrochen war. Das alles war natürlich keine Entschuldigung. Niklas konnte nicht mehr ganz nachvollziehen, wie er hatte zulassen können, dass er diese Frau aus den Augen verloren hatte.

Fentje stellte den Wagen auf dem Parkstreifen vor der *Luzerner Wirtschaft* in Tating ab. Niklas war schon da, wie man an dem dunklen BMW-Cabriolet, das nahe am Eingang parkte, unschwer erkennen konnte. Das Verdeck stand an diesem frühlingshaften, milden Tag offen, die schwarzen Ledersitze schimmerten matt und einladend im Sonnenschein. Als könnte man einfach in den Wagen springen und etwas Wunderbares unternehmen. So lange fahren, bis man an fernen, abenteuerlichen Orten ankam.

Fentje seufzte. Das Abenteuerlichste, was ihr bevorstand, war, Leute vor Fahrverboten zu bewahren. Kein Wunder, dass sie sich auf einen toten Mandanten stürzte.

Sie warf die Fahrertür ihres alten Pick-ups zu, ignorierte das laute Krachen und ging zum Eingang. Das Haus, in dem das Restaurant untergebracht war, sah aus, als wäre es mit einem Hubschrauber aus den Alpen abgeholt und an diesen Platz in Nordfriesland versetzt worden. Fentje war noch nie in der Schweiz gewesen; vielleicht täuschte sie sich ja auch. Das Gebäude befand sich in einem historischen Garten mit hohen Bäumen. Hinter dem Haus gab es im Sommer eine

Rasenfläche mit Liegestühlen und Sonnenschirmen für die Gäste. Das wusste Fentje von früheren Besuchen. Und weiter hinten in dem angrenzenden Park befand sich eine kleine Ruine auf einem Hügel.

Niklas erwartete sie auf der Terrasse neben dem Haus, wo es in der warmen Jahreszeit Stühle und Tische wie in einem Biergarten gab. Auch heute standen schon einige Garnituren für Gäste bereit. Er war mit zusammengezogenen Brauen auf den Bildschirm seines Telefons konzentriert, steckte es aber weg, sobald Fentje herantrat. »Ist Ihnen ... Ist dir der Platz hier draußen recht?«

Fentje unterdrückte ein Grinsen. Sie hatten sich ungewöhnlich lange gesiezt, und er schien geistig immer noch nicht so ganz beim Du angekommen zu sein, obwohl sich hier in der Gegend doch quasi alle duzten. »An diesem Tisch hier draußen gibt's nichts auszusetzen. Herrlich, dass mal endlich die Sonne scheint. Und Hauptsache, ich bekomme einen Kaffee.«

»Sollte mich wundern, wenn nicht ...«

Nachdem sie bestellt hatten, erzählte Niklas Fentje, wie er von dem Verbrechen in Helenendeich erfahren hatte und wie er mithilfe seiner Kontakte zu Staatsanwalt Borgholz einen Blick in das Haus hatte werfen dürfen. Es kam Fentje so vor, als wollte er sein Verhalten von eben, Informationen zurückzuhalten, wieder wettmachen.

»Der Anblick des toten Eike Harms war schon nicht angenehm. Jemand hat ihm mit dem klassischen ›stumpfen Gegenstand‹ den Schädel eingeschlagen, wie es aussah«, sagte er in gedämpftem Tonfall, da sie nicht allein auf der Terrasse saßen.

Fentje nickte. »Wo genau ist dieser Eike Harms umgebracht worden?«

»In der Küche. Er saß wohl am Tisch, als es passiert ist.«

»Tatsächlich?«

»Jedenfalls lag er dort vornübergebeugt und mausetot auf der Tischplatte. Es sah so aus, als hätte zuvor eine Art spontanes Besäufnis stattgefunden.«

»Wie war seine Position zur Tür?«

Niklas lächelte anerkennend. »Harms saß mit dem Rücken zur Küchentür. Es könnte sich also jemand von hinten an ihn herangeschlichen haben. Sein Kopf war zur Seite gedreht. Vielleicht hatte er noch etwas gehört und wollte sich gerade zum Flur hin umwenden.«

»Gibt es Einbruchspuren an der Eingangstür?«

»Von innen habe ich keine gesehen. Wir wurden aber über die Terrassentür ins Haus geführt. Und als ich kurz in den Flur schauen durfte, habe ich weniger auf die Tür geachtet.« Sein Blick verdüsterte sich. »Mein Versäumnis.«

Fentje unterdrückte ein Seufzen. »Einbruchspuren oder nicht, das sagt sowieso nicht so viel aus. Viele Leute auf dem Land schließen ihre Haustüren nicht ab oder deponieren einen Schlüssel draußen im Blumentopf. Ich versuche gerade, es meinen Großeltern abzugewöhnen, aber sie beharren darauf, dass hier in der Gegend nie etwas passiert.«

»Wenn es so war, wie du sagst, dann hätte jeder ins Haus kommen können. Und die beiden Männer waren wahrscheinlich zu betrunken, um es überhaupt zu merken.«

»Wo war denn Eike Harms' Frau? Oben im Schlafzimmer? Hat sie gar nichts gemerkt?«, erkundigte sich Fentje.

»Darüber wurde mir nichts gesagt, und ich selbst konnte noch nicht mit ihr sprechen.«

Ihre Getränke wurden serviert. Ein Milchkaffee für Fentje und eine Apfelschorle für Niklas.

»Das mit Eike Harms war aber noch nicht alles, wie du dir denken kannst«, fuhr er fort, als die Kellnerin gegangen war.

»Was ist mit diesem Sascha Janssen, dem zweiten Toten?«, fragte Fentje und beugte sich vor.

»Nachdem wir durch die Durchreiche in die Küche geschaut hatten, hat die Polizei uns auch den Eingangsbereich des Hauses von der Wohnzimmertür aus gezeigt. Dort befand sich die Leiche dieses Janssen. Ich nehme an, er ist oder war dein Mandant?«

Fentje nickte nur.

»Er hing tot, mit einer Wäscheleine um den Hals geschlungen, am Treppengeländer. Ein grauenhafter Anblick. Er hat sich anscheinend erhängt. Es sah so aus, als hätte er sich in Hockstellung oder halb sitzender Haltung in die Schlinge fallen lassen.«

Fentje schluckte. »Geht das denn?«

»Erhängen ist auch durch ein langsames Hineinlegen in die Schlinge möglich. Sogar wenn die Person mit angewinkelten Beinen sitzt und dabei den Boden berührt. Ein Zuggewicht von wenigen Kilogramm reicht angeblich schon aus. Durch die Kompression der Halsschlagader tritt zuerst Bewusstlosigkeit ein. Der betreffende Mensch wird also ohnmächtig und kann sich selbst nicht mehr befreien, während er von einem Helfer noch gerettet werden könnte.«

Fentje setzte den Kaffeebecher ab. Ihre Arme überzogen sich mit einer Gänsehaut, was bestimmt nur an dem frischen Wind lag, der gerade um die Ecke pfiff. »Dann hat dieser Sascha Janssen Suizid begangen, womöglich nachdem er Eike Harms den Schädel eingeschlagen hat?«

»Es sieht momentan danach aus. Tut mir leid für dich«, erwiderte Niklas und blickte ihr ernst in die Augen. »Ein schuldiger und außerdem toter Mandant ist wirklich unerfreulich.«

Sie senkte den Blick. »Eine schreckliche Tragödie. Und ich dachte …« Sie schüttelte den Kopf. »Als er mich anrief, nahm ich an, ich hätte mal wieder einen spannenden Fall. Anspruchsvoller jedenfalls als die üblichen.«

Fentje zögerte einen Moment. *Quid pro quo*, fiel ihr ein. Nun war es an ihr, Niklas zu erzählen, wie sie nach Helenendeich gekommen war. »Gestern Abend kurz vor Mitternacht war ich zum Ableuchten im Schafstall, als mein Telefon klingelte. Ich leite meine Anrufe für die Kanzlei manchmal auf mein Handy um«, erklärte sie.

Niklas nickte konzentriert.

Fentje erzählte ihm von dem Anrufer, der sich selbst Sascha genannt und sie um Hilfe gebeten hatte, weil er angeblich jemanden umgebracht hatte …

»Sascha Janssen hat dich angerufen?«, stellte Niklas erstaunt fest.

»Warum wundert dich das so sehr?«

»Erkläre ich dir gleich.«

»Es sieht zumindest so aus, als hätte er mich angerufen«, räumte Fentje ein. »Kennst du diesen Janssen?«

»›Kennen‹ ist übertrieben. Ihm gehören die drei *Gamberetto*-Restaurants auf Sylt, in Husum und neuerdings auch auf Föhr, zusammen mit einem Kompagnon.«

»*Gamberetto*? Gehört habe ich davon schon. Aber ich war noch nie dort.«

»Ich war ein- oder zweimal in dem Restaurant in Husum. Das war Sascha Janssens erster Laden. Wir wurden einander von einer gemeinsamen Freundin vorgestellt. Aber damit endet unsere Bekanntschaft auch schon.«

»Na, immerhin.« Fentje kam sich unwissend vor, wie eine Landpomeranze. Warum war sie noch nie dort essen gegangen? Die *Gamberetto*-Restaurants waren bekannt. Lief das Leben an ihr vorbei?

»Du hast nicht viel verpasst.« Niklas schien ihre Gedanken erraten zu haben.

»Du kanntest Sascha Janssen persönlich, und heute wurdest du mit dem Anblick konfrontiert, wie er sich am Treppengeländer aufgehängt hat.«

Ein dunkler Schatten schien auf Niklas' Gesicht zu fallen. Er nickte gedankenverloren.

»Das tut mir leid, Niklas.«

Er blies die Luft aus. »Er hat sich aufgehängt, oder jemand wollte es so aussehen lassen, als ob …«

»Wie kommst du darauf?«

»Ich bin kein Rechtsmediziner, aber die Haltung des Toten und die Strangulationsmale erscheinen mir im Nachhinein unstimmig. Die Strangfurche verlief in einem anderen Winkel als das Seil …« Er schüttelte nachdenklich den Kopf. »Wir durften im Haus keine Fotos machen, deshalb wird es schwierig, einen Außenstehenden zu fragen, der sich damit besser auskennt. Aber trotzdem …«

»Also noch ein Mord?«

Niklas hob die Schultern. »Wir müssen das Ergebnis der Obduktion abwarten.«

Fentje musterte ihn. Sie vermutete auf einmal, dass er mehr gesehen hatte, als er zugab.

»Die Tatsache, dass die Polizei ein paar Reporter an den Tatort gelassen hat, ist eher ungewöhnlich«, räumte er ein. »Es kann daran liegen, dass einer der Toten prominent war. Doch ich vermute, dass sie ebenfalls Zweifel an Janssens Suizid haben.«

»Danke für deine Offenheit.«

»Was hast du nun vor, Fentje?«, fragte Niklas nach ein paar Sekunden.

»Ich … Ich habe leider immer noch das Gefühl, dass ich einen Auftrag habe, auch wenn Sascha Janssen tot ist. Wahrscheinlich hat er Eike Harms wirklich erschlagen und sich dann aufgehängt. Nur, warum? Aus Reue? In welchem Verhältnis standen die beiden Männer zueinander? Und weshalb hat er mich vor seinem Suizid noch angerufen? Was hat dann kurz danach diesen Sinneswandel verursacht? Und vor allem: Woher hatte er überhaupt die Nummer meiner Kanzlei? Ich meine … Der Besitzer von drei Nobelrestaurants wird sich doch einen anderen Anwalt leisten können.«

»Das sind eine Menge Fragen.«

»Ich mag keine unbeantworteten Fragen. Und dass Kommissarin Scarpetta sich irgendwann dazu herablässt, mir ein paar Antworten zu geben, darauf zähle ich nicht.«

»Ich brauche auch ein paar Details für meinen Artikel. Mein Chefredakteur beim *Tag* hasst Fragezeichen. Auf die Polizei zähle ich da ebenso wenig wie du …« Er blickte sie forschend an.

Fentje merkte, wie ihr Herz plötzlich schneller schlug. Das alte Jagdfieber packte sie erneut, die Aufregung darüber, dass endlich mal wieder etwas Außergewöhnliches passierte. Sie hatte die gemeinsamen Nachforschungen mit Niklas mehr vermisst, als sie zugeben wollte. »Wir könnten einander nützlich sein«, sagte sie vorsichtig.

Er überlegte. »Ich habe Kontakte zu Sascha Janssens Umfeld. Die werde ich mir zunutze machen. Aber was diesen Eike Harms angeht …« Er hob die Schultern.

»Da habe ich es wahrscheinlich einfacher, ein bisschen herumzufragen. Ich stamme aus der Gegend.«

Er sah sie eindringlich an. »Du musst aber absolut vorsichtig sein, hörst du? Was in dem Haus in Helenendeich passiert ist – derjenige, der das getan hat …« Er schien noch etwas anderes sagen zu wollen, doch dann meinte er nur: »Das war kein schöner Anblick.«

»Das Gleiche gilt auch für dich«, gab sie zurück. »Pass auf dich auf!«

Er lächelte schwach. »Es ist gut, dass wir wieder zusammenarbeiten«, erwiderte er dann ernsthaft.

»Wie geht es Blofeld übrigens?«, erkundigte sich Fentje wie beiläufig. So leicht kam Niklas ihr nicht davon. Sie hatte seine Katze gehütet, als sein Apartment abgebrannt war. Er hatte sie wieder bei ihr abgeholt, und danach war Funkstille gewesen.

»Gut. Sehr gut. Sie hat drei entzückende Kitten bekommen. Eines sah aus wie eine Birmakatze, nur mit etwas kürzerem Fell. Die anderen beiden sind schwarz und eher Langhaarkatzen … Alle drei sind in sehr gute Hände gekommen.«

Schwarz? Oje. Dann war wohl wirklich Haukes Hofkater der Vater, dachte Fentje mit einem Anflug von schlechtem Gewissen. Der herumstreunende Kater war übersät mit Narben und hatte zahlreiche Kerben in den Ohren von seinen Prügeleien mit Rivalen. Ihr Nachbar Hauke hatte ihr erzählt, der schwarze Kerl wäre ein Vagabund, der auch mal ein paar Wochen hinter einem Altglas-Container beim Supermarkt gehaust hatte. Die Nachbarn hatten Hauke daraufhin gefragt, was er dem Kater getan habe, dass er diesen Unterschlupf seinem warmen Zuhause auf dem Hof vorziehe …

Ausgerechnet der alte Stromer und Blofeld, die hübsche und auch ein wenig vornehme Rassekatze. Doch das würde sie Niklas nicht sagen. Stattdessen fragte Fentje: »Du hast Blofelds Junge alle weggegeben?«

»Es blieb mir leider nichts anderes übrig. Zwei Katzen in meiner Wohnung …«

Fentje sah kurz weg. Er hätte sie ruhig fragen können, ob sie eines der Katzenkinder haben wollte. Auch wenn sie immer betont hatte, dass Katzen für sie zum Mäusefangen da seien und nicht ins Haus, sondern in den Stall und die freie Natur gehörten.

»Ich hätte Blofeld noch etwas länger bei dir lassen sollen. Sie hätte die Geburt im Pappkarton bestimmt auch hinbekommen.«

»Auf dem warmen Heuboden … Dort mögen sie es am liebsten.«

Niklas lächelte.

Fentje riss sich zusammen. »Was den Fall betrifft: Dann teilen wir also, was wir herausfinden«, schlug sie schnell vor.

Niklas' Telefon läutete. Er warf einen Blick darauf, entschuldigte sich. »Da muss ich kurz rangehen.«

Fentje lehnte sich in ihrem Stuhl zurück und trank langsam und genüsslich ihren Kaffee. Im Grunde war sie zufrieden mit dem Verlauf ihres Gesprächs. Sie beobachtete Niklas aus dem Augenwinkel.

»Was soll das heißen? Du kommst früher? Wir hatten siebzehn Uhr verabredet«, sagte er gedämpft.

Fentje wollte nicht lauschen. Sie beobachtete einen Spatz, der am Nebentisch auf einer Stuhllehne saß und auf Krümel lauerte. Sie warf ihm ein winziges Stück des Kekses auf ihrer Untertasse zu. Der Wind frischte wieder auf.

»Wir machen es so, wie wir es verabredet haben«, erklärte Niklas sehr bestimmt. »Du bist dann weg? Und Blofeld ...? Ehrlich. Das kannst du nicht machen!«

Fentje runzelte die Stirn.

»Also gut, Patricia. Bevor das gar nicht klappt: Ich bin in einer halben Stunde zu Hause ... Nein, schneller geht es auf keinen Fall. Bis dann!«

Patricia ... Das konnte doch nur Patricia van Meeren sein, Niklas' Ex-Freundin. Aber was wusste sie schon? Vielleicht hatte sich an dem Beziehungsstatus in der Zwischenzeit schon wieder etwas geändert, so vertraut, wie das Gespräch geklungen hatte. Eine Verabredung also ... Fentje schaute auf die Uhr. »Ich muss jetzt los. Es ist auf einmal ziemlich frisch geworden, und ich habe gleich noch einen Termin.«

Niklas hatte sein Telefon weggesteckt. Er sah zum Himmel. »Du hast recht. Du kannst schon losfahren, Fentje. Ich gehe rein und bezahle. Du bist eingeladen.«

»Was soll das denn? Ich komme mit hinein.«

»Ich hatte dich gefragt, ob ich dich zu einem Kaffee einladen darf. Und wenn wir das noch lange diskutieren, verpassen wir beide unsere Termine.«

»Also gut. Nächstes Mal bin ich aber dran«, gab sie leichthin zurück. Doch ihre Laune hatte sich gerade eingetrübt wie das Eiderstedter Wetter. Verdammt, was war denn los mit ihr? Von Patricia van Meeren, mit der Niklas anscheinend immer noch befreundet war, würde sie sich nicht den Tag verderben lassen.

8. Kapitel

Niklas war kaum in sein Apartment getreten, als die Concierge ihn anrief und ihm Patricias Ankunft mitteilte. Ob sie sie hochschicken dürfe, erkundigte sie sich in geschäftsmäßigem Tonfall.

In seinem Haus gab es sowohl Ferienwohnungen, die zum Teil regelmäßig vermietet wurden, als auch ständige Bewohner wie ihn, die von dem tagsüber besetzten Empfang ebenfalls profitierten. Patricia hätte auch einfach mit dem Fahrstuhl zu ihm hochfahren können, doch sie liebte es, Menschen mit ihren Anliegen zu beschäftigen.

Er öffnete die Wohnungstür, als sie gerade aus dem Fahrstuhl trat. Sie schwenkte nichts als ihre Handtasche in der Hand. Einer der Gärtner, den Niklas eben noch im Vorgarten bei der Arbeit gesehen hatte, trug ihr die Transportkiste und einige große Tüten hinterher.

»Sie können die Katze und die anderen Sachen hier abstellen.« Sie drückte dem Mann ein Trinkgeld in die Hand.

Niklas nahm dem Gärtner Blofelds Transportkorb ab und dankte ihm ebenfalls.

»In den Tüten sind ihr Katzenfutter, das Katzenklo, noch etwas Streu, ein Katzensofa und so weiter«, erklärte Patricia, als sie allein waren. »Stell doch endlich das Ding ab, Niklas.«

Er sah durch das Gitter auf eine sich ängstlich in die Ecke drückende Katze. »Du bist wieder zu Hause, Blofeld«, sagte er leise und nahm sie mit ins Wohnzimmer.

»Ach, herrje!« Patricia seufzte theatralisch, als er die Box behutsam abstellte. »Ich sterbe übrigens vor Durst. Ich musste all die Sachen allein zu meinem Auto schleppen. Die wiegen bestimmt fünfzig Kilo.«

»Wie schön, dass du hier dann die entsprechende Hilfe hattest.« Er öffnete die Tür der Box. »Was möchtest du trinken, Patricia?«

»Einen Aperol? Und bevor du fragst: Ich bin seit sieben Uhr auf den Beinen. Ich finde nicht, dass es noch zu früh dafür ist.« Sie drehte sich auf ihren Blockabsätzen um und musterte seine Wohnung. »Na, es wird ja langsam wieder, Niklas. Kaum zu glauben, dass das alles eine einzige Brandruine war. Nette Küche. Aber ein bisschen Glamour fehlt noch, oder?«

»Ich mag es minimalistisch.«

»Na warte, bis du Blofelds neues Katzensofa siehst.«

»Ich kann es kaum erwarten.« Fest entschlossen, sich nicht provozieren zu lassen und das Katzensofa während ihrer Anwesenheit gar nicht in Augenschein zu nehmen, bereitete er ihr das gewünschte Getränk zu. »Und du willst ein halbes Jahr in Barcelona bleiben?«, fragte er, als er es ihr reichte.

»Wenn alles so klappt, wie ich es mir vorstelle.« Sie nahm das Glas entgegen und hielt es gegen das Licht, das durch die Terrassenfenster hereinfiel.

Wie er sie kannte, konnte sie genauso gut in drei Wochen zurück sein. Es geschah selten alles so, wie Patricia es sich vorstellte. »Blofeld ist nicht zuzumuten, dass sie noch einmal umzieht. Sie bleibt jetzt ganz bei mir oder gar nicht.«

»Das sagtest du schon.« Patricia tat es mit einem gelangweilten Winken der linken Hand ab. Sie trank einen großen Schluck. »Aber sie bleibt meine Katze. Sie war teuer.«

»Ich kaufe sie dir ab.«

Patricia lachte auf. »Du scheinst ja wirklich an dem Tier zu hängen, Niklas. Hast du sonst niemanden?«, fragte sie spöttisch.

»Patricia, das steht dir nicht.«

»Was steht mir nicht?« Sie riss die Augen auf.

»Hämische Kommentare.«

»Ach ja? Das machen doch alle …« Sie zuckte mit den mageren Schultern. »Ich überlege mir, was die Katze dich kostet.«

Sie stellte ihr Glas auf dem Tresen ab, beugte sich zu dem Transportkorb hinunter. Niklas hörte ein Scharren, als Blofeld vor ihrem dunklen Schatten und vielleicht auch dem durchdringenden Parfum zurückwich. »Mein kleines Schätzchen, dann lasse ich dich jetzt bei Niklas«, gurrte sie. »Der große, starke Mann wird bestimmt gut auf dich achtgeben. Und wenn nicht, bekommt er es mit mir zu tun.« Sie lachte gekünstelt und richtete sich wieder auf.

»Da haben wir das also geklärt«, sagte er zufrieden und entspannte sich ein wenig.

Sie trank weiter. »Dann war es das mit uns?«, fragte sie und verzog das Gesicht.

»Gab es noch ein ›uns‹?« Immerhin waren sie inzwischen seit beinahe zwei Jahren getrennt.

»Diese kleine Katze hat uns irgendwie verbunden, findest du nicht?«

»Das war mir gar nicht so bewusst«, antwortete er ausweichend. Es hatte einige Zeit gedauert, bis ihm klar geworden war, dass Patricia immer nur das begehrte, was sie gerade nicht haben konnte. Je mehr er sich von ihr abgrenzte, desto begehrenswerter schien er auf einmal wieder für sie zu sein.

»Ach, ich hasse es, wie sich alles ständig wandelt«, beklagte sie sich. »Sogar die nicht so optimalen Dinge. Auf nichts ist mehr Verlass.«

»Du sagst es.«

»Wo warst du eigentlich, als ich dich vorhin angerufen habe?«

»Auf Recherche«, flunkerte er. Von seinem Besuch der *Luzerner Wirtschaft* mit Fentje musste sie nichts wissen. »In Helenendeich hat es einen Mord gegeben.«

»Dann stimmt es also. Ich habe eben bei der Maniküre so etwas gehört.« Sie blickte auf ihre Fingernägel, die in frischem Meergrün glänzten.

»Sascha Janssen, der Besitzer des *Gamberetto*, ist tot, Patricia. Es tut mir leid. Ich glaube, du mochtest ihn. Da ist es wohl besser, du hörst es von mir als durch irgendwelchen Klatsch.«

»Waaas, Sascha?« Sie fuhr sich mit der freien Hand an den Hals. All ihre Blasiertheit war wie weggeblasen, als sie murmelte: »Oh, wie schrecklich! Das war doch einer von den Guten. Ich mochte ihn wirklich. Und sein Flusskrebsfleisch vom Grill. Und nun ist er tot?« Sie schüttelte sich, und etwas Aperol schwappte aus dem Glas auf den Boden. »Wie ist es passiert?«

»Entweder er hat Suizid begangen, oder jemand will es so aussehen lassen als ob. Er war im Haus von Eike Harms in Helenendeich, als es passiert ist. Das ist einer seiner Köche. Kennst du Eike Harms? Er wurde ermordet.«

Sie schüttelte stumm den Kopf.

»Es ist alles sehr undurchsichtig. Ich muss noch mehr darüber wissen, bevor ich etwas schreibe. Fällt dir jemand aus Sascha Janssens Umfeld ein, mit dem ich reden sollte?«

Sie griff sich an die Stirn. »Sascha ist verheiratet, soweit ich weiß. Seine Frau heißt Julie. Aber ich kenne sie nicht persönlich. Sie war nie im *Gamberetto*, als ich dort war.«

»Und sonst?«

»Die Angestellten? Sein Kompagnon?«

Niklas nickte. »Ja, mit denen werde ich auch reden.«

»Ich kann dir vielleicht doch helfen«, sagte sie triumphierend.

»Und womit?«

»Saschas Kompagnon heißt Thomas Breithauer. Ich habe ihn nie getroffen. Er hat das Repräsentieren in den Restaurants zum größten Teil Sascha überlassen. Aus Gründen … Er ist eher der Mann im Hintergrund. Aber durch Zufall kenne ich seine Ex-Freundin.«

»Die Ex von Thomas Breithauer?«

»Genau. Sie heißt Valerie.«

»Valerie. Und wie weiter?«

»Kor… Korting, glaube ich. Du triffst sie abends oft im *Calypso*. Sie ist da die neue Managerin.«

»Danke, das könnte helfen.«

»Immer gern!« Patricia strahlte ihn an. »Du erkennst sie an ihren langen schwarzen Haaren und der dicken Brille.«

»Okay.«

Sie wackelte mit den perfekt gezupften Augenbrauen. »Vielleicht ist sie ja dein Fall?«

»Wer weiß.« Er war nicht erpicht darauf, das mit Patricia zu diskutieren.

»Jedenfalls …« Sie blickte auf ihr Handy. »Ich muss los!«

»Dann viel Erfolg in Barcelona. Und danke für Blofeld. Sag mir noch, was du für sie haben willst …«

»Oh, sie war teuer!« Sie lachte, hauchte Niklas drei Küsse auf die Wangen und eilte davon. Die Tür fiel schwer hinter ihr ins Schloss.

Niklas atmete auf. Dann beugte er sich zu der Transportkiste hinunter, die Blofeld immer noch nicht verlassen hatte.

»Du kannst jetzt rauskommen, Kleine«, sagte er. »Die Luft ist rein.«

Doch die Katze machte keinerlei Anstalten, die Box zu verlassen. Sie drehte den Kopf leicht zur Seite und blickte ungerührt die Kunststoffwand der Transportkiste an.

Fentje fuhr vor der Brücke vor, die über den Graben zum Wohnhaus des Jacobsen-Hofs führte. Normalerweise parkte sie ihren Pick-up etwas weiter weg, doch so war der Weg kürzer. Sie war nämlich von der *Luzerner Wirtschaft* kurz entschlossen zum Supermarkt gefahren und hatte den wöchentlichen Einkauf erledigt, den sie sonst immer so weit vor sich herschob, wie es irgend ging.

In einem Buch, in dessen Klappentext es hieß, dass es alle Lebensfragen erschöpfend beantwortete, hatte sie gelesen, dass Frustration und Enttäuschung am besten durch das Bewältigen von lästigen Aufgaben zu kompensieren waren. Kleine Erledigungen führten angeblich zu einem erheblichen Ausstoß von Glückshormonen. Und den konnte sie mehr als gebrauchen.

Sie hievte die erste voll beladene Gitterbox aus dem Auto, als sie den schwarzen Kleinbus von Onno von Venen sah. Der Wagen des Tierarztes stand etwas verdeckt hinter einem Anhänger in der Nähe des Stalls. Dass schon wieder etwas mit den Schafen war, hatte ihnen gerade noch gefehlt!

Fentje trug die erste Box mit Lebensmitteln, Klopapier und ein paar Reinigungsmitteln in die Wohnung ihrer Großeltern, hievte sie auf die Küchenablage und lief hinaus, um die zweite Gitterbox zu holen.

Onno von Venen kam mit dem Telefon am Ohr aus dem Stall, gefolgt von ihrem Großvater. Fentje kämpfte mit sich, ob sie die beiden ignorieren und erst mal weiter ausladen sollte. Doch das besagte Büchlein pries auch soziale Interaktion als Weg zur Glückseligkeit, erinnerte sie sich. Und außerdem wollte sie ein Auge auf die Dinge auf diesem Hof haben.

So winkte sie hinüber, und als die beiden stoppten und sie erwartungsvoll ansahen, ging Fentje zu ihnen.

»Moin, Herr Doktor! Hallo, Opa!«, sagte sie. »Ich hoffe, die Schafe sind alle wohlauf?«

»Frau Jacobsen!« Onno von Venen lächelte erfreut und steckte sein Telefon weg. »Wie schön, Sie zu sehen! Seien

Sie unbesorgt. Es war nur eine Kleinigkeit. Im Stall ist alles bestens. Ich habe nur noch mal nach dem Kaiserschnitt von neulich gesehen.«

Fentje hoffte, dass das auf der Rechnung des Tierarztes ebenso eine Kleinigkeit sein würde. Rentabilitätsberechnungen zufolge stellte eine konservativ nicht korrigierbare Schwergeburt bei einem Schaf immer ein Verlustgeschäft dar. Fentje war froh, dass durch den Eingriff das Leben von Mutterschaf und Lamm gerettet worden war. Doch mehrere Nachsorgetermine waren da finanziell gesehen einfach nicht drin.

»Du werst inkopen, Fentje?«, fragte Hinrich Jacobsen. Ihre sorgenvollen Gedanken standen ihr wohl ins Gesicht geschrieben. »Schall ik die dregen hölpen?«

»Das ist lieb, aber nein, du musst mir nicht helfen. Ich habe eure Sachen schon zu euch reingebracht. Es sind nur noch die eine Box für mich und eine Getränkekiste im Auto.«

»Ich helfe Ihnen!«, bot von Venen sofort an.

»Vielen Dank, doch das ist wirklich nicht nötig.«

»Meine Enkeltochter ist eine emanzipierte Frau.« Hinrich zwinkerte ihr zu.

»Oh, bitte, Opa.«

»Sie klärt Verbrechen auf.«

»Ach, wirklich?« Onno von Venen musterte sie. Der joviale Gesichtsausdruck war verschwunden.

»Nehmen Sie sich also vor ihr in Acht!« Ihr Großvater grinste. Er meinte es nicht böse, doch sie hätte auf die Glückseligkeit pfeifen und sich um ihre eigenen Angelegenheiten kümmern sollen! Inzwischen waren sie bei Fentjes Pick-up angekommen. Onno Venen griff sich wie selbstverständlich die voll beladene Gitterbox mit der Familienpackung Papiertaschentücher zuoberst.

»Bis später, Kind!« Hinrich Jacobsen marschierte zurück in Richtung Stall.

Fentje nahm die Wasserkiste und ging dem Tierarzt voraus, über die Brücke zu ihrer Eingangstür.

»Sehr schön haben Sie es hier!« Von Venen hatte die Kiste auf dem Küchentisch abgestellt und blickte sich nun um. »Ich mag es, wenn man das Alte mit Neuem kombiniert. Das kriegt nicht jeder so hin.«

Fentje wuchtete die Getränkekiste in die Speisekammer. »Es fehlt noch einiges. Im Grunde werde ich wohl nie fertig mit dem Renovieren. Wenn die eine Ecke so weit ist, kann ich an der nächsten wieder von vorn anfangen.«

»Sie haben das selbst gemacht?«

»Nur ein paar Kleinigkeiten. Für das meiste hatte ich Handwerker.«

»Ich wohne in meinem Elternhaus. Natürlich habe ich dort mein eigenes Reich, aber so schön wie bei Ihnen sieht es nicht aus.«

»Aber Sie müssen sich doch wohlfühlen.« Fentje ging zum Kühlschrank. »Möchten Sie etwas trinken?« Sie wollte zurück an ihren Schreibtisch, aber die Gastfreundschaft verlangte zumindest ein Angebot. Andererseits heizte jede Minute, die der Tierarzt bei ihr verbrachte, die Gerüchteküche an, vor allem drüben in der Wohnung ihrer Großeltern.

»Ja, ein Schluck Wasser wäre gut.«

»Ich habe auch …« Fentje überlegte. »Orangensaft«, sagte sie lahm.

»Nein, danke, nur ein Wasser.«

Sie standen sich gerade mit zwei gefüllten Gläsern gegenüber, als Sofia hereingestürmt war. »Und, war mein Tipp richtig?«, rief sie, noch bevor sie den Gast erblickt hatte.

Fentje stellte sie kurz einander vor. »Ja, ich war recht erfolgreich«, antwortete sie absichtlich vage.

»Sie sind bestimmt Schwestern. Diese Familienähnlichkeit …«

»Sie ist meine Tante«, protestierte Sofia. »Du hast eingekauft? Hast du an meine Chips gedacht?«

Fentje deutete mit dem Kopf auf die Kiste. »Alles da drin.«

Sofia wühlte, zog eine Tüte Chips hervor und verschwand mit einem »Viel Spaß noch!« wieder aus dem Raum.

»Sie sehen wirklich mehr aus wie Schwestern«, bemerkte Onno von Venen ernsthaft.

»Danke. Sofia wirkt manchmal recht reif für ihr Alter«, erwiderte Fentje ironisch.

Sie klönten noch ein paar Minuten über das Landleben im Allgemeinen und Schafe im Besonderen. Dann schickte von Venen sich an, sich zu verabschieden.

»Sehen wir uns wieder?«, fragte er, schon in der Tür.

»Bestimmt«, meinte Fentje.

»Ich kenne ein Lokal, wo man hervorragend Lammkoteletts essen kann. Sie essen doch Fleisch?« Er schaute sie erwartungsvoll an.

»Ja, gelegentlich schon.«

»Dann ist es abgemacht. Ich rufe Sie an.«

Niklas' aufmerksamer Ausdruck, als er mit Patricia telefoniert hatte, kam Fentje in den Sinn. Ach, was sollte es! Wenn sie schon der Anlass für Gerüchte war, dann wenigstens nicht ohne Grund. »Dann bis zum nächsten Mal.«

Onno ging zu seinem Wagen, winkte, jedoch nicht in ihre Richtung. Fentje trat einen Schritt aus der Tür und sah nach links. Sie zuckte zurück. Gretje stand in ihrem Vorgarten und jätete Unkraut, ein sehr zufriedenes Lächeln im Gesicht.

»Das ist ganz lieb von dir, Oma, aber es ist wirklich nicht nötig«, sagte Fentje, als von Venen außer Sichtweite war.

»Nicht nötig? Man sieht ja die Maiglöckchen vor lauter Unkraut nicht mehr.«

»Ich sehe hier aber kaum Unkraut.«

»Und? Wie war es?«

»Wie war was?« Fentje stellte sich unwissend.

»Der Doktor, das ist doch mal einer …«, fuhr ihre Großmutter unbekümmert fort.

»Ja, einer, der bestimmt schöne Tierarztrechnungen stellen kann.«

»Das würde dir ja auch irgendwann zugutekommen.«

»Das ist …«, Fentje schüttelte verzweifelt den Kopf, »so was von weit hergeholt, Oma.«

»Wirklich, Kind?«

»Jaaa.«

»Hm.« Gretje musterte ihre Enkeltochter kritisch. »Was hast du da im Haar?«

Fentje betastete ihren Kopf. »Das ist ein kleiner Birkenzweig.« Sie fragte sich, wie lange sie den schon mit sich herumtrug? Ihr schwante, dass sie mit dem Pastor unter einer Birke gesessen hatte. »Na und?«, fragte sie provokativ.

»Nichts, nichts.« Gretje jätete weiter. »Sofia ist ja Gott sei Dank auch noch da«, hörte Fentje sie laut vor sich hin murmeln. »Nur noch ein bisschen zu jung zum Heiraten. Aber wer weiß …«

9. Kapitel

Blofeld strafte Niklas nach wie vor mit Nichtachtung. Ohne ihn eines Blickes zu würdigen, schritt sie auf sein neues Sofa zu und ließ sich auf der Lehne nieder, von wo aus sie den Raum überblicken konnte. Sie drapierte ihren flauschigen Schwanz um sich und blinzelte träge.

Sobald Niklas sich der Katze näherte, entfernte sie sich jedoch, würdevoll und wie in Zeitlupe. Ihre Majestät war beleidigt, immer noch. Das war offensichtlich.

Pflichtschuldigst packte er Blofelds restliche Sachen aus, früher hatte er es nicht über sich gebracht. Futter- und Wassernapf hatte er am Vortag schon gefüllt, ohne dass sie Blofelds Interesse geweckt hätten, zumindest nicht, solange Niklas es beobachtet hatte. Und das trotz allen guten Zuredens.

Er zuckte zurück, als er das Katzensofa erblickte. Es war mit pinkfarbenem Samt bezogen und stand auf goldfarbenen, barock aussehenden Füßen. Die Knöpfe im Polster sahen aus wie geschliffene Edelsteine. Anscheinend handgefertigt und sicherlich auch sehr kostspielig, stellte es trotzdem einen scheußlichen Kontrast zu seiner übrigen Einrichtung dar.

»Danke, Patsy«, murmelte er. »Blofeld würde es mir sicher nie verzeihen, wenn ich das Ding in den Keller verbanne.« Sein Smartphone lenkte ihn von seinem neuen Möbelstück ab.

»Niklas!«, tönte die Stimme seines Vaters an sein Ohr. »Bist du endlich wieder zu Hause?«

»Ja, bin ich. Was ist denn los?« Im Hintergrund dröhnte Motorenlärm.

»Ich bin auf dem Flugplatz auf Föhr und komme gleich zu dir rübergeflogen. Holst du mich ab?«

»Was willst du denn in St. Peter-Ording?«

»Leute treffen. Unter anderem dich. Von dort fliege ich dann morgen weiter nach Leipzig.«

»Okay, wann bist du denn hier?«

»Sagen wir, gegen halb sechs?«

Niklas zuckte mit den Schultern. »Geht klar. Ich werde da sein.«

Sie hatten vor seiner Abreise in die Ukraine das letzte Mal miteinander gesprochen. Er hatte versucht, seinem Vater die Beweggründe für seine Reise zu erklären, doch Alexander John hatte es nicht verstanden und nur versucht, ihm die Sache auszureden. Sie waren enttäuscht und uneins auseinandergegangen, was beinahe der Normalzustand bei ihnen war. Doch wenn sein Vater sich ausnahmsweise einmal von sich aus bei ihm meldete, wollte Niklas nicht Nein sagen. Die Hoffnung, in seinem Fall die auf ein besseres Vater-Sohn-Verhältnis, starb bekanntlich zuletzt, und ins *Calypso* konnte er danach immer noch gehen, um vielleicht Valerie Korting zu treffen.

Blofeld sollte ihr Reich erst einmal in aller Ruhe wieder in Besitz nehmen. Er war zurzeit eh noch *persona non grata* in seiner eigenen Wohnung.

Niklas brach rechtzeitig zu dem kleinen Flughafen von St. Peter-Ording auf. Wahrscheinlich würde sein Vater sich verspäten, wie beinahe immer. Doch die Vorstellung, auf der Terrasse am Rollfeld zu sitzen, ein leckeres Getränk vor sich, und den kleinen Maschinen beim Landen zuzuschauen, hatte etwas ungemein Entspannendes. Der Himmel war nur leicht bewölkt bei stabilen einundzwanzig Grad. Das wollte er ausnutzen.

Niklas rollte mit offenem Verdeck aus der Tiefgarage –

wann immer es ging, fuhr er offen –, bog in die Straße Im Bad und am Kreisel in den Alter Badeweg ein. Die Eiderstedter Straße verlief das erste Stück parallel zur Bahnlinie. Am letzten Kreisel lenkte Niklas den Wagen in die Wittendüner Allee und fuhr hinter dem kleinen Wäldchen links in eine schmale Straße in Richtung Flugplatz.

Er stellte das Auto zwischen dem Flughafengebäude und dem Offshore-Rettungshubschrauber ab, der hier stationiert war, und suchte sich einen Platz auf der Terrasse, auf der wie erhofft bereits Tische und Stühle bereitstanden.

Der Betreiber des Lokals und er kannten sich schon viele Jahre. Er begrüßte Niklas und blieb zu einem kleinen Klönschnack, denn es waren kaum weitere Gäste da. Früher war Niklas öfter geflogen und dementsprechend oft hier eingekehrt. Prinzipiell gehörte die Cessna auf Föhr seinem Vater und ihm gemeinsam.

Doch aufgrund der Unstimmigkeiten zwischen ihnen hatte Niklas in letzter Zeit weniger Lust zum Fliegen als früher. Allein machte es ihm ohnehin nicht so viel Spaß. Patricia war trotz günstigster Flugbedingungen zweimal in der kleinen Maschine schlecht geworden. Einmal hatte es sie dermaßen überrascht, dass ihre Designer-Handtasche als Beutel hatte herhalten müssen. Patricia hatte es ihm ewig vorgehalten. Er war auch einmal für eine dringende Recherche mit Fentje nach Hamburg geflogen …

Niklas ertappte sich bei einem Lächeln und lenkte seine Gedanken schnell wieder auf die Ereignisse in Helenendeich.

Drei Flugzeuge landeten, bevor die Cessna seines Vaters endlich im Anflug war. Bei dem Anblick, wie sie von links hereinschwebte und sanft auf der Piste aufsetzte, ging Niklas das Herz auf. Er sollte die Probleme mit seinem Vater entweder lösen, was unmöglich schien, oder eine Art Waffenstillstand aushandeln, um dann endlich mal wieder selbst zu fliegen.

Die Begrüßung fiel wie gewohnt kühl aus. Alexander John war anscheinend froh, einen Chauffeur zu haben, sodass er weder auf ein Taxi noch eines der bereitstehenden Leihfahrräder angewiesen war.

»Wo möchtest du hin?«, fragte Niklas ihn friedfertig, als sie in sein Auto stiegen.

»Um halb acht bin ich im Haus eines Bekannten in St. Peter-Ording eingeladen. Der Termin ist fix. Alles andere überlasse ich dir.«

»Wir können ins *Calypso* gehen. Da muss ich heute sowieso noch hin.«

»*Calypso*? Das ist doch einer der Pfahlbauten am Strand. Nee, nee. Ich laufe nicht durch den Sand. Irgendwas Zivilisiertes.«

Niklas steuerte daraufhin das zivilisierteste Lokal an, das er in seinem Heimatort kannte. Gepflegte Langweile, aber immerhin auch gepflegtes Bier vom Fass.

»Also, so war das nun auch nicht gemeint«, murrte sein Vater, als sie Platz genommen hatten.

»Was möchtest du trinken?«

Mit hochgezogenen Augenbrauen studierte Alexander John die umfangreiche Karte, um dann das Bier des Hauses zu ordern. Es war nach sechs. Niklas tat es ihm gleich. Ein kleines Glas musste aber genügen.

»Wie ich höre, bist du erst seit Mittwoch wieder zurück.«

»Das stimmt.«

»Du warst lange weg.«

»So lange, wie es für die Recherche nötig war.«

»War das denn *überhaupt* nötig?«, stieß Alexander John genervt hervor. »Ich warte seit Jahren darauf, dass mein Sohn zur Vernunft kommt und ins Familiengeschäft mit einsteigt. Stattdessen gondelst du in der Weltgeschichte umher und schreibst irgendwelche Artikelchen.«

»So würde ich eine Kriegsberichterstattung nicht bezeichnen. Und falls dir das Finanzielle Sorgen macht: Ich konnte die ›Artikelchen‹ sehr gut verkaufen.«

Sein Vater winkte ab. Ihr frisch gezapftes Bier wurde serviert, sodass sich für einen Moment Schweigen zwischen ihnen einstellte.

Dann nahm Alexander John das Thema wieder auf. »Mir bereitet Sorgen, dass du nicht erwachsen werden willst.«

»Ist ›Erwachsenwerden‹ bei dir ein Synonym für ›Tun, was der Vater will‹?«

Alexander John blickte ihn wütend an. Dann beherrschte er sich und erwiderte betont ruhig: »Ich kann dir den Posten bei mir nicht ewig freihalten, Niklas.«

»Das verlange ich auch nicht. Stell ein, wen du für geeignet hältst.«

»Du machst es dir sehr einfach.«

»Und du weißt so gut wie ich, dass wir auf Dauer nicht miteinander arbeiten könnten. Außerdem liebe ich meine Unabhängigkeit.«

»Und was fällt dir zu dem Stichwort ›Verantwortung‹ ein?«

Niklas blickte ihn über den Tisch hinweg an. »Du brauchst mich nicht, Vater. Rede dir das bitte nicht ein. Und mir auch nicht.«

»Na gut. Vielleicht nicht unbedingt. Obwohl ich es für vorteilhaft halte. Aber denk auch an die Familie. An eine eigene Familie …«

Verblüfft setzte Niklas sein Glas ab. »Das sind ja völlig neue Töne.«

Alexander John zuckte mit den Schultern. »Ich werde auch älter und mache mir so meine Gedanken. Deine Schwester wird den Namen John jedenfalls nicht weitergeben. Ist mit Patricia wirklich Schluss?«

»Definitiv.«

»Schade.«

»Als du sie kennengelernt hast, warst du anderer Meinung«, erinnerte Niklas ihn. Und als sein Vater Fentje begegnet war, war seine Reaktion wenn möglich noch ablehnender gewesen.

Alexander John zuckte mit den Schultern. »Wenn du niemand Neues am Start hast …«

»Lassen wir das«, sagte Niklas. »Ich wollte dich noch was fragen.«

»Nur zu.«

»Kennst du das Restaurant *Gamberetto*?«

»Zur Neueröffnung auf Föhr war ich natürlich eingeladen. Das gleichnamige Restaurant auf Sylt ist mir schon länger bekannt.«

»Auch die Besitzer?«

John senior kniff die Augen zusammen. »Ein wenig. Aber was soll die Frage?«

»Einer der beiden Besitzer, Sascha Janssen, ist tot. Vielleicht war es ein Suizid, vielleicht auch Mord. Ich bin heute Vormittag am Tatort gewesen.«

Nun wirkte sein Vater ehrlich betroffen. »Tatsächlich? Das ist ja furchtbar!«

»Ja, das ist es. Und es ist ein großes Rätsel.«

»Wo ist das passiert?«

»Im Haus eines seiner Mitarbeiter. Der ist übrigens ebenfalls ums Leben gekommen. Eike Harms ist sein Name.«

»Das sagt mir nichts. Aber zwei Tote?« Alexander John schüttelte ungläubig den Kopf. »Niklas, du musst aufhören, dich mit solchen Dingen zu beschäftigen. Mord und Totschlag!«

Niklas ignorierte die letzte Bemerkung. Er lehnte sich zurück. »Kannst du mir irgendwas Relevantes über diesen Janssen erzählen? Mit wem stand er in Kontakt? Hatte er Feinde?«

»Sicher hatte der Feinde!« John lachte auf. »Nicht zuletzt

seinen eigenen Kompagnon, nehme ich an. Es gab da Gerüchte …«

»Was für Gerüchte?«

»Nichts Konkretes. Gerede halt.«

»Willst du noch ein Bier?«

»Danke, aber ich muss ja gleich noch auf eine Feier. Und morgen fliege ich weiter nach Leipzig.«

Niklas erwog nachzuhaken, doch der Gesichtsausdruck seines Vaters besagte, dass er es für den Moment genoss, ihn ein wenig auf die Folter zu spannen. Vielleicht würde er ihm das, was er wusste, gleich zum Abschied sagen, am nächsten Tag am Telefon oder in drei Jahren …

Dass Sascha Janssen Feinde gehabt hatte, verwunderte Niklas nicht. Sein Auftreten allein war provokant gewesen. Alles an ihm roch nach neuem Geld und rücksichtslosem Verhalten. In dem Restaurant, in dem Niklas ihm begegnet war, hatten sich außerdem ein paar unangenehm aussehende Leute getummelt. Aber das allein reichte natürlich nicht. Er brauchte einen Ansatzpunkt, an dem er nachhaken konnte.

Sein Vater sah auf seine Uhr. »Wollen wir?«

Niklas nickte. »Falls dir doch noch etwas einfällt zu den Gerüchten, ruf mich jederzeit an.«

»Klar doch. Und danke für das Bier.«

Niklas bezahlte am Tresen und folgte seinem Vater nach draußen.

Der notierte sich etwas in seinem schwarzen Notizbuch, riss das Blatt heraus, steckte das Buch aber weg, als Niklas zu ihm trat. Sie blickten einen Moment die Fußgängerzone hinunter, wo sich nur noch wenige Passanten aufhielten. Sein Vater schlug den Kragen seiner leichten gesteppten Jacke hoch und sah sich unschlüssig um.

»Wo findet denn deine Feier statt?«, erkundigte sich Niklas.

»In dem anderen Ortsteil, im Jahnweg …«

»Ich bringe dich schnell noch hin.«

Auf der Fahrt die Eiderstedter Straße hinunter blickte sein Vater verstockt aus dem Seitenfenster. Er wies ihm den Weg in eine der Nebenstraßen, wo hinter mit Gräsern und Hagebuttensträuchern bewachsenen Steinwällen einige schöne Friesenhäuser standen. »Da ist es schon. Ich steige hier aus.«

Niklas fuhr rechts ran und hielt an. »Dann noch einen schönen Abend!«

»Mal sehen.« Er schaute seinem Sohn bei diesen Worten nicht ins Gesicht. »Vielleicht habe ich was für dich, aber es ist vertraulich.«

»Verstehe.«

»Nur damit du weißt, mit wem du es zu tun hast.«

»Jetzt machst du mich neugierig.«

»Sie war Gast im *Gamberetto*, doch dann ist etwas passiert.«

»Was ist passiert?«

»Vielleicht erzählt sie es dir, vielleicht auch nicht. Sag ihr, dass Sascha tot ist.« Sein Vater drückte ihm einen gefalteten Zettel in die Hand. Dann stieg er aus und ging durch ein blaues Tor auf eines der Grundstücke, ohne sich noch einmal umzusehen.

10. Kapitel

Auf dem Zettel mit Abrisskante stand ein hastig hingekritzelter Name: *Alice Bornemann*. Darunter, kaum leserlich, eine Telefonnummer. Das war es gewesen, was sein Vater in sein Notizbuch geschrieben hatte. In welchem Zusammenhang stand diese Frau zu seinem Vater, zu Sascha Janssen oder dem *Gamberetto*?

Sag ihr, dass Sascha tot ist. Niklas kam sich vor wie in einem Film noir.

Er fuhr seinen Wagen zurück in die Tiefgarage, weil er später zu Fuß zum *Calypso* gehen wollte.

Auf dem Weg über den Holzsteg zum Strand versuchte er, die angegebene Telefonnummer zu erreichen, doch Alice Bornemann meldete sich nicht. Er steckte sein Smartphone in die Tasche und stapfte durch den tiefer werdenden Sand auf das *Calypso* zu. Es war eines der Restaurants auf Holzpfählen, die hoch über dem ausgedehnten Strand und bei Flut zum Teil auch im Meer standen.

Als er oben angekommen war, verharrte er einen Moment und atmete tief die nun kühle Meeresluft ein. Die Sonne stand bereits tief über dem Horizont. Unterhalb der Pfähle schimmerten der feuchte Sand und die Schaumkronen der Wellen, die unablässig ans Ufer rollten. Sie hatten auflaufendes Wasser. Auf dem Rückweg bei nahezu Hochwasser würde er womöglich nasse Füße bekommen …

Vor sich sah Niklas einen schwachen gelblichen Lichtschein hinter den Fenstern des *Calypso*. Obwohl die Scheiben mit einer Salzschicht bedeckt und zum Teil beschlagen waren, wirkte das Lokal warm und einladend. Ein Mitarbeiter stand auf einem Holzpodest am Hinterausgang der Küche und rauchte. Niklas nickte ihm zu und ging dann zum Eingang des Lokals weiter.

»Tut mir leid, die Küche ist schon geschlossen«, wurde er von einem jungen Mann in langer Schürze informiert, kaum dass er das *Calypso* betreten hatte.

»Ich möchte mit Valerie sprechen. Valerie Korting. Ist sie heute Abend da?«

Der Kellner sah unentschlossen über seine Schulter. »Und wer sind Sie?«

»Niklas John. Sie kennt mich nicht. Aber es ist wichtig«, sagte er eindringlich.

»Okay, gut.« Der Angestellte schien mit der Situation leicht überfordert zu sein. Er wusste offenbar nicht, ob er seine Chefin mit dem Anliegen behelligen sollte oder nicht. »Warte hier. Äh ... Möchten Sie ... äh, du ... was trinken?«

»Ein Bier wäre toll.«

Der junge Mann wies eine Kollegin an, Niklas das Gewünschte zu bringen, und entschwand durch eine Tür nach hinten in ein Büro, wie Niklas vermutete. Kurz darauf kam er zurück und wurde sofort von einem Paar um die fünfzig mit Beschlag belegt, das ein Stück weiter hinten am Tresen stand. Aus Gestik und Mimik der beiden war klar zu ersehen, dass die Leute wegen irgendetwas verärgert waren.

Niklas ging ein paar Schritte näher heran. Es war unfein zu lauschen, doch der junge Mann schien unerfahren zu sein und so ziemlich auf verlorenem Posten zu stehen.

»... und ich sage Ihnen, das waren niemals null Komma zwei Liter in unseren Weingläsern. Eine Unverschämtheit ist das, bei dem Preis!«

»Sie hatten ja auch den teuersten Wein auf der Karte ausgewählt ...«

»Aber das waren niemals null Komma zwei Liter! Ich weigere mich, das zu bezahlen!«

»Warum haben Sie es denn nicht gleich reklamiert, als Sie es gesehen haben?«, wandte der Angestellte schüchtern ein. Sein Gesicht war gerötet, und er blickte sich Hilfe suchend um. »Nicht erst, als Sie beide schon alles aufgegessen und ausgetrunken hatten.«

»Ich werde meinen Wein ja wohl trinken dürfen, wann ich es will!«, echauffierte sich die Frau, eine kräftige Brünette.

»Aber wenn Sie rechtzeitig dem Service Bescheid gegeben hätten …«

Der Mann trat näher und tippte dem Kellner auf die Brust. »Werden Sie nicht frech, junger Mann! Wir haben lange gewartet. Sehr lange, doch es kam ja keiner.« Ein festerer Stoß auf den Solarplexus folgte.

Der Kellner schnappte erschrocken nach Luft, stolperte einen Schritt rückwärts und prallte mit dem Rücken gegen ein Regal. Er fing sich jedoch schnell wieder. »Lassen Sie das! Es tut mir leid, dass Sie nicht zufrieden waren. Trotzdem muss ich Ihnen den Wein berechnen«, erklärte er fest.

»Eine Unverschämtheit«, rief die Frau. »Wir werden uns beschweren und eine sehr schlechte Kritik schreiben. Der Salat war übrigens auch viel zu klein …«

»Entschuldigen Sie, dass ich mich einmische. Bei der Lautstärke kam ich nicht umhin, Ihr Gespräch mit anzuhören«, sagte Niklas. »Lassen Sie doch bitte Ihre Hände bei sich und fassen Sie die Servicekraft nicht an.«

Der Mann fuhr zu ihm herum. »Wie bitte?«

»Alles aufzuessen und auszutrinken und sich dann zu beschweren, das funktioniert einfach nicht.«

Normalerweise waren die Gäste in St. Peter-Ording umgänglich und entspannt. Umso mehr stieß Niklas das Gebaren dieses Paares auf.

»Sie!« Der Mann ließ endgültig von seinem Opfer ab und kam auf Niklas zu. »Was wissen Sie schon davon?«

»Ich bin öfter hier, und die Mengen sind immer mehr als gut bemessen und ausreichend.« Er musterte die etwas schwammige Gestalt vor sich, die drohend näher kam. Der Mann schob demonstrativ die Ärmel seines Sweatshirts hoch.

»Lass doch, Holgi«, sagte die Frau nun deutlich leiser.

»Suchen Sie Streit mit mir?«, stieß der Mann hervor. »Den können Sie haben.«

»Überhaupt nicht. Aber dass Sie hier gegenüber dem Kellner handgreiflich werden, das geht eben gar nicht.«

»Das waren doch nur ein paar harmlose Stupser.«

Inzwischen hatten sie ein gewisses Publikum.

»Unterlassen Sie es bitte einfach«, entgegnete Niklas ruhig. Aus dem Hintergrund hörte er zustimmendes Gemurmel. Doch ob ihm irgendjemand beispringen würde, wenn der Mann sich auf ihn stürzte, war ungewiss. Und bis der Dorfsheriff hier wäre, würde mindestens eine Viertelstunde vergehen.

Der Mann starrte ihn an. Er senkte den Kopf, als wollte er Niklas mit seiner breiten Stirn rammen. Dann zog er auf einmal seine Brieftasche aus der Gesäßtasche seiner knöchellangen Freizeithose, öffnete sie und warf dem Kellner ein paar Scheine hin. »Uns habt ihr hier zum letzten Mal gesehen.«

»Was ist hier los?« Eine Frau trat hinzu. »Kann ich helfen?« Sie war recht klein und wirkte zerbrechlich, doch ihre kräftige Stimme strafte diesen Eindruck Lügen. Sie hatte schwarze, lässig hochgesteckte Haare und trug eine Brille mit einem auffälligen Gestell. Am Revers ihres Blazers war ein Namensschild befestigt, auf dem *V. Korting* stand.

»Mit Frauen verhandele ich grundsätzlich nicht, Lady! Ein Saftladen ist das hier! Wucher!«, rief der Mann und stürmte mit seiner eigenen Frau im Schlepptau aus dem Lokal.

»Was war hier los?«, wollte Valerie Korting von ihrem Mitarbeiter wissen.

Sein Gesicht war immer noch gerötet, seine Arme hingen herab, doch die Hände hatte er zu Fäusten geballt. »Die haben sich bei mir beschwert, dass ihre Weingläser keine null Komma zwei Liter hatten und der Salat zu klein war, aber das erst, nachdem sie alles ratzfatz ausgetrunken und aufgegessen hatten.«

»Und? War es so, Lennard? War zu wenig Wein in den Gläsern?«

»Bestimmt nicht. Eher im Gegenteil. Der Mann war jedoch von Anfang an auf Streit aus. Der hatte an allem etwas auszusetzen.«

»Normalerweise ist der Kunde König, das weißt du, Lennard.«

»Ja. Aber dann wurde er auch noch handgreiflich.« Der Kellner blickte zur Seite, weil er anscheinend mit der Fassung rang.

»Nächstes Mal sagst du mir oder Paul rechtzeitig Bescheid, okay?«

Lennard nickte und verschwand eilig hinter der Bar.

»Und Sie?« Valerie Korting wandte sich zu Niklas um und blickte ihn fragend an.

»Ich konnte es nicht mit ansehen, wie der Kerl den jungen Mann provoziert und dann auch noch gestoßen hat.«

Sie legte den Kopf in den Nacken, musterte ihn. »Sie hätten sich beinahe eine eingefangen von dem.«

»Ja, eine Sekunde stand es auf der Kippe«, gab Niklas zu.

»Schlagen Sie sich gern?« Sie strich sich eine Haarsträhne aus der Stirn.

»Nein. Aber ich sehe auch nicht gern zu, wenn es einen Unschuldigen trifft.«

»Retter der Witwen und Waisen, was?« Ihr Mund zuckte. Sie nestelte eine Packung Zigaretten aus der Tasche ihres Blazers.

»Nur, wenn es sein muss. Ich bin hier, weil ich mit Ihnen sprechen möchte.«

»Mit mir?« Valerie Korting schüttelte automatisch den Kopf. »Warum sollte ich mit Ihnen reden wollen?«

Hatte Lennard ihn doch nicht bei seiner Chefin angekündigt? »Neugierde wäre mal der erste Grund …«

»Und Sie sind?«

»Niklas John.«

»Niklas, also gut.« Sie ließ den Blick durch das schon beinahe leere Lokal schweifen, sah dann auf die Schachtel in ihrer Hand. »Kommen Sie auf eine Zigarette mit raus? Ich jedenfalls kann eine vertragen.«

Sie ging ihm voraus, durch die Küche und von dort nach draußen auf das Podest, wo Niklas vorhin den anderen Mitarbeiter hatte stehen sehen. Die Frau drückte sich gegen die Bretterwand, wo es einigermaßen windgeschützt war, und riss mit fliegenden Fingern das Zellophan von der Zigarettenpackung.

»Wollen Sie auch eine?« Sie hielt ihm die geöffnete Schachtel hin. Es war eine milde Sorte. Niklas hatte schon lange nicht mehr geraucht, aber eine einzige Zigarette, um das Eis zu brechen, schien ihm angeraten zu sein.

Er nahm ihr das Feuerzeug ab und gab zuerst Valerie Korting und dann sich selbst Feuer. Er inhalierte und unterdrückte den Hustenreiz. Wie hatte er das Rauchen früher nur gut finden können? Es schmeckte scheußlich. Wenigstens war keine Patricia mehr da, sie sich anschließend darüber beschweren würde, dass er nach Rauch roch. Sofort kam ihm Blofeld in den Sinn … Die Katze war ohnehin noch böse mit ihm. Ob sie sich schon wieder in der Wohnung eingewöhnt und inzwischen endlich ihr Futter angerührt hatte?

Schweigend rauchten sie ein paar Züge. Die Restaurantmanagerin starrte wie abwesend über den sich scheinbar endlos vor ihnen ausdehnenden Strand, der nun vom Licht eines schmalen Sichelmondes erhellt wurde. Zwischen ihren Augenbrauen lag eine tiefe Falte. »Wir hätten eigentlich um diese Jahres- und Uhrzeit schon geschlossen«, sagte sie zusammenhanglos.

»Ich weiß. Ich bin von hier.«

»Tatsächlich? Irgendwie kamen Sie mir gleich bekannt vor.«

»Machen Sie diesen Job schon lange?«, fragte Niklas.

Sie schüttelte den Kopf. »Nein, erst seit ein paar Monaten. Vorher war ich in einem Restaurant auf Sylt.« Sie inhalierte tief, musterte ihn durch den ausgeblasenen Rauch hindurch. »Also, worum geht es wirklich?«

»Ich bin Journalist. Heute Morgen wurden in Helenendeich zwei Menschen tot aufgefunden. Sascha Janssen und Eike Harms.« Er beobachtete, wie sie darauf reagierte, doch sie zuckte kaum.

»Ich kenne beide. Sascha besser als Eike. Eike Harms ist doch Koch im *Gamberetto* in Husum. Sascha Janssen und Thomas Breithauer gehören die drei Lokale dieses Namens. Das heilige Dreigestirn ...« Bei der Erwähnung von Breithauer hörte Niklas einen Hauch Emotionen: unterdrückte Wut und Verletzung, wie es ihm schien. »Was ist passiert?«, fragte sie.

Was er gesehen hatte, war sehr wohl für die Öffentlichkeit bestimmt. Alles andere hätte die Polizei den Journalisten nicht einfach so gezeigt. Niklas beschrieb ihr deshalb die Auffindesituation der beiden Toten in knappen Worten.

Valerie Korting hörte ihm scheinbar ungerührt zu. Als er geendet hatte, drückte sie ihre Zigarette in einem Aschenbecher auf dem breiten Holzgeländer aus. »Das ist schrecklich! Was für eine Verschwendung! Schade, besonders um

Eike. Er war ein sehr guter Koch. So einen hätte ich hier auch gern. Aber Sascha ...« Sie zögerte.

Niklas wartete ab.

»Ich sollte das wahrscheinlich nicht sagen, doch Thomas und Sascha haben sich in letzter Zeit nicht mehr gut verstanden. Sie hatten sogar daran gedacht, die drei *Gamberetto*-Restaurants untereinander aufzuteilen. Das war ein paar Mal im Gespräch ... Aber bei drei so unterschiedlich erfolgreichen Lokalen ist das schwierig.«

»Warum haben sie sich nicht mehr verstanden?«

»Phh.« Sie blies die Luft aus und griff erneut zu einer Zigarette. »Sascha erträgt es nicht, wenn seine Mitmenschen ebenfalls im Scheinwerferlicht stehen. Ganz schlimm, wenn sie womöglich sogar mehr Beachtung bekommen als er. Er ist allzeit der Platzhirsch und hat die *Gamberetto*-Lokale nach außen repräsentiert, wenn man es so nennen will. Viele, auch einige Promis, kamen hauptsächlich, um mit ihm gesehen zu werden. Wo Sascha ist – oder war –, war immer etwas los. Schöne Frauen, reiche Männer, Alkohol, der in Strömen fließt ...«

»Und Thomas, sein Kompagnon?«, hakte Niklas ruhig nach.

»Sie wissen, dass ich mit Thomas zusammen war? Sicher wissen Sie das. Es waren immerhin drei Jahre. Dann merkte ich, dass er eine andere hat. Anfangs verhielt er sich sehr diskret. Ich wunderte mich, denn Geheimniskrämerei ist eigentlich nicht seine Art. Und es konnte dabei übrigens auch nicht darum gehen, es vor mir zu verbergen. Thomas hatte nichts zu verlieren, wenn ich ihn verlasse. Er hatte mir gegenüber keine finanziellen oder sonstigen Verpflichtungen. Deshalb hatte er auch keine gesellschaftlichen oder beruflichen Nachteile zu befürchten. Freude und Leid einer unabhängigen Frau.«

Niklas nickte.

»Mit Thomas und mir ging es gut, solange es eben gut ging. Deshalb habe ich die ersten Anzeichen für Untreue auch nicht so richtig ernst genommen ...«

»Wer war es?«

»Julie«, stieß sie angewidert hervor.

»Julie. Und weiter?«

»Saschas Frau, Julie Janssen. Die beiden sind verheiratet. Gewesen! Nun ist sie wohl seine Witwe.« Valerie Korting drehte den Kopf, sodass Niklas sie nun im Licht der Außenlampen im Profil sah. Sie blies den Rauch aus und blickte mit schmalen Augen auf das Meer hinaus.

»Ich habe Sascha ein paar Mal im *Gamberetto* in Husum gesehen, doch seine Frau Julie war meines Wissens nicht dort«, sagte er.

»In letzter Zeit zog sie es vor, in Berlin zu bleiben. Sie und Sascha haben dort eine Wohnung. Sascha war meistens in ihrem Haus in Oldenshörn. Aber was Julie von meinem Thomas will?« Valerie Korting zuckte hilflos mit den Schultern. »Eine Zeit lang dachte ich sogar ...«

»Was dachten Sie?«

»Ach, nichts.«

»Jeder Gedanke, wie abwegig er auch zu sein scheint, könnte wichtig sein.«

»Ach, sind Sie jetzt auch noch Hercule Poirot?« Sie wandte sich ihm wieder zu. »Ach, was soll's? Ich dachte, dass Thomas unmöglich eine Frau wie Julie lieben kann. Dass irgendein abstruser Plan dahintersteckte, um die Macht über die *Gamberetto*-Restaurants allein an sich zu reißen. Thomas ist ein Taktiker, ein richtig guter Planer.«

»Und Julie ist nun wahrscheinlich Saschas Erbin?«

»Das nehme ich jedenfalls an. Kinder gibt es meines Wissens keine. Andererseits ist diese Idee mit der Erbschaft völlig abwegig. Ein Mörder ist Thomas bestimmt nicht. Legen Sie mir das bloß nicht in den Mund! Dass ein Plan hinter seiner Affäre mit Julie steht, dachte ich, *bevor* Sascha tot war.«

»Können Sie sich sonst noch einen Grund vorstellen, warum jemand Sascha oder Eike aus dem Weg haben wollte?«

Sie lachte spöttisch auf. »Sascha hat … hatte so viele Feinde wie Sandkörner am Strand. Er war arrogant, rücksichtslos und streitsüchtig. Aber Eike? Ehrlich gesagt habe ich mich nie richtig mit ihm unterhalten. Er war meistens in der Küche, und er lebte in seiner Welt der Lebensmittel und Rezepte.«

»Könnte Sascha einen Grund dafür gehabt haben, seinen Chefkoch Eike Harms umzubringen?«

»Eigentlich waren sie immer auf eine unangenehme Art und Weise ein Herz und eine Seele.«

»Und können Sie sich vorstellen, dass Sascha sich selbst umgebracht hat?«

»Nein. Mir fällt partout kein Grund dafür ein. Es schien ihm immer unverschämt gut zu gehen. Bis auf die Sache mit Julie und Thomas vielleicht …«

»Wusste er denn davon?«, hakte Niklas nach.

Sie wiegte den Kopf. »Ich glaube, eher nicht.«

»Halten Sie es für denkbar, dass Sascha Janssen sich selbst umgebracht hat? Wenn er beispielsweise feststellen musste, dass er in betrunkenem Zustand seinen Freund Eike erschlagen hat?«

Valerie Korting sah ihn daraufhin mit einem langen, leicht abwesend wirkenden Blick an. »Ich habe keine Ahnung.«

Niklas musterte sie nachdenklich. Er war der Überzeugung, dass die Frau doch die eine oder andere Ahnung beschlichen hatte, was in Eike Harms' Haus vorgefallen sein mochte. Doch zum jetzigen Zeitpunkt würde sie es ihm nicht sagen. Das spürte er.

11. Kapitel

Am nächsten Morgen, als die Sonne von einem strahlend blauen Himmel schien, beschloss Niklas, dass es an der Zeit war, eine Schuld einzulösen. Eine Runde Golf mit Andreas Borgholz.

Erfreulicherweise war der Staatsanwalt sofort zu einer Verabredung mit ihm auf dem Golfplatz bereit. Ja, er klang sogar äußerst gut gelaunt bei dieser Aussicht.

Niklas spielte von Kindheit an Golf, hatte es aber, seit er von Föhr fortgezogen war, sträflich vernachlässigt. Die Stimmung des Staatsanwalts würde sogar noch besser werden, wenn er seine überlegenen Fähigkeiten unter Beweis stellen konnte. Was zu wünschen war, denn Niklas war auf eine andere Art der Belohnung aus.

Nachdem sie sieben Löcher gespielt hatten und Borgholz diese alle mit Par beendet hatte, kam der Pressestaatsanwalt von selbst auf das Verbrechen in Helenendeich zu sprechen. »Ich habe Ihren Artikel gelesen, Herr John«, sagte er. »Nach dem Bericht in Ihrer Zeitung haben die Leute sich förmlich überschlagen mit Hinweisen für die Polizei. Mit so einer großen Resonanz haben wir gar nicht gerechnet. Nun reichen die Kapazitäten leider kaum, um das alles zeitnah zu validieren und auszuwerten.«

»Ich nehme an, das meiste von dem, was die Leute beisteuern, ist nicht unbedingt relevant für Ihre Ermittlungen.« Niklas schlug ab und sah mit einer gewissen Befriedigung, dass er bereits mit dem dritten Schlag kurz vor dem Grün gelandet war.

»Sollte sich das Schicksal jetzt wenden?«, frotzelte Borgholz und schlug ebenfalls ab. Sein Ball landete im Bunker neben dem Grün. Er runzelte die Stirn.

»Das glaube ich kaum«, beruhigte Niklas ihn. Er wollte den Staatsanwalt bei Laune halten, durfte es ihm aber auch nicht zu leicht machen. Dann fehlte die Herausforderung. »Wann gibt es eine PK zu dem Fall?«, fragte er. Niklas war kein großer Fan von Pressekonferenzen. Es gab erfolgversprechendere Methoden, an Informationen zu gelangen. Aber manchmal hatte man keine Wahl … Fernbleiben war in diesem Fall keine Option.

Sie gingen auf Niklas' Ball zu. »Wahrscheinlich findet die Pressekonferenz übermorgen statt. Ich sage Ihnen rechtzeitig Bescheid. Aber nur, wenn Sie jetzt nicht einlochen!«

»Wohl kaum.« Niklas chippte etwas zu forsch. Der Ball lag nun auf der anderen Seite vom Loch. Er hätte gern geglaubt, dass er den Schlag absichtlich vergeigt hatte, doch er war wirklich ziemlich aus der Übung.

Borgholz lachte auf. »Aber Herr John! So hole ich Sie ja wieder ein.« Sie gingen zu seinem Ball hinüber, der im Bunker lag. Doch dem Staatsanwalt gelang es, den Golfball ebenfalls recht nahe an das achte Loch zu befördern.

»Ist die Obduktion der beiden Toten aus Helenendeich eigentlich schon abgeschlossen?«, erkundigte sich Niklas wie nebenbei. Die gute Stimmung wollte er ausnutzen.

»Ja, wir haben es dringend gemacht. Ich sage Ihnen, das war eine Überraschung …«

»Ach ja?« Diesmal puttete Niklas tatsächlich absichtlich knapp am Loch vorbei.

»Das Ergebnis bleibt vorerst unter Verschluss. Aus ermittlungstaktischen Gründen. Sie kennen das ja!« Er puttete erfolgreich ein und setzte eine gleichmütige Miene auf, als er seinen Ball herausholte. Niklas tat es ihm nach.

»Wenn es nichts Neues zu schreiben gibt, wird es schwierig, die Sache weiter zu verfolgen«, bemerkte Niklas scheinbar ungerührt. »Dann verläuft die Berichterstattung schnell im Sande.«

»Ach was, Ihnen fällt schon was ein!«

»Für einen Totschlag und einen Suizid zweier Saufkumpanen waren zwei Artikel mehr als genug.«

Andreas Borgholz schlug ab. »Die Sache ist noch nicht geklärt. Wir ermitteln in alle Richtungen. Ach, verdammter Gegenwind!«

»Dann gilt Janssen nicht mehr als mutmaßlicher Täter?«

»Ich kann nicht mehr sagen. Sie sind dran.«

Niklas blickte seinem Ball hinterher, der in einem schönen Bogen auf Loch Nummer neun zuflog.

»Guter Schlag, John!«

»Ihrer war besser.«

Borgholz' Handy läutete. Er zog es hervor. Als er auf dem Display sah, wer ihn anrief, wandte er sich halb von Niklas ab. Der tat, als ordnete er seine Golfschläger neu. Niklas zog seinen Trolley ein Stück weiter, sodass ihm der Wind vom Meer Borgholz' Worte zutrug.

»Ist mir klar, dass das Wochenende durchgearbeitet werden muss. Was, nur zwölf Leute? Wo sind die anderen? Was ist denn das für eine SOKO?« Eine Pause entstand. Niklas wartete ab. »Mindestens zwanzig«, hörte er den Staatsanwalt rufen. »Immerhin haben wir es mit zwei Opfern zu tun«, setzte er mit gedämpfter Stimme hinzu. »Und einer davon ist schließlich prominent.«

Niklas merkte auf. Wenn Sascha Janssen Suizid begangen hätte, und das, nachdem er mutmaßlich Eike Harms erschlagen hatte, dann würde wohl nicht eine riesige Sonderkommission in Flensburg gebildet werden. Noch dazu eine, die das Wochenende durcharbeitete und dabei eine unvorteilhafte Menge an Überstunden anhäufte. Auch bei der Polizei waren Mitarbeiter eine knappe Ressource. Niklas ließ sich seine Überlegungen jedoch nicht anmerken, sondern spielte seinen Ball.

»Langsam kommen Sie ja wieder rein, John«, stellte Andreas Borgholz fest, nachdem er sein Telefon weggesteckt hatte. Er wirkte nicht mehr ganz so zufrieden wie zuvor, sei es, weil ihn die Kollegen von der Kripo nervten, sei es, weil er fürchtete, heute nicht in Höchstform zu sein.

Nachdem sie achtzehn Löcher gespielt hatten, waren Niklas und er noch auf etwas zu trinken und einen Salat ins Clubhaus eingekehrt.

Niklas gab sich alle Mühe, das Gespräch wieder auf den Mordfall zu lenken, doch der Pressestaatsanwalt war in Gedanken noch bei seinem Sport. Er schien nun hocherfreut zu sein, weil er routiniert sein Handicap gespielt hatte. Sie verabschiedeten sich auf dem Parkplatz vor dem Clubhaus voneinander. In seinem Wagen zog Niklas sein Telefon hervor. Er rief Fentje an.

»Jacobsen«, erklang es nach langem Klingeln etwas atemlos.

»Hier ist Niklas. Wie geht es dir?«

»Hmpf. Ganz gut. Wir sind noch dabei, Heu einzufahren.«

»Wie lange seid ihr denn schon dabei?«

»Seit heute Morgen um fünf. Wir waren gut in der Zeit, aber dann hat unsere alte Ballenpresse gestreikt. Hauke hat sie zwar wieder hinbekommen, aber wir haben zwei Stunden verloren. Wir müssen uns beeilen. Morgen soll es regnen.«

Niklas blickte zum Himmel. Er sah nur ein paar Schleierwolken am Horizont. »Hier sieht es nicht nach Regen aus.«

»Wo bist du?«

»Auf dem Golfplatz. Oder davor.«

Sie lachte auf. »Ah.«

»Was ist daran komisch?«

»Gar nichts«, erwiderte sie, immer noch hörbar amüsiert.

»Ich war nur hier, um noch ein paar Informationen von dem zuständigen Pressestaatsanwalt abzugreifen.«

»So macht man das also. Beim Golfspielen! Da habe ich ja keine Chance.«

»Tja, und so, wie es aussieht, hast du auch keinen Mandanten, der unter Mordverdacht steht.«

»Nicht einmal einen toten Verbrecher habe ich?«

»Sascha Janssen wurde höchstwahrscheinlich auch ermordet. Das ist bei der Polizei noch unter Verschluss, also behalte es bitte für dich. Aber es gibt gewisse Hinweise.«

»Haben sie die Toten schon obduziert?«

»Ja, da haben sie wohl Druck gemacht. Das ist bereits geschehen. Doch das Ergebnis bleibt wohl vorerst noch geheim.«

Fentje schnaubte. Dann nieste sie. »'tschuldigung. Aber dieser Sascha hat mich doch angerufen und gesagt, dass er jemanden ermordet hat und meine Hilfe braucht. Wenn er selbst auch getötet wurde, dann müssten es ja zwei Täter gewesen sein. Das ergibt doch keinen Sinn!«

»Es ist zumindest höchst unwahrscheinlich«, räumte Niklas gut gelaunt ein. »Noch dazu in Helenendeich.« Die Bewegung an der frischen Luft war doch für was gut gewesen, Golf hin oder her …

»Warte mal bitte!« Ein lauter Knall folgte. Sie musste das Telefon etwas zu schwungvoll abgelegt haben. Er hörte im Hintergrund gereiztes Stimmengemurmel. »Ich muss weitermachen, Niklas. Ich kann die anderen nicht so lange allein arbeiten lassen. Mein Nachbar macht nur aus reiner Menschenfreundlichkeit mit, und Sofia und Bendix …« Sie seufzte.

»Ich könnte helfen«, schlug er vor.

»Wirklich? Das wäre großartig!«

Und er hatte erwartet, dass sie sich zieren oder gar ablehnen würde!

»Wir sind auch in ein paar Stunden fertig«, setzte sie fröhlich hinzu.

Und es war Samstagabend …

Niklas fuhr nach Hause, um sich umzuziehen. An der Blofeld-Front hatte sich nichts geändert. Die Katzendame hatte zwar in der Zwischenzeit ihren Futternapf geleert, doch als Niklas sich dem Katzensofa näherte, auf dem sie Platz genommen hatte, wandte sie demonstrativ den Blick ab. Blofelds Schwanzspitze zuckte.

Auf dem Jacobsen-Hof angekommen, wurde Niklas sofort von Fentjes Bruder in Empfang genommen. »Fentje sagt, Sie wollen uns helfen?« Er grinste freundlich. Dann nahm er ihn mit auf den Heuboden und wies ihn in die Arbeit ein. Niklas und er würden die ankommenden Heuballen entgegennehmen und stapeln. Hinrich, Fentjes Großvater, fuhr den Trecker, und Sofia und Fentje waren auf dem Feld und beluden den Anhänger. Ihr Nachbar Hauke war inzwischen auf seinen eigenen Hof zurückgekehrt, erfuhr Niklas nebenbei, weil es auch dort zu dieser Jahreszeit genug zu tun gab.

Auf dem Heuboden war es warm und staubig. Erst wunderte Niklas sich, dass Bendix in langärmeligem Shirt und langen Hosen arbeitete. Doch als nach kurzer Zeit Staub und Heu auf seiner verschwitzten Haut klebten und juckten, wusste er, warum.

Erst erschien es ihm zwar mühsam und schweißtreibend, aber auch recht einfach zu sein. Wenn Hinrich mit Trecker und Anhänger ankam, mussten sie sich sputen, die Heuballen abzuladen und oben fachgerecht zu verstauen. Dann danach hatten sie einen Moment Pause, bis die nächste Fuhre kam. Insgeheim bedauerte Niklas, dass er Fentje nicht zu Gesicht bekam. Ihr Bruder war nett, aber doch recht wortkarg. Und er bedachte Niklas von Zeit zu Zeit mit einem prüfenden Blick, wie ihm schien.

Einige Stunden später, als Niklas der Meinung war, keinen weiteren Ballen mehr heben zu können, weil seine Rückenmuskeln in Flammen standen, ertönte Gretjes Stimme von unten. Es war für ihn der süßeste Klang, den er seit Wochen vernommen hatte. »Ihr solltet Pause machen, Jungs! Ich habe eine Riesenmenge Apfelpfannkuchen für euch vorbereitet!«

Bendix sah Niklas an. »Willst du zuerst, und ich halte die Stellung?«

Niklas konnte gerade keinen weiteren Heuballen mehr heben. Die Dinger schienen mittlerweile je eine Tonne zu wiegen. Trotzdem sagte er großzügig: »Meinetwegen kannst auch du zuerst gehen. Du bist länger dabei als ich.«

Bendix grinste. »Ja, aber ich bin diese Knochenarbeit von Kindheit an gewohnt. Außerdem hatte ich vorhin schon Schokoladen-Grießauflauf bei Oma.«

»Dann … okay. Ich komme gleich wieder«, sagte Niklas und stieg die Leiter hinunter.

Gretje zog die Augenbrauen zusammen. »Wir kennen uns doch. Sie sind der junge Mann aus St. Peter-Ording, nicht wahr?«

»Ich wohne dort, das stimmt.«

»Aber keine Hektar unter dem Pflug, war es nicht so?«

»Nein, und auch kein Viehbestand außer einer Katze. Aber Blofeld kennen Sie ja ebenfalls.«

Fentjes Großmutter zwinkerte ihm zu und musterte ihn von seinem verschwitzten Haarschopf bis zu den staubigen Sportschuhen. »Macht ja nix. Meine Pfannkuchen werden Ihnen schmecken!«

Gretje holte einen Stapel Apfelpfannkuchen aus dem Backofen und stellte sie vor Niklas auf den Küchentisch. »Tun Sie sich nur reichlich auf! Es gibt auch noch Apfelkompott dazu. Alles selbst gemacht! Wie sich das gehört.«

»Danke, das ist jetzt lebensrettend«, sagte er und nahm sich den ersten und dann noch einen zweiten Pfannkuchen.

Gretje setzte sich ihm gegenüber. »Sie sehen auch etwas abgekämpft aus, wenn ich das so sagen darf.«

»Das ist meine erste Heuernte. Und Ihr Enkel Bendix legt ein ordentliches Tempo vor.«

»Ach was?« Sie blickte ihn misstrauisch an. »Der Bendix hat sich früher gern vor der Arbeit gedrückt. Ganz anders als unsere Fentje. Ein wirklich tatkräftiges Mädchen.«

»Das glaube ich sofort.« Die süßen, saftigen Pfannkuchen ließen seine Lebensgeister zurückkehren. Er nahm sich den dritten.

»Und hübsch ist sie auch noch. Finden Sie nicht?«

»Oh ja, sehr hübsch, Ihre Enkeltochter«, antwortete er.

Sie schob die Pfannkuchen näher zu ihm heran. »Nehmen Sie. Gibt so schnell nichts mehr.«

»Nein, danke. Ich muss wieder an die Arbeit! Vielen Dank für das Essen. Es war sehr lecker.«

»Ach, wenn es schmeckt, nehmen Sie noch einen«, nötigte sie ihn.

»Aber nur noch einen.« Niklas war hungrig gewesen, und die Pfannkuchen schmeckten ausgezeichnet, aber nach diesem hatte er genug. So langsam sollte er seine Portion doch bewältigt haben.

»Nun kommen Sie. Das wird noch ein langer Abend. Wie ich meine Familie kenne, hören die nicht auf, bis auch der letzte Ballen verstaut ist. Hier ist noch ein Pfannkuchen … Sind doch gut, nich'?«

Mit diesen Worten wurde ihm noch einer aufgetan. Die Pfannkuchen waren weich und süß und unglaublich lecker. Er musste sich schon einige Mühe geben, den letzten auch noch zu schaffen, doch er wollte Fentjes Großmutter nicht enttäuschen.

Als Niklas sich schließlich erhob, mühsam gegen eine Art Suppenkoma ankämpfend, kamen Fentje, Bendix und Sofia in die Küche gestürmt. Fentje trug ein schwarzes Shirt und helle, zerrissene Jeans, die ihre langen Beine betonten. Sie war verschwitzt und staubig, doch ihre Augen unter dem hochgesteckten Haarschopf leuchteten. Niklas' Anstrengung der vergangenen Stunden war vergessen. Es war gut, dass er spontan zum Helfen gekommen war.

»Ihr seid schon da, Kinder?«, fragte Gretje leicht verlegen.

»Ich sterbe vor Hunger«, antwortete Bendix. »Wir haben Hinrich überredet, einen Moment Pause zu machen. Nur für uns verweichlichte Bande. Er kommt aber auch gleich rüber. Kannst noch sitzen bleiben, Niklas. Im Moment gibt es nichts zu tun.«

Fentje schob sich neben ihn auf die Bank. Sie strahlte eine ungeheure Wärme ab und roch nach Heu. »Ich freue mich seit Stunden auf deine Pfannkuchen, Oma«, sagte sie gut gelaunt. »Niklas sieht auch so glücklich aus wie ein Fuchs nach einer Nacht im Hühnerstall.«

»Kindchen. Wollt ihr nicht erst mal was trinken?«, fragte Gretje. Sie blickte nervös von einem zum anderen.

»Komm, ich helfe dir, die hungrige Meute zu versorgen«, schlug Bendix vor, der nahe der Küchenzeile stand. Er holte zwei Flaschen Wasser und einen Krug Saft aus dem Kühlschrank und stellte sie auf den Tisch. Sofia verteilte Teller und Besteck.

»Es ist nur …« Gretje blickte verzweifelt zu Niklas.

Bendix öffnete die Backofentür und verharrte. Niklas wurde warm. Viel wärmer als eben bei der Arbeit.

»Es sind nur noch drei Pfannkuchen da«, sagte Gretje kleinlaut. »Zwei habe ich gegessen, zwei sind mir angebrannt und der Rest … Niklas hatte so einen Hunger. Er hat die anderen alle aufgegessen.«

»So viele?«, fragte Sofia mit aufgerissenen Augen und warf ihm einen ungläubigen Blick zu.

Niklas spürte, wie Fentje sich neben ihm erstaunt aufrichtete.

»Aber wir können doch einfach neue backen?«, schlug Bendix mit einem Hauch Verzweiflung in der Stimme vor.

»Nein.« Gretje schüttelte bedauernd den Kopf. »Das waren alle meine Eier.«

Fentje sah Niklas an. Ihre Mundwinkel verzogen sich amüsiert, doch sie gab sich sichtlich Mühe, ernst zu bleiben. Dann wandte sie sich ihrer Großmutter zu. »Aber du hattest doch zehn Eier dafür.«

»Nicht ganz, ich hatte schon drei für den Grießauflauf verbraucht«, beeilte sich Gretje zu versichern. Sie zwinkerte Niklas verschwörerisch zu.

12. Kapitel

Niklas' Handy weckte ihn am nächsten Morgen um sieben Uhr. Er drehte sich in Richtung Nachttisch, um es auszustellen, doch seine Schultermuskulatur reagierte statt mit Aktion mit einem infernalischen Schmerz.

Die Heuernte! Und das nach einer Achtzehn-Loch-Golfrunde … Nachdem sie nach dem Pfannkuchendesaster Pizza bestellt hatten, bei deren Verzehr Niklas allerdings hatte passen müssen, war es bis nachts um halb eins weitergegangen. Fentjes Großvater war nach dem Abendessen zum Glück von Hauke abgelöst worden, doch der Rest der kleinen Mannschaft hatte unverdrossen weitergearbeitet, bis auch die letzten Ballen an ihrem Platz waren.

Zum Ende hin hatte Niklas seinen Körper nicht mehr gespürt, bis ihm Fentje zum Abschied verschwitzt und allem Anschein nach gleichzeitig zu Tode erschöpft und glücklich um den Hals gefallen war. »Du hast uns heute gerettet, Niklas«, hatte sie geflüstert.

»Ich wäre beinahe am spontanen Hungertod der gesamten Jacobsen-Sippe schuld gewesen«, hatte er erwidert.

»Okay, das gleicht es aus.« Und dann, nachdem sie ihn losgelassen und einen Schritt zurückgetreten war: »Ich kann jetzt aber nicht mehr über Mord und Totschlag reden.«

»Verstehe ich vollkommen. Ich bin mehr scheintot als lebendig. Wir telefonieren morgen, nachdem ich auf der Pressekonferenz war.« Und dann, nach einem Blick auf seine Uhr: »Oder eher heute …«

Nachdem er nun den Alarm seines Handys abgestellt hatte, versuchte er, sich aufzurichten. Es war ein Muskelkater geradewegs aus der Hölle! Am vergangenen Abend gegen halb acht hatte Borgholz ihm noch eine SMS geschickt, dass die Pressekonferenz doch bereits am heutigen Sonntag gegen zehn Uhr stattfinden würde. Reporter hatten ebenso wenig ein Wochenende wie Polizisten. Nun musste er nur noch rechtzeitig nach Flensburg kommen.

Der Raum, in dem die Pressekonferenz zu dem Fall in Helenendeich stattfinden sollte, war schon gut gefüllt, als Niklas eintrat. Das war ihm ganz recht, denn er stand am liebsten am Rand und verfolgte das Geschehen aus einer gewissen Distanz. Er sah viele bekannte Gesichter von Kolleginnen und Kollegen und auch ein paar unbekannte …

Da Sitzen für ihn heute nicht weniger schmerzhaft war als Stehen, lehnte er sich ergeben an die Wand, hoffte, dass die eingeworfenen Ibuprofen-Tabletten noch etwas wirken würden, und wartete auf die Dinge, die er nun erfahren sollte. Andreas Borgholz' Andeutungen zufolge würden aus ermittlungstaktischen Gründen, wie es immer hieß, nicht mehr viele neue Fakten an die Öffentlichkeit gelangen.

Kriminalhauptkommissar Reimers, der neben dem Pressesprecher der Polizei stand, fasste die Szenerie am Tatort noch einmal für alle zusammen. Bei der Tatortbegehung war ja nur eine kleine Gruppe von Journalisten zugegen gewesen; für die anderen waren einige der Informationen noch neu und erregten dementsprechend großes Interesse. Anschließend prasselten die Fragen auf die beiden Redner ein, wurden aber weitestgehend abgeblockt.

Nach einer Viertelstunde schob Thorsten Reimers demonstrativ seine Unterlagen auf dem Sprechpult zusammen. Der Pressesprecher blickte auf seine Uhr und nickte. Einige der Kollegen zogen ihre Telefone hervor, andere preschten aus dem Raum, ein paar riefen noch Fragen nach vorn oder verstauten eilig ihr Equipment. Die meisten Menschen wandten sich dem Ausgang zu, doch Niklas bewegte sich in Richtung der Tür hinter den Rednerpulten.

»Was ist eigentlich mit den Strangulationsmalen an Janssens Hals?«, fragte er Reimers halblaut, als der gerade zur Tür gehen wollte. »Die passten doch nicht zu dem Sitz der Wäscheleine.«

Der Hauptkommissar blickte ihn wütend an. »Das hat keiner gesagt.«

»Die Obduktion hat in dieser Hinsicht doch aber sicher Klarheit gebracht. Mir kam die Auffindesituation selbst nicht ganz stimmig vor. Außerdem haben die Leute am Tatort so etwas erwähnt.«

Thorsten Reimers blickte sich über die Schulter um. »Offiziell hat das niemand gesagt, ist das klar?«, antwortete er scharf, aber leise. »Sonst lasse ich Sie nie wieder auch nur in die Nähe eines Tatortes.«

»Ich verstehe. Und Sie suchen unterdessen einen Täter, der beide Männer ermordet hat.«

»Kein Kommentar!«

Und das ist kein Dementi, dachte Niklas. »Ist schon klar. Trotzdem danke!«

War es nicht etwas seltsam, dass ihm die Bestätigung, es mit einem zweifachen Mord zu tun zu haben, und die Tatsache, dass der Täter oder die Täterin demnach noch auf freiem Fuß war, in bessere Laune versetzten? Was war er nur für ein Mensch? Doch der Gedanke, nun umso mehr einen Grund zu haben, Fentje anzurufen, ließ Niklas sogar die schmerzenden Muskeln für einen Moment vergessen.

»Du schaust hübsch aus heute Morgen, Fentje«

»Was, wieso?« Fentje fuhr sich durch das lockige Haar. Sie erinnerte sich nicht, ob es heute früh schon einen grobzinkigen Kamm aus der Nähe gesehen hatte. Sie war einfach noch zu fertig von der Aktion am vergangenen Tag.

»Dein Gesicht glüht«, bemerkte Gretje, die an der Spüle stand. »Mit wem hast du denn gerade telefoniert?«

»Woher weißt du, dass ich telefoniert habe?«

Ihre Großmutter schmunzelte. »Ich weiß sogar, dass du mit einem Mann gesprochen hast.«

»Kannst du hellsehen?«, fragte Fentje unbehaglich. Sie ließ sich mit einem Stöhnen auf der Küchenbank nieder.

»Wenn du direkt vor deiner Tür stehst und telefonierst, sehe und höre ich dich durch das kleine Fenster in der Schuhkammer.«

»Was hast du denn da drin gemacht?«

»Na, aus dem Fenster zu dir hinübergeschaut.«

»Du hast aber nicht gelauscht?!«

Gretje schüttelte bedauernd den Kopf. »So gut sind meine Ohren leider nicht mehr, dass ich jedes Wort verstehe. Noch ziemlich gut, aber nicht so gut.«

»Ich habe mit Niklas telefoniert«, sagte Fentje. »Und mich nochmals für seine Hilfe gestern bedankt.«

»Ja, das hätte ich ihm gar nicht zugetraut, dass er so zupacken kann. Bendix war richtig beeindruckt von ihm. Und das will was heißen.«

»Ach, wirklich?« Fentje war irritiert. So leicht konnte ihren Bruder tatsächlich nichts und niemand beeindrucken. »Und wieso hast du das Niklas nicht zugetraut, hier so kräftig mit anzupacken, Oma?«

»Na, mit dem schicken Auto und der teuren Uhr …«

»Bist du jetzt auch noch Uhrenkennerin?«, erwiderte Fentje lächelnd. »Vielleicht war das eine Fake-Uhr?«

»Ich glaube nicht, dass Niklas ein Blender ist. Und meine Apfelpfannkuchen haben ihm sehr gut geschmeckt. Aber ich ziehe trotzdem schweren Herzens Onno von Venen vor, Kind.«

»Als was?«

»Na, als deinen zukünftigen Ehemann.«

»Schon klar.« Fentje seufzte und füllte sich am Wasserhahn ein Glas Wasser. »Braucht Opa mich heute noch einmal?«

»Ich glaube nicht, Kind.«

»Ich wollte nämlich gleich nach Helenendeich fahren.«

»Was willst du denn in dem gottverlassenen Nest?«, erkundigte Gretje sich in empörtem Tonfall.

»Das klingt so, als lebten wir im Gegensatz zu den Leuten da mitten in Paris, New York oder Tokyo, Oma.«

Gretje nickte ernsthaft. »Im Vergleich ist das vielleicht auch so.«

»Wen kennst du denn so in dem *gottverlassenen Nest*?«, steuerte Fentje auf den eigentlichen Grund ihres Gesprächs zu. »Ist dir da vielleicht noch irgendwer eingefallen, außer diesem Friedrich?«

»Nein. Ich kenne da sonst niemanden. Deshalb ist es ja auch gottverlassen.«

»Eine Frage des Standpunktes«, murmelte Fentje. »Ich wette, irgendwen kennst du da doch!«

»De, de ik vun dor kent heff, sünd avers al doot«, sagte ihre Großmutter bekümmert. »Alle tot! Aber ich denke weiter darüber nach.«

»Dir fällt bestimmt noch jemand ein. Du kennst doch sonst alle Welt auf Eiderstedt.«

Fentje ging zurück in ihre Wohnung. Für ihre Mandanten hatte sie alles erledigt, was es momentan zu erledigen gab. Sie hatte mit Niklas besprochen, dass sie sich um die Verhältnisse in Helenendeich kümmern würde. Er hingegen wollte sich mit dem *Gamberetto*-Imperium und Sascha Janssens Umfeld befassen.

Der Ehrgeiz und auch die Neugierde hatten Fentje gepackt. Sie wollte vor Niklas keinesfalls ohne Ergebnisse dastehen. Es musste einen Ansatzpunkt geben. Einen besseren jedenfalls, als sich auf die Dorfstraße in Helenendeich zu stellen und eine Autopanne vorzutäuschen. Da würde ihr wahrscheinlich ohnehin nur ein Tourist zu Hilfe kommen, der gerade auf der Durchfahrt war. So zugänglich, wie die Helenendeicher ihr vorgekommen waren.

Aber Sofia kannte doch jemanden in Helenendeich oder Umgebung!, fiel Fentje ein. Den Jungen, der die Fotos vom Tatort gepostet hatte … Sie zog ihr Handy hervor, doch die Fotos waren ja auf Sofias Smartphone gewesen. Ihre Nichte schlief allerdings nach dem gestrigen Großkampftag auf dem Hof noch tief und fest. Es war schon halb zwölf, doch Sofia hatte bis spät am Abend mit angepackt. Fentje wollte sie nicht stören.

Der Post auf Instagram mit den Fotos aus Helenendeich war von jemandem mit dem Benutzernamen »*florzuske07x*« gewesen, erinnerte sie sich. Zuske war möglicherweise ein Nachname. Eine Familie Zuske wohnte in Wellhusenkoog, einem Ort, der nicht allzu weit entfernt von Helenendeich war.

Einer der Söhne dieser Zuskes hieß Florian und war in Sofias Alter; daran erinnerte Fentje sich jetzt wieder. Es passte also zu dem Namenskürzel.

Florian und Sofia besuchten das Gymnasium in St. Peter-Ording. Soweit Fentje wusste, hatten sie in den letzten Jahren nicht mehr sehr viel miteinander zu tun, aber sie hatten damals dieselbe Grundschule durchlaufen. Früher waren sie manchmal gemeinsam auf Kindergeburtstagen eingeladen gewesen, daher kannte Fentje Florians Eltern, zumindest vom Sehen. Und die Zuskes hatten einen Hofladen, der wegen der Touristen bestimmt auch sonntags ein paar Stunden geöffnet hatte, sicherlich sogar schon jetzt, im Mai.

Sie blickte auf die Uhr. Brauchten sie nicht gerade dringend frische Eier nach dem Pfannkuchenexzess am vergangenen Tag?

Florians Mutter, Daniela Zuske, war sichtlich erfreut, Fentje zu sehen. Sie plauderten einen Moment über die Grundschulzeit der »Kinder« und auch ihre Zeit auf der weiterführenden Schule. Irgendwann gelang es Fentje, das Gespräch auf die Ereignisse in Helenendeich zu lenken.

»Schrecklich, was da passiert ist. Ich kann es kaum glauben«, sagte Daniela Zuske in gedämpftem Tonfall.

»Kanntest du einen der Männer, die da ums Leben gekommen sind?«, erkundigte sich Fentje wie nebenbei. »Helenendeich ist ja nicht weit von hier entfernt.«

»Nur vom Sehen. Den einen wenigstens. Eike Harms. Die Harms sind aber keine der alteingesessenen Familien. Seine Eltern sind wohl beide schon vor einigen Jahren gestorben.«

»Und nun ist auch ihr Sohn tot. Noch dazu auf so dramatische Art und Weise. Was kann da nur passiert sein?« Eigentlich versuchte Fentje stets, sich von Klatsch fernzuhalten. Aber in dem Fall wollte sie unbedingt wissen, was die Leute in der Umgebung so redeten und vermuteten.

Die Ladenklingel, eine alte Kuhglocke, schlug an, und ein Mann und eine Frau um die fünfzig betraten den Laden. Sie trugen Radlerhosen und nagelneue Fahrradjacken, die Helme hatten sie sich unter den Arm geschoben. Der Bekleidung nach zu urteilen, waren sie Touristen, die sich nun die Auslage ansahen.

Daniela Zuske grüßte sie. Dann wurde ihre Stimme noch leiser, und sie beugte sich ein Stückchen vor. »Die Leute denken, dass das, was da passiert ist, mit Eike Harms' Beruf zu tun haben muss. Er hat doch im *Gamberetto* in Husum als Koch gearbeitet. Kennst du das Restaurant? Wir waren einmal an unserem Hochzeitstag dort, als Olaf mir etwas richtig Gutes tun wollte. Aber uns hat es nicht so richtig gefallen. Da gehen wir lieber in einen Landgasthof, wo sie uns was Reelles servieren. Nicht nur drei Blätter Rucola mit der sautierten Schwanzflosse einer Dorade an einem Klecks Hummersoße.«

Daniela grinste. Die Geschichte hatte sie anscheinend schon öfter zum Besten gegeben. »Aber«, sie beugte sich noch weiter zu Fentje, »es war ja noch ein zweiter Mann dort, der ebenfalls ums Leben gekommen ist. Es heißt, das war Eikes Boss, Sascha Janssen. Angeblich hat der ihn umgebracht.« Nun flüsterte sie beinahe. »Wohl im Suff erschlagen. Und dann hat er sich offenbar erhängt. Vielleicht als er realisiert hat, was er getan hatte.«

Florians Mutter schüttelte den Kopf. »Das muss man sich mal vorstellen! Eikes Frau war zum Glück bei den Nachbarn auf einer Geburtstagsfeier eingeladen, als es passiert ist, und sie hatte auch ihr Kind mitgenommen. Sonst wären die beiden vielleicht auch tot!«

»Kennst du die Nachbarn, bei denen sie war?«

»Oh ja, man kennt sich. Die Claussens … Großer Hof mitten in Helenendeich. Ingmar und Wiebke Claussen. Karl Claussen, Ingmars Vater, hat sich inzwischen ein wenig zurückgezogen. Sein Sohn hat den Hof vor etwa drei Jahren übernommen. Die Schwiegertochter, Wiebke, engagiert sich bei den Landfrauen und im Dorfverschönerungsverein, und Ingmar ist natürlich in der Freiwilligen Feuerwehr aktiv und so. Karl ebenso. Nur, Karls Frau ist leider vor einigen Jahren verstorben. Das war eine Nette …«

Fentje versuchte, die Informationen in Gedanken zu sortieren. Sie konnte ja schlecht einen Notizblock zücken. Von den Claussens hatte sie schon ab und zu gehört, nicht nur von ihrer Großmutter. Die waren auf Eiderstedt ein Begriff. Das könnte sich als hilfreich erweisen.

»Wie geht es Sofia denn jetzt so?«, wollte Daniela nun wissen.

»Gut.« Sie musterte die andere überrascht. »Wieso fragst du?«

»Flo hat mal erwähnt, dass sie es gerade nicht leicht hat in der Schule.«

Fentje wurde flau. Was war da los? Ihr Eindruck, dass Sofia etwas bedrückte, war also richtig gewesen. »Oh, es geht ihr einigermaßen gut. Sie redet leider nicht viel darüber«, sagte sie vorsichtig.

»Diese Zickenkriege immer!« Daniela rollte mit den Augen. »Da bin ich ja doch froh, dass ich drei Jungs habe. Obwohl ich mir immer ein Mädchen gewünscht habe.«

»Hat Florian dir erzählt, worum es da eigentlich geht?«, erkundigte sich Fentje vorsichtig. Sie wollte nicht zugeben, dass sie überhaupt keine Ahnung hatte, was los war. Doch irgendwoher musste sie die Informationen ja bekommen.

Daniela zuckte mit den Schultern. »Ihre ehemaligen Freundinnen haben sich wohl gegen sie zusammengerottet. Aber warum?« Sie hob in einer Geste der Unwissenheit die Arme und sortierte dann ein paar Kohlrabi in der Auslage. »Flo sagte, Sofia stehe wohl im Moment ziemlich allein da. Ich weiß, wie so etwas ist. Ist mir auch mal passiert, als ich in der siebten Klasse war. Ich weiß nicht mal mehr, was der Anlass war. Eine traurige Zeit war das im Nachhinein betrachtet. Aber heutzutage, mit den sozialen Medien, ist es ja schnell Mobbing und so. Ich glaube, in der jetzigen Zeit ist so etwas noch schlimmer.«

»Mobbing«, wiederholte Fentje mit gepresster Stimme. »Bist du dir sicher, dass es so ernst ist?«

»Ich weiß ja nur, was Flo mir so erzählt. Das ist nicht viel. Und man ist ja einigermaßen machtlos. Wenn Erwachsene sich einmischen, wird es oft noch schlimmer«, sagte Daniela zweifelnd.

»Ich werde noch mal mit Sofia reden. Gar nichts zu tun ist ja auch keine Lösung.« Vielleicht konnte ein Vertrauenslehrer oder so helfen …

»Ich wünsche dir viel Glück!«, erwiderte Daniela. »Toll, wenn man so eine große Schwester hat.«

»Ich bin ihre Tante.«

Daniela grinste. »Ach so. Meinetwegen auch das.«

Beladen mit zwanzig frischen Eiern und in Gedanken bei ihrer Nichte und deren Problemen fuhr Fentje nach Hause. Dass Sofia von ihren ehemaligen Freundinnen gemobbt wurde, machte sie wütend. Zugleich fühlte sie sich hilflos. Und ob Sofias Vater Bendix mit dieser Lage fertig wurde, wagte sie zu bezweifeln. Das arme Mädchen!

Gleichzeitig war sie mit ihren Recherchen über das Verbrechen in Helenendeich kaum weitergekommen. Ohne einen glaubhaften Grund konnte Fentje sonntags nicht in dem Dorf erscheinen und Fragen stellen.

Statt wegen zweier Morde zu recherchieren, würde sie dann an diesem Tag immerhin versuchen, mit Sofia zu reden, wenn diese wach und ansprechbar war. Das schien Fentje sowieso wichtiger zu sein. Sich für einen toten Mandanten einzusetzen war weder besonders lukrativ noch sonst irgendwie hilfreich für ihr Leben. Und Niklas, der verdammte Niklas, machte alles nur noch komplizierter. In der vergangenen Nacht, nach ihrer Arbeit auf dem Heuboden, war sie ihm förmlich um den Hals gefallen …

Die Erinnerung daran, wie es sich angefühlt hatte, seinen festen Körper an sich zu drücken, trieb ihr die Hitze in die Wangen. Wenn nicht ihre gesamte Familie anwesend gewesen wäre, hätte durchaus auch mehr daraus werden können. Zumindest wenn es nach ihr gegangen wäre.

Niklas John sollte sich am besten mit seinen blauen Augen, seiner entzückenden Katze und seinem sexy Body in Luft auflösen. Dann hätte sie ein paar Probleme weniger. Doch da war auch noch der neue »Fall«, der sie interessierte.

13. Kapitel

Fentjes Wunsch, mit Sofia zu reden, erfüllte sich schneller, als sie es erwartet hatte. Nachdem sie die frischen Eier bei ihrer Großmutter abgeliefert hatte, fand sie ihre Nichte in ihrer Küche auf der Bank hockend vor.

Sofias Mutter Laura gondelte von jeher in der Weltgeschichte umher. Ihr letzter Aufenthaltsort, von dem Fentje wusste, lag irgendwo in Lateinamerika. Sie hatte Fentjes Bruder Bendix bald nach Sofias Geburt das Sorgerecht für die gemeinsame Tochter überlassen. Bendix war mittlerweile beruflich wieder mehr in ganz Deutschland unterwegs, sodass es der Familie als das Beste erschienen war, dass Sofia auf dem Hof mit Hinrich, Gretje und Fentje, ihrer Tante, aufwuchs.

Geschichten und Schicksale schienen sich innerhalb von Familien zu wiederholen, denn schon Bendix und Fentje waren nach dem Tod ihrer Eltern von ihren Großeltern aufgezogen worden. Fentje liebte Gretje und Hinrich aus vollem Herzen und war ihnen dankbar für alles, was sie für sie getan hatten. Trotzdem konnte sie gut nachvollziehen, dass Sofia ihre Mutter vermisste. Besonders in Zeiten wie diesen, wo sie offensichtlich Probleme hatte.

»Hi, Sofia, wie geht es dir denn heute so? Mir tun wirklich alle Muskeln weh …«, sagte Fentje, während sie sich einen Kaffee zubereitete.

»Ach, geht schon«, antwortete Sofia und rührte in ihrem Teebecher.

»Du bist offensichtlich besser in Form.«

»Ich bin ja auch jünger als du«, antwortete Sofia gleichgültig.

»Eben hat mich wieder jemand für deine Schwester gehalten«, lenkte Fentje das Gespräch in die von ihr geplante Richtung.

»Der wollte wohl bestimmt was von dir«, entgegnete Sofia. »War es wieder der neue Tierarzt? So ein Schleimer. Ich hatte dem doch schon gesagt, dass du meine Tante bist.«

»Nein, er war's nicht. Ich war Eier kaufen für Oma. In dem Hofladen der Zuskes in Wellhusenkoog.«

Sofia wirkte überrascht. »Bei Florians Eltern? Ist das nicht ein bisschen weit für ein paar Eier?«

»Ertappt. Ich wollte auch herausfinden, ob sie was über das Verbrechen in Helenendeich wissen.«

»Ist das jetzt wirklich dein Fall?« Sofia richtete sich auf.

»Nicht direkt. Mein Mandant, also derjenige, der mich angerufen hatte, ist auch tot.«

»Mist!«

»Du bist ja herzerfrischend, Sofia«, sagte Fentje und setzte sich mit ihrem Becher ihr gegenüber.

»Ach, so eine kleine Ermittlung wäre mal wieder aufregend gewesen. Ich mag es, wenn hier ein bisschen was los ist«, meinte sie nur.

»Magst du mit mir über das reden, was in der Schule los ist?«, fragte Fentje sanft.

»Eigentlich nicht«, gab Sofia mit düsterer Miene zurück.

»Flo hat wohl seiner Mutter gegenüber angedeutet, dass sich einige der Mädchen echt zickig dir gegenüber verhalten.«

»Lena, Edda und Samira«, stieß Sofia hervor. Ihre Augen füllten sich mit Tränen. »Dabei waren die mal meine besten Freundinnen. Und wenn die so weitermachen, will bald niemand aus der Stufe mehr mit mir reden. Ich bin dann ganz allein …«

»Warum machen die das? Hast du eine Ahnung?«

»Weil ich die Rolle der Jenny bekommen habe – ich, nicht

Edda.« Also war dieser Part in dem neuen Theaterstück doch schon vergeben worden, und Sofia hatte neulich nur nicht darüber sprechen wollen.

»Und wer hat das bestimmt?«

»Herr Koch, der Lehrer der Theater-AG. Wir mussten alle vorsprechen und vorsingen, und Edda war leider nicht gut genug. Er hatte ihr gesagt, dass sie die Rolle vielleicht bekommen würde. Aber dann hat er sich für mich entschieden. Ich konnte nichts dafür! Und seitdem ...« Sie atmete heftig, den Blick aus dem Fenster gerichtet. »Seitdem ignorieren sie mich und erzählen fiese Sachen, die nicht stimmen. Und sie drohen allen anderen Mädchen aus der Stufe, die da nicht mitmachen, dass sie sie ebenfalls fertigmachen.«

»Wie bitte?« Fentje war entsetzt. »Und die lassen sich von den dreien einfach so einschüchtern?«

»Die meisten sind halt feige und wollen nicht riskieren, plötzlich allein dazustehen. So wie ich.«

»Oh, Sofia!« Fentje rückte halb um den Tisch herum und nahm ihre Nichte in den Arm.

»Es geht schon, Fentje«, versicherte Sofia nach einigen Sekunden. »Mich kriegen die nicht klein!«

»Nein, das weiß ich. Aber wenn ich irgendwie helfen kann ...«

»Ich wüsste nicht, wie.«

»Was ist mit den Jungs? Lassen die sich auch davon beeinflussen?«

Sofia schüttelte vage den Kopf. »Weniger. Lenas Freund natürlich. Und dessen Kumpels. Die erzählen herum, ich sei eine Schlampe ...«

»Was?!«

»Ach, lass nur. Denen glaubt sowieso keiner.«

»Das kann so nicht weitergehen, Sofia. Wie sollst du da zur Schule gehen und vernünftig lernen, wenn du so behandelt wirst?«

Sie zuckte resigniert mit den Schultern. »Die Schule wechseln will ich aber auch auf keinen Fall.«

»Soll ich mal mit einem Lehrer reden, dem du vertraust, oder mit dem Schuldirektor?«, fragte Fentje. »Wie wäre es mit dem Bildungsminister?«, fügte sie augenzwinkernd hinzu, um die Situation ein wenig aufzulockern.

Doch Sofia ging nicht auf den kleinen Scherz ein. »Bloß nicht!«

»Aber mit wem dann? Erzählst du es deinem Vater?«

»Ich will nicht, dass er sich Sorgen macht.«

»Also wirklich, Sofia. Bendix ist ein erwachsener Mann. Er wird damit fertig.«

»Erwachsen? Findest du?«, erwiderte sie schwach lächelnd. »Wenn du oder Papa mit einem der Lehrer redet, ist das so was von uncool. Ich bin sowieso schon unten durch, weil ich mal etwas von meiner Oma erzählt habe. Die wissen nicht einmal, dass Gretje eigentlich meine Urgroßmutter ist.«

»Ach, Sofia …«

»So ist das eben.«

Einen Moment saßen sie schweigend nebeneinander. Fentje erinnerte sich, wie sie damals, als sie ein Teenager gewesen war, Gretje gebeten hatte, um die Ecke herum in der nächsten Nebenstraße auf sie zu warten, als sie sie von der Disco abgeholt hatte. Sie hatte damals vermeiden wollen, dass Gleichaltrige sahen, dass ihre Oma sie abholte.

»Ich wüsste da vielleicht jemanden«, sagte Sofia auf einmal.

»Wen denn?«

»Eventuell rede ich mal mit der Schulsozialarbeiterin. Die scheint ganz nett zu sein. Und die unterliegt ja einer Schweigepflicht.«

»Was du alles weißt!«

»He, meine Lieblingstante ist schließlich Anwältin.«

»Wie heißt die Sozialarbeiterin denn?«

»Faro, ihr Name ist Jeanette Faro.«

»Okay, Frau Faro also. Oder soll ich mit ihr sprechen?«

»Auf gar keinen Fall!«

Niklas rief die Telefonnummer auf dem Zettel, den sein Vater ihm gegeben hatte, gegen sechs Uhr am Abend an. Er hatte es an diesem Wochenende schon mehrmals versucht, bisher allerdings ohne Erfolg. Niklas hatte keine Ahnung, wer Alice Bornemann war, und er wusste auch nicht, was er von ihr zu erwarten hatte. Sie war Gast im *Gamberetto,* doch dann ist etwas passiert. Das waren die Worte seines Vaters gewesen. Aber was genau war passiert? Und in welchem Zusammenhang stand es zu den Morden?

Sag ihr, dass Sascha tot ist. Normalerweise neigte Niklas' Vater nicht zur Melodramatik.

»Ja, bitte?«, meldete sich eine Frau mit einer wohlmoduliert klingenden Stimme.

»Guten Abend, Frau Bornemann. Mein Name ist John, Niklas John. Mein Vater hat mir Ihre Nummer gegeben.«

»Alexander. Ich weiß.«

»Ich soll Ihnen etwas ausrichten, sagt er, was Sie interessieren könnte.«

»Nur zu«, antwortete sie.

»Sascha Janssen ist tot.«

Er hörte sie schwerer atmen. »Ich weiß das schon. Ich habe davon bereits in der Zeitung gelesen. Aber trotzdem danke, dass Sie sich die Mühe machen, es mir persönlich mitzuteilen.«

»Können wir uns irgendwo treffen und miteinander reden? Es ist wichtig.« Niklas rechnete mit einer sofortigen und empörten Absage, doch Frau Bornemann zögerte.

»Warum sollte ich das tun, Herr John?«, fragte sie beinahe süffisant.

»Ich stelle ein paar Ermittlungen an, was Sascha Janssens und Eike Harms' Tod betrifft. Da ist einiges ungeklärt.«

»Aber Sie sind nicht von der Polizei?«

»Nein, ich bin Journalist.«

»Ihr Vater erwähnte so etwas. Verstehen Sie mich bitte: Ich möchte helfen, dass die Morde aufgeklärt werden. An die Polizei will ich mich nicht wenden. Sie sind laut Ihrem Vater vertrauenswürdig. Aber eines müssen Sie wissen: Mein Name darf im Zusammenhang mit diesen Verbrechen nicht fallen. Ist das klar?« In ihrer Stimme lag eine Schärfe, die Niklas vermuten ließ, dass sie es gewohnt war zu befehlen. Und dass diese Befehle ausgeführt wurden.

»Vollkommen klar.«

»Wir treffen uns in einer Stunde. Es muss ein Ort sein, wo uns niemand kennt.«

»Wo sind Sie denn?«

»In meinem Haus in Kronshagen.«

Kronshagen lag nicht weit entfernt von Kiel. Niklas durchforstete auf seinem Laptop schnell die Kieler Restaurant- und Kneipenszene. »Wie wäre es in der Rooftop-Bar vom *Nordstern-Hotel* an der Förde?«

»Um acht Uhr oben in der Bar. Wenn Sie Ihrem Vater halbwegs ähnlich sehen, erkenne ich Sie. Aber nehmen Sie sicherheitshalber eine Ihrer Zeitungen mit, damit ein Irrtum ausgeschlossen ist.«

Er warf einen Blick auf die Uhr. »Ich komme aus St. Peter-Ording. Sagen wir, um halb neun?«

»Einverstanden.«

Sie hatte aufgelegt, bevor er noch etwas sagen konnte.

Von der modern eingerichteten Rooftop-Bar hatte Niklas einen fantastischen Blick über die Kieler Förde. Er bestellte sich ein alkoholfreies Bier. Die Rückfahrt nach Hause würde lange dauern, und außerdem stand er noch unter dem Einfluss von Schmerzmitteln. Nach der Autofahrt fand er es schwierig, eine halbwegs erträgliche Sitzposition zu finden.

Um fünf Minuten nach halb neun betrat eine elegant aussehende Frau Mitte sechzig die Bar. Ihr silbergraues Haar war hochgesteckt. Sie trug einen marineblauen Hosenanzug und ein Seidentuch um den Hals. Niklas nahm die Zeitung auf, damit sie sie sehen konnte.

Sie blickte prüfend um sich, sagte etwas zu einem der Kellner und steuerte dann direkt auf ihn zu. »Guten Abend, Herr John!«

»Guten Abend, Frau Bornemann«, antwortete er mit gedämpfter Stimme. »Ich freue mich, dass Sie hier sind. Setzen Sie sich doch.«

Sie musterte ihn einen Moment schweigend. »Sie sehen ihm tatsächlich ein wenig ähnlich. Aber auch wieder nicht …«, bemerkte sie nach ein paar Sekunden.

»Was möchten Sie trinken?«

»Gin Tonic. Ich kann einen vertragen.«

Niklas orderte das Gewünschte. Dann erklärte er: »Mein Vater hat mir Ihre Nummer gegeben, weil er dachte, dass wir uns vielleicht gegenseitig helfen können.«

»Mein Problem hat sich eigentlich schon mit Herrn Janssens Tod erledigt. Hoffe ich zumindest. Wie stehen Sie zu dem Mann?«

»Ich kenne Sascha Janssen nur flüchtig aus dem *Gamberetto*, wo eine Freundin uns einander einmal vorgestellt hat. Außerdem war ich am Tatort, wo seine und die Leiche seines Chefkochs, Eike Harms, aufgefunden wurden. Woher kennen Sie Sascha Janssen?«

»Bei mir liegt der Fall ähnlich«, antwortete sie. »Ich habe Sascha Janssen nur einmal flüchtig in seinem Restaurant auf Föhr erlebt, als er zu mir und Ihrem Vater an den Tisch kam.« Ihr Gesichtsausdruck veränderte sich bei Alexanders Erwähnung. Die harten Züge entspannten sich ein wenig, als hätte sie schöne Erinnerungen an den Abend. »Janssen war äußerst zuvorkommend, vielleicht etwas zu sehr von sich eingenommen, aber im Grunde das, was ich von einem erfolgreichen Jung-Gastronomen erwartet hatte.«

Niklas verbarg seine Enttäuschung darüber, dass sie den Mann anscheinend nicht besser gekannt hatte als er. Etwas musste sie wissen, von dem sein Vater wollte, dass er es erfuhr. »Er war in dem Maße zuvorkommend zu seinen Gästen, wie er glaubte, dass sie ihm nützlich sein könnten. Zumindest war das mein Eindruck«, sagte er lächelnd.

»Natürlich. Doch ein paar seiner Gäste waren ihm in mehr als nur einer Hinsicht nützlich«, ergänzte Alice Bornemann. Ein bitterer Unterton hatte sich in ihre ansonsten wohlklingende Stimme geschlichen. »Das jedenfalls ist meine Vermutung. Und Ihr Vater war dieser Theorie auch nicht ganz abgeneigt.«

»Die da wäre?«

»Jemand aus dem Umfeld des *Gamberetto* auf Föhr hat versucht, noch etwas mehr aus einigen Gästen herauszuschlagen. ›Erpressen‹ ist das richtige Wort dafür.«

»Sie wurden also erpresst, Frau Bornemann?«

»Ja. Und zwar ziemlich genau, nachdem ich mit Ihrem Vater im *Gamberetto* gespeist hatte.«

»Wie ist das passiert?« Niklas konnte sehen, wie die selbstsichere Fassade seines Gegenübers ein paar Risse bekam. Alice Bornemann nahm ihr Glas auf und trank ein paar Schlucke. Ihre Hand zitterte leicht dabei.

»Jemand rief mich mit unterdrückter Nummer an. Ich kannte seine Stimme nicht. Sie klang elektronisch verzerrt. Der Anrufer sagte, er wisse Bescheid über mich und Ihren Vater. Er drohte, es meinem Ehemann zu erzählen, wenn ich ihm nicht innerhalb von drei Tagen zwanzigtausend Euro bezahle.«

»Haben Sie die Polizei informiert?«

»Nein. Ich wollte keinesfalls riskieren, dass mein Mann es erfährt. Er hat … gute Verbindungen. Natürlich weiß ich auch, dass man sich niemals erpressen lassen darf. Aber ich hoffte, dass es damit erledigt wäre, wenn ich anstandslos auf die Forderungen einginge.«

»Sie haben den Erpresser also bezahlt?«

»Das soll nicht Ihre Angelegenheit sein«, wich sie einer direkten Antwort aus.

»Haben Sie sich mit ihm getroffen? Ihn gesehen?«

»Es kam zu einer Geldübergabe, aber ich kann nicht mit Sicherheit sagen, wer der Mann war. Ich vermute, dass es jemand war, der in Janssens Auftrag gehandelt hat.«

»Hat der Erpresser Ihnen Beweise vorgelegt?«

»Der Mann hatte ein paar Fotos von Alexander und mir aufgenommen an dem Abend, den wir zusammen verbracht hatten. Er hat sie mir auf mein Smartphone geschickt. Darauf sind Ihr Vater und ich auf seinem Grundstück zu sehen, wie wir aus seinem Wagen steigen. Auch etliche Aufnahmen durch die Fenster seines Hauses, anscheinend mit einem Teleobjektiv aufgenommen. Nichts aus dem Schlafzimmer, da waren die Vorhänge zugezogen. Aber das Material reichte, um meinen Mann davon zu überzeugen, dass ich fremdgegangen bin. Und dann … waren da auch mehrere Fotos von uns gemeinsam in einer Nische im *Gamberetto*.«

»Könnte die Fotos nicht auch ein Gast gemacht haben, der zur selben Zeit im Restaurant war wie Sie und der Ihnen anschließend gefolgt ist? Oder jemand anderes vom Personal?«

»Das ist natürlich möglich. Aber so, wie die Dinge jetzt liegen … Wie wahrscheinlich ist es, dass kein Zusammenhang zwischen der Erpressung und den Morden besteht? Ihr Vater hat mich natürlich angerufen, nachdem er Ihnen meine Nummer gegeben hatte, und mich vorgewarnt. Er meinte ebenfalls, dass Sascha Janssens Tod und der seines Kochs mit Erpressungen in Zusammenhang stehen könnten.«

Niklas nickte. »Ein klassisches Motiv für einen Mord oder auch zwei. Einer der beiden, oder möglicherweise Janssen und Harms zusammen, könnten demnach irgendwann den Falschen erpresst haben. Jemanden, der dem Treiben sofort ein Ende gesetzt hat.«

»Ich war es nicht«, erwiderte Alice Bornemann. »Und ich kenne auch niemanden, der außer mir noch Opfer einer Erpressung geworden ist.« Sie schien nach dem Geständnis wieder die Gelassenheit in Person zu sein. Der Tod der zwei Männer beruhigte sie außerordentlich. So viel stand fest.

14. Kapitel

Am nächsten Vormittag, nachdem Fentje eine Weile über ihren Büroarbeiten am Schreibtisch gesessen hatte, stand sie kurz entschlossen auf. Die Schwierigkeiten, die sie in der Zusammenarbeit mit Niklas sah, waren mit etwas zeitlichem Abstand ein wenig verblasst. Der Wunsch, die Hintergründe dieses verflixten nächtlichen Telefonanrufs aufzuklären, war dafür wieder stärker geworden.

Kommissarin Scarpetta hatte Fentje vorhin angerufen und sie kurz und bündig darüber informiert, dass das Telefonat in der Tatnacht tatsächlich von Sascha Janssens Handy aus erfolgt war. Mit ihrem unnachahmlichen Charme hatte Carla Scarpetta daraufhin gemeint, damit sei der Fall für Fentje ja wohl erledigt. Sie erwarte, nichts mehr von ihr zu hören oder zu sehen!

Und genau das hatte Fentjes Widerspruchsgeist und Unternehmungsdrang wieder geweckt. Diese Frau hatte ihr nicht vorzuschreiben, ob sie sich um tote Mandanten und deren Belange kümmerte oder nicht. Schließlich war *sie* von Janssen um Hilfe gebeten worden, nicht Carla Scarpetta.

Doch wo beginnen?

Dort, wo es passiert war: in Helenendeich. Die Polizei war im Ort sicherlich nicht mehr so präsent, sodass sie ohne Schwierigkeiten da in Erscheinung treten konnte. Und bei der Erwähnung der Landfrauen, bei denen die Nachbarin Wiebke Claussen sich angeblich engagierte, war Fentje nachträglich eine Idee gekommen. Sie hatte im Internet recherchiert und war in diesem Zusammenhang auf ein Foto von Wiebke Claussen gestoßen.

Sie kannte Karl Claussens Schwiegertochter! Wiebke war etwa in ihrem Alter. Damals hatte sie noch nicht Claussen mit Nachnamen geheißen ... Sie hatten mal zusammen auf einer dieser großen Landhochzeiten an einem Tisch gesessen, der den Singles vorbehalten gewesen war. Später hatte sie gehört, dass Wiebke einen reichen Bauern aus Helenendeich geheiratet hatte ... Das war höchstwahrscheinlich Ingmar Claussen.

Wiebke war ihr damals nett, bodenständig und ziemlich resolut vorgekommen. Unter dem Einfluss einiger alkoholischer Getränke hatten sie an dem Abend ziemlich viel gelacht ...

Wenn Fentje kurze Zeit nach den Morden im Nachbarhaus der Claussens bei ihr erschien, würde auch kein noch so guter Vorwand etwas nützen: Wiebke würde wissen, worum es ihr in Wirklichkeit ging. Fentjes Nachforschungen im Fall der ermordeten Lehrerin aus Wediskoog und auch die Morde auf dem Fehnsen-Hof in ihrer Nachbarschaft hatten sich auf Eiderstedt schließlich herumgesprochen.

Als sie auf den Hofplatz der Claussens fuhr, verließ ihre pragmatische Entschlossenheit sie ein wenig. Fentje sprang aus dem Auto und blickte sich um. Der Hof war nicht ganz so alt wie der Jacobsen-Hof und sah solide und gepflegt, aber nicht übermäßig idyllisch aus. Kein Postkartenmotiv für Touristen, sondern ausschließlich dafür gemacht, einen landwirtschaftlichen Betrieb zu führen.

Ein Mann trat aus dem Wohnhaus und blickte zu ihr herüber. Er trug eine grüne Arbeitslatzhose mit einem Jeanshemd darunter und hatte kurzes rötliches Haar und einen kurzen Vollbart. Er war schlank, beinahe schlaksig und schien ungefähr Mitte dreißig zu sein. »Moin«, sagte er nur.

»Moin! Sie sind Ingmar Claussen, oder?«

»Wir reden hier nicht mit der Presse.«

Fentje nickte. »Das verstehe ich vollkommen. Ich arbeite nicht für eine Zeitung. Mein Name ist Fentje Jacobsen. Vom Jacobsen-Hof bei Katenhörn.« Sie ging entschlossen auf ihn zu und hielt ihm die Hand entgegen.

Er zögerte eine knappe Sekunde, dann ergriff er sie. Alles andere wäre ein Affront gewesen. »Der Jacobsen-Hof sagt mir was. Womit können wir dir helfen?« Da sie sich als Eiderstedterin und Mitglied einer anerkannten Familie identifiziert hatte, ging er zum Du über. Doch er wirkte weiterhin misstrauisch.

»Ich wollte mit Wiebke reden. Es ist lange her, dass wir uns gesprochen haben, aber vielleicht erinnert sie sich an mich.«

»Okay, Fentje, dann komm einfach mit.« Er führte sie durch eine Pforte an der Seite des Hauses vorbei in den Garten. Dort flatterten Bettbezüge, Handtücher und Laken auf einer Leine im Wind. Eine Frau stand dahinter und hängte gerade noch einige wenige Stücke auf. »Wiebke, Besuch für dich!«

Sie befestigte noch eine Wäscheklammer. Dann trat sie zwischen den Laken hervor und stützte die Hände in die Seiten. Wiebke Claussen war fast einen Meter achtzig groß mit breiten Hüften und einer beträchtlichen Oberweite. Sie trug ein formloses langes Cordhemd über schwarzen Leggings. Das wallende dunkelblonde Haar, das auf der Feier viele Blicke auf sich gezogen hatte, hatte sie an diesem Tag stramm nach hinten gebunden. Sie kniff die Augen gegen die Sonne zusammen. »Das ist aber schon ein paar Jahre her …«, bemerkte sie, als sie Fentje erkannte.

»Hallo, Wiebke. Du erinnerst dich an mich? Wir haben mal auf einer Hochzeitsfeier an einem Tisch zusammengesessen.«

»Stimmt. Der ›Aschenputtel-Tisch‹. Du bist doch Fentje, oder? Warte einen Moment.«

Ingmar Claussen schaute noch einen Moment aufmerksam, dann machte er auf dem Absatz kehrt und ging mit großen Schritten davon.

Wiebke nahm den leeren Wäschekorb unter den Arm. »Worum geht es denn?«, fragte sie geradeheraus.

Fentje hätte sich einen anderen Gesprächseinstieg gewünscht. Nun musste sie sehr frühzeitig mit ihrem Anliegen herausrücken. »Vielleicht erinnerst du dich: Damals, als wir gemeinsam an den Single-Tisch verfrachtet worden waren, war ich noch im Jurastudium. Inzwischen bin ich niedergelassene Anwältin.«

»Glückwunsch«, gab Wiebke gleichgültig zurück. Sie blieb vor der geöffneten Terrassentür stehen.

»Danke. Ich komme wegen eines Mandanten. Mehr oder weniger …«

»Tut mir leid, doch ich weiß nicht, wie ich dir da helfen kann.«

»Kanntest du Sascha Janssen?«

Ihr Mund verzog sich. »Nein, nicht besonders gut«, sagte sie. »Und wie bist du ausgerechnet an den geraten?«

Fentje zuckte mit den Schultern. »Er hat mich angerufen und um meine professionelle Hilfe gebeten.«

»Na, das hat sich dann wohl leider erledigt. Du weißt sicher, dass er tot ist.«

»Ja, ich weiß, dass Sascha Janssen und Eike Harms in dem Haus da vorn ums Leben gekommen sind.«

»Wir haben wirklich schon genug Aufregung hier«, erwiderte Wiebke. »Es ist Zeit, dass mal wieder Ruhe einkehrt.«

»Verständlich. Inwiefern seid ihr denn betroffen?«

Wiebke Claussen atmete schwer aus. »Ich kümmere mich ein bisschen um Eikes Frau Maren. Sie wohnt zurzeit bei uns, zusammen mit ihrer kleinen Tochter Ylva.«

»Maren Harms war doch aber wohl glücklicherweise auch hier, als das da drüben passiert ist«, sagte Fentje.

Wiebke sah sie überrascht an. »Woher weißt du das?«

»Tut mir leid. Die Leute reden. Ich habe gestern Daniela getroffen, Daniela Zuske. Ihr Sohn Florian ist mit meiner Nichte Sofia auf derselben Schule.«

»Hast du inzwischen eigene Kinder?«, wollte Wiebke wissen und musterte sie erneut.

»Nein. Ich bin auch nicht verheiratet. Ich sitze sozusagen immer noch an dem ›Aschenputtel-Tisch‹«, bekannte Fentje lächelnd.

»Das tut mir leid«, erwiderte Wiebke spontan. »Obwohl es mich natürlich nichts angeht. Und nicht jeder will sich schließlich fest binden.«

Fentje blickte sich in dem gepflegten Bauerngarten um. Die Sonne war hervorgekommen und ließ die Rhododendren und Azaleen in satten Farben erstrahlen. Es roch intensiv nach feuchter Erde und Flieder ... »Der Garten ist wunderschön. Das alles hier. Ich freue mich für dich. Wie lange bist du schon mit Ingmar verheiratet?«

»Bald werden es fünf Jahre.«

»Habt ihr Kinder?«

Wiebkes Gesicht verdüsterte sich kaum merklich. »Noch nicht. Es ist so viel zu tun seit der Hofübernahme.«

»Das glaube ich ohne Weiteres«, sagte Fentje leichthin. »Meine Großeltern führen neben der Schaffarm nur noch eine kleine Nebenerwerbslandwirtschaft, aber sogar damit haben wir alle Hände voll zu tun.«

Wiebkes Züge entspannten sich ein wenig. »Na, dann kennst du das ja. Und wie sind deine Pläne?«

»Ich will erst mal meine Kanzlei aufbauen. Mein Büro ist auf dem Hof meiner Großeltern untergebracht, weil ich ein Auge auf sie haben möchte.«

»Geht es Ihnen nicht gut?«

»Doch. Sie sind für ihr Alter recht fit. Aber da ist auch noch meine Nichte. Mein Bruder ist alleinerziehend und leider beruflich viel unterwegs.«

Wiebke blickte unschlüssig zur Terrassentür und wieder zurück. »Möchtest du einen Kaffee?«, fragte sie nun doch. So lange vor der Tür zu klönen, ohne sie ins Haus zu bitten, erschien ihr wohl nun doch seltsam.

»Gern. Wenn ich dich nicht zu lange von der Arbeit abhalte …«

Wiebke hatte Kaffee in einer Thermoskanne in der Kaffeemaschine stehen. Sie stellte sie auf den Tisch, mit zwei Bechern und einem Kännchen Milch dazu. »Nimmst du Zucker?«

»Nein, nur ein bisschen Milch.« Während Wiebke einschenkte, blickte Fentje sich in der Küche um. Die Polster der Eckbank waren mit einem blau-grün karierten Stoff bezogen, die Küchenfronten Eiche rustikal. Doch vor den Fenstern hingen helle Rollos, ein moderner Kühlschrank mit Edelstahlfront war offensichtlich später hinzugekommen.

»Wir haben noch nicht viel geändert, Ingmar und ich«, bekannte Wiebke, die offenbar Fentjes Gedanken erraten hatte. »Karl, mein Schwiegervater, ist erst vor einem halben Jahr in die Wohnung nebenan gezogen und hat uns die Hauptwohnung überlassen. Der Umzug ist ihm furchtbar schwergefallen.«

Fentje nickte. Es war sicher nicht leicht, das Zepter an die nächste Generation zu übergeben, noch dazu, wenn man damit auch sein Zuhause aufgeben musste, in dem man seit Jahrzehnten, wenn nicht von Geburt an, gewohnt hatte. »Verstehst du dich gut mit deinem Schwiegervater?«

»Es ist ein großes Glück, dass wir ihn haben. Vieles auf dem Hof ist schwieriger als gedacht. Karl ist uns eine große Hilfe bei allem, was auf dem Hof anliegt.«

Na, ob ihr Mann das so gern hören würde? Fentje suchte nach einer Gesprächsüberleitung, die sie wieder zum eigentlichen Grund ihres Hierseins zurückführte. Vor allem wollte sie gern etwas über Maren und Eike Harms erfahren. »Ihr seid hier alle recht aktiv in der Dorfgemeinschaft, oder?«

»Das gehört doch dazu und wird auch erwartet, wenn man hier seit Generationen lebt, so wie wir.«

Als einer der Großbauern, wollte sie wohl andeuten ... Offensichtlich bezog sie sich da voll mit ein, obwohl Wiebke von irgendwo nördlich von Husum herstammte, wenn Fentje sich recht erinnerte. Es hatte keinen Sinn, weiter um den heißen Brei herumzureden, dachte sie dann. Ihr Kaffee war halb ausgetrunken, ihre Plauderzeit sicher gleich vorbei. »Und, hast du dich von Anfang an gut mit den Harms verstanden?«

Wiebke lachte leise auf, wie um anzudeuten, dass sie Fentje durchschaute. »Maren ist eine nette Nachbarin. Man klönt mal, und wenn Not am Mann ist, hilft man sich natürlich. Ihre Tochter Ylva ist ein Schatz!«

»Absolut traurig, dass sie jetzt ohne ihren Vater aufwachsen muss.«

»Ylva war gar nicht Eikes Kind.« Wiebke presste die Lippen zusammen.

»Hat Eike sich denn gut mit der Lütten verstanden?«

Wiebke blickte auf die Küchenuhr. »Es war schön, mit dir zu klönen, Fentje. Aber ich habe jetzt leider keine Zeit mehr.« Sie erhob sich von ihrem Platz. »Ich bin noch verabredet und muss gleich los! Es ist schrecklich viel zu tun.«

Fentje erhob sich ebenfalls. »Klar, kein Problem. Ich bin hier ja auch ziemlich reingeplatzt. Vielen Dank für den Kaffee und für deine Zeit!«

»Danke fürs Vorbeischauen«, erwiderte Wiebke mit wenig Überzeugungskraft. Sie warf einen Seitenblick in Richtung des Fensters.

»Wir sehen uns!« Fentje winkte noch mal zum Abschied und verließ die Küche durch die Tür in den Garten. Von

Maren Harms sowie Ingmar und Karl Claussen war leider nichts zu sehen.

Erst als Fentje in ihrem Wagen saß und den Zündschlüssel drehte, entspannte sie sich ein wenig. Von der lustigen Wiebke, die sie damals auf der Feier kennengelernt hatte, war nicht mehr viel zu spüren gewesen.

Sie wendete ihr großes Gefährt und bog in die Dorfstraße von Helenendeich. Dann krauste Fentje die Stirn. Wenn sie schon einmal in der Nähe war, konnte sie auch gleich noch für ihre Großeltern nach Tönning zur Apotheke fahren.

Bei den Claussens hatte sie nicht viel herausgefunden. So würde sich der Weg wenigstens noch in dieser Hinsicht lohnen.

Fentje fand einen Parkplatz auf dem Marktplatz von Tönning, beinahe direkt neben dem historischen Marktbrunnen. Zum Glück war der heutige Wochenmarkt schon vorbei, und es kamen auch derzeit noch nicht so viele Touristen nach Tönning wie in der Hochsaison, sodass es nicht allzu schwierig gewesen war. Sie ging in die Apotheke, plauderte noch ein bisschen mit dem Besitzer und kehrte mit ihren Besorgungen zurück zu ihrem Auto.

Es war halb zwei. Sofia würde heute erst gegen vier Uhr aus der Schule kommen. Fentje hatte sich vorgenommen, da zu sein, wenn ihre Nichte heimkam. Möglicherweise hatte Sofia ja bereits mit der Schulsozialarbeiterin gesprochen, oder es hatte sich etwas anderes Neues ergeben.

Sie überlegte, ob es noch etwas in Tönning zu erledigen gab, damit sie nicht allzu schnell wieder hierher zurückkehren musste. Als ihr nichts mehr einfiel, fuhr sie die Johann-Adolf-Straße in Richtung Kreisel und Gardinger Chaussee.

Beim Umrunden des Kreisverkehrs sah sie sie: Wiebke Claussen und eine weitere Frau, die ein Mädchen an der

Hand hielt. Sie überquerten die Straße und gingen offenbar in Richtung Friedhof. Die beiden Frauen schienen ins Gespräch vertieft zu sein. Sie beachteten die Autos nicht weiter. Fentje musste weiterfahren, doch aus dem Augenwinkel hatte sie noch gesehen, dass sie an der Friedhofspforte stoppten.

Es kam Fentje ein bisschen seltsam vor. Begleitete Wiebke die Frau, die, dem Mädchen an ihrer Hand nach zu urteilen, ja durchaus Maren Harms sein konnte, um eine Grabstelle für deren Mann auszusuchen? Dann war das wohl Wiebkes Verabredung gewesen. Im Gespräch mit Wiebke hatte es für Fentje vorhin eher so geklungen, als stünden Maren und Wiebke sich nicht besonders nahe …

Da sie noch etwas Zeit hatte, wendete Fentje und fuhr durch den Kreisel zurück in die Straße am Friedhof. Wiederum hatte sie Glück bei der Parkplatzsuche. Sie achtete darauf, den Pick-up nicht zu nah am Haupteingang abzustellen, damit er Wiebke Claussen nicht womöglich auffiel, falls sie ihn auf ihrem Hofplatz noch gesehen hatte.

Fentje wartete einen Moment im Auto, bis die Frauen weit genug entfernt waren. Dann stieg sie aus und ging ebenfalls auf die Friedhofspforte zu. Was tat sie hier? Was erhoffte sie sich davon? Antworten, sagte sie sich. Antworten in einem Mordfall. Es war bestimmt kein Zufall, dass das Schicksal sie genau zu diesem Zeitpunkt hierhergeführt hatte. Fentjes Herz schlug schneller, und das gefiel ihr, gestand sie sich etwas reumütig ein.

15. Kapitel

Gegen Mittag kaufte Niklas sich in der Fußgängerzone zwei Fischbrötchen. Als er sich damit in seinem Apartment an den Tresen setzte, wurde Blofeld, die wie eine Sphinx auf ihrem Katzensofa gelegen hatte, ein wenig unruhig.

Sie erhob sich, streckte sich ausgiebig und näherte sich Niklas, ohne ihn eines Blickes zu würdigen. Mit einem eleganten Satz aus dem Stand landete sie auf der Granitplatte des Tresens. Sie setzte sich und blickte wieder stur an ihm vorbei.

»Komm schon, Blofeld«, sagte er freundlich. »Du verzeihst mir, dass ich dich kurzzeitig wieder deiner Besitzerin überlassen musste, und ich verzeihe dir … dieses scheußliche pinkfarbene Monstrum in meinem Wohnzimmer.«

Blofeld blinzelte gleichgültig.

Niklas zupfte etwas von seinem Bismarckhering aus dem Brötchen. »Na, riecht der gut?«

Blofelds Schwanzspitze zuckte. Sie sah zur Seite.

Er legte ein Stückchen Fisch auf den Tresen, wartete ab. Die Katze rührte sich nicht. Niklas schob den Fisch weiter zu ihr hinüber. Ihre Barthaare vibrierten. Schließlich nahm er den Fisch auf Daumen und Zeigefinger und hielt ihn ihr entgegen. Blofeld widerstand dem Leckerbissen noch ein paar Sekunden. Dann ließ sie sich dazu herab, ihm aus der Hand zu fressen.

»Du bist doch die Beste«, sagte Niklas einschmeichelnd. »Ich weiß, du bist hier die Göttin und ich nur der Dosenöffner. Aber das Schmollen muss ein Ende haben.«

Sie rieb den Kopf an seiner Hand. Drückte mit Kraft dagegen. Er wusste, dass sie das wahrscheinlich nur wegen des halben Herings tat, der immer noch zwischen den Brötchenhälften lag. Doch sich einzubilden, dass Blofeld ihn vielleicht doch vermisst hatte, so wie er sie, war ja auch nicht schlecht …

Nachdem sie sein Mittagessen brüderlich und schwesterlich geteilt hatten, nahm Niklas ein Notizbuch zur Hand und verfasste eine Liste der Personen, die er zu dem Mord unbedingt befragen wollte. Auch Julie Janssen notierte er. Sie schien eine der Schlüsselfiguren in diesem Fall zu sein.

Das sogenannte »Witwenschütteln«, wie es im Reporter-Jargon hieß, war ihm allerdings von jeher zuwider. Doch er sollte besser früher als später mit ihr reden, wenn sie es denn zuließ. Wenn es stimmte, was Valerie Korting ihm erzählt hatte, hielt sich Julies Trauer vielleicht sowieso in Grenzen. Aber auch Sascha Janssens Kompagnon Thomas Breithauer und sogar sein angeblicher Konkurrent, ein Mann namens Vincenzo Arifi, der Besitzer des bekannten Restaurants *Mare Magico*, waren aussichtsreiche Kandidaten.

Niklas griff zum Telefon.

Fentje durchschritt den schmalen Teil der Friedhofspforte, die für Fußgänger vorgesehen war. Wie immer achtete sie darauf, nicht versehentlich durch die breite Pforte rechts daneben zu gehen, die der Meinung ihrer Großmutter nach unbedingt den Toten vorbehalten sein sollte. Gretje kannte jede Menge Aberglauben, und Fentje lebte schon ihr Leben lang auf Eiderstedt: Sie war nicht immun dagegen. Ein letzter Zweifel blieb doch …

Die beiden Frauen waren bereits ein ganzes Stück geradeaus gegangen. Als sie rechts in einen der hinteren Wege einbogen, tat Fentje es ihnen gleich, allerdings zwei Abzweigungen früher. Sie folgte ihnen auf dem parallel verlaufenden Weg. Dabei suchte sie immer wieder den Sichtschutz von Koniferen und Hecken, um nicht bemerkt zu werden.

Dieser Teil des Friedhofs war etwas üppiger bewachsen als der Teil auf der linken Seite der Pforte, sodass sie sich recht gut vor den Blicken der beiden anderen Frauen verbergen konnte. Wiebke und ihre Begleiterin schienen jedoch in ein Gespräch vertieft zu sein, sodass sie ihre Umgebung hoffentlich ohnehin nicht weiter beachteten.

Die Frau, die das Mädchen an der Hand führte, war kleiner als Wiebke, ungefähr eins fünfundsechzig groß und sehr schlank bis mager. Die dunkelblonden, schulterlangen Haare hatte sie zu einem strammen kleinen Knoten zusammengebunden. Von ihrem Gesicht konnte Fentje schon wegen der großen Sonnenbrille nicht viel erkennen. Sie trug Jeans, einen grauen Rollkragenpullover, eine schwarze kurze Jacke und weiße Turnschuhe.

Im Gegensatz zu ihr wirkte Wiebke unvorteilhaft gekleidet mit ihrer gesteppten Weste über dem dicken, lose fallenden Cordhemd und den Leggins. Aber bitte: Dieses war ein Friedhofsbesuch!

An der nächsten Wegkreuzung blieben die Frauen stehen, und die kleinere zog einen Zettel aus der Tasche. Sie blickte ein paar Sekunden darauf. Dann sagte sie etwas zu Wiebke, und sie bogen nach links. Zwischendurch hielten sie manchmal abrupt im Gehen inne, um den Zettel zu konsultieren. Als Wiebke den Rücken durchstreckte und sich umschaute, sprang Fentje hinter eine säulenförmig geschnittene Eibe, um nicht entdeckt zu werden.

Als sie wieder hervortrat, hatten die zwei Frauen sich getrennt. Die mit dem Kind – das nun fröhlich voranhüpfte – folgte weiterhin einem Weg zu einem abgelegeneren Teil des Friedhofs. Doch Wiebke kam entschlossenen Schrittes in Fentjes Richtung. Hatte sie sie etwa erkannt? Die Frau hielt den Kopf leicht gesenkt. Ihre Miene war düster.

Eine unangenehme Szene mit einer Menge peinlicher Fragen stand Fentje vor Augen. Warum war sie nur so neugierig gewesen und den beiden ausgerechnet auf einen Friedhof gefolgt? Was hatte sie sich davon versprochen?

Aber Wiebke steuerte doch nicht auf sie zu, sondern nahm einen Weg in die entgegengesetzte Richtung. Zu schauen, wohin sie wollte, war zu gefährlich, entschied Fentje. Aber der anderen Frau konnte sie noch ein Stück folgen, ohne bemerkt zu werden.

Fentje schlug einen weiten Bogen um Wiebke Claussen, die ein bestimmtes Grab zu suchen schien, wie sie aus der Entfernung nur vermuten konnte. Weiter vor sich sah sie die Frau mit dem Mädchen. Sie ging langsam an einer Reihe anscheinend nicht belegter Grabstellen vorbei. War es so, wie Fentje vermutet hatte? Die Frau zog wieder den Zettel zurate.

Mit einem Mal hob sie den Kopf, blickte sich um, wie um sich neu zu orientieren, und lief noch ein paar Gräber weiter. Vor einem blieb sie wieder stehen. Sie senkte den Kopf. Dann ging sie in die Hocke, wie um etwas auf der Grabstelle in Ordnung zu bringen.

Aus der anderen Richtung näherte sich nun Wiebke wieder. So schnell hatte Fentje nicht mit ihrer Rückkehr gerechnet. Und zwischen ihnen gab es nicht viel Sichtschutz. Sie verbarg sich gerade noch rechtzeitig hinter einer Hainbuchenhecke, bevor Wiebke sie sehen konnte. Fentje näherte sich einem bemoosten Grabstein, und ihr linker Fuß sackte unangenehm tief in lockere Erde unter der Grasnarbe. Die andere Frau war schon gefährlich nahe!

Bevor Wiebke sie sehen konnte, umrundete Fentje den Grabstein und zwängte sich zwischen den Granitquader und eine kleine Trauerweide mit dichter hängender Krone, unter der sie sich etwas bücken musste, um weiterhin nicht entdeckt zu werden.

Nun bog Fentjes Hochzeitsbekanntschaft abrupt nach links und gesellte sich wieder zu ihrer Begleiterin. Fentje war sich ziemlich sicher, dass die beiden sie von dort aus nicht sehen konnten. Wenn allerdings weitere Friedhofsbesucher von der anderen Seite des Weges kämen, würden sie sich sicher über ihr seltsames Verhalten auf einem Friedhof wundern.

Die gebückte Haltung wurde auch langsam unbequem, und die Feuchtigkeit von Gras und Bodendeckern zog unangenehm in Fentjes Sportschuhe. Die waren gut geeignet zum Weglaufen, allerdings kaum, um darin länger auf nassem Untergrund zu stehen.

Die zwei Frauen und das Mädchen entfernten sich nun aus Fentjes Blickfeld. Wie es aussah, wollten sie den Friedhof wieder verlassen. Erleichtert trat Fentje zurück auf den Weg. Ihre Schuhe waren dunkel vor Feuchtigkeit. Ihre Jacke hatte am Ärmel einen grünen Streifen, sicher von dem Moos auf dem Stein.

Sie war neugierig, an wessen Grab die beiden gestanden hatten. Ihre Unannehmlichkeiten sollten sich wenigstens gelohnt haben.

Nach einer unbelegten Grabstelle sah es in diesem Bereich nicht aus. Ein gepflegtes Grab reihte sich an das nächste. Doch welches war es gewesen?

Fentje las einige Namen von Verstorbenen, die ihr alle nichts sagten. Auch die Geburts- und Todestage brachten sie nicht wirklich weiter. Sie nahm an, dass die Frauen sich nicht die Mühe gemacht hatten, das Grab eines vor sehr langer Zeit Verstorbenen zu besuchen. Doch auf diesem Teil des Friedhofs befanden sich sowieso die etwas neueren Gräber. Das half ihr also auch nicht weiter.

Um möglicherweise später darauf zurückzukommen, wenn die Nachforschungen weiter fortgeschritten waren, fotografierte Fentje ein halbes Dutzend Grabsteine, die von der Lage her infrage kamen, unauffällig mit dem Smartphone. Als sie damit fertig war, ging sie zurück zu ihrem Wagen.

Das Grab zu finden, das Wiebke in der Zwischenzeit aufgesucht hatte, schien ihr ziemlich aussichtslos zu sein. Sie hatte keinerlei Anhaltspunkt, wo und wonach sie da suchen sollte. Wenn es sich bei der Frau an Wiebkes Seite tatsächlich um Maren Harms gehandelt hatte, dann war ihr Verhalten für die Nachforschungen wohl auch aufschlussreicher als das ihrer Nachbarin.

Hatte Maren Harms einen Lageplan vom Friedhofsamt bekommen? War sie damit tatsächlich auf der Suche nach einer geeigneten freien Grabstelle für ihren verstorbenen Ehemann gewesen?

Nach mehreren ergebnislosen Versuchen, Janssens Kompagnon Thomas Breithauer oder seine Witwe Julie Janssen zu erreichen, entschloss Niklas sich am frühen Abend, ins *Mare Magico* zu gehen, um sich mit dessen Besitzer Vincenzo Arifi zu unterhalten.

Das *Mare* lag in der Altstadt von Husum, nahe dem dortigen *Gamberetto*, dem Flaggschiff von Janssen und Breithauer. Sein Weg führte Niklas direkt am *Gamberetto* vorbei. Das Restaurant in dem historischen Gebäude war jedoch geschlossen, wie jeden Montag, das hatte er bereits vorhin durch einen Anruf dort erfahren.

Eine Straße weiter sah er hinter den Fenstern des *Mare Magico* schon heimeligen Kerzenschein. Es war früh am Abend, doch im vorderen Teil des Restaurants waren bereits ein paar Tische belegt.

Niklas trat ein und ging zu dem Pult, an dem die Gäste empfangen und ihnen die Tische zugewiesen wurden. Er war schon ein paar Mal hier gewesen und schätzte die ruhige Atmosphäre und die traditionelle italienische Küche mit vielen Fischgerichten.

Ein junger Mann in dunkler Jeans, schwarzem Hemd und langer schwarzer Schürze trat auf ihn zu. »*Buonasera, Signore*, Sie haben reserviert?«

»*Buonasera.* Nein, habe ich nicht. Ich möchte mit Herrn Arifi sprechen.«

Der Ober war irritiert. »Er ist nicht da«, sagte er sofort. »Und Sie sind?«

Niklas zog eine Visitenkarte hervor. »Niklas John. Wann erwarten Sie ihn denn zurück?«

»*Un momento, per favore.*« Der Mann verschwand in Richtung Küche.

Müßig ließ Niklas den Blick schweifen. An den Tischen im hinteren Bereich des Restaurants saß noch niemand. Aber es war ja auch Montag und außerdem früh am Abend. In der Luft lag der Duft nach angebratenem Knoblauch, gedünstetem Fisch und auch nach schwerem Rotwein. Niklas' Magen knurrte. Bis auf die Fischbrötchen hatte er noch nichts gegessen heute. Doch zuerst die Arbeit …

Er vermutete, dass sich Vincenzo Arifi irgendwo in der Nähe befand. Der nervöse Blick des Obers in Richtung der Küche ließ ihn das vermuten. Vielleicht gab es auch ein paar unauffällig platzierte Kameras im Restaurant, durch die Arifi bereits einen Blick auf ihn warf.

Endlich kam der Ober zurück. »*Scusi, Signore. Il signor Arifi non è qui.* Er ist nicht da, und wir erwarten ihn heute auch nicht mehr im *Ristorante*.«

»Oh, das ist bedauerlich. Es geht um den Tod von Sascha Janssen.« Niklas sah sein Gegenüber bei der Erwähnung des Namens prüfend an. Die Augen des Mannes weiteten sich ein wenig.

»Ja, sehr bedauerlich. Wir hörten davon«, gab er zurück.

»Haben Sie wohl trotzdem einen Tisch für mich? Ich habe gerade Hunger bekommen.« Niklas lächelte.

»Für Sie? Äh? *Un momento, per favore.*« Er eilte wieder nach hinten.

Stellt euch nicht so an, dachte Niklas. Hier ist alles frei. Und ich nehme euch weder den Laden auseinander, noch habe ich vor, eine schlechte Kritik zu schreiben, auch wenn ich Janssen erwähnt habe.

Der Ober kam zurück und nickte kaum merklich. »Folgen Sie mir, *per favore*!« Er geleitete Niklas zu einem Tisch im Hintergrund des Lokals. Von dem Platz aus hatte er sowohl den Tresen mit dem Durchgang zur Küche als auch die Eingangstür im Blick. »Wunderbar. Den nehme ich.«

Der junge Mann legte ihm mit steinerner Miene eine in braunes Kunstleder gebundene Karte auf den Tisch.

Niklas bestellte *Risotto Siciliana* und ein Glas Wein. Während er auf das Essen wartete, beobachtete er müßig, wie das Restaurant sich füllte. Wenige Einheimische, vereinzelt auch Touristen, tatsächlich wohl einige Leute, die aus Hamburg oder Kiel angereist waren, um hier zu speisen. Das *Mare Magico* gab es schon über zehn Jahre, und es hatte von jeher einen sehr guten Ruf.

Die Eröffnung des ersten *Gamberetto* in direkter Nachbarschaft hatte Arifi wahrscheinlich nicht gefallen. Einige Wochen nach der Eröffnung des Konkurrenzlokals hatte es dort sogar einmal gebrannt, erinnerte Niklas sich. Die Polizei hatte ermittelt, dass ein Kabelbrand wohl die Ursache gewesen war. Doch alles war ein bisschen zweifelhaft geblieben.

Der Brand und die Neueröffnung hatten dem Höhenflug des neuen Gourmettempels *Gamberetto* jedoch keinen Abbruch getan. Eher im Gegenteil. Sollte Arifi doch etwas damit zu tun gehabt haben, hatte es ihm nichts weiter gebracht als eine kleine Verschnaufpause.

Mittlerweile schienen zwei bekannte Restaurants in einer Stadt wie dieser eher von Vorteil für beide zu sein. Zumindest im Sommer. Doch gab es in einem Ort wie Husum auch außerhalb der Saison genug Publikum für hochpreisiges Essen?

Mitten in Niklas' Gedankengänge hinein wurde ihm wortlos sein Essen serviert. Hinter dem Tresen stand ein älterer Kellner, polierte Gläser und beobachtete ihn, wenn er wohl annahm, dass Niklas es nicht bemerkte. Es war ein wenig lächerlich. Niklas ließ sich nichtsdestotrotz das vorzügliche Abendessen schmecken.

Er bedauerte, kein zweites Glas Wein bestellen zu können, doch er musste ja noch nach St. Peter-Ording zurückfahren.

Als er nach vorn schaute, um zu signalisieren, dass er zahlen wollte, sah er Arifi, über den er sich vorab im Internet informiert hatte, und einen zweiten Mann hereinkommen. Sie sprachen kurz mit dem älteren Kellner hinter dem Tresen. Arifi warf Niklas einen Seitenblick zu. Dann verschwanden sie nach hinten.

Der Mann hinter der Bar hielt Niklas' fragendem Blick stand. Anscheinend ahnte er, dass er Arifi erkannt hatte.

16. Kapitel

Niklas bezahlte bei dem jungen Mann, der ihn eingangs begrüßt hatte, und sparte nicht an einem großzügigen Trinkgeld. Als er sich dem Ausgang näherte, stellte sich ihm der ältere Ober in den Weg. »Signor John, kommen Sie mit mir. Herr Arifi hat jetzt ein paar Minuten Zeit für Sie.«

»Das freut mich«, antwortete Niklas. Der Besitzer des *Mare* war wohl neugierig. Informationen über Sascha Janssens Ableben wollte er sich sicherlich nicht entgehen lassen.

Niklas wurde durch einen kurzen, etwas düsteren Gang an der Küche vorbei in ein Hinterzimmer geführt. Im ersten Moment war er geblendet. Ein Scheinwerfer war in Richtung Tür gerichtet. Er trat einen Schritt zur Seite und wartete, bis seine Augen sich an das Licht gewöhnt hatten.

Vincenzo Arifi saß mit dem Rücken zu ihm auf einem gepolsterten Drehstuhl. Vor ihm befand sich ein großer Spiegel, durch den sie sich gegenseitig ansehen konnten. Er hatte einen Frisierumhang umgelegt, und neben ihm stand sein Begleiter von eben mit einer Schale und einem Rasierpinsel. Eine Ledertasche war neben ihm auf einem Beistelltisch aus Marmor abgestellt worden. Die Szene hatte etwas Inszeniertes an sich. Der König lässt sich noch bei den profansten Tätigkeiten zuschauen …

Arifi drehte sich zu Niklas herum. »Guten Abend, Signor John!«, begrüßte er ihn jovial. »Man sagte mir, dass Sie mich sprechen wollen.« Er gab dem Barbier ein Zeichen, zur Seite zu treten. »Es dauert noch einen Moment, Gjon. Du kannst dir etwas zu trinken von vorn holen.«

»Guten Abend, Herr Arifi. Danke, dass Sie sich die Zeit nehmen«, erwiderte Niklas.

»Tut mir leid, dass meine Leute erst etwas zurückhaltend reagiert haben. Die wissen, ich bin ein vielbeschäftigter Mann. Also, worum geht es?«

»Ich möchte mit Ihnen über Sascha Janssen reden, wie Ihnen sicher bereits ausgerichtet wurde.«

Arifi schnalzte mit der Zunge. »Sein Tod ist eine Tragödie. Janssen war jung! War er nicht jung? Noch keine vierzig. Und der andere … Sein Koch. Ebenso jung! Ein großes Talent übrigens. Sein Tod ist beinahe noch bedauerlicher …«

»Sie wissen es also schon«, stellte Niklas fest. Er trat noch weiter zur Seite, sodass ihn der Scheinwerfer nicht mehr blendete. »Das macht es einfacher.«

»Die Welt in diesen Kreisen ist klein. Sogar die Polizei war schon hier. Das hat große Aufregung bei meinen Leuten verursacht. Es stört den Betrieb. Also: Was wollen Sie wissen?«

»Da Sie sich anscheinend in diesen ›kleinen Kreisen‹ alle ganz gut untereinander kennen, können Sie mir vielleicht sagen, wie es in letzter Zeit zwischen Janssen und seinem Kompagnon Breithauer stand?«

»Breithauer und Janssen …« Er tat, als müsste er erst darüber nachdenken. »Es lief nicht gut, glaube ich. Ich habe gehört, dass sie sogar überlegt haben, die Restaurants untereinander aufzuteilen. Keine Einigkeit … So etwas schadet dem Geschäft. Das Gift der Zersetzung.«

»Das dürfte Sie aber nicht bekümmert haben.«

Arifi winkte ab. »Es war mir egal, Herr John. Vollkommen egal. Die Tage der drei *Gamberetto*-Restaurants waren schon gezählt, bevor Janssen auf so ausgefallene Art und Weise ums Leben gekommen ist. Es heißt, er habe seinen Koch erschlagen?«

»So heißt es«, erwiderte Niklas.

»Vielleicht wollte sein Koch die *Gamberetto*-Lokale ja verlassen? Und Janssen ist darüber furchtbar wütend geworden? Man sagt, beide hätten zu viel getrunken an dem Abend. Wäre doch alles möglich?«

»Haben Sie Janssens Koch eigentlich mal ein Angebot gemacht?«

»Nein, das habe ich nicht. Obwohl er gut war, keine Frage. Aber hier bleibt alles in der Familie.«

»Verstehe. Es geht doch nichts über ein gut geführtes Familienunternehmen. Da hatten Sie natürlich kein Interesse an Harms als neuem Koch.«

»Sie sagen es! Nicht einmal, um der Konkurrenz zu schaden, hätte ich deren Chefkoch abgeworben. Das war auch gar nicht nötig. Man konnte denen ja förmlich bei ihrem Niedergang zusehen.« Er schnalzte wieder mit der Zunge, als bedauerte er das alles.

»Was genau meinen Sie damit?«

»Wenn der eine Besitzer die Frau des anderen vögelt … Verzeihen Sie meine unverblümte Redeweise. Aber ich bitte Sie! Kein Anstand und keine Moral. Das ist immer das Ende, oder?«

»War es denn so?«

Er zuckte mit den breiten Schultern. »Informationen sind das halbe Leben. Das ist meine Devise.«

Niklas dachte an das, was Alice Bornemann ihm erzählt hatte. Informationen konnten sich auch in Euro, Dollar oder Bitcoin bezahlt machen. Die Freundin seines Vaters war nach einem Abend im *Gamberetto* erpresst worden. Wie perfide, wenn es jemand von der Konkurrenz gewesen wäre …

Der Barbier trat wieder ein und stellte eine kleine Flasche Cola auf dem Tisch neben dem Spiegel ab. Dann holte er sein Handwerkszeug hervor und rührte kommentarlos in einer Schale Rasierschaum an.

»Haben Sie vielleicht eine Ahnung, wer und was wirklich hinter den beiden Todesfällen steckt?«, erkundigte sich Niklas.

Der Barbier trat näher. Vincenzo Arifi legte den Kopf zurück, und der Mann begann, die untere Hälfte von Arifis Gesicht einzuschäumen. »Bedauere, Signor John, selbst wenn ich es wüsste, würde ich es Ihnen nicht erzählen. Aber ich weiß nichts. Es gibt tausend Möglichkeiten«, antwortete Arifi.

Der Barbier drehte sich um, öffnete ein Lederetui und nahm ein langes Rasiermesser heraus. Er setzte es in einem flachen Winkel an Arifis Wange an und zog konzentriert nach unten. Als er absetzte, sagte der Restaurantbesitzer etwas in einer Niklas' unbekannten Sprache. Die Antwort des anderen Mannes war für Niklas ebenfalls nicht verständlich. Etwas an der Art, wie Arifi gesprochen hatte, ließ Niklas jedoch vermuten, dass das seine Muttersprache war. Nicht Italienisch.

»Tausend Möglichkeiten?«, hakte Niklas nach.

Der Barbier setzte seine Arbeit fort. Schweißperlen glänzten auf seiner Stirn, was wohl nicht nur dem stickigen kleinen Raum geschuldet war.

Arifi wartete ab, dann blickte er Niklas an. »Eine meiner lieb gewordenen Regeln ist, meine Feinde gut zu kennen. Außerordentlich gut. Man weiß nie, wann man es braucht. Und Sascha Janssen war ein lohnendes Objekt. Er hatte eine Menge Probleme.«

Vincenzo Arifi tippte sich gegen die Stirn. »Die hatte er hauptsächlich hier drinnen. Sie verstehen, was ich meine? Es war sein Charakter. Schon von frühester Jugend an. Seine arme Mama!« Ungeduldig winkte er Gjon, mit der Rasur fortzufahren. »Mach weiter, ich will fertig werden!«

»Was genau war denn in Janssens Jugend?«, fragte Niklas, bevor Gjon das Messer wieder ansetzte. Bei seinen ersten

Recherchen hatte Niklas nichts von Interesse über Sascha Janssen herausgefunden.

»Machen Sie Ihre Arbeit noch gründlicher, Herr John. Sie müssen etwas tiefer graben. Und dann noch tiefer ... bis es schmutzig wird. Sei doch vorsichtig, Gjon!«, wies er den Barbier an, als ein winziger Blutstropfen an seinem Hals hervorsickerte. Und zu Niklas gewandt: »Sehen Sie: Man kann keinem trauen. Und mehr sage ich nicht. Mach weiter, Gjon. Und keine Fehler mehr. Stich mich besser nicht ab! Wenn ich sie am Samstag nicht auf ihren Ball begleite, bringt meine Frau dich eigenhändig mit deinem hübschen Messer um!«

»Danke für Ihre Zeit, Signor Arifi.«

»Sehen wir uns am Samstag, Signor John?« Er musterte Niklas von oben bis unten. »Sie sind ein gut aussehender Mann – dafür, dass Sie kein Italiener sind. Meine Frau Marija würde sicher gern einmal mit Ihnen tanzen.«

»Von welchem Ball sprechen Sie?«

Er lachte wieder. »Vom legendären Gastro-Ball im *Hotel Chaumont* in Hamburg. Jeder aus der Szene, der was auf sich hält, wird da sein. Wirklich jeder!«

Maren Harms ging leise die Treppe hinunter. Was vollkommen unnötig war, denn wenn ihre Tochter schlief, dann schlief sie erst einmal. Normalerweise wurde Ylva selten vor einundzwanzig Uhr müde, doch hier, im Haus von Wiebke und Ingmar, lag die Sache anders. Besonders Ingmar verbrachte jede freie Minute, die er nicht draußen auf dem Hof war, mit dem Mädchen. So ausdauernd, dass sie selbst manchmal dasaß und gar nicht wusste, was sie mit der ungewohnten Freizeit anfangen sollte.

Wiebkes Verhalten dem Kind gegenüber war wechselhaft. Maren wurde nicht so recht schlau daraus. Wiebke betonte immer, wie entzückend sie Ylva fand. Wenn andere dabei waren, war sie besonders aufmerksam und herzlich der Kleinen gegenüber. Sie nannte sie »meine Lütte«. Doch wenn Wiebke sich unbeobachtet fühlte, bedachte sie Ylva manchmal mit einem genervten, beinahe eifersüchtigen Blick. Oder war das nur Einbildung, weil die Stimmung im Haus so angespannt war?

Sie hatte versucht, mit Wiebke darüber zu sprechen, doch sie kam nicht an sie heran. Als Antwort erhielt sie immer nur das pragmatische »Wir packen das« und »Jammern nützt auch nichts«. Wie auch immer, Maren musste unbedingt raus hier, sonst erstickte sie noch.

In der Küche saßen Wiebke, Ingmar und Karl Claussen beisammen. Maren blieb im Türrahmen stehen. Sie hatte damit gerechnet, dass außer Wiebke auch Ingmar da sein würde. Doch Ingmars Vater Karl war abends eher selten hier anzutreffen. Ihren Entschluss gleich der versammelten Mannschaft mitzuteilen hatte sie eigentlich nicht vorgehabt. Bei der Aussicht darauf spürte sie einen unangenehmen Druck auf der Brust.

»Maren, wie schön! Setz dich zu uns«, sagte Ingmar sofort und zog den Stuhl neben sich unter dem Tisch hervor.

»Wie geht es denn deinem kleinen Sonnenschein?«, fragte Karl.

»Ylva ist gerade eingeschlafen.« Maren nahm zögernd Platz. »Die letzten Tage waren auch für sie ziemlich anstrengend.«

»Habt ihr … alles gut geregelt?«, wollte Ingmar mit gesenkter Stimme wissen. Er wusste, dass Maren mit ihrer Mutter beim Bestatter gewesen war, um Eikes Beisetzung zu besprechen.

»Oje, das war heute?«, erkundigte sich Karl sofort. »Tut mir leid. Das hatte ich ganz vergessen.«

»Nicht so schlimm. Ich bin froh, dass ich es hinter mir habe.«

»Das ist doch nur verständlich«, sagte Karl. »Wenn du auch noch die Beerdigung hinter dir hast, geht es langsam wieder bergauf. Du wirst sehen …«

Maren nickte matt. Wiebke schenkte ihr Wasser ein und schob ihr das Glas rüber. Sie trank einen Schluck, verschluckte sich beinahe und fasste sich ein Herz. »Ich gehe morgen zu Dorte und Henner, um dort ein paar Nächte zu bleiben«, erklärte sie, ohne jemanden in der Küche dabei anzusehen. »Es ist nicht so, dass ich mich hier nicht wohlfühle«, beeilte sie sich hinzuzufügen. »Ganz im Gegenteil! Ihr braucht auch mal wieder Zeit für euch. Als Paar und als Familie. Man sagt doch immer, Besuch ist wie Fisch. Nach drei Tagen fängt er an zu stinken. Ylva und ich wohnen schon beinahe eine Woche bei euch.«

»So ein Unsinn, Maren!«, rief Ingmar empört. Wiebke runzelte missbilligend die Stirn.

»Ich bin schon zu lange hier«, fuhr Maren entschlossen fort. »In der kleinen Wohnung meiner Mutter ist leider nicht genug Platz. Und in unser Haus zurückkehren kann ich auch noch nicht. Ich habe heute ein weiteres Mal mit der Polizei telefoniert. Die Spurensicherung ist zwar endlich fertig, doch nun müssen noch die … die Reinigungsarbeiten organisiert werden.«

»Haben die noch etwas gesagt?«, fragte Karl. »Haben Sie eine Ahnung, was da drüben vorgefallen ist?«

»Nein. Jedenfalls haben sie mir nichts erzählt. Sie stellen immer nur Fragen, mehr nicht.«

Sie schwiegen einen Moment. Jeder dachte wohl daran, wie er mit dem Verbrechen konfrontiert worden war. Der Anblick, den die Toten geboten hatten, oder auch nur davon zu hören. Was es möglicherweise für Auswirkungen auf die Zukunft haben würde. Jedenfalls ging es Maren so. Sie war entsetzt und erleichtert zugleich. Die Erkenntnis lag wie ein dunkler Schatten über jeder Minute, die sie seitdem erlebte.

»Wann soll die Trauerfeier denn stattfinden«, erkundigte sich Ingmar. »Es wird eine Urnenbeisetzung, oder?«

»Wahrscheinlich erst in knapp zwei Wochen.«

»Die Zeit bis zur Beerdigung bleib doch lieber noch bei uns«, sagte Karl endlich und bedachte sie mit einem prüfenden Blick.

»Das ist ganz lieb von euch. Aber ich habe das alles bereits mit den Grambergs besprochen, und sie haben sich auch schon darauf eingestellt. Ich werde bis zur Beisetzung bei Dorte und Henner bleiben. Die haben auch ein großes Gästezimmer. Und dann geht es für Ylva und mich wieder zurück in unser Haus.« Sie fand, dass sie tapferer klang, als sie sich fühlte.

»Es ist natürlich deine Entscheidung, Maren. Aber du könntest auch sehr gern länger bleiben. Du musst nicht gehen!«, versicherte Wiebke.

»Das weiß ich. Ich stehe tief in eurer Schuld. In jeder Hinsicht.« Maren senkte den Blick. »Und ich danke euch! Doch es wird langsam Zeit, dass ich wieder auf eigenen Füßen stehe.« Sie blickte von einem zum anderen.

Wiebkes Gesichtsausdruck war nicht zu deuten. Ärgerte sie sich, oder versuchte sie nur, ihre Erleichterung zu verbergen? Karl blickte missgestimmt drein. Vor ihm fürchtete Maren sich insgeheim, obwohl er Ylva und ihr gegenüber die Nettigkeit in Person war. Aber er konnte auch anders, das wusste jeder in Helenendeich. Er wurde nicht sichtbar zornig und nur selten laut, doch er schaffte es, dass die anderen taten, was er wollte. Was ein Segen war, wenn er das Wohl des Dorfes im Sinn hatte. Und ein Fluch, wenn nicht.

Ingmar hingegen blickte tatsächlich ein wenig traurig drein. Er würde Ylva natürlich vermissen. Aber das Kind anderer Leute konnte ja ohnehin nie ein Ersatz für ein eigenes sein.

17. Kapitel

Wenn die Jugend eines Menschen, und sei sie noch so unrühmlich, gut zwei Jahrzehnte zurücklag, war es mitunter schwierig, im Nachhinein etwas Handfestes darüber zu erfahren. Jugendkriminalakten waren unter Verschluss, das Gedächtnis der Leute verblasste. Einerseits fand Niklas das recht beruhigend, andererseits aber auch höchst unbefriedigend.

Er hatte mit seinen Nachforschungen bei Eike Harms angefangen und war dabei am Ende, als er die richtigen Quellen angezapft hatte, zumindest recht erfolgreich gewesen, was die wichtigsten Lebensereignisse anging.

Harms war 1985 geboren und in Neumünster aufgewachsen. Seine Eltern waren inzwischen beide tot. Eike war ihr einziges Kind gewesen und hatte in Neumünster den Hauptschulabschluss gemacht. Danach hatte er eine Lehre zum Verkäufer im Einzelhandel absolviert, die er jedoch nicht abgeschlossen hatte. Bald darauf war er in einem mittelklassigen Restaurant untergekommen und hatte eine Ausbildung zum Koch gemacht. Er hatte mit der Note Sehr gut abgeschlossen und sich weiter fortgebildet. Es schien die Arbeit zu sein, die ihm lag, wenn man bedachte, wie weit er es in seinem Beruf gebracht hatte.

Sascha Janssen und Eike Harms hatten sich anscheinend kennengelernt, als Eike für ihn als Koch in Janssens erstem Restaurant *Düwels Kombüse* in Heide angefangen hatte. Natürlich war es möglich, dass sie sich auch schon früher woanders über den Weg gelaufen waren. Das war nicht mehr so ohne Weiteres nachvollziehbar. Doch durch Eikes

Anstellung bei Janssen als Koch und später Chefkoch war diese Bekanntschaft gesichert.

Nicht lange danach, mit sechsundzwanzig Jahren, hatte Eike Harms zum ersten Mal geheiratet. Seine erste Frau hieß Ann-Kathrin Gramberg und stammte aus Helenendeich. So war er wohl in diesem Nest gelandet. Sie hatten anscheinend auch gemeinsam das Haus gekauft, in dem Eike nun ermordet worden war.

Ann-Kathrin Harms starb nur fünf Jahre nach der Eheschließung. Woran, blieb trotz Niklas' Recherchen unklar. Ein Unfall oder Suizid, wie der Text der Todesanzeige vermuten ließ. Wiederum etwa fünf Jahre später hatte Eike Harms erneut geheiratet. Seine zweite Frau hieß Maren. Prüss war ihr Mädchenname, Brinkmann ihr erster Ehename. Ihre Familie stammte aus einem Dorf auf Eiderstedt. Maren war früh Witwe geworden und hatte eine kleine Tochter mit in die Ehe mit Eike gebracht.

Informationen über Sascha Janssen zusammenzutragen war schwieriger gewesen. Niklas hatte zumindest herausgefunden, dass er wohl seine gesamte Kindheit und Jugend in Helenendeich verbracht hatte. Seine Mutter hieß Christine Janssen, und sie hatte ihren Sohn in einer kleinen Dachwohnung in der sogenannten »Pommern-Siedlung« ohne den Vater des Jungen großgezogen.

Inzwischen wohnte sie schon längst nicht mehr dort. Sie war gar nicht mehr aufzufinden. War sie ebenfalls tot? Das wären ungewöhnlich viele Ableben für Niklas' Empfinden. Über Sascha Janssens Vater hatte er rein gar nichts herausgefunden. Womöglich wusste Sascha Janssen selbst nicht, wer sein Vater war.

Janssen war mit seiner Frau Julie in Oldenshörn gemeldet gewesen. Niklas war am Vormittag schon einmal dorthin gefahren, hatte das große Haus aber mit heruntergelassenen Rollläden vorgefunden. Auf sein Klingeln und Klopfen hatte niemand geöffnet. Was bei dem verriegelten Gebäude nicht verwunderlich gewesen war.

Die Tatsache, dass Janssen aus dem Dorf Helenendeich stammte, fand Niklas spannend. War es nur ein Zufall, dass das Mordopfer auch in dem Dorf gestorben war, in dem es aufgewachsen war? Janssens auffälliges – um nicht zu sagen: protziges – Auto hatte den ganzen Abend und die Nacht über in der Zufahrt von Eike Harms' Haus gestanden. Und das lag an der Dorfstraße, gut sichtbar für alle Einwohner von Helenendeich und jeden, der das Dorf passierte.

Andreas Borgholz hatte ihm zu verstehen gegeben, dass Sascha Janssen ebenfalls ermordet worden war. Auch Reimers' Reaktion auf der Pressekonferenz am vergangenen Sonntag ließ das vermuten. Nur hatte sich der Täter alle Mühe gegeben, Janssen den Mord an seinem Koch Harms in die Schuhe zu schieben und seinen Tod wie einen Suizid zu arrangieren …

So spontan der Mord oder Totschlag an Eike Harms auch aussah, so perfide wirkte mit diesem Hintergrundwissen die zweite Tat. Sascha Janssen war nicht nur ermordet, sondern auch als Mörder hingestellt worden. Was, wenn der Täter etwas mit Janssens Zeit in Helenendeich zu tun hatte, wenn dort das Motiv lag und Eike Harms' Tod nur eine Art »Kollateralschaden« war?

Wer könnte ihm Auskunft über Sascha Janssens Charakter und seine Jugend geben? Ehemalige Lehrer, Nachbarn, die alten Vermieter? Fentje hatte mit dem Pastor gesprochen, der auch Helenendeich betreute. Eine gute Idee! Er lächelte bei dem Gedanken daran. Das war die Art Informationsquelle, zu der sie einen besseren Zugang hatte als er.

Oder lag das Motiv gar nicht in der Vergangenheit, sondern vielmehr in der Gegenwart? Auch das war möglich. Mit ihren Restaurants hatten Thomas Breithauer und Sascha Janssen dem Besitzer des *Mare Magico* wahrscheinlich geschadet. Die Newcomer in der Szene, die nicht nur ein Lokal in unmittelbarer Nähe des *Mare* eröffnet hatten, sondern auch noch zwei weitere erfolgreiche, auf Föhr und auf Sylt.

Doch allein der Konkurrenzkampf war nach Niklas' Ansicht kein besonders glaubhaftes Mordmotiv. Janssens Tod brachte Arifi gar nichts, solange sein Kompagnon Breithauer noch am Leben war und die Restaurants weiterführte. Jetzt vielleicht gemeinsam mit Julie Janssen. Arifi hatte in dieser Situation noch gar nichts gewonnen.

Wer profitierte?

Zuallererst einmal die Witwe Julie Janssen. Sascha Janssen hatte anscheinend weder Kinder noch andere nahe Verwandte, die Anspruch auf sein Erbe erheben könnten. Dadurch hatte vielleicht auch Thomas Breithauer ein Motiv, wenn er sich so ausgezeichnet mit der Witwe verstand, wie die Leute sagten. Falls Janssen etwas von ihrem angeblichen Verhältnis mitbekommen hatte, war möglicherweise sogar der Zeitfaktor dazugekommen. Sascha Janssen hatte sterben müssen, bevor er die Scheidung von seiner untreuen Ehefrau verlangte und sie von dem Erbe ausschloss.

Und Julie Janssen hatte sicher gewusst, wo ihr Mann an dem Abend seines Todes zu finden war, auch ohne sein Auto vor Harms' Haus stehen zu sehen. Und sie hätte außerdem wissen können, dass bei einem Treffen der alten Kumpel aller Wahrscheinlichkeit nach reichlich Alkohol fließen würde. Insofern waren die beiden Männer leichte Opfer gewesen.

Julie Janssen und Thomas Breithauer waren bislang seine vielversprechendste Spur.

Nachdem er die wenigen Fakten immer wieder in seinem Kopf bewegt hatte, bis ihm nichts Neues mehr dazu einfiel, verließ Niklas die Wohnung, um ein Stück am Strand entlangzulaufen.

Die Wolkendecke hing tief über dem Horizont, und der

Wind wehte einige Papierfetzen über den Asphalt. In der Straße Im Bad mit ihren Geschäften und Lokalen waren nur wenige Menschen unterwegs. Niklas lief über den Seebrücken-Vorplatz, am Kurkartenhäuschen und einem Fischrestaurant vorbei und dann den Holzbohlenweg hinunter, der durch die Salzwiesen zum Strand führte. Wie oft war er hier schon entlanggelaufen, zu jeder Jahreszeit, und immer wieder sah es anders aus!

Der Priel, der die Wiese durchzog, war bis auf ein kleines Rinnsal trockengefallen. Möwen saßen im Schlick, auf der Suche nach Würmern und anderer Nahrung.

Da Ebbe war, konnte er weit hinausgehen, bis die schaumigen Wellen der Nordsee an seinen Schuhen leckten. Er lief in gleichmäßigem Tempo am Wassersaum entlang in Richtung Norden, bis seine Lungen brannten. Auf dem Rückweg, als die Pfahlbauten vor ihm größer und größer wurden, bog er ab und lief zurück ans Festland. Unvermittelt setzte Nieselregen, fein wie Gischt, ein. Der Regen war seine Rettung, denn die Abkühlung nach dem Laufen verlieh ihm für die letzten Kilometer neue Energie.

Zurück in seiner Wohnung, duschte Niklas und zog sich um, dann rief er kurz entschlossen Fentje an. Er musste seine vielen Gedanken über die Morde mit jemandem besprechen. Es dauerte einen Moment, bis sie sich meldete. Nach einer etwas verhaltenen Begrüßung, die er sich nicht so recht erklären konnte, erzählte er ihr, was er über Eike Harms und Sascha Janssen Neues herausgefunden hatte. Auch sein Treffen mit Vincenzo Arifi ließ er nicht aus.

Fentje lachte amüsiert. »Das klingt alles ein bisschen halbseiden, aber er ist nicht wirklich verdächtig, oder was denkst du?«, fragte sie.

»Ich sehe kein zwingendes Motiv. Und sein Alibi wird die Polizei sicher überprüfen. Die haben da bessere Möglichkeiten als wir.«

»Dann werde ich wohl noch weiter in Helenendeich nachforschen.« Fentje seufzte leise. »Es ist dieses Mal echt mühsam. Ich scheine dort auf Granit zu beißen. Obwohl ich die Frau, bei der Harms' Witwe momentan wohnt, von früher kenne, war sie ziemlich zugeknöpft. Ich hatte zunächst den Eindruck, sie wollte mich sofort wieder hochkant rauswerfen. Und dann habe ich mich anschließend auch noch lächerlich gemacht, glaube ich.«

»Wieso das?«

Fentje erzählte ihm von ihrer Exkursion auf den Friedhof. »Abgesehen davon, dass ich mir die Schuhe und die Jacke schmutzig gemacht habe und beinahe aufgeflogen wäre, habe ich nichts weiter erreicht.«

Niklas dachte an die vielen bereits Verstorbenen, die vor allem in Eike Harms' Umfeld aufgetaucht waren. »Das mit den Fotos war eine gute Idee. Kannst du mir die Namen auf den Grabsteinen einmal vorlesen? Vielleicht sagt mir einer etwas?«

Als sie beim vierten Namen ankam, unterbrach Niklas sie. »*Rainer Brinkmann* stand auf einem der Steine? Das könnte Maren Harms' erster Ehemann gewesen sein. Sie war schon einmal verheiratet, bevor sie mit Eike zusammenkam. Der Name passt. Wie lautet das Sterbedatum?«

Fentje nannte es ihm. Auch das Todesdatum passte.

»Dann hilft uns das nicht weiter«, sagte sie jedoch eine Spur ungeduldig. »Klar, dass Maren Harms das Grab ihres ersten Mannes besucht, wenn sie schon mal auf dem Friedhof ist, um eine Grabstelle für ihren zweiten Mann auszusuchen. Die arme Frau! Aber das Rätsel ist gelöst.«

»Eine ziemlich hohe Sterblichkeit in der Familie«, bemerkte Niklas nachdenklich. Er hörte, dass im Hintergrund bei Fentje jemand anklopfte.

»Oh, Niklas, ich habe noch was vor und muss jetzt leider Schluss machen«, erklärte Fentje. Klang sie etwa verlegen? Und auch ein bisschen aufgeregt?

»Kein Problem, wir sind ja durch«, antwortete er.

Nachdem sie aufgelegt hatte, runzelte Niklas die Stirn. Seine Laune war gerade um ein paar Grad gesunken. Dabei hatte Fentje jedes Recht, ihre Zeit so zu verbringen, wie es ihr Spaß machte. Und wahrscheinlich bildete er sich auch nur ein, im Hintergrund kurz eine männliche Stimme gehört zu haben.

Überhaupt, wieso dachte er darüber nach, was sie tat oder nicht tat? Seit der Arbeitsaktion auf dem Jacobsen-Hof hatte er sich ja auch nicht wieder bei ihr gemeldet. Ab und zu trafen sie aufeinander, doch ihre Leben passten nicht zueinander. Sie könnten auch von verschiedenen Planeten stammen.

Er schreckte aus seinen Gedanken auf, als nun sein Smartphone läutete. Im ersten Moment dachte er, Fentje riefe noch einmal an und wollte ihr Gespräch fortsetzen. Es war jedoch Andreas Borgholz, der Staatsanwalt, und Niklas war sein erster, hoffnungsvoller Gedanke peinlich. »Was gibt's, Herr Borgholz?«

»Keine so guten Neuigkeiten. Zumindest nicht, was die Ermittlungen im Fall ›Harms/Janssen‹ angeht. Wir kommen von einer Sackgasse in die nächste. Der Fall sollte schon längst aufgeklärt sein!«

»Das tut mir leid. Kann ich helfen?«

»Nicht so, wie Sie denken.«

Niklas wurde neugierig. Normalerweise wollte Borgholz, dass er etwas schrieb, was die Ermittlungen voranbringen könnte. »Was soll ich tun?«, fragte er mit neuer Energie.

»Wir wollen Räumlichkeiten abhören.«

Niklas runzelte die Stirn.

»Sie wundern sich vielleicht«, fuhr Borgholz fort und schien damit Niklas' Gedanken zu erraten. »Aber wir haben bisher noch zu wenig gegen Julie Janssen und Thomas Breithauer vorliegen. Nur ein paar wenige Zeugenaussagen. Die beiden haben allerdings ein überzeugendes Motiv.«

Dann gingen die Vermutungen der Polizei also in dieselbe Richtung wie seine. »Und da denken Sie tatsächlich an mich?«, erkundigte Niklas sich amüsiert.

»Sie sollen nichts Verbotenes tun. Keine Sorge. Doch das, worum ich Sie bitten will, kann von unseren Leuten keiner so ohne Weiteres übernehmen. Das würde zu sehr auffallen. Aber Sie haben ja sowieso eine Karte für den Gastro-Ball im *Hotel Chaumont* in Hamburg.«

»Nicht, dass ich wüsste.«

»Es ist eine für Sie bestellt und auch bereits bezahlt worden«, erwiderte Borgholz.

»Von der Polizei?«

»Wie auch immer«, sagte Borgholz. »Wir planen, Abhörgeräte in Frau Janssens Hotelzimmer zu deponieren. Wir können in diesem Fall aber die Hotelleitung nicht einweihen.«

Niklas runzelte die Stirn. »Und wie komme ich ins Spiel?«

»Sie sollen sicherstellen, dass Frau Janssen eine Weile abgelenkt ist und nicht auf ihre Suite geht, damit unser Mann während der Arbeiten nicht gestört wird.«

»Wie bitte?«

»Das ist doch kein Problem für Sie, oder? Ich habe mich bei den Kollegen für Ihre Integrität verbürgt, Herr John.«

Niklas krauste die Stirn. »Angenommen, ich tue es. Was versprechen Sie sich von der Aktion?«

Borgholz seufzte. »Ich habe befürchtet, dass Sie das etwas genauer wissen wollen. Also gut: Wir gehen davon aus, dass Frau Janssen zusammen mit Thomas Breithauer in der von ihr gebuchten Suite übernachten wird. Wir hoffen es zumindest. Dabei könnten die beiden auch über den Tod ihres Mannes und ihre weiteren Pläne sprechen. Offiziell hatte Frau Janssen die Suite für sich und ihren verstorbenen Ehemann reserviert. Thomas Breithauer hingegen hat nach Janssens Tod sein teures Zimmer storniert und sich ein preisgünstiges Zimmer in einem anderen Hotel in der Nähe besorgt. Wir nehmen aber an, dass er das nur pro forma getan hat, um nach dem Ball mit Frau Janssen in ihrer Suite zusammen zu sein.«

»Das klingt nach einer verschwindend kleinen Chance, an nützliche Informationen zu kommen.«

»Wir erwarten wichtige Hinweise, vielleicht den Durchbruch«, gab Borgholz unumwunden zu. »Sehen Sie sich zu diesem kleinen Gefallen in der Lage oder nicht? Ich revanchiere mich demnächst mit einem Essen im Golfclub, versprochen!«

»Ich wusste bis eben noch nicht einmal, dass ich auf diesen Ball gehe«, erwiderte Niklas halb amüsiert, halb ärgerlich. »Doch wenn Sie einen richterlichen Beschluss für diese Maßnahme bekommen, dann haben Sie mehr gegen die beiden vorliegen, als Sie zugeben.«

»Ich zähle auf Sie, Herr John«, wich Borgholz einer Erklärung aus. »Sie müssen nur auf Frau Janssen aufpassen. Sobald unser Mann die Wanzen an Ort und Stelle deponiert hat, schickt er Ihnen eine Textnachricht, und die Sache ist für Sie erledigt.«

»Kann das wirklich keiner von Ihren Leuten übernehmen?«

»Das würde auffallen. Es ist ein Ball für Hoteliers und Gastronomen. Jemanden von der Presse werden die allerdings akzeptieren. Jedoch keine Polizisten ... Außerdem ist es spät abends und am Wochenende. Mehr als ein, zwei Leute kann ich für diese Aktion nicht einteilen. Wir haben schon jetzt viel zu viele Überstunden angesammelt. Sie wissen doch, wie das ist.«

Als das Telefonat beendet war, schüttelte Niklas den Kopf. Zusätzlich zu allem, was dagegensprach, fiel ihm ein, dass es vor einiger Zeit in seiner Wohnung gebrannt hatte. Dabei war auch sein Smoking ein Opfer der Flammen oder des Löschwassers geworden. Ebenso das Smokinghemd, die passenden Schuhe, der Selbstbinder … Er musste sich schleunigst etwas Passendes zum Anziehen besorgen. Was für ein lästiger Aufwand! Doch er wusste bereits, dass er es tun würde. Der skurrile Auftrag entbehrte nicht eines gewissen Reizes.

18. Kapitel

Onno von Venen sah so anders aus, wie er da vor ihrer Tür stand, mit einem Blumenstrauß in der Hand. Statt seiner Tierarztkluft trug er beige Chinos, braune Schnürschuhe und ein grün-beige kariertes Jackett.

Fentje, die gerade etwas überhastet das Telefonat mit Niklas beendet hatte, hatte Mühe umzuschalten. »Toll, dass du da bist! Komm doch rein, Onno«, bat sie ein wenig zu überschwänglich. Immerhin duzten sie sich inzwischen, was die Situation etwas entspannte.

Er grinste verlegen und drückte ihr den Blumenstrauß in die Hand. Als er auf sie zutrat, wurde es eng im Eingangsbereich ihrer Wohnung.

Umnebelt von seinem großzügig aufgetragenen Aftershave, das ein bisschen nach Sattlerei roch, wich sie rasch einen Schritt zurück. Sie betrachtete die Pfingstrosen in ihrer Hand und lächelte. »Danke! Ich sage jetzt nicht: ›Das wäre doch nicht nötig gewesen‹, aber das wäre doch nicht nötig gewesen.« Sie ging ihm voraus in die Küche. In Ermangelung einer passenden Blumenvase füllte sie ein großes Bierglas mit Wasser und stellte den Strauß hinein.

»Natürlich war das nötig. Es ist unser erstes Date.«

Und sie hatte gedacht, sie gingen einfach zusammen etwas essen … Warum unnötigen Erwartungsdruck aufbauen? »Möchtest du was trinken, Onno?«

»Nein, danke.« Er blickte auf seine Armbanduhr. »Wenn du so weit bist, können wir von mir aus auch gleich los.«

»Wohin geht es denn?«

»Habe ich das nicht gesagt? Zu mir nach Hause.«

»Oh ... Du kannst kochen?«

»Nein, nicht besonders gut. Also, ein Spiegelei bekomme ich schon hin ... Meine Mutter hat was gekocht.«

Fentje schluckte, und das nicht, weil ihr das Wasser im Munde zusammenlief. »Wie nett von deiner Mutter! Warte, ich hole meine Jacke.«

Es wird bestimmt ein schöner Abend, sagte sie sich, während sie statt der üblichen Outdoor-Jacke ihren schwarzen kurzen Mantel aus dem Schrank zog. Jeans, Sportschuhe und das schwarze Shirt mit dem etwas weiteren Ausschnitt mussten aber genügen. Sie fuhr sich mit einer hoffnungslosen Geste durch ihr widerspenstiges Haar und ging wieder zu Onno.

»Hübsch siehst du aus«, sagte er höflich.

»Ich hatte nicht damit gerechnet, heute deine Familie kennenzulernen.« Sie unterdrückte ein gedachtes »schon«.

»Ach, die sind alle vollkommen harmlos, nur schrecklich neugierig«, antwortete er. »Und ähnlich aufgeregt wie deine Großmutter.«

»Meine Oma ist nicht aufgeregt«, widersprach Fentje. Sie mischt sich nur in alles ein ... Hoffentlich sah sie nicht zufällig, wie sie zu Onno ins Auto stieg.

Die Fahrt dauerte fast vierzig Minuten, in denen die Unterhaltung etwas gezwungen dahinplätscherte. Dann fuhr Onno vor einem Haus vor, das beinahe die Bezeichnung »Landsitz« verdiente.

Das Gebäude war im Wesentlichen rot geklinkert und hatte dunkle Holzfenster. Auf der rechten Seite bemerkte Fentje ein neues, schwarzes Ziegeldach, was sie daran erinnerte, dass auch der Jacobsen-Hof irgendwann in den nächsten Jahren mal wieder neu eingedeckt werden musste. Der linke Teil des Gebäudes hatte ein Obergeschoss mit einer dunklen Holzfassade, eine Bauweise, die typisch für

Hofstellen mit Wohnhaus, Stall und Heuboden aus den Sechzigerjahren war. Doch hier hatte seit Jahren keine Kuh mehr gemuht, kein Hahn gekräht. Alles wirkte so sauber und aufgeräumt wie in einem Labor.

»Meine Wohnung ist im linken Teil«, sagte Onno wie ein Fremdenführer »Es sind insgesamt über 360 Quadratmeter Wohnfläche. Acht Zimmer, sechs Schlaf- und zwei Badezimmer. So können meine Eltern und ich uns jederzeit aus dem Weg gehen.«

Fentje nahm eine Bewegung hinter einem der Fenster im rechten Teil wahr. Sie lächelte etwas bemüht.

»Ach, ich rede mich ja um Kopf und Kragen. Komm erst mal rein. Du hast bestimmt Hunger.«

In Onnos Wohnung fühlte Fentje sich ein bisschen wie in einer überdimensionierten Kiefernholzkiste, angefangen vom Fußboden über die Wandvertäfelungen, die offene Treppe mit dem gedrechselten Geländer bis hin zu den Deckenverschalungen. Die Küche hatte beige Fronten, die mit Buchenleisten abgesetzt waren. In der Mitte des Wohnraumes hing von der Decke ein Beamer, der auf die einzige, weiße Wand gerichtet war.

»Schön hast du es hier«, sagte Fentje höflich, nachdem sie durch alle Räume einschließlich Fitnessraum und angrenzender Garage geführt worden war.

»Gefällt es dir? Ich habe nicht so das Talent zum Ausstatten von Räumen«, gab er verlegen zu. »Mein Bruder meinte, es fehlt Farbe, und hat mir das große Bild über dem Sofa geschenkt.«

Fentje neigte den Kopf, versuchte, etwas zu erkennen, was sie nicht an neonfarbenen Alienschleim erinnerte, der einen Kraken verschlang. »Ausgefallen. Dein Bruder hat einen besonderen Geschmack …« Oder er hasste Onno. Das wäre die andere Möglichkeit …

»Du findest es auch scheußlich?«, fragte er mit einer gewissen Erleichterung in der Stimme. »Ich werde es bei Gelegenheit erst in den Fitnessraum und dann auf den Dachboden verbannen.«

»Was macht dein Bruder denn so?«, erkundigte sich Fentje, während Onno den vorgeheizten Backofen mit dem von seiner Mutter vorbereiteten Menü befüllte.

»Er ist im Tourismus tätig. Jens hat mit einem Apartmenthaus auf Nordstrand angefangen und besitzt inzwischen mehrere Hotels. Er ist ein Arbeitstier – Du wirst ihn bestimmt bald kennenlernen.«

Das Essen, das Onnos Mutter zubereitet hatte, schmeckte erstaunlich gut. Nicht hausbacken und ein bisschen nüchtern, wie Fentje aufgrund des Ambientes dieses Hauses vermutet hatte, sondern scharf und würzig, mit einem mexikanischen Einschlag. Dazu schenkte Onno ihr mehr als großzügig Rotwein ein. Er selbst hielt sich aber an das Wasser, wie Fentje erst recht spät bemerkte.

Inzwischen fand sie beinahe alles lustig. Onnos Schilderungen aus seinem Berufsalltag. Sein Aftershave, »Montana Man«, das er nur deshalb so großzügig aufgelegt hatte, weil er nicht nach Kuhstall riechen wollte. Er hatte am Nachmittag einen Notkaiserschnitt bei einer Kuh durchgeführt. Onnos Erzählung, wie er bei seiner Abschlussprüfung ein Kaninchen hatte absamen müssen, und dabei auf seine großen Hände deutete – alles erschien Fentje an diesem Abend witzig.

»Du willst mich wohl betrunken machen?«, fragte sie, als sie nach einem Lachanfall wieder zu Atem kam.

»Nein, das würde ich nie wagen«, erklärte er ernsthaft. »Ich halte mich nur deshalb zurück, weil ich dich ja wieder sicher nach Hause fahren muss. Wenn du es willst …«

Wollte sie das? »Oh ja, das ist absolut vorausschauend

und rücksichtsvoll von dir!« Fentjes Zunge stolperte über die letzten Worte.

»Möchtest du noch Nachtisch?«, bot er an.

»Wenn deine Mutter ihn zubereitet hat, unbedingt!«

»Machst du dich über mich lustig?«

»Nein, das würde ich nie wagen.«

»Es gibt noch warmen Schokokuchen mit flüssigem Schokoladenherz und Vanilleeis dazu.«

Ruth Suhr drehte an dem Knopf auf der Spüle. Das schaumige, von Petersilie und Kartoffelstückchen durchsetzte Abwaschwasser verschwand gurgelnd im Abfluss. Sie spülte mit dem Brausekopf nach, bis das Edelstahlbecken sauber glänzte, und rieb es mit dem gelben Spültuch trocken.

Durch das Küchenfenster konnte sie die Auffahrt zur Garage überblicken. Das Garagentor öffnete sich, und ihr Mann schob sein Fahrrad heraus. Der Vorderreifen war platt und Volkers Gesichtsausdruck dementsprechend mürrisch. Er drehte das schwere Tourenrad behände um, sodass es auf Lenker und Sattel stand.

Ihr Ehemann, ein pensionierter Polizist, hielt sich weiterhin in Form. Im Gegensatz dazu entwickelte ihr Körper seit den Wechseljahren eine Art störrisches Eigenleben. Bei Volker wurde nur das Gesicht immer faltiger, und die »Geheimratsecken«, wie er seine Halbglatze nannte, weiteten sich aus. Sein drahtiger Körper würde immer noch für den eines Vierzigjährigen durchgehen. Ihrer erschlaffte.

Sie seufzte tief. Volker bekam eine anständige Pension, die sich gut zu ihrer eher bescheidenen Rente hinzufügte. Er war nicht geizig, schrie niemals herum, meckerte nur selten, behandelte sie rundherum anständig. Sie konnte sich glücklich schätzen. Warum war sie es nicht?

Das war natürlich eine rhetorische Frage. Ruth wusste schon, was ihr fehlte. Sie trocknete sich die Hände mit dem bereitliegenden Handtuch ab, drückte aus der Tube etwas Creme auf einen ihrer Handrücken, verrieb mit dem anderen die Kamillencreme, die wahrscheinlich nie eine echte Kamille gesehen hatte, als würde das noch etwas ändern … und ging hinaus.

»Ist dein Fahrrad schon wieder kaputt?«, fragte sie.

»Was heißt denn ›schon wieder‹? Aber ja, ich habe einen Platten.« Der Werkzeugkasten stand neben ihm an der Hauswand. Volker saß auf einer Kiste, die er aus der Garage mitgebracht hatte, und suchte sich den passenden Schraubenschlüssel heraus.

»Brauchst du Wasser für den Schlauch?«

Er sah auf, blinzelte sie gegen den hellen Himmel von unten herauf an. »Wenn du dir die Mühe machen willst, hol mir doch bitte die hellblaue Schüssel aus der Waschküche. Du kannst sie leer mitbringen. Wasser habe ich hier draußen.«

Als wüsste sie das nicht … Ruth zuckte mit den Schultern und holte das Gewünschte. Sie brachte auch gleich etwas Spüli und einen Lappen mit.

»Danke, Schatz«, sagte er, ohne von seiner Arbeit aufzusehen.

»Kommen deine Kollegen noch mal, um mit uns über den Mittwochabend neulich zu sprechen?«, erkundigte sie sich. Sie lehnte an der Hauswand, die sich trotz des bewölkten Himmels nicht kalt anfühlte.

»Das letzte Woche war die Kriminalpolizei aus Flensburg, Ruth! Ich kannte keinen von denen persönlich. Und ich glaube auch nicht, dass die noch einmal mit mir sprechen wollen. Und mit dir ebenso wenig. Es ist alles gesagt.«

»Bist du dir sicher?«

»Natürlich nicht. Was ist denn das für eine Frage?«

»Ich mache mir halt Sorgen.«

Er drehte sich zu ihr um. »Ja, es ist schrecklich, was da

passiert ist. Aber wir werden lernen müssen, damit zu leben. Denk immer an die arme Maren und ihre Kleine. Die tun mir am meisten leid. Wir können froh sein, dass denen nichts passiert ist.«

»Da hast du recht.« Ruth beugte sich vor und zupfte ein paar Gräser zwischen den Fugen heraus. »Ich muss nur immer wieder an die beiden Männer denken. Eike war inzwischen schließlich einer von uns.«

»Findest du? Ich sag dir was, Ruth: Wenn zwei Kerle bis zur Besinnungslosigkeit saufen und sich dann gegenseitig umbringen, was soll man da noch machen?«

Ruth ging in die Hocke und riss an einem hartnäckigen Löwenzahn. »Weißt du, wie gefühllos sich das anhört?«

»Es ist doch immer das Gleiche: Alkoholismus, Drogen und dann sinnlose Gewalt ...« Er drehte mit rotem Kopf an der Mutter, die sich endlich löste, und hob das Vorderrad aus der Gabel. »Und die Polizei darf hinterher aufräumen.«

Ruth hielt den Löwenzahn ohne Wurzel in der Hand. So brachte das nicht viel. Sie sollte sich den langen Fugenkratzer holen. Andererseits tat sie das hier nur, um ihrem Mann ein Gespräch aufzuzwingen. Doch wie immer redete sie gegen eine Wand.

Ruth bedauerte, dass sie am Mittwochabend vergangene Woche auf Wiebkes Geburtstagsnachfeier gegangen war. Sie war eingeladen gewesen, doch sie hatte kurz vorher noch überlegt, ob sie nicht eine Migräne vorschützen und zu Hause bleiben sollte. Sie konnte Wiebkes Schwiegervater Karl und dessen Sprüche nicht ausstehen, und er sie, Ruth, auch nicht. Das ließ er sie immer wieder spüren. »Mir geht das alles nur nicht aus dem Kopf ...«

»Du wirst schon darüber hinwegkommen. Immerhin hast du die Toten doch gar nicht gesehen.«

»Dafür bin ich auch dankbar. Ich weiß noch genau, wie es dir oft nach deinen Tatortbegehungen, Aufnahmen von

Unfällen oder Leichenfunden ging«, sagte Ruth. »Die Albträume und all das. Erinnerst du dich noch daran, als du an die Bahntrasse musstest, nachdem …« Sie schüttelte sich bei der Vorstellung der abgetrennten Körperteile, die er hatte aufsammeln müssen.

»Musst du mich ausgerechnet heute daran erinnern?«

»Ich habe auch das Bedürfnis zu reden.«

»Ruth. Ich will jetzt nicht darüber sprechen. Und du solltest es auch nicht tun!« Er schob einen Schraubendreher zwischen Felge und Reifen, um an den Schlauch heranzukommen. Schweißperlen standen ihm auf der Nase. »Such dir etwas, was dich beschäftigt. Meinetwegen geh in die Kirche und …«

»Du willst ja nie über irgendetwas mit mir reden!« Das war ihr so herausgerutscht. Sie zeigte Schwäche. Das war gar nicht gut. Ruth sah schnell weg, um ihre brennenden Augen vor ihm zu verbergen. Was war das für eine Ehe, wenn sie nicht miteinander über das sprachen, was sie wirklich bewegte? Warum schloss er sie aus seinem Gefühlsleben aus? Überließ sie schutzlos ihren Dämonen? Das war doch früher nicht so gewesen.

Volker richtete sich auf und fasste sie an den Schultern. Drehte sie zu sich herum. »Worüber willst du wirklich mit mir reden, Ruth? Tu nicht so, als ginge es dir so furchtbar nahe. Maren Harms war doch nicht gerade deine Freundin. Sie sei nur eine Zugezogene, hast du mal gesagt, als es um den neuen Grillbereich auf dem Spielplatz ging. Eike war übrigens auch nicht von hier. Nur Sascha Janssen …«

»Ich weiß, dass du Janssen von jeher nicht ausstehen konntest«, gab sie kalt zurück.

»Meiner Meinung nach war er kriminell veranlagt. Und ich war Polizist. Das sagt doch alles.«

»Das ist sicherlich befriedigend für dich, dass du so recht behalten hast, was Sascha Janssen betrifft.«

»Ruth! Zwei Menschen sind tot. Reiß dich gefälligst zusammen!« Er ließ sie einfach stehen. Sie hörte, dass er den Außenhahn aufdrehte und die Schüssel mit Wasser füllte. Als er mit dem Gefäß in der Hand zu ihr zurückkam, sagte er: »Ich bin schon bereit, mit dir zu reden. Aber du bringst ja immer die gleichen, unerfreulichen Themen auf den Tisch. Das bin ich einfach leid.«

»Ich weiß, dass du Eike Harms gehasst hast«, entgegnete sie. »Was passiert ist, passt dir ganz gut in den Kram.«

»Was redest du da für einen Unsinn?«

»Unsinn?« Sie lachte höhnisch auf. »Du sprichst manchmal im Schlaf.«

»Was soll ich denn da gesagt haben?« Seine Stimme klang mit einem Mal drohend.

»Von ihr zum Beispiel«, spielte sie ihren letzten Trumpf aus. Sie sprachen ihren Namen niemals aus. Wenn ihnen jemand zuhörte, würde er glauben, diese Frau habe niemals existiert. Nur einmal, als Volker zuvor im Schützenverein zu viel Schnaps getrunken hatte, da hatte er ihren Namen laut gerufen.

Die Dunkelheit brach herein. Maren Harms war froh, dass Ylva und sie jetzt in Tönning waren. Sie hätte gern eine noch viel größere Entfernung zwischen sich und ihr Zuhause, ihr Dorf, gebracht. Doch sie war froh um Dorte und Henner Grambergs Einladung. Mit so viel Hilfsbereitschaft von ihrer Seite hatte sie gar nicht gerechnet. Mit den Claussens hingegen war es von Beginn an ein gutes nachbarschaftliches Verhältnis gewesen.

Auch mit Volker und Ruth hatte sie sich recht schnell angefreundet. Doch das Zusammentreffen mit deren engen Freunden Dorte und Henner hatte Maren in der ersten Zeit stark verunsichert. Am Anfang ihrer Ehe mit Eike hatte sie sogar ein schlechtes Gewissen den beiden gegenüber gehabt.

Ann-Kathrin Gramberg war Eikes erste Frau gewesen. Was für Gefühle mochten die Eltern ihr gegenüber als »Nachfolgerin« ihrer Tochter haben?

Bei den wenigen Begegnungen zu Anfang waren sie auch sehr zurückhaltend, beinahe schroff zu ihr und Eike gewesen. Maren hatte es auf ihre Trauer geschoben. Es war unvorstellbar grausam, ja unmenschlich, das eigene Kind zu verlieren. Seit sie Mutter war, konnte sie das noch viel besser verstehen. Doch gerade Ylva war es gewesen, die das Herz der Grambergs ihr gegenüber geöffnet hatte. Beinahe, als wäre sie ihre Enkeltochter.

Sie streichelte ihrer schlafenden Tochter über die weichen Locken. Ihre gerundeten Wangen waren gerötet, der Mund leicht geöffnet. Sie würde ihr Leben geben für ihr Kind!

Es klopfte leise, und Dorte trat ein. »Darf ich reinkommen, Maren? Hast du alles, was du brauchst?«

»Ja, wir sind bestens versorgt, Dorte. Danke!«

»Die Kleine schläft so niedlich.« Dorte beugte sich leicht über das Bett. »Ich hoffe, sie fürchtet sich nicht in dem fremden Haus?«

»Ich denke nicht, solange ich in ihrer Nähe bleibe.«

»Lass doch die Tür einen Spalt offen, und im Flur machen wir das Licht an. Dann können wir unten gleich zusammen ein Glas Wein trinken.«

»Gern«, sagte Maren ohne große Begeisterung.

Dorte schaute unverwandt in das Kinderbett. »Ich weiß, dass es unpassend ist, das zu sagen, nach allem, was gerade passiert ist. Doch das Glück kommt zu dir zurück. Du hast eine Tochter, die dich braucht. Es wird alles gut werden!«

»Eine Tochter, die schon zum zweiten Mal ihren Vater verloren hat.«

»Eike war nicht ihr Vater«, erwiderte Dorte.

»Ich weiß. Aber nun sind wir ganz allein auf der Welt, Ylva und ich.«

»Nein, das seid ihr nicht. Du hast auch noch deine Mutter, oder? Und du hast uns. Und die Menschen in Helenendeich. Alle werden dir helfen.« Sie sprach nach wie vor ganz leise, um Ylva nicht zu wecken.

»Ihr seid wirklich gut zu mir, du und Henner.«

Dorte wandte den Blick von dem Kind ab und lächelte sie an. Doch ihr Blick war bekümmert, beinahe verzweifelt. »Wir tun nur das, was wir für das Richtige halten.«

»Du vermisst deine Tochter immer noch.« Maren erschrak über ihre Worte. Das hatte sie so nicht sagen wollen. Warum platzte sie manchmal mit solchen Bemerkungen heraus?

Doch Dorte nickte nur langsam. »Die Liebe von Eltern zu ihren Kindern hört niemals auf. Genieße jeden Tag mit deiner Tochter, den Gott dir schenkt. Sie braucht all deinen Schutz.«

»War das hier … War das eigentlich mal Ann-Kathrins Zimmer?« Maren musste es einfach wissen, wenn sie hier noch ein paar Nächte schlafen sollte. Nichts in dem hübsch eingerichteten Gästezimmer deutete mehr unmittelbar auf die letzte Bewohnerin hin. Keine mit Erinnerungsstücken und Fotos bestückte Kommode, wie sie es befürchtet hatte. Es war einfach das Gefühl, dass dieser helle, wohlproportionierte Raum mal ein Kinder- und Jugendzimmer gewesen sein musste.

»Ich hoffe, es stört dich nicht?«

Maren schüttelte den Kopf. Ann-Kathrin war ja nicht hier gestorben. In dem Haus, in dem sie ums Leben gekommen war, hatten Ylva und sie schon gewohnt, ohne sich um Geister zu sorgen.

»Du erinnerst mich so an sie.« Dorte berührte Maren am Oberarm.

Sie beherrschte sich, zuckte nicht zurück, sondern drehte sich nur ein Stück weg, sodass die Hand der anderen Frau in der Luft schwebte. »Es ist, wie es ist«, sagte Maren gefasst. »Gehen wir runter?«

19. Kapitel

Am Freitag beeilte Fentje sich, ihre Büroarbeit in der Kanzlei zu erledigen. Sie wollte noch einmal nach Helenendeich fahren, um mit ein paar Leuten von dort zu sprechen. Der frühe Freitagnachmittag schien ihr dafür ein geeigneter Zeitpunkt zu sein. Der Himmel war wolkenlos, die Luft warm. Sie hoffte darauf, ein paar Dorfbewohner im Garten oder mit ihren Kindern auf dem Spielplatz anzutreffen.

Fentje hatte hin und her überlegt, wie sie es anstellen sollte, die Einwohner zu dem Fall zu befragen. Schließlich hatte sie eine Idee, die ihr halbwegs realistisch erschien.

Sie parkte am Ortseingang und ging die Dorfstraße hinunter. Bereits am dritten Haus hatte sie Glück. Ein Mann um die achtzig fegte hingebungsvoll den Fußweg und sah auf, als sie sich näherte.

»Moin«, grüßte Fentje. »Das Wetter ist ja fantastisch heute.«

»Moin.« Er richtete sich auf und betrachtete sie mit schief gelegtem Kopf. »Suchen Sie was?«

»Oh, ja. Das stimmt. Ich suche einen Bekannten von mir. Er soll hier wohnen.«

»Und wer soll das sein?«, fragte ihr Gegenüber misstrauisch.

»Eike heißt er. Eike Harms. Er soll jetzt hier wohnen. Wir sind früher zusammen zur Schule gegangen.«

»Vergessen Sie das.« Er fegte verdrossen weiter.

»Warum denn? Ich bin extra hergekommen. Es geht um unser zwanzigjähriges Schuljubiläum.« Sie hatte die Jahreszahl schnell abgeschätzt. Doch ihre Geschichte war trotzdem dünn.

Der Mann ging auch nicht weiter darauf ein. Er nahm eine Schaufel zur Hand, die am Jägerzaun gelehnt hatte, und begann, die Blätter und den Staub darauf zu fegen.

»Soll ich Ihnen schnell helfen?«, bot Fentje an.

»Nein.«

Sie trat einen Schritt zurück. »Können Sie mir vielleicht sagen, wo Eike Harms wohnt?«, erkundigte sie sich höflich.

»Nein.«

»Gibt es jemanden in Helenendeich, der mir da weiterhelfen kann?«

Sie wartete einen Moment, doch der Mann reagierte nicht mehr auf sie. Als das Schweigen drückend wurde, verabschiedete Fentje sich von ihm und ging weiter. Mist. Ihre Geschichte war vielleicht zu durchsichtig gewesen.

Sie traf noch zwei Dorfbewohner an, die ihre Hunde ausführten, doch bei denen hatte sie auch nicht mehr Glück. Erst als sie zum Hof der Claussens gelangte, wendete sich das Blatt.

Wiebke stand mit einem älteren Mann, der Statur und dem markanten Gesicht nach zu urteilen, Ingmar Claussens Vater, auf dem Hofplatz. Die beiden waren in ein lebhaftes Gespräch vertieft, doch als Fentje auf sie zukam, verstummten sie und starrten sie an.

Fentje begrüßte Wiebke und stellte sich Karl Claussen vor.

Wiebkes Schwiegervater grüßte sie ebenfalls und musterte Fentje dann mit unbewegter Miene.

»Ich muss jetzt leider weg«, sagte Wiebke. »Bis später, Vati! Bis bald mal wieder, Fentje!« Und sie ging raschen Schrittes in Richtung Haus davon.

»Vom Jacobsen-Hof also«, sagte Karl Claussen jovial. »Und was führt dich nach Helenendeich, Fentje?«

Die Geschichte mit Eike und dem Schuljubiläum wäre hier keine gute Idee. Es kam ihr jetzt schon so vor, als hätte

Karl Claussen ihre Absichten durchschaut. »Ich bin mit einer Freundin am Deich verabredet. Zum Spazierengehen«, improvisierte Fentje.

»Schönes Wetter dafür«, sagte er. Seinem Gesichtsausdruck nach zu urteilen, schien er sich nun zu fragen, ob sie auf dem Jacobsen-Hof nicht genug zu tun hatten.

»Ich wollte auch noch mal nach Wiebke schauen«, fügte Fentje hinzu. »Wie geht es ihr jetzt? Ich war neulich schon bei ihr, kurz nachdem das mit eurem Nachbarn passiert war. Sie war ziemlich aufgebracht deswegen.« Das stimmte zwar nicht unbedingt, lenkte das Gespräch aber zumindest in die richtige Richtung.

»Es geht ihr gut.«

»Das ... freut mich«, antwortete Fentje. »Ich konnte es kaum glauben, als sie es mir erzählt hat. Ich kenne Eike von früher.«

»So, so.«

Zu spät fiel Fentje ein, dass diese Aussage einer Nachprüfung bei Wiebke nicht standhalten würde. »In der Zeitung stand, dass Eike von seinem eigenen Boss ...«

»Ich will dich nicht weiter aufhalten«, unterbrach Karl Claussen sie.

»Oh, ich verstehe.« Fentje schaute auf ihre Armbanduhr. »Ich muss auch weiter. Tschüss dann, bis irgendwann mal!« Sie drehte sich um und verließ mit glühendem Gesicht den Hofplatz.

Niklas durchschritt die Hotelhalle, die von Frauen in Abendkleidern und Männern im Smoking bevölkert war. Er war schon lange nicht mehr im *Hotel Chaumont* und auch seit Ewigkeiten auf keinem Ball gewesen. Der Hamburger Presseball, den er ab und zu besucht hatte, war zu der Zeit im *Hotel Atlantik* ausgerichtet worden.

An der Rezeption war eine Karte für ihn hinterlegt, mit

der er die Eingangskontrolle zur Vorhalle des Ballsaales passierte. Er entwischte den Fotografen und ließ auch die Menschentraube vor der Garderobe rechts liegen. Er war so, wie er war, in einem nagelneuen Smoking und dem dazugehörigen Outfit, mit seinem Wagen vor dem Hotel vorgefahren und hatte ihn in die Tiefgarage bringen lassen.

Niklas stellte sich etwas seitlich der offenen Fläche an den noch nicht genutzten Bartresen, von wo er einen guten Überblick über die bereits eingetroffenen Gäste hatte. Über ihm, unterhalb der verglasten Decke, schwebte ein von innen beleuchteter Globus.

Die Menschen standen zu zweit und in Grüppchen zusammen, was in dem Vorraum mit dem Marmorfußboden für einen erheblichen Geräuschpegel sorgte. Kurz darauf öffneten sich auch schon die beiden Flügeltüren zum Ballsaal.

Als der Ober ihm das Tablett mit den Willkommensgetränken zum dritten Mal entgegenhielt, nahm Niklas sich ein Glas Sekt. Auf das dargebotene Fingerfood aus Mini-Quiches und Ziegenkäse mit Honig verzichtete er jedoch.

An üppigen Blumenarrangements, stilvoller Beleuchtung und goldfarbener Dekoration war wie erwartet nicht gespart worden. Zusammen mit den bunt schimmernden Kleidern der Frauen, ihren funkelnden Armreifen, Halsketten und Ohrringen und den kunstvoll aufgesteckten Frisuren ergab sich ein farbenfrohes, festliches Bild.

Niklas stand jedoch nicht der Sinn nach alldem. Er hatte sich die Fotos sorgsam eingeprägt, die er von Julie Janssen im Netz gefunden hatte. Ebenso einige wenige Porträts von Thomas Breithauer. Eine Abbildung in einer Fachzeitschrift hatte die beiden gemeinsam mit Sascha Janssen gezeigt, wie sie alle drei Arm in Arm vor dem neu eröffneten Sylter *Gamberetto* posierten. Julie Janssen stand in der Mitte und hatte den Kopf neckisch an Saschas Schulter gelehnt, während sie mit ihrem Blick mit dem Kameraobjektiv flirtete. Thomas Breithauers Hand lag wie zufällig um ihre schlanke Taille.

Die drei wirkten auf der Aufnahme gut gelaunt und so, als wären sie miteinander im Reinen. Ein Bild, das in starkem Kontrast zu Niklas' grauenvoller Erinnerung an Sascha Janssens aufgequollenes und entstelltes Gesicht stand, wie er am Treppengeländer in Eike Harms' Haus gehangen hatte.

Er wunderte sich, dass Janssens Frau heute schon wieder zu einem Ball ging. Sie würde hier allerdings einen Preis für ihren verstorbenen Mann entgegennehmen, der wegen seines innovativen Einsatzes in der Gastronomie geehrt werden sollte. Das war zumindest ein guter Grund, hier zu erscheinen, ohne dass es Gerede gab.

Von der Preisverleihung hatte Niklas erst am vergangenen Tag erfahren. So, wie er es sah, entlastete es ihn weitestgehend von der Aufgabe, auf Julie Janssen aufzupassen. Die Polizei konnte das Zeitfenster ausnutzen, in dem Frau Janssen auf der Bühne stand. Es gab für diesen Samstagabend ein zeitlich festgelegtes und öffentlich angekündigtes Programm.

Und als hätten seine Gedanken sie herbeigezaubert, sah er sie auf einmal am anderen Ende des Raumes: Sie war groß und schlank, fast mager, mit Oberarmen so dünn, dass man sie wohl beinahe mit einer Hand umfassen konnte. Ihr platinblonder Pagenkopf endete exakt oberhalb ihrer knochigen Schultern. Als sie lachte und ihm dabei ihr Profil zuwandte, fiel ihm ihre große, recht spitze Nase auf, die auf den Fotos nicht zu sehen gewesen war.

Sie trug ein schwarzes, langes Kleid mit glitzernden Stickereien am Saum. Um die Schultern hatte sie eine Pelzstola aus Silberfuchsfellen gelegt und zog sie fester, als würde sie frieren.

Neben ihr stand unverkennbar der Kompagnon ihres verstorbenen Mannes, Thomas Breithauer. Sein Smoking spannte etwas über den breiten Schultern. Er schien älter zu sein als Sascha Janssen, vielleicht Mitte vierzig. Der Eindruck konnte aber auch von seinem angegrauten Vollbart und seiner nicht dicken, jedoch massigen Statur herrühren. Er schaute so grimmig in die Runde, als wäre er Julie Janssens Bodyguard. Vielleicht fühlte er sich aber auch nur unwohl mit der Fliege, die seinen geröteten Hals einzuschnüren schien, und den glänzenden Lackschuhen.

Selbst auf geschätzte zehn Meter Entfernung war seine Anspannung spürbar. Immer, wenn der Ober vorbeikam, nahm er ein Glas Sekt und trank es in einem Zug leer. Auf dem Bistrotisch neben ihm standen bereits fünf leere Sektgläser, dabei hatten sie den Ballsaal noch nicht einmal betreten.

Im Festsaal fand sich Niklas an einem Tisch schräg gegenüber von Julie Janssen wieder. Neben ihr, noch weiter weg von ihm, saß Thomas Breithauer. Die übrigen Leute an seinem Tisch kannte er noch nicht. Er unterhielt sich mit einer gut gelaunten Rothaarigen neben sich, die ihm von ihrem Landhotel in der Heide erzählte, das direkt an dem schönen Heidschnuckenweg lag und gern von Wandertouristen besucht wurde.

Es folgten die Begrüßung mit Dank an die Sponsoren, ein Grußwort des Bürgermeisters und die Eröffnung des Galabüffets, vor dem sich sofort mehrere lange Schlangen bildeten. Julie blieb sitzen und scrollte auf ihrem Telefon, während Breithauer anscheinend für sie beide das Essen holte.

»Wandern Sie auch gern, Herr John?«, fragte Niklas' Tischdame, während sie sich der Uckermärker Rinderbrust mit

Senfgurken-Relish und Radieschen auf ihrem Teller widmete.

»›Wandern‹ kann man es wohl nicht nennen. Ich gehe am Meer spazieren, und hin und wieder, wenn mich das schlechte Gewissen packt, jogge ich auch.«

»Sie sehen nicht so aus, als müssten Sie aus schlechtem Gewissen joggen.« Sie zwinkerte ihm zu. »Begleiten Sie mich noch einmal zum Büfett?«

Er erhob sich bereitwillig. Eine Tischreihe weiter links entdeckte Niklas Vincenzo Arifi schwitzend im Smoking, an seiner Seite eine hübsche, langhaarige Brünette. Sie schien den ganzen Tisch zu unterhalten und lachte viel. Als Arifi Niklas' Blick auffing, nickte er ihm mit schmalen Augen zu und deutete dann auf die Frau. Bestimmt war sie seine Ehefrau, Marija Arifi, die so gern tanzte ...

Zurück an seinem Platz, schaute Niklas wieder zu Julie Janssen. Sie trank in großen Schlucken von ihrem Weißwein, stocherte in einem Salat vor sich herum, den Thomas Breithauer ihr mitgebracht hatte, und blickte ansonsten mit versteinerter Miene umher. Eine feierlustige Witwe wäre sicherlich auch ein befremdlicher Anblick gewesen.

Niklas sah auf die Uhr. Die Preisverleihung würde um zwanzig Uhr dreißig erfolgen. Das wäre die Zeit für die Polizei, die Wanzen in Frau Janssens Suite zu platzieren. Danach würde der Tanz eröffnet werden. Falls Julie Janssen direkt auf ihr Zimmer gehen wollte, nachdem sie von der Bühne kam – und in ihrer derzeitigen Verfassung war das nicht unwahrscheinlich –, sollte er sie irgendwie aufhalten. Es war nicht direkt sein Problem, sollte die Polizei von ihr überrascht werden, doch ein verstimmter Pressestaatsanwalt wäre dann doch zu seinem Nachteil. Außerdem war ihm ohne eine Aufgabe hier zum Sterben langweilig.

Er verwickelte das Paar neben Julie Janssen in ein lockeres Gespräch, versuchte einmal, auch sie mit einzubeziehen, worauf sie jedoch nur recht einsilbig reagierte.

»Frau Janssen bekommt gleich einen Preis für ihren verstorbenen Mann verliehen«, sagte die Frau, die Niklas direkt gegenübersaß, in gedämpftem Tonfall. »Sie haben vielleicht von dieser Tragödie in dem Haus seines Chefkochs gehört?«

Niklas nickte nur.

»Schrecklich, das alles. Sie ist eine furchtbar tapfere Frau!«

Eine Antwort blieb Niklas ihr schuldig, denn die Hintergrundmusik erstarb, und die Preisverleihung begann.

Nachdem zwei weitere Gastronomen geehrt worden waren, wurde Frau Janssen unter Applaus auf die Bühne gebeten. Sie hob das Kinn, starrte einen Moment in Richtung der Bühne, als wüsste sie nicht so recht, was hier geschah. Breithauer legte ihr die Hand zwischen die Schulterblätter, und sie erhob sich. Sie nahm ihre Abendtasche mit, hängte sich die Pelzstola über und schritt auf die Bühne zu.

Thomas Breithauer drehte seinen Stuhl in Richtung Rednerpult, um das Geschehen besser verfolgen zu können. Julie Janssen nahm den Preis, eine kleine goldene Statuette, mit Grazie entgegen. Sie blinzelte, tupfte sich einmal die Augen und dankte dem Veranstalter, den Kollegen und den Ballgästen mit bewegter Stimme für diese Ehre. Das Ganze hatte nur wenige Minuten gedauert. Gleich würde der Eröffnungstanz beginnen.

Nachdem der Preis Julie Janssen stellvertretend für ihren verstorbenen Mann überreicht worden war und sie die Bühne verlassen hatte, stand Breithauer auf und ging zu einem anderen Tisch, wo er zwei ältere Männer ansprach und sich zu ihnen setzte.

Vincenzo Arifi war ebenfalls in ein Gespräch mit anderen Gästen an seinem Tisch vertieft. Seine Frau Marija saß für den Moment etwas gelangweilt daneben. Es war eine Gelegenheit, sie zum Tanz aufzufordern, der gleich nach der Eröffnungsrunde für alle beginnen würde, doch selbst wenn er mit dieser Unterlassung Gefahr lief, im *Mare Magico* nie wieder ein hervorragendes *Risotto Siciliana* serviert zu bekommen, steuerte er doch entschlossen in Julie Janssens Richtung.

Sie hatte bis eben noch unterhalb der Bühne gestanden, doch nun schritt sie recht zielstrebig auf den Ausgang des Ballsaals zu.

Er schnitt ihr den Weg ab, sodass er ihr vor dem Büfett entgegenkam. Er tat so, als hätte er sie gerade erst bemerkt: »Oh, hallo, Julie, wir kennen uns aus dem *Gamberetto* …«

Sie blickte ihn verwirrt an.

»Niklas. Niklas John«, stellte er sich vor. »Mir tut sehr leid, was Ihrem Mann passiert ist«, fuhr er mit gedämpfter Stimme fort. »Und ich finde es sehr tapfer von Ihnen, den Preis heute hier für ihn entgegenzunehmen.«

Sie kniff fragend die Augen zusammen, trat aber etwas näher, um ihn besser verstehen zu können. Er roch den Alkohol in ihrem Atem.

»Danke! Entschuldigen Sie bitte: Wann und wo sind wir uns begegnet?«, fragte sie. So leicht ließ sie sich offensichtlich nicht täuschen.

»Ich war auf der Eröffnungsfeier des *Gamberetto* auf Sylt dabei«, improvisierte er. Dank des Fotos wusste er zumindest, dass sie dort gewesen war. »Sie erinnern sich wahrscheinlich nicht an mich. Sascha hatte mich eingeladen.«

»Sehr nett, Niklas, Sie kennenzulernen, aber ich wollte gerade nach oben in meine Suite gehen.«

»Darf ich Sie vorher zu einem Drink an der Bar einladen?«

Sie runzelte die Stirn. Ihr Blick flog zur Tür.

»Bitte tun Sie mir den Gefallen! Ich kenne Sascha noch aus Jugendzeiten.«

»Er hat nie einen Niklas erwähnt …«

»Eine Zeit lang hatten wir wenig Kontakt. Vielleicht lag es an Eike Harms …«

Was Julie Janssen neugierig gemacht hatte, wusste Niklas im Nachhinein nicht zu sagen. Sie musterte ihn erneut, lächelte und hakte sich bei ihm unter. »Hoffen wir mal, dass die hier im *Chaumont* anständige Drinks mixen.«

Julie wählte einen Long Island Iced Tea, Niklas einen Gin Tonic. Er reichte ihr das Getränk, das sie sofort zur Hälfte leerte.

Niklas gab eine unterhaltsame Jugendgeschichte zum Besten, in die er Sascha großzügig mit einbaute. Besorgt sah er, wie Julie sich eine Kapsel in den Mund schob und mit dem Rest ihres Cocktails herunterspülte.

Sie bestellte sofort einen zweiten Long Island Iced Tea. »Was denken Sie über Eike Harms? Sie meinten doch, Sie kannten ihn«, fragte sie, während sie mit sehnsüchtigem Blick die Aktivitäten des Barkeepers verfolgte.

»Über seinen Charakter kann ich nicht viel sagen. Wir sind uns nur ein paar Mal begegnet.«

»Mochten Sie ihn?« Julies Augen mit den erweiterten Pupillen fixierten ihn nun.

»Nein, nicht besonders. Ich war ehrlich gesagt erstaunt, dass Sascha bei ihm war, als sie beide ums Leben gekommen sind.«

»Oh, das hatte Gründe.« Sie legte die Hand auf seine. »Verdammt gute Gründe, wie ich Sascha kenne. Wollen Sie wissen, was ich über die Sache denke?«

»Warum nicht?«

»Alle gehen davon aus, dass Sascha Eike erschlagen hat. Aber das glaube ich niemals. Mein Mann war nicht gewalttätig. Sie können alles mögliche Schlechte von ihm annehmen, und vermutlich trifft vieles davon auf die eine oder andere Weise zu, doch gewalttätig war er nicht.«

»Was ist Ihrer Meinung nach passiert?«, erkundigte sich Niklas. Julies Erregung bei diesem Thema schien echt zu sein. Es hörte sich nicht so an, als hätte sie mit dem Tod ihres Mannes etwas zu tun.

»Die beiden hatten irgendeine Sache am Laufen, nehme ich an. So war Sascha halt. Ein Unternehmer durch und durch. Aber das eine Mal sind sie wohl zu weit gegangen. Und irgendjemandem hat es nicht gepasst.«

»Haben Sie das auch der Polizei erzählt?«

Sie schnaubte leise und vertiefte sich in den Anblick ihres zweiten Cocktails. »Die stochern so was von im Nebel …«, sagte sie schon etwas verwaschen. »Kapieren nix …« Dann trank sie aus.

Als sie das Glas abstellte, sank sie leicht gegen ihn, sodass er sie stützen musste. Wo, verdammt, steckte eigentlich ihr Begleiter?

Niklas schaute sich suchend im Ballsaal um, und da sah er sie: Eine Frau, eine wunderschöne Frau, stand mit dem Rücken zu ihm, ein Stück entfernt am Bartresen. Sie sah zart und muskulös zugleich aus. Das seidig schimmernde, kobaltblaue Kleid mit dem tiefen Rückenausschnitt betonte ihre Figur. Ihre Haut schimmerte hell, mit einem winzigen Muttermal zwischen den Schulterblättern. Sie gestikulierte, unterhielt sich mit einem großen dunkelblonden Mann, den er noch nie zuvor gesehen hatte. Niklas konnte den Blick nicht von ihr abwenden, wie sie da lässig stand und sich ihrer Wirkung offensichtlich nicht bewusst war.

Die Frau lachte und fuhr sich durch das braune, lockige Haar, dann drehte sie sich um, als hätte sie seinen Blick im Rücken gespürt. Fentje! Er hatte sie erkannt und auch wieder nicht. Sie hatte er hier am wenigsten erwartet.

Was er sah, hatte er eher für eine Art Wunschprojektion gehalten …

Sie erstarrte ebenfalls, als sie seiner ansichtig wurde. Blickte ihm direkt in die Augen.

Julie Janssen lehnte den Kopf an seine Schulter. »Wissen Sie was? Ich will … will lieber gar nicht wissen, was passiert ist«, sagte sie mit schwerer Zunge.

Niklas legte den Arm um sie, um sie zu stabilisieren. »Kommen Sie, Julie, ich bringe Sie zu Ihrem Begleiter.«

»Ich bin traurig. Trauriger, als ich dachte«, lallte sie immer noch nah an seinem Ohr. Wenn er sie jetzt losließ, würde sie auf den Fußboden sacken. »Was wollte Sascha bei Eike? Er hat selbst Schuld, dass er nun tot ist!«

»Was meinen Sie damit?«

»Ach, er hat es zu weit getrieben, der liebe Sascha.« Sie griff nach ihrem leeren Glas, setzte es an, stellte es kopfschüttelnd wieder weg. »Immer! Er wusste nie, wann es genug ist. Noch einen!«, rief sie dem Barkeeper zu.

»Ich glaube, Sie haben genug getrunken, meine Liebe.« Niklas schüttelte leicht den Kopf, als der Barkeeper mit hochgezogenen Brauen zu ihnen schaute. »In welcher Hinsicht hat Sascha es übertrieben?«

»Das … darf ich niemandem sagen.« Sie fasste sich an die Schläfe, schloss kurz die Augen. »Alles dreht sich. Irgendwas war in dem letzten verfluchten Drink. Ich werde jetzt nach oben gehen.« Sie schaute ihn erwartungsvoll an.

»Schaffen Sie das?« Niklas blickte sich nach ihrem Freund um, doch der war nirgends zu sehen.

Julie Janssen richtete sich auf, sackte aber wieder gegen den Tresen. »Das ist mir jetzt ganz furchtbar peinlich«, nuschelte sie.

»Na, macht nichts. Ich bringe Sie hoch.« Er fasste sie mit festem Griff am Oberarm. »Hier, Ihre Tasche, die Statuette und Ihre Stola. Denken Sie, Sie schaffen es bis zu den Fahrstühlen?« Niklas wollte noch etwas zu Fentje sagen, ihr irgendeine Art von Erklärung für sein Verhalten geben, doch er musste sich um die betrunkene Frau an seiner Seite kümmern. Das Letzte, was Julie Janssen nach dem Tod ihres Ehemannes gebrauchen konnte, war, dass ihre desolate Verfassung nach der Preisverleihung von den anderen Ballbesuchern oder den Fotografen bemerkt wurde.

Mit Fentje konnte er hoffentlich später noch sprechen. Immerhin erfreute sie sich ja anscheinend bester Gesellschaft.

20. Kapitel

Niklas begleitete Julie Janssen zu den Fahrstühlen. Die Bewegung schien ihr gut zu bekommen; sie schwankte nicht so sehr, wie er es befürchtet hatte. Außerdem waren mit ein paar Ausweichmanövern auf dem Weg durch die Halle und an der Rezeption vorbei keine weiteren Drinks mehr für sie erreichbar.

Er blickte auf die Uhr. Oben in der Suite sollten die Arbeiten jetzt hoffentlich erledigt sein. »In welcher Etage befindet sich Ihr Zimmer?«, erkundigte er sich, als sie vor den Fahrstühlen standen. Er nutzte den Moment und sandte per Handy eine Warnung, dass Julie Janssen auf dem Weg nach oben war. Die Nummer hatte Borgholz ihm noch zukommen lassen.

»Die Suite ist im fünften Stock. Nummer 512.« Sie zog spielerisch an seinem Ärmel. »Und wirklich nur bis vor die Tür!«

»Keine Sorge. Ich komme nicht mit rein.«

Sie drehte sich zu ihm. »Sie sind ... ein richtiger Gentleman, was? Das hat Sel... Seltenheitswert!«

Die Türen eines der Fahrstühle glitten auseinander. Sie ließen die Leute aussteigen und traten dann ein. Niklas drückte auf den Knopf für den fünften Stock. Während sie nach oben fuhren, betrachtete Julie Janssen sich im Spiegel, schob die Pelzstola zurück und zupfte an den Trägern ihres schwarzen Abendkleides. »Finden Sie mich hübsch?«

Herrje, das würde wohl doch komplizierter werden als gedacht. »Sie sind sehr schön, aber das wissen Sie sicherlich.«

»Sind Sie verheiratet?« Sie blickte auf seine rechte Hand. »Oder haben Sie eine feste Freundin?«

»Ja, habe ich«, flunkerte er, um die Situation nicht unnötig kompliziert zu machen.

»Schade.« Sie stoppten in der fünften Etage. Die Türen öffneten sich, und sie betraten einen langen Gang. Der mit wilden Ornamenten in Orange, Braun und Violett gemusterte Teppich konnte einen schon in halbwegs nüchternem Zustand schwindelig machen. Spiegel in üppigen Goldrahmen, barock anmutende Konsoltische mit Blumenarrangements und schallisolierte Zimmertüren vervollständigten das Bild. Die Suite 512 lag einem dezenten Hinweisschild zufolge auf der linken Seite am Ende des Ganges.

Sie waren ein paar Schritte gegangen, als sich die letzte Tür links, von der Niklas annahm, dass es die 512 sein musste, einen Spaltbreit öffnete. Waren die Polizeibeamten gerade erst fertig geworden und nun im Begriff, die Suite zu verlassen? Ausgerechnet jetzt?

Julie war mit dem Saum ihres Abendkleides beschäftigt, den sie mit der Hand raffte, die die kleine Statuette umschloss, während sie mit der anderen ihre Clutch und die Stola hielt.

Niklas stieß sie leicht an, sodass sie aus dem Gleichgewicht geriet, und fing sie sofort wieder auf. »Vorsichtig, meine Liebe!«, sagte er laut und zog sie mit sich an die Wand. Ein Konsoltisch mit einem Arrangement aus großen Federn und Blumen darauf versperrte ihnen nun die Sicht auf den Gang und die Zimmertür mit der Nummer 512.

Sie lehnte sich bereitwillig gegen ihn und bog den Kopf nach hinten, um ihn ansehen zu können. Ihre Augen hatten die Farbe von Bitterschokolade, was in einem reizvollen Kontrast zu dem hellen Haar stand. Ihre Lider mit den langen schwarzen Wimpern waren halb geschlossenen. »Also sind Sie doch nicht so ein perfekter Gentleman. Da bin ich aber froh«, flüsterte sie.

Eilige, vom Teppich gedämpfte Schritte näherten sich von links. Die Polizisten mussten nur noch unentdeckt verschwinden können, dann wäre sein Job hier erledigt.

Julie Janssens Lippen näherten sich den seinen. Er spürte ihren warmen, biegsamen Körper in seinen Armen, roch den Long Island Iced Tea in ihrem Atem – und küsste sie. Morgen würde sie sich sowieso an nichts erinnern. Sie erwiderte den Kuss begierig, öffnete die Lippen, tastete sich mit der Zunge vor. Ihre Stola und die Clutch fielen zu Boden. Er zog sie fester an sich. Die beiden Männer, die aus der Suite 512 gekommen waren, gingen rasch an ihnen vorbei und verschwanden nun durch die Tür zum Treppenhaus.

Niklas löste sich von Julie. »Kommen Sie. Das ist keine gute Idee. Sie sind gerade erst Witwe geworden, und ich bin auch in festen Händen.«

Ihre Finger umschlossen seinen Nacken und zogen ihn wieder zu sich herunter. Er fühlte die kühle Statuette an seinem Hals. Nur noch ein Kuss, dachte er. Patricia war in Barcelona, Fentje tanzte unten im Ballsaal mit einem anderen Mann. In diesem blauen Kleid – da hätte sie auch gleich nackt erscheinen können! Nur Blofeld erwartete ihn … Er würde Julie gleich vor der Tür zu ihrer Suite abliefern und dann nach Hause fahren. Allein.

Die Tür des Treppenhauses klappte erneut. Er hörte hastige Schritte auf weichem Boden, feinen raschelnden Stoff, und erwartete, dass jemand an ihnen vorbeieilen würde. Doch die Person stoppte unvermittelt. Niklas sah hin.

Es war Fentje. Ihr Gesicht war gerötet, ihr Haar leicht zerzaust, so wie er sie kannte. Sie starrte Julie Janssen und ihn verblüfft an, schien sich erst fassen zu müssen. »Ich wollte Sie nur warnen: Herr Breithauer ist auf dem Weg nach oben. Und er macht einen aufgebrachten Eindruck!« Sie drehte sich auf dem Absatz ihrer Glitzer-High-Heels um und lief zurück in Richtung Treppenhaus. Es war, als wäre er unsichtbar für sie.

»Woher weiß sie …?«, stammelte Julie.

Niklas schob sie sanft von sich und hielt sie an den Oberarmen fest. »Schaffen Sie es bis zu Ihrer Zimmertür? Immer nur den Gang hinunter …«

Julie Janssen schien spontan nüchtern geworden zu sein. Dann warf sie einen besorgten Blick zu den Fahrstühlen. Sie griff nach der Stola und der Clutch, die Niklas ihr nun hinhielt, nickte entschlossen und steuerte erstaunlich sicher auf ihre Suite zu.

Der Fahrstuhl machte ein Ping-Geräusch. Bevor der Fahrgast, vermutlich Thomas Breithauer, heraustrat, war Niklas im Treppenhaus auf dem Weg nach unten.

»Alles in Ordnung?«, fragte Onno, als Fentje wieder zu ihm an den Tisch trat.

Sie war noch außer Atem, mehr vor Aufregung als vor Anstrengung, wollte aber nicht, dass Onno, sein Bruder Jens oder dessen Frau Sybill es mitbekamen. Sie hatte keine Lust, etwas zu erklären. »Alles bestens. Ich bin nur etwas durstig.«

Sie nahm neben Onno Platz, der ihr sogleich Mineralwasser in ihr Glas schenkte. »Oder willst du noch was anderes? Wein? Bier?«

Fentje trank das Wasser in einem Zug. »Nein, Mineralwasser ist genau richtig. Es ist warm hier, oder?«

Sybill nickte. Sie fächerte sich schon den ganzen Abend über mit dem Menüplan Luft zu. »Und wenn uns schon warm ist in unseren Fähnchen, wie muss es dann erst den Männern in ihren Smokings gehen? Lebst du noch, Jens?«

Fentje lachte, froh darüber, dass Sybill sie alle ablenkte.

»Wollen wir noch einmal tanzen, Fentje?«, fragte Onno.

»Nur noch einmal?«, entgegnete sie. »Da wir nun schon hier sind, müssen wir das doch ausnutzen!«

Onno hatte auf der Hinfahrt großspurig gesagt, dass er gern tanzte. Er hatte jedoch wohl nicht mit der ungewöhnlichen Ausdauer und Begeisterung seiner Begleiterin gerechnet. Während sie auf die Tanzfläche zugingen, legte er locker die Hand auf ihren Rücken. »Und ich Idiot habe gedacht, auf den Schuhen gibt Fentje Jacobsen doch nach zwei Stunden auf«, raunte er ihr gut gelaunt zu. »Aber nichts da!«

»Meine Füße habe ich bereits aufgegeben«, bestätigte sie. »Ich spüre sie nicht mehr. Oh, wie toll, das ist eine Samba!«

Onno war ein guter Tänzer. Er hielt sie fest, aber nicht zu fest, führte mühelos und riss nicht an ihr herum, egal, wie schnell sie tanzten. Nach einer ungewöhnlich langen Samba, einem Foxtrott und einem Discofox gingen sie lachend und außer Atem an die Bar.

»Ach, jetzt nehme ich noch mal etwas Leckeres!«, rief Fentje, immer noch aufgewühlt von dem überraschenden Verlauf dieses Abends. Ohne es zu wissen, bestellte sie wie Niklas eine Stunde zuvor an dieser Bar einen Gin Tonic.

Onno trank ein Bier und musterte sie mit einem intensiven Blick.

»Was hast du?«

»Ich frage mich gerade, wie ich es geschafft habe, so eine tolle Frau auszuführen. Das wollte mein Bruder übrigens auch schon von mir wissen. Ich bin ihm eine Antwort schuldig geblieben.«

»Hast du ihm gesagt, ich habe das Bild in deinem Wohnzimmer als Garant für deinen guten Geschmack und deine feine Lebensart genommen?«

»Oh nein! Dann würdest du jetzt womöglich mit ihm hier sitzen.«

»Okay. Weiß er von dem Essen eurer Mutter, mit dem du mich bestochen hast?«

»Was unseren ersten Abend betrifft, bin ich nicht ins Detail gegangen.«

Fentje lächelte. Es gab nicht allzu viele Details ... »Sie sind beide sehr nett. Dein Bruder und Sybill«, erwiderte sie leichthin.

»Ich glaube, sie sind glücklich miteinander. Das macht vieles leichter.« Onno blickte ihr in die Augen.

Fentje fiel nichts Lockeres ein, was sie daraufhin sagen könnte, und rührte mit dem Strohhalm aus Metall in ihrem Glas. Sie war gespannt, wie es von hier aus weitergehen würde. Sie mochte ihn. Sie konnten sich gut unterhalten und hatten einen ähnlichen Background. Onno war humorvoll, hin und wieder regelrecht witzig, besonders, wenn er von seinem Beruf erzählte. Und er war ihr auch körperlich angenehm, wenn sie zusammen tanzten. Doch sie war sich nicht sicher, was nun passieren sollte. Aber wenn sie noch mehr trank, war klar, was weiter geschehen würde.

Aufregung, Ärger und kontrastierend dazu die Bewunderung eines attraktiven Mannes ... Sie dachte verwirrt und ärgerlicherweise auch verletzt an das Bild, das sich vorhin im fünften Stock in ihre Netzhaut gebrannt hatte, und dann an ihre leere Wohnung auf dem Hof ...

Onno stand auf und legte den Arm um ihre Taille. »Möchtest du gehen, Fentje?« Er zog sie sanft an sich. »Die Party zeigt erste Auflösungserscheinungen. Aber der Abend muss ja noch nicht zu Ende sein.«

Sie betrachtete ihr Glas, das schon wieder leer war. Die Entscheidung musste aufgeschoben werden. »Es soll doch eine Rooftop-Bar in Hamburg geben«, sagte sie. »Von da hat man bestimmt einen tollen Blick auf den Hafen!«

»Ich bin nicht so informiert, aber wenn es da tatsächlich so etwas gibt, finden wir es.«

»Wenn es dir nicht zu spät wird«, sagte sie. Immerhin hatten sie noch eine lange Rückfahrt vor sich.

»Wir können auch heute Nacht hierbleiben?«

»In diesem Hotel?« Sie hörte, dass sie einigermaßen entsetzt klang.

»Nein, dieses war ausgebucht. In dem meines Bruders …«

Fentje rutschte vom Barhocker und nahm seine Hand. »Erst der Hafenblick. Und dann sehen wir weiter.«

21. Kapitel

Ist man alt, wenn man sich am Sonntagmorgen freut, dass man am Abend zuvor nur sehr wenig Alkohol getrunken hat? Wenn man schon einen Morgenspaziergang am Strand gemacht hat, allein, nur von Wind, Wellen und ein paar Möwen begleitet?

Niklas neununddreißigster Geburtstag näherte sich unaufhaltsam, was bedeutete, dass auch der vierzigste nicht mehr weit war. Und er hatte einen Beruf, der ihn momentan nicht mehr erfüllte, ein paar traumatische Erlebnisse zu verarbeiten und als einzige Weggefährtin eine launische Katze. Hatte er es verbockt?

»Entschuldige, Blofeld«, sagte er und streichelte dem ihn erwartungsvoll anstarrenden Tier übers Fell. »Du bist die Beste, und das weißt du auch. Auch wenn du mich nur so ansiehst, weil du auf ein Stückchen Graved Lachs scharf bist.«

Nach dem Frühstück schrieb er einen Artikel für den *Tag*, für den er bereits recherchiert hatte, und schickte ihn in die Redaktion. Dann kümmerte er sich um seine Umsatzsteuervoranmeldung, sortierte die liegen gebliebene Post und heftete sie ab.

Als er gerade fertig war und überlegte, wie er den Rest des Tages verbringen wollte, läutete es an der Tür. Fentje!, war sein erster Gedanke. Sie war überrascht und verärgert gewesen, als sie ihn am vergangenen Abend mit Julie Janssen im Hotelflur angetroffen hatte. Zu Recht! Die Situation war nicht erfreulich gewesen. Aber er konnte es ihr erklären. Ohne weiter nachzufragen, drückte er auf den Summer.

Vor seiner Wohnungstür stand wenige Minuten später Julie Janssen in Jogginghose, grauem Kapuzenpullover und mit einer großen Sonnenbrille auf der Nase.

»Oh, das ist aber eine Überraschung«, sagte Niklas.

Die Enttäuschung musste ihm wohl trotz aller Mühe, sie zu verbergen, ins Gesicht geschrieben stehen, denn sie erwiderte: »Wen haben Sie denn erwartet? Ihre Freundin?« In ihrer Stimme schwang ein boshafter Unterton mit.

»Kommen Sie doch herein. Möchten Sie Kaffee?«

»Danke.« Sie betrat eilig seine Wohnung und zog die Kapuze von ihrem silberblonden Haar, das sie zu einem kurzen Zopf im Nacken gebunden hatte.

In seiner Küche angekommen, hantierte er an der Kaffeemaschine, zog den Wasserspeicher heraus und befüllte ihn neu. Sie setzte sich an den Tresen und starrte zum Fenster auf die Dachterrasse hinaus. »Nett haben Sie es hier oben.«

»Ja, ich hatte großes Glück. Die Wohnung war fast vollständig ausgebrannt, und es war zunächst nicht sicher, ob man sie so ohne Weiteres sanieren kann. Nun ist sie beinahe noch schöner als vorher.«

Blofeld erhob sich von ihrem Katzensofa und stolzierte auf Julie Janssen zu. Mit einem Satz war sie auf dem Tresen.

»Ist das Ihre Freundin?«

»Sie haben mich durchschaut. Wie trinken Sie Ihren Kaffee?«

»Schwarz. Ganz schwarz heute.« Sie setzte die Sonnenbrille endlich ab und rieb sich über die Stirn. Ihre Augen waren gerötet, und sie hatte eine tiefe Falte zwischen den Augenbrauen, die ihm gestern nicht aufgefallen war.

»Ich habe auch Aspirin, Elektrolyte, Mineralwasser …«, schlug er vor.

»Oh, danke. So schlimm sehe ich aus? Das war mir gar nicht bewusst.« Sie zog ihr Smartphone hervor und betrachtete sich anscheinend mithilfe der vorderen Kamera. Julie

Janssen befeuchtete ihren Zeigefinger und fuhr sich die rechte Augenbraue entlang. »Es ist noch schlimmer, als ich dachte. Aber egal ...«

Niklas stellte einen Becher mit Kaffee vor ihr ab und wartete. »Bitte sehr. Das hilft mir immer.«

»Ich komme direkt aus dem *Chaumont*«, erklärte sie nach dem ersten Schluck des schwarzen Gebräus. »Thomas ist in seine Wohnung zurückgefahren, und ich habe ihm gesagt, dass ich zu mir nach Hause will.«

»Warum sind Sie zu mir gekommen?« Und woher zum Teufel wusste sie, wo er wohnte?

»Sie haben mich doch gerettet gestern Nacht, Herr John. Und um Leute, denen man das Leben gerettet hat, muss man sich kümmern, heißt es.«

»Ich habe Ihnen nicht das Leben gerettet«, erwiderte er. Im Gegenteil: Er hatte zugelassen, dass ihre Suite von der Polizei verwanzt wurde. Als kleine Wiedergutmachung hatte er sie vor Ärger mit ihrem Freund bewahrt, dessen Anlass er aber ebenfalls selbst gewesen wäre. Ohne Fentjes überraschende Hilfe wäre allerdings das Gegenteil der Fall gewesen. Und ob er Julie mit alldem einen Gefallen getan hatte? Er hegte ein tiefes Misstrauen gegen Thomas Breithauer, der sich mit der Witwe seines Kompagnons eingelassen hatte, so kurz nach dessen Tod und angeblich auch schon zuvor.

Julie Janssen hielt den Becher mit beiden Händen wie ein kleines Kind und nippte am Kaffee. Einer ihrer schwarz lackierten Fingernägel war tief eingerissen. Es tat Niklas schon beim Hinsehen weh. Sie blickte ihn mit ihren dunklen Augen an. »Ich will Ihnen wirklich nur danken. Das ist alles.«

Blofeld hatte es sich nahe bei ihr gemütlich gemacht und rieb nun den Kopf an ihrer Hand.

»Ihre Katze ist wirklich entzückend«, sagte sie und kraulte das Köpfchen.

Blofeld begann zu schnurren. Verräterin!

»Wie heißt sie?«

»Blofeld.«

»Oh. Seltsamer Name. Habe ich irgendwo schon mal gehört.«

»In einem *James Bond*-Film vielleicht?«

Sie schaute ihn mit leerem Blick an. Dann sah sie sich um, und sie bemerkte spöttisch: »Und das Sofa da gehört wohl der Katze?« Sie grinste. »Entschuldigen Sie, aber es ist ein bisschen irritierend.«

»Das hat meine Ex-Freundin mir freundlicherweise für die Katze überlassen«, antwortete er so würdevoll wie möglich.

»Hm. Ex-Freundin also. Und ansonsten?«

»Nichts ansonsten. Wie ist Ihr Verhältnis zu Thomas Breithauer?«

»Ist das hier eine Art Match?«

»Wenn Sie es so wollen.«

»Thomas und ich sind schon länger zusammen, wenn es Sie so interessiert. Sascha und ich hatten die letzten Monate nur noch nebeneinanderher gelebt. Wir wollten uns trennen, vielleicht auch scheiden lassen. Ich war unglücklich. Und ich wollte mit Saschas Art, seine Geschäfte zu führen, nichts mehr zu tun haben. Deswegen habe ich mich mit Thomas beraten. Ja, ›beraten‹! Er ist immerhin sein Kompagnon gewesen und wusste über vieles Bescheid, über das ich mit niemandem sonst reden konnte. Er kannte Sascha noch viel länger als ich. Und er hat sich seinetwegen auch Sorgen gemacht. Thomas ist ein Typ, auf den ist Verlass. Er ist geradezu grundanständig.« Sie lachte auf. »Bis auf die Sache mit mir natürlich. Das läuft schon seit drei Monaten.«

Niklas sagte nichts. In ihrer momentanen Verfassung konnte Julie Janssen Schweigen schlecht ertragen, vermutete er.

»Ich weiß, was Sie jetzt denken«, redete sie auch sofort weiter. »Und Sie wissen vermutlich, dass Sascha nicht Selbstmord begangen hat, sondern ebenfalls ermordet wurde. Sie haben gute Verbindungen zur Polizei, heißt es … Aber Thomas hat Sascha und Eike nichts angetan. Dafür lege ich meine Hand ins Feuer.«

»Hat Thomas Breithauer ein Alibi für die Nacht?«

»Nein, ich glaube nicht. Wenn er aber ein Mörder wäre, hätte er gewiss eines. Doch er ist zu so etwas gar nicht fähig. Und was hätte er auch gewonnen? Unser bester Koch ist tot, und mich hatte er doch sowieso schon erobert.«

»Aber Sie erben die Anteile Ihres Mannes …«

Sie verzog das Gesicht. »Das ist wahr. Na und?«

»Wie war das Verhältnis zwischen Ihrem Mann und Eike Harms? Warum war er an dem Abend bei ihm zu Hause?«

»Phh!« Sie stieß gelangweilt die Luft aus. »Die beiden waren ein Herz und eine Seele, wenn es ums Saufen ging.«

»Ging es wirklich nur ums Trinken?«

Sie zuckte mit den Schultern. »Dass Eike Harms sich mit seiner ersten Frau in Helenendeich ein Haus gekauft hat, hat sie auch irgendwie verbunden. Sascha ist dort aufgewachsen.« Sie blickte einen Moment hinaus. »Er hat dieses Nest gehasst, glaube ich. Aber trotzdem hat es ihn nicht losgelassen.«

»Was meinen Sie damit?«

»Wir sind manchmal da durchgefahren. Er hat extra einen Umweg dafür gemacht und mir gezeigt, wo wer wohnt. Auch das kleine Haus, in dem er mit seiner Mutter in einer Dachwohnung gelebt hat. Er tat so, als fände er das lustig. Das Wirtshaus an der Kirche, wo sie früher nach dem Gottesdienst alle hingerannt sind, die einzige Bushaltestelle, von der fast nie ein Bus abfuhr. Den neuen Spielplatz fand Sascha wirklich zum Totlachen … Da konnte er sich gar nicht mehr einkriegen. Zu seiner Zeit hätten die Kinder sich noch Hütten im Knick gebaut, Äpfel geklaut und mit Luftgewehren auf Krähen geschossen, meinte er.«

»Klingt nach einer wildromantischen Kindheit. Haben Sie eigentlich seine Eltern kennengelernt?«

»Seinen Vater kannte nicht mal Sascha selbst. Und seiner Mutter bin ich nur einmal begegnet. Christine Janssen. Die beiden hatten nicht mehr viel Kontakt. Sie lebt auf Gran Canaria.«

Niklas überlegte. Dann sagte er: »Ich habe gehört, dass Sascha ein paar Leute erpresst haben könnte. Unter anderem Gäste aus einem seiner Lokale, bei denen es ihm lukrativ erschien. Wissen Sie etwas darüber?« Er hatte erwartet, dass Julie Janssen protestieren würde, doch sie nickte nachdenklich.

»Gesagt hat er nie etwas. Aber es gab Ungereimtheiten in seinem Leben. Ich habe mich zum Beispiel gefragt, wieso er sich auf einmal mit Bitcoin und so 'nem Zeug beschäftigt. Aber das zu tun, um damit einfacher die eigenen Gäste erpressen zu können, erscheint mir selbst für Sascha reichlich gewagt zu sein. Ich weiß nicht, ob es wahr ist. Wo haben Sie das denn gehört?«

Sie blickte ihn mit großen Augen an. Hoffte sie tatsächlich auf eine ehrliche Antwort von ihm? Ausgerechnet? Wahrscheinlich hatte er in seinem hohen Alter als Single inzwischen etwas Priesterliches an sich, das zur Beichte ermutigte, dachte er sarkastisch.

Er zuckte mit den Schultern. »Recherchen.«

Sie nickte langsam. »Dann ist es ja vielleicht wahr. Thomas hat auch mal etwas in dieser Richtung angedeutet. Er war entsetzt darüber. Es waren ja auch seine Gäste! Und dass Sascha Eike in der Hand hatte, weiß ich mit Sicherheit. Ich war manchmal in der Nähe, wenn er lautstark mit ihm telefoniert hat.«

»Womit hat er Eike Harms denn erpresst?«

»Erpresst hat er ihn nicht direkt. Aber als Eike mal den Arbeitgeber wechseln wollte, weil er von einem anderen Restaurant ein gutes Angebot hatte, da hat Sascha ihm klargemacht, dass der Wechsel ›zu seinem Nachteil‹ wäre.«

»›Zu seinem Nachteil‹? Was sollte das heißen?«

»Keine Ahnung. Schlecht für Eike eben.« Sie überlegte einen Augenblick. »Sascha sagte dann noch wortwörtlich: ›Denk immer an den sechsten April. Du bist mir was schuldig, Eike!‹ Und daraufhin war das Thema mit Eikes Kündigung erledigt.« Sie lachte auf.

»Haben Sie eine Ahnung, was Ihr Mann damit meinte? Was war am sechsten April? Und auf welches Jahr bezog sich das?«

»Das weiß ich nicht. Ich habe es leider nie herausgefunden.«

»Aber Sie haben es versucht?«

»Ich wollte auch etwas gegen Sascha in der Hand haben, wenn es mal hart auf hart kommen sollte. Diese Ehe war ein einziger Fehler! Und Wissen ist bekanntlich Macht.«

Fentje saß in ihre Jacke gekuschelt auf dem Beifahrersitz von Onnos Wagen. Ihr war immer noch ein wenig flau im Magen, und sie fror trotz laufender Sitzheizung. Immerhin waren ihre Kopfschmerzen beinahe verschwunden. Sie fuhren den schmalen Fahrweg zwischen Gräben und ausgedehnten Weiden zum Jacobsen-Hof. Die baumbestandene Warft war bereits im Dunst zu erkennen.

»Gleich bist du zu Hause«, sagte Onno. »Soll ich noch mit reinkommen?«

»Nein, lieber nicht. Ich würde mich am liebsten gleich unsichtbar machen. Wie unangenehm, um diese Uhrzeit im Abendkleid nach Hause zu kommen.«

Onno lächelte. »Du hättest Kleidung zum Wechseln mitbringen können.«

»Es kam doch alles recht unerwartet«, sagte sie und schaute zur Seite.

Er nickte, steuerte in einem Bogen vor die Brücke, die zu Fentjes Haustür führte, und hielt an. »Es war schön mit dir, Fentje«, antwortete er. »Einer der schönsten Abende seit Langem.«

»Ich fand es auch schön mit dir.« Sie küsste ihn und stieg aus, bevor er sie festhalten konnte. »Ich muss dringend rein, Onno. Wir telefonieren, ja?« Das war sicher nicht die Verabschiedung, die er sich vorgestellt, die er verdient hatte. Doch sie konnte nicht anders. Fentje wollte nur noch in ihre eigenen vier Wände, sich etwas Kuscheliges anziehen und dann gar nichts mehr tun.

So fuhr er dann auch zügig davon. Als Fentje auf ihre Haustür zuging, kam ihr Großvater aus seinem Teil des Hauses auf sie zu. »Oh, hallo, Kind!« Er musterte sie verdutzt.

»Hallo, Opa. Alles in Ordnung bei euch?« Ein kalter Windstoß fuhr Fentje unter die Jacke und plusterte ihr Kleid auf.

»Ob bei *uns* alles in Ordnung ist, willst du wissen?« Er blickte sie stirnrunzelnd an.

»Na ja, ich meine ja nur so. Ich muss schnell reingehen. Mir wird kalt.«

»Das sehe ich!«

»Der Ball gestern hat etwas länger gedauert«, sagte sie lahm.

»Auch das sehe ich.«

»Bei mir ist auch alles in Ordnung.«

»Da bin ich mir nicht so sicher …«

»Opa … Ich bin keine sechzehn mehr. Und sag jetzt nicht: ›Das sehe ich.‹«

Fentje verschwand in ihrer Wohnung, hängte die Jacke an die Garderobe und zog sich stöhnend die Abendschuhe von den malträtierten Füßen. »Oh, Eitelkeit – du Todsünde!«, murmelte sie.

Die Fliesen fühlten sich wunderbar glatt und kühl unter ihren Füßen an. Nur dem Rest von ihr war zu kalt. Sie nahm sich eine Decke vom Sofa, schlang sie um sich und tappte in die Küche.

An der Tür fuhr sie zurück. »Sofia? Du bist schon auf?«

»Es ist halb eins am Mittag, Tantchen!«

»Aber es ist Sonntag!«

»Ich war gestern früh im Bett.« Sie maß Fentje mit einem abschätzenden Blick. »War es schön bei dir?«

»Wonach sieht es aus?«, fragte sie.

»Sodom und Gomorrha?« Sofia verzog keine Miene.

22. Kapitel

Ein paar Stunden später hatte Fentje geschlafen, geduscht, sich Jeans und Sweatshirt angezogen und fühlte sich beinahe wieder wie sie selbst. Sie erinnerte sich mit einem Anflug von schlechtem Gewissen, wie geknickt Sofia vorhin ausgesehen hatte.

Normalerweise war ihre Nichte entweder gut gelaunt oder temperamentvoll bis zickig und gab gern bissige Kommentare von sich. Sofia ging Konflikten nicht aus dem Weg, suchte sie sogar. Eigenschaften, die es Fentje oft nicht einfach machten, die sie aber durchaus für sinnvoll hielt, gerade für eine heranwachsende junge Frau.

Aber dass Sofia traurig, mutlos oder desillusioniert war, das wollte sie nicht einfach so auf sich beruhen lassen. Sie suchte ihre Nichte in dem Teil ihres Hauses, wo Sofia ihr Zimmer hatte. Dort rief sie nach ihr. Dann schaute sie vorsichtshalber auf ihr Handy, ob Sofia ihr eine Nachricht hinterlassen hatte und vielleicht mit dem Fahrrad unterwegs oder von jemandem abgeholt worden war. Nichts.

Nach der Begegnung mit ihrem Großvater früher am Tag verspürte Fentje keine große Lust, ihren Großeltern gegenüberzutreten. Gretje würde ihr beizeiten ihre Sicht der Dinge darlegen. Falls Sofia nebenan bei ihr war, wäre sie ja gut aufgehoben.

Draußen bog der Wind die Zweige der Bäume auf der Warft und rüttelte sie unsanft. Es war nicht mehr dunstig, wie am Vormittag. Stattdessen hingen die Wolken schwer über dem Horizont.

Fentje warf ihre Regenjacke über, stieg in ihre alten Stiefel und ging hinaus. Auch wenn sie sich vorher gar nicht so darüber bewusst gewesen war, dass sie etwas bedrückte, wurde sie nun dessen gewahr, denn draußen besserte sich ihre Stimmung beinahe sofort. Ein Trick, der schon in ihrer Kindheit funktioniert hatte, wenn ihre Mutter sie bei jedem Wetter zum Spielen ins Freie geschickt hatte. Ihre Mutter, die schon so lange tot war …

Sie schüttelte die traurigen Gedanken ab und ging hinten um das Haus herum, um nicht an Gretjes Küchenfenster vorbeizulaufen. Fentje drehte eine Runde durch den vorderen Schafstall und streichelte ein paar Tiere, die gerade nicht auf die Weide durften.

Dann nahm sie den Weg in den Garten hinter dem Wohnhaus. Es war eher ein kleiner Park mit alten, windschiefen Bäumen und einer Sitzbank am Ende, von der man über das Land der Jacobsens blicken konnte. Und dort hockte Sofia, zusammengekauert und mit gesenktem Kopf.

»Hi, Kleine«, sagte Fentje sanft, um ihre Nichte nicht zu erschrecken.

»Ach, du bist es. Schon ausgeschlafen?«

»So gut wie. Ist es dir recht, wenn ich mich zu dir setze?«

Sofia zuckte mit den Schultern. »Es ist ein freies Land.«

Eine enthusiastischere Einladung war heute nicht von ihr zu erwarten. Fentje ließ sich auf der Bank nieder und blickte über die Weide. Am Horizont zeichnete sich der Hof von Hauke Schubert und seiner Familie ab. Ihre nächsten Nachbarn …

»Vielleicht wechsle ich doch die Schule«, sagte Sofia.

»Nach Tönning? Willst du das denn?«

»Eigentlich nicht. Ich könnte auch nach Husum gehen.«

»Da wärst du aber jeden Tag lange unterwegs.«

»Ich könnte mir einen Motorroller kaufen.«

»Keine gute Idee.«

»Ihr seid beide echt panisch, was Unfälle angeht, du und Papa.«

»Aus gutem Grund.«

Sofia seufzte. »Ich weiß. Aber ich habe einfach keine Lust mehr, mir diesen Zickenkrieg anzutun.« Sie blinzelte heftig.

»Magst du mir mehr darüber erzählen?«

»Ach.« Sie machte eine wegwerfende Geste. »Sie reden nicht mehr mit mir. Die tun so, als wäre ich Luft, drehen sich um und gehen, wenn ich auch nur in ihre Nähe komme. Und ich vermute auch, dass sie den anderen weiterhin irgendwelchen Quatsch über mich erzählen.«

»Das ist übel. Hast du inzwischen mit der Schulsozialarbeiterin darüber gesprochen?«

»Du wirst dich wundern: Ja, das habe ich. Frau Faro hat sich alles angehört, war sehr verständnisvoll. Doch was soll sie letzten Endes machen? Ich will nicht, dass sie mit Lena, Samira und Edda redet. Dann stehe ich nämlich als Petze da, und alles wird nur noch schlimmer.«

»Aber es muss doch etwas geben, was man tun kann«, protestierte Fentje.

»Ja. Die Schule wechseln. Doch so, wie das heute ist, könnte es mich auch sonst wohin verfolgen, weißt du? Es ist ja in unserer Gegend nicht so, dass die Schüler der verschiedenen Schulen sich nicht untereinander kennen. Da läuft vieles über Social Media und so.«

»Du meinst, es könnte woanders einfach so weitergehen?«, fragte Fentje entsetzt.

Wieder ein Schulterzucken.

»Ich könnte mit der Sozialarbeiterin reden«, schlug Fentje vor.

Sofia lachte auf. »Das würde dir vielleicht mehr nützen als mir. Jeanette Faro wohnt nämlich in Helenendeich. Ich fände es lustig, wenn ich *dir* damit wenigstens helfen könnte!«

Fentje war erleichtert, dass ihre Nichte bei dieser Aussicht wieder etwas lebhafter wurde. Oder war es beängstigend, dass ihre Nichte von jeher Anteil an Fentjes Nachforschungen in Sachen Verbrechen und sogar Mord nahm?

»Soll ich uns einen Termin besorgen?«, fragte Sofia beinahe bittend.

»Ja, tu das«, antwortete Fentje zögerlich. »Eigentlich müssten doch diejenigen die Schule verlassen, die ihre Mitschüler terrorisieren, und nicht umgekehrt.«

»In was für einer Welt lebst du, Tantchen?«

Fentje unterdrückte ihren Protest in Bezug auf das »Tantchen«. Sie deutete mit dem Kopf in Richtung der Weiden, wo ihre Ostfriesischen Milchschafe weideten. »Na, in dieser hier.«

»Manchmal könnte einem der Rest der Welt echt gestohlen bleiben«, murmelte Sofia.

Fentje dachte an Onno und Niklas und die gesamte verfahrene Situation. Sie nickte.

Am Montag hatte Fentje vormittags in Flensburg einen Termin vor Gericht gehabt, der erfolgreich verlaufen war. Nachdem ihr Mandant sich vor dem Gebäude von ihr verabschiedet hatte und, anscheinend um eine tonnenschwere Last erleichtert, zu seinem Auto ging, steuerte Fentje das Gebäude der Bezirkskriminalinspektion an.

Hauptkommissarin Scarpetta hatte sie einbestellt, ohne zu erklären, was sie von ihr wollte. Fentje meldete sich unten beim Pförtner an, gespannt, ob es im Fall »Harms/Janssen« Neuigkeiten gab.

Carla Scarpetta holte sie nach wenigen Minuten im Erdgeschoss ab. Sie führte Fentje in ihr Büro und bat sie, sich zu setzen. »Wir möchten, dass Sie sich etwas anhören, Frau Jacobsen«, sagte sie ohne lange Vorrede. Die Kommissarin legte ein Smartphone auf den Tisch.

»Worum geht es?«

»Das sind Stimmproben. Der Inhalt spielt keine Rolle. Es geht darum, ob sie denjenigen wiedererkennen, der sie in der

Nacht von Mittwoch auf Donnerstag vor zehn Tagen angerufen und um Hilfe gebeten hat.«

»Ich verstehe.« Fentje nickte. »Wenn es nicht Sascha Janssen gewesen sein kann, der mich angerufen hat, dann ...«

Carla Scarpetta bedachte sie mit einem frostigen Blick. »Das habe ich nicht gesagt. Hören Sie einfach genau hin!«

Fentje wurden acht Stimmproben vorgespielt. Sie konzentrierte sich, verglich die Stimmen im Geiste mit der ihres Anrufers und schüttelte anschließend ratlos den Kopf. »Es war keiner von denen, würde ich sagen. Im Nachhinein kommt es mir so vor, als könnte die Stimme des Anrufers auch elektronisch verzerrt gewesen sein. Außerdem klang derjenige, der mich angerufen hat, als wäre er in Panik. Es war mehr ein atemloses Flüstern. Es ist nicht zu vergleichen.«

»Wollen Sie es noch einmal versuchen?« Es war keine Bitte.

»Ja, okay.« Fentje hörte sich die Tonaufzeichnungen erneut an. Es war immer der gleiche Satz: *»Ich bin spät dran, Schatz! Fahre jetzt noch zu Manfred und bin voraussichtlich erst gegen Mitternacht zu Hause. Warte nicht auf mich ...«* Fentje vermutete, dass der ursprüngliche Text eine Sprachnachricht von Sascha Janssen an seine Frau Julie gewesen war. Bei dem Gedanken an sie sank ihre Laune um ein paar Grad. Die anderen Probanden waren sicherlich von der Polizei gebeten worden, denselben Satz zu sagen, um eine gute Vergleichsmöglichkeit zu kreieren.

Fentje hätte gern gewusst, um wen es sich bei den anderen Männern handelte. Wen verdächtigte die Polizei des Mordes an Sascha Janssen und Eike Harms? Oder hatten nur völlig Unbeteiligte für eine Stimmprobe herhalten müssen? Doch wenn sie Hauptkommissarin Scarpettas Gesichtsausdruck richtig deutete, würde die eher in ihr Smartphone beißen, als ihr auch nur den kleinsten Hinweis zu geben.

Die Kommissarin verabschiedete Fentje mit leicht genervter Miene. »Sehr bedauerlich, dass es nicht geklappt hat«, bemerkte sie spröde. »Und noch etwas.« Sie hielt Fentjes Hand einen Moment länger als nötig fest. »Seit dem ›Fehnsen-Fall‹ damals habe ich ein Auge auf Sie, Frau Jacobsen. Wenn Sie uns irgendetwas verschweigen, was diese Ermittlungen betrifft, werde ich Sie persönlich dafür zur Verantwortung ziehen!«

»Verstanden«, sagte Fentje. »Auf Wiedersehen, Frau Scarpetta.«

Auf der Rückfahrt kreisten Fentjes Gedanken zunächst um die Nacht, die sie mit Onno verbracht hatte. Es war einiges, um nicht zu sagen: beinahe alles, ungesagt geblieben. Und am Telefon mit ihm darüber reden wollte sie nicht. Zu Onnos Zuhause wäre es von hier aus nur ein kleiner Umweg. Es wäre bestimmt schön, mit ihm den Nachmittag und Abend zu verbringen. Sie könnte ihn einfach anrufen und fragen, wann er daheim war? Oder wäre es trotzdem unpassend?

Sie hätten die Chance, sich etwas besser kennenzulernen. Fentje bereute es nicht, mit ihm geschlafen zu haben, wusste aber, dass sie sich wohl nicht so schnell auf ihn eingelassen hätte, wenn sie nicht provoziert worden wäre. Und zugegeben, nachdem sie Niklas auf dem Ball beziehungsweise auf dem Hotelflur gesehen hatte, hatte sie wohl ein wenig zu viel getrunken ... Nein, sie würde Onno nicht anrufen.

Um sich nicht unentwegt die gleichen Fragen zu stellen und sich im Geiste sinnlose Was-wäre-gewesen-wenn-Szenarien auszumalen, richtete Fentje ihre Gedanken auf die Geschehnisse in Helenendeich. Was war eine bessere Ablenkung von Männerproblemen als Ermittlungen in einem Mord oder sogar Doppelmord?

Carla Scarpettas Verhalten nach zu urteilen, stand die Polizei ja anscheinend nicht gerade vor einem Durchbruch.

Die Tonaufnahmen hatten sie kein Stück weitergebracht. Da war so einiges noch unklar. Es war eine Herausforderung, wie sie ihr gefiel, gestand Fentje sich ein. Wenn sie nur Niklas nicht versprochen hätte, dass sie ihre Erkenntnisse miteinander teilten!

Bier war genug da, er musste es nur noch kühlen. Ebenso Chips, Cracker und eine harte Salami, die er aber vorab mal vorsichtig testen sollte, bevor er sie aß. Volker sah vom Deck seines Segelbootes über den Tümlauer Hafen und die weite Ebene dahinter in Richtung Nordsee. Die Sonne würde heute wohl eher sang- und klanglos in Wolken und Dunst versinken, doch zumindest sollte es trocken bleiben. Das sagte zumindest seine norwegische Wetter-App. Die brachte die zuverlässigsten Vorhersagen, wie er aus seiner Erfahrung als Segler und auch als Polizist wusste. Das Polizistendasein lag nun schon ein paar Jahre zurück, doch er war noch immer nicht richtig im »Ruhestand« angekommen.

»Unruhestand« nannte seine Frau Ruth seinen Zustand mehr oder weniger scherzhaft. Sie hatte gehofft, dass sie etwas mehr gemeinsam unternehmen würden, wenn er erst mal in Pension gegangen war. Nun, ihre Hoffnung hatte sich nicht erfüllt. Wenn man mehr als dreißig Jahre erfolgreich nebeneinanderher gelebt hatte, wie sollte sich da etwas ändern, nur wenn die äußeren Umstände andere wurden?

Er konnte nicht zu Hause, in ihrem spießigen Heim, ausharren. Ruth runzelte ja schon die Stirn, wenn er die Staubsaugerspuren auf dem Velourteppichboden oder die akkurat aufgeschüttelten Sofakissen durcheinanderbrachte. Sobald er ein Glas, eine Zeitung oder seine Lesebrille irgendwo ablegte, hatte sie es zwei Minuten später an einen anderen Platz geräumt. Und von wegen gemeinsame Unternehmungen: Sie weigerte sich seit mehr als zehn Jahren, sein Boot zu betreten … Nur, weil sie einmal entgegen seinen Versprechungen auf einem Törn nach Amrum in etwas raueres Wetter geraten waren.

Nun ja, Ruth hatte gesichert im Cockpit in ihrem Erbrochenen gelegen. Ihr war ganz elend gewesen vor Seekrankheit und Angst, und sie hatte ihm das nie verziehen.

Im Nachhinein betrachtet war das die letzte Gelegenheit für sie beide gewesen, die Reißleine zu ziehen. Eine saubere Trennung zu vollziehen. Stattdessen hatte sich jeder in sein Leben zurückgezogen, wo sich jeglicher Konflikt vermeiden ließ. Ihres bestand aus Yoga, Nähen und Krimis, seines aus seinem Segelboot.

Der Kahn war genauso in die Jahre gekommen wie er selbst, gestand Volker sich ein, doch für einen Schlag rüber nach Föhr oder zu den Halligen taugte er nach wie vor. Und eigentlich war es ihm auch egal. Irgendwie musste ja jeder von dieser Welt abtreten. Und so lange wollte er die Ruhe, den Wind, die Schreie der Möwen und das Klatschen der Wellen an den Schiffsrumpf genießen.

Er runzelte die Stirn, als ein Auto die grob gepflasterte Straße vom Deich herunter auf den Parkplatz des Tümlauer Hafens fuhr. Wer störte da? Er erkannte Karl Claussens dunklen Mercedes-Geländewagen beinahe sofort. Da es Montagabend und außerhalb der Saison war, kamen kaum Touristen her, und auch die wenigen Bootsbesitzer waren alle zu Hause auf dem heimischen Sofa. Volker warf einen Blick in die Wanne mit Meerwasser, in der sein Bier kühlte. Nun, es würde zur Not auch für zwei reichen.

Wider Erwarten öffnete sich jedoch auch die Beifahrertür des Mercedes. Ingmar Claussen stieg zuerst aus. Sein Vater folgte ihm. Anscheinend ohne ihre Umgebung eines Blickes zu würdigen, gingen die Männer nebeneinanderher an dem grün gestrichenen Holzhaus vorbei auf das kleine Hafenbecken zu. Dass er auf seinem Boot war, hatten sie natürlich an seinem Auto gesehen. Außerdem, wenn sie ihn bei Ruth nicht angetroffen hatten, war es naheliegend, dass er sich hier aufhielt. Wo sollte er auch sonst sein?

Volker war von jeher kein Kneipengänger gewesen. Als er noch im Dienst gewesen war, sowieso nicht. Alle in der Umgegend kannten ihn; da flog schnell der eine oder andere dumme Spruch hin und her. Und wenn es zu Streit oder gar einer Prügelei kam, war er derjenige gewesen, der als Erster hatte eingreifen müssen. Nein, da hatte er schon immer lieber an Deck seines Bootes oder in der Kombüse gesessen und das preiswerte Bier aus dem Supermarkt getrunken.

Karl und Ingmar gingen schweren Schrittes den Steg hinunter. Ihre Gesichter sahen angespannt aus. Wie ein reiner Freundschaftsbesuch kam ihm dieser Aufmarsch nicht vor.

Volker richtete sich zu seiner vollen Größe von knapp eins achtzig auf und blickte seinen ungelegen kommenden Besuchern starr entgegen.

»Ruth sagte uns, dass du hier bist«, rief Karl, als er am Heck des Schiffes angekommen war. »Wir müssen reden, Volker!«

23. Kapitel

Die Männer kletterten aufs Boot und ließen sich mit ihm im Cockpit nieder. Beide waren stämmig und zwischen eins achtzig und eins neunzig groß, muskulös von der Arbeit in der Landwirtschaft, und Karl trug zusätzlich ein ordentliches Speckpolster mit sich herum. Schon hier draußen beschlich Volker in ihrer Gegenwart Beklemmung. Da war er nur froh, dass es nicht regnete und er sie nicht mit unter Deck nehmen musste. Das wäre auch gar nicht gegangen. Dort unten war seit Ewigkeiten niemand mehr außer ihm gewesen.

Als sie alle drei ihre Bierflaschen hatten aufploppen lassen, ließ Karl wohlgefällig den Blick schweifen. »Schön hast du es hier, Volker. So eine wunderbare Ruhe! Das lasse ich mir gefallen. Das ist unsere Heimat!«

»Hier stört einen wirklich keiner«, ergänzte Ingmar, obwohl sie genau das gerade getan hatten. In Gesellschaft seines Vaters neigte Ingmar dazu, allem, was Karl sagte, vorbehaltlos zuzustimmen. Er wirkte dann, als hätte er entweder gar keine eigene Meinung oder kein Rückgrat, sie zu vertreten. Doch wenn Volker Ingmar allein antraf, war er durchaus durchsetzungsfähig und beanspruchte seine Position als neuer »Großbauer« im Dorf.

Die Übergabe des Betriebs an ihn als Sohn war ja bereits erfolgt. Karl musste das nur noch innerlich akzeptieren. Eine Schwiegertochter, die ihm seine neuen Grenzen aufzeigte, hatte er in Wiebke bereits gefunden. Sie war als Frau nicht Volkers Typ, doch er bewunderte sie für die Art, wie sie mit den beiden Männern auf dem Claussen-Hof umging.

»Sag mal, Volker, warum heißt dein Kahn eigentlich *Tuppence?*«, fragte Karl.

»Den Namen hat Ruth damals ausgesucht.« Zu Zeiten, als sie das Segeln noch nicht abgelehnt, sondern sich gelegentlich sogar auf einen Törn mit ihm gefreut hatte.

»Hat sie dein Schiff nach verdammter Tupperware benannt?« Karl grinste.

Ingmar schaute betreten zu Boden.

»Worüber wollt ihr reden?«, fragte Volker den älteren Claussen, ohne ihm eine Antwort zu geben. Wenn er die beiden schnell wieder loswurde, konnte der Rest des Abends vielleicht noch ganz gemütlich werden.

»Du solltest besser dein Boot aufräumen«, sagte Karl ohne Umschweife.

»Wie bitte?« Volker traute seinen Ohren nicht.

»Wir haben eben mit deiner Frau gesprochen. Ruth macht sich so ihre Gedanken. Sie meint, du würdest es wohl von allein nicht angehen.«

»Ruth hat überhaupt keine Ahnung, wie es hier aussieht. Sie war seit Ewigkeiten nicht mehr auf meinem Schiff. Sie weigert sich, einen Fuß darauf zu setzen!«

»Es ist ein wahres Männerparadies«, bestätigte Karl. »Aber die Zeiten haben sich geändert.«

Volker stellte seine Flasche zur Seite. Der Appetit auf Bier war ihm vergangen. Nun kam auch noch Wind auf und ließ die metallenen Falle am Mast klingeln. Er fröstelte, und auch Ingmar schien sich unbehaglich zu fühlen, so bedröppelt wie er da mit eingezogenem Kopf saß.

»Die Polizei hat anscheinend immer noch keine Ahnung, was genau bei Eike drüben passiert ist«, fuhr Karl fort, den Blick in die Ferne zum Westerhever Leuchtturm gerichtet.

»Weißt du schon, dass Maren nicht mehr bei uns wohnt, Volker? Sie ist für ein paar Tage zu Dorte und Henner gezogen.«

»Nein, das wusste ich nicht. Ich dachte, sie bleibt erstmal bei euch.«

»Maren hat eine Bitte an dich«, sagte Karl, anstatt darauf einzugehen.

Was war los mit den Frauen, dass sie ihn nicht in Ruhe lassen konnten. »Und zwar?«, fragte Volker genervt.

»Sie will das Haus verkaufen. Eikes Haus, das nun ja bald ihr und der Lütten gehört.«

»Das ist ja ihr gutes Recht«, meinte Volker.

»Ich würde an ihrer Stelle auch nicht da wohnen bleiben wollen«, meinte Ingmar. »Nach allem, was dort passiert ist.«

»Und was kann ich dabei tun?« Volker war der Abend auf seinem Segelboot verleidet. Er würde nach dieser Unterredung nach Hause fahren. Am Horizont ballten sich graue Wolkenmassen zusammen. Das Wetter wurde auch schlechter als angekündigt. Auf nichts war mehr Verlass.

»Du könntest ihr doch ein bisschen beim Ausräumen helfen. Ist nur ein Angebot. Vielleicht möchtest du dich bei der Gelegenheit ein wenig umschauen?« Karl stemmte sich auf seinen Oberschenkeln ab und erhob sich. Das Schiff neigte sich zur Seite und begann zu schwanken. Karl musste sich an der Wand zum Niedergang festhalten, um nicht umzufallen. »Und jetzt stören wir dich auch nicht weiter.«

Wie lange war Fentje nicht mehr in der Bar *Oskars* gewesen? Bestimmt beinahe ein Jahr ... Sie ging an der Vorderseite der alten Villa vorbei und dann nach links. Immerhin wusste sie noch, dass der Eingang an der Seite lag. Die Tische und Stühle im Garten glänzten vor Nässe vom letzten Schauer, der eben niedergegangen war. In der Bar sah es dafür umso gemütlicher aus.

Niklas hatte sie angerufen und um ein Treffen gebeten. Es ginge um Helenendeich, hatte er gesagt. Da sie neugierig war und außerdem nicht den Anschein erwecken wollte, sie würde ihm sein Verhalten im *Hotel Chaumont* nachtragen, hatte sie zugesagt. Wie kam sie überhaupt darauf, dass er das denken könnte? Niklas war frei, mit jeder Frau zu knutschen, die ihm gefiel!

Er saß nahe der Bar an einem Bistrotisch und hatte ein Glas Weißwein und eine Schale Erdnüsse vor sich stehen. Der Smoking hatte ihm am Samstagabend gut gestanden, zu gut, wie sich herausgestellt hatte. So wie jetzt, in ausgewaschenen Jeans und schwarzem Polohemd, war er Fentje aber allemal vertrauter.

Niklas wandte ihr das Gesicht zu. Ein Bartschatten und das Haar, das ihm ins Gesicht fiel, verdunkelten seine Züge. Er sah so aus, als fühlte er sich ein wenig unbehaglich.

»Schön, dass du da bist, Fentje!« Er stand auf und nahm sie kurz in den Arm. Dann setzte sich Fentje ihm gegenüber auf den Stuhl und bestellte sich eine Cola.

»Geht es dir gut?«, fragte er nach einem forschenden Blick.

»Heute wieder. Aber wer feiern kann, darf ja auch leiden«, antwortete Fentje würdevoll.

»Es hat mich Samstagabend einfach umgehauen, wie du da plötzlich im *Chaumont* gestanden hast in … diesem Kleid.«

»Das war zu gewagt für die noble Umgebung, oder?«, entgegnete sie mit einem Seitenblick.

»Nein, ich fand es großartig. Mit wem warst du überhaupt dort?«

»Mit einem Freund, Onno. Er ist Tierarzt. Sein Bruder hat ein Hotel. So ist er an die Karten für diesen Ball gekommen.« Warum erklärte sie ihm das? Es ging ihn nichts an.

»Ich war wegen der Morde an Eike Harms und Sascha Janssen auf dem Gastro-Ball. Genau genommen wegen Janssens Kompagnon Thomas Breithauer und seiner Witwe Julie Janssen. Ich dachte, es sei *die* Gelegenheit, mit ihnen ins

Gespräch zu kommen. Außerdem …« Er schien noch etwas hinzufügen zu wollen, unterließ es dann aber.

»Zumindest die Witwe schien ja recht aufgeschlossen dir gegenüber zu sein.« Fentje biss sich auf die Lippe. Er sollte bloß nicht denken, dass sie eifersüchtig auf Julie Janssen gewesen war. Genau genommen hatte sie andere Gründe gehabt, den beiden nach oben zu folgen.

Kurz vorher hatte sie einen Mitarbeiter von Kommissar Reimers in der Lobby gesehen, der sich dort auffällig nach jemandem umgesehen hatte, und gedacht, dass Niklas' Zusammensein mit Janssens Witwe irgendetwas mit den polizeilichen Ermittlungen zu tun haben könnte. Deswegen hatte sie ihn vor Breithauers Kommen warnen wollen, als der sich angeschickt hatte, den Ballsaal zu verlassen. Sie hatte nicht damit gerechnet, dass Niklas mit Julie Janssen im Flur knutschen würde … Es war peinlich gewesen, die beiden zu überraschen! Allein bei dem Gedanken daran wurde Fentjes Gesicht wieder warm. Sie trank schnell einen Schluck Cola.

»Es war nicht so, wie es aussah«, sagte Niklas, der wohl ihre Gedanken lesen konnte. Als ihm das Klischeehafte seiner Worte bewusst wurde, verzog er das Gesicht.

Fentje lachte auf. »Oh, bitte! Du musst mir das nicht erklären. Egal, was es war: Es ist okay für mich.«

Nun nahm er sein Glas zur Hand und trank den Inhalt in einem Zug. »Also gut. Ich habe jedenfalls etwas herausgefunden, was ich dir nicht vorenthalten will.« Er senkte die Stimme, obwohl sie um diese Uhrzeit noch beinahe allein in der Bar waren. »Julie Janssen hat mir ein bisschen was über ihren Mann Sascha erzählt. Ich weiß nicht, ob es hilft, den Mordfall aufzuklären, doch gemeinsam darüber nachzudenken war ja bisher immer ganz effektiv.«

Fentje nickte, erleichtert, dass sie sich der Sachebene, der Verbrechensaufklärung, zuwandten, bevor dieses Treffen endgültig den Bach runterging. Sie hörte konzentriert zu, was Niklas ihr über die Ehe der Janssens, Julies Affäre mit Breithauer und vor allem Sascha Janssens Kindheit und Jugend in Helenendeich erzählte.

»Am aufschlussreichsten war aber ihre Erwähnung, dass Sascha Janssen Eike Harms anscheinend mit irgendwas unter Druck setzen konnte. Ju… Die Janssen meinte, es habe wohl mit dem Datum sechster April zu tun. Sie hatte aber keine Ahnung, was da passiert sein sollte. Nicht einmal, in welchem Jahr es war.«

»Hast du etwas darüber herausgefunden?«, fragte Fentje.

Niklas hatte während seiner Schilderung wieder zu seiner gewohnt selbstsicheren Haltung zurückgefunden. Nun sah er so aus, als hätte er eine Torte mit Wunderkerzen für sie in der Hinterhand. »Ich habe das Pressearchiv bemüht. Eike Harms war schon einmal verheiratet. Seine erste Frau hieß Ann-Kathrin Harms geborene Gramberg. Sie stammt auch aus Helenendeich und ist in etwa Sascha Janssens Jahrgang. Die beiden, Ann-Kathrin und Sascha, werden einander als Kinder und Jugendliche ganz gut gekannt haben. Doch Sascha Janssen hat das Dorf mit siebzehn oder achtzehn verlassen. Eike Harms hingegen stammte aus Neumünster. Seine erste Anstellung als Koch hatte er in Saschas Restaurant *Düwels Kombüse*. Eike Harms hat Ann-Kathrin mit sechsundzwanzig Jahren geheiratet. Sie haben sich dieses Haus in Helenendeich gekauft, wohl mithilfe eines kleinen Erbes von Eikes Seite. Und vor sieben Jahren, mit gerade mal dreißig, ist Ann-Kathrin Harms gestorben. An einem sechsten April, um genau zu sein.«

»Niklas, das könnte jetzt enorm wichtig sein. Du hast doch auch das Gefühl, oder?«, fragte Fentje mit vor Aufregung heiserer Stimme.

»Ich fühle mich aufgeregt und energiegeladen wie ein Formel-1-Pilot vor dem Start, seit ich es herausgefunden habe.« Er blickte ihr in die Augen. »Deswegen musste ich dich auch sofort treffen.«

»Woran ist sie gestorben?«

»Das Einzige, was ich zu dem Datum in einer Zeitung gefunden habe, ist Ann-Kathrin Harms' Todesanzeige. Aus der ist aber nicht ersichtlich, woran sie gestorben ist. Es könnte eine Krankheit gewesen sein, ein Unfall oder ein Suizid ... Wenn sie ebenfalls ermordet worden wäre, dann hätte die Presse sicher darüber berichtet.«

»Oder es handelte sich bei ihrem Tod um ein Verbrechen, das nie als solches aufgedeckt wurde. Womöglich wussten nur zwei Leute darüber Bescheid: Eike Harms und Sascha Janssen.«

»Ich wusste, wir würden uns da verstehen!« Niklas' Augen leuchteten. »Es gibt auch noch einen weiteren Verdacht gegen Sascha Janssen oder einen Angestellten aus einem seiner Restaurants. Möglicherweise hat einer von ihnen einzelne Gäste erpresst ...«

»Woher hast du diese Information?«

»Das kann ich leider nicht sagen. Es ist bisher auch nur eine Vermutung. Aber so, wie sich die Sache entwickelt, könnte es in das Gesamtbild passen.«

Fentje dachte einen Moment darüber nach. »Ich war heute übrigens in Flensburg bei der Polizei«, sagte sie dann.

»Und weshalb?«

»Ich sollte mir Stimmproben anhören«, antwortete Fentje. »Carla Scarpetta wollte wissen, ob ich eine der Stimmen, die sie mir vorgespielt hat, als die meines nächtlichen Anrufers identifizieren kann.«

»Und, konntest du?«

»Nein. Die Stimme des Mannes, der mich angerufen hat, war mehr ein Flüstern. Der Mann klang aufgelöst, panisch. Das ist schlecht zu vergleichen. Die Tonqualität war mies.

Außerdem erinnere ich mich jetzt wieder an ein Wimmern im Hintergrund.«

»Wimmern?«

Sie zuckte mit den Schultern.

»Der Anruf soll doch von Janssens Smartphone aus erfolgt sein«, vergewisserte sich Niklas.

»Genau. Doch nun sieht es so aus, als hätte mich jemand anders von seinem Handy aus angerufen.«

»Wahrscheinlich der Täter«, stellte Niklas fest. »Hoffentlich bist du dadurch nicht in Gefahr.«

»Wenn bisher nichts passiert ist …« Fentje lehnte sich zurück. Sie betrachtete Niklas, und ihr Herz weitete sich. Es tat gut, wieder an einem »Projekt« mit ihm zu arbeiten. »Also dann. Wie gehen wir weiter vor?«

»Meinst du, du könntest, was den Tod von Ann-Kathrin Harms angeht, vorsichtig und diskret das Dorfgedächtnis anzapfen?«

Fentje blies die Wangen auf und ließ die Luft dann hörbar entweichen. »Helenendeich scheint mir etwas schwierig zu sein, was das betrifft. Ich war am Freitagnachmittag nochmals dort, um mit ein paar Anwohnern zu reden, aber die haben mich einfach auflaufen lassen. Besonders Karl Claussen …« Sie erzählte Niklas von dem Gespräch. »Die Menschen sind verschlossener als anderswo. Aber klar, ich werde es versuchen.«

»Sei aber bitte vorsichtig, wenn du das tust! Deine Sicherheit geht vor.«

»Versprochen.«

24. Kapitel

Fentje verabschiedete ihre neue Mandantin und legte eine Akte für sie an. Die Frau war auf Empfehlung eines früheren Mandanten von ihr gekommen, und das erste Gespräch war sehr gut verlaufen. Sollte es mit ihrer Kanzlei auf dem Hof ihrer Großeltern doch etwas werden? Die letzten Wochen war es eher schleppend vorangegangen, doch seit Neuestem hatte sie mehr Anfragen und auch viel zu tun.

Fentje klappte den Laptop zu und ging durch die sonnenbeschienene Diele in die Küche. Sie hatte seit dem Frühstück nichts mehr gegessen, doch weder Zeit noch Lust, sich etwas Vernünftiges zuzubereiten. Anscheinend hatte sie jetzt zwar mehr Klienten, aber dafür weniger Zeit zum Kochen!

Sofia aß dienstags zum Glück immer in der Schulmensa. Doch Fentje hatte Hunger! Hin- und hergerissen zwischen der Notwendigkeit, sich an den Herd zu stellen, und der Aussicht, in der Küche ihrer Großmutter vielleicht fündig zu werden, entschied sich Fentje dafür, nach nebenan zu gehen.

»Moin, Fentje, wi geiht di dat, mien Deern?«, begrüßte Gretje sie leutselig. Sie saß in der hintersten Ecke der Küchenbank, hatte undefinierbare Textilien auf dem Schoß liegen. Ihre Großmutter sah nur einmal kurz auf. Neben ihr stand ihr Nähkorb, der die Ausmaße eines Bierkastens hatte.

»Wunderbar, Oma. Ich habe eine neue Mandantin.«

»Gut. Sehr gut. Und wie geht es in Helenendeich? Hast du dort jemanden gefunden, mit dem du reden kannst?«

»Leider nicht. Ich finde die Leute da ein bisschen schwierig … Aber vielleicht liegt es auch an mir. Und was machst du da gerade?«

»Ach, viel Arbeit … und meine dummen Hände, die wollen nicht mehr so wie ich. Doch ansonsten … bin ich nicht unzufrieden, wie du dir denken kannst.« Sie zwinkerte Fentje zu.

»Was hast du denn da auf dem Schoß?«

»Nichts … Und was führt dich zu mir?«

Nach ›Nichts‹ sah es eigentlich nicht gerade aus. »Ich habe Hunger und keine Lust zum Kochen«, erklärte Fentje. »Hast du vielleicht etwas da?«

»Na sicher, Fentje. Nimm dir von dem Grießpudding mit Kirschen aus der Speisekammer, so viel du magst. Hinrich hat sich gestern schon darüber beschwert.« Sie seufzte tief.

Nachdem Fentje gegessen und das benutzte Geschirr wieder weggeräumt hatte, legte ihre Großmutter das Stoffknäuel auf den Tisch. »Nun schau mal her. Ich dachte, das wäre vielleicht bald was für dich.«

»Was ist das denn?«

Gretje zog die Stoffe auseinander und strich beinahe ehrfürchtig über das Material. »Meine Eiderstedter Tracht. Oder das, was davon übrig ist. Ich habe sie vom Dachboden geholt.«

»Oh … Wieso für mich?«

»Na, du willst doch wohl nicht mehr in einem weißen Kleid heiraten, oder, Fentje?« Ihre Lippen verzogen sich missbilligend. »Weiß, die Farbe der Jungfräulichkeit …«

»Wie bitte?« Fentje hatte Mühe, den Mund wieder zu schließen.

Gretje erhob sich und hielt das Gewand an den Schultern hoch, sodass Fentje es im Ganzen betrachten konnte. Prinzipiell kannte sie die Eiderstedter Tracht, doch sie wäre nie darauf gekommen, dass das Ding auf dem Schoß ihrer Großmutter etwas in der Art sein könnte. Es sah mehr wie ein Fund vom Dachboden des Heimatmuseums aus, nachdem Mäuse sich darin ihr Nest gebaut hatten.

»Ich weiß nicht, ob das so noch tragbar ist«, wandte Fentje vorsichtig ein. Auf das weiße Kleid und den dazugehörigen Anlass beziehungsweise den Grund, warum das nichts mehr für sie wäre, wollte sie lieber nicht eingehen.

»Doch, das ist bestimmt noch tragbar«, widersprach Gretje. »Die Stoffe sind von einer sehr guten Qualität.«

»Das wird mir nicht passen.«

»Dann lassen wir es ändern. Du bist ja größer und schlanker als ich. Aber ich schaffe es leider nicht mehr, das selbst zu tun. Da brauchen wir Hilfe.«

»Ich weiß ja nicht …« Fentje unterdrückte ihren Fluchtinstinkt. Die Tracht war ihrer Großmutter wichtig. Sie konnte sich sogar vorstellen, sie bei passender Gelegenheit einmal anzulegen, vor allem, wenn es Gretje so viel bedeutete. Aber gewiss nicht zu ihrer Hochzeit, die sowieso nicht zur Diskussion stand.

»Wenn du noch etwas wartest und dann ein kleines Bäuchlein hast, dann passt sie dir vielleicht auch ohne Änderung«, sagte ihre Großmutter schelmisch. »Doch das würde ich dir nicht empfehlen!«

»Oma, bitte! Ich bin nicht schwanger, und ich werde nicht in Tracht heiraten. Das passt nicht zu mir.«

»Es geht nicht immer nur um dich und deine Wünsche, Fentje. Ich glaube, Onno würde das zu schätzen wissen, eine Braut in Eiderstedter Tracht.«

»Von einer Heirat ist aber gar nicht die Rede!«, platzte es aus ihr heraus.

»Ach, wirklich nicht? Hinrich meinte …« Gretje kniff die Lippen zusammen. »Zieh es bitte wenigstens mal über, Fentje. Ich möchte dich so gern darin sehen!«

Der Blick ihrer Großmutter war so flehend, dass Fentje nicht umhinkam, ihr die Tracht abzunehmen. Sie hielt sie vor sich, um sie zu betrachten, und schüttelte sie ein bisschen aus, sodass sie glatter fiel. »Also gut. Ich ziehe sie bei Gelegenheit einmal für dich an. Versprochen! Aber kein Wort mehr übers Heiraten.«

»Da hast du ganz recht. Wir sagen nichts von einer Hochzeit. Das macht die anderen nur neidisch.«

»Da gibt es nichts, worauf man neidisch werden kann.«

»Doch, ich denke schon, Kindchen. Und bevor du es anziehst, lass es bitte an der Taille enger machen. Aber so, dass du es auch wieder weiten lassen kannst, im Fall der Fälle …«

»Dann bringe ich es besser zur Schneiderin meines Vertrauens.« Fentje besaß zwar die alte Nähmaschine ihrer Mutter, und was an einfachen Näharbeiten in ihrem Haushalt anfiel, erledigte sie selbst, doch an die Tracht traute sie sich nicht ran.

»Kennst du denn eine gute Schneiderin?«, fragte ihre Großmutter mit Unschuldsmiene. »Sie sollte Ahnung von Trachten haben.«

»Nein, so spontan fällt mir keine ein. Weißt du jemanden?«

Ihre Großmutter zierte sich ein wenig. Sie nahm ihrer Enkelin das Kleidungsstück ab und faltete es auf dem Tisch zusammen. Gretje führte etwas im Schilde und wollte den Moment auskosten, wie es schien … Fentje kannte ihre Taktik, etwas hinauszuzögern. »Ich habe lange darüber nachgedacht«, sagte Gretje schließlich. »Die beste Schneiderin für Trachten, die mir bekannt ist, ist eine Frau namens Ruth Suhr. Sie ist auch im Trachtenverein und so …«

»Und wo finde ich Frau Suhr? In Tönning?«

»Nein, Kindchen. Viel besser! Sie wohnt und arbeitet in Helenendeich!«

Niklas überflog seinen Text noch einmal und drückte auf *Senden* der E-Mail. Er klappte sein Notebook zu und stand auf. Seit seiner Reise durch die Ukraine schrieb er sich regelmäßig mit Konstantin, dem Bruder des Mannes, der seine

Recherche-Tour als lokaler Mitarbeiter organisiert und ihn dabei begleitet hatte. Andriy, der anschließend, als Niklas schon sicher im Flugzeug auf dem Weg nach Hause gesessen hatte, in der Stadt Tschassiw Jar nahe der Frontlinie ums Leben gekommen war. Dieser Krieg forderte so viele Opfer. Es machte Niklas unendlich wütend, wenn er allein an das Leid dachte, dessen Zeuge er geworden war. Und das weiterhin andauerte …

Er ging um den Tresen herum in die Küche und öffnete die Kühlschranktür. Kurz wanderte seine Hand in Richtung der Flasche Weißwein, die er am vergangenen Abend nach seiner Rückkehr aus dem *Oskars* noch angebrochen hatte. Doch am Nachmittag schon wieder mit Wein anzufangen war auch keine Lösung. Stattdessen sollte er sich auf das konzentrieren, was er *tun* konnte.

Blofeld lag auf der Dachterrasse in der Sonne und bedurfte seiner Aufmerksamkeit nicht. Also goss er sich ein Glas Mineralwasser ein und zog sein Telefon hervor. »Hallo, Herr Borgholz, hier ist Niklas John!«

»Freut mich, freut mich, Herr John! Sie wollen wohl Ihre Revanche einfordern, was?«

Niklas rollte mit den Augen. Doch in diesem Fall sollte er das Spiel im doppelten Wortsinn wohl mitspielen. »Darum werden Sie nicht herumkommen«, antwortete er so enthusiastisch wie möglich. »Wie ist es denn am Samstagabend noch im *Hotel Chaumont* gelaufen? Sind Ihre Leute bei der Abhöraktion erfolgreich gewesen?«

»Sie wissen, dass ich Ihnen darüber nichts sagen darf. Aber ich danke Ihnen für Ihren Einsatz. Auch im Namen von Reimers und Carla Scarpetta«, erwiderte Borgholz eine Spur zu förmlich.

Niklas unterdrückte ein Auflachen. »Gern geschehen. Solche Aktionen entwickeln manchmal ihre eigene Dynamik.«

»Sie sagen es.« Eine Pause entstand, in der der Pressestaatsanwalt wohl überlegte, ob er nachfragen sollte, wie Niklas' Abend weiter verlaufen war. Offenbar verwarf er den Gedanken dann aber wieder.

»Gibt es sonst noch Neuigkeiten, die Ermittlungen betreffend?«, erkundigte sich Niklas.

»Ich kann nicht gerade sagen, dass meine Leute kurz davor sind, diesen verflixten Fall abzuschließen. Wir haben allerdings noch ein Anliegen«, fügte Andreas Borgholz nach einer kleinen Pause hinzu.

»Worum geht es?«

»Meine Leute sind gerade alte Fälle aus der Gegend durchgegangen, auch Vermisstenfälle. Die ungelösten, aber auch die gelösten ...«

Niklas merkte auf. »Ach ja? War was dabei?«

»Wir glauben ja nicht an Zufälle«, sagte Borgholz. »Eike Harms war vor seiner Ehe mit Maren Harms mal mit einer Frau befreundet, die wohl auch zeitweise bei ihm gewohnt hat. Ihre Arbeitgeberin, die eine Pension in Büsum führt, hatte sie im August 2019 als vermisst gemeldet. Sogar ein Polizist, der in Helenendeich wohnt, war darauf aufmerksam geworden und hatte gebeten, dass man der Sache unauffällig nachgeht. Es stellte sich dann aber heraus, dass die Frau freiwillig wieder nach Hause, nach Bulgarien, gegangen war.«

Der Staatsanwalt machte eine kleine Pause und sprach dann weiter. »Eike Harms und auch ein Arbeitskollege der jungen Frau sagten das anschließend der Polizei gegenüber aus. Die Sache wurde dann aus diesem Grund – und weil auch ansonsten keinerlei Hinweise auf ein Verbrechen vorlagen – nicht weiter verfolgt. Die Frau hatte schließlich jedes Recht, ihren Aufenthaltsort dort zu wählen, wo sie es wollte. Sie musste niemandem darüber Rechenschaft ablegen. So ist das Gesetz.« Borgholz räusperte sich. »Nun ja, im Nachhinein betrachtet stolpert man natürlich über diese Sache mit Damaris Ehmke.«

»Damaris Ehmke«, wiederholte Niklas. »Und worin genau besteht nun Ihr ›Anliegen‹?«, erkundigte er sich, während er sich mit seiner freien Hand schon eifrig Notizen machte.

»Schreiben Sie über Damaris Ehmke. Veröffentlichen Sie ein Foto von ihr, wenn Sie eines finden. Werfen Sie ein paar Fragen auf. Vor allem in Bezug auf die jüngsten Ereignisse in Helenendeich. Bestimmt erinnern sich noch ein paar Leute von dort oder aus Büsum an Damaris Ehmke. Vielleicht stellt sich heraus, dass sie tatsächlich irgendwo anders glücklich und zufrieden lebt. Aber für den unwahrscheinlichen Fall, dass dem nicht so ist …«

»Ich verstehe«, sagte Niklas. »Gibt es nicht ein Foto von ihr aufgrund der alten Vermisstenmeldung?«

Niklas hörte es im Hintergrund rascheln. »Nein. So weit kam es gar nicht. Dafür wurde die Sache zu schnell wieder zu den Akten gelegt, nachdem auch der Kollege in der Pension bestätigte, dass Damaris nach Hause zurückgegangen war. Das Ganze stellte sich ja quasi als Falschmeldung heraus. Sie bekommen von uns nur die Eckdaten. Das wenige, was wir haben. Kommissarin Scarpetta will sich darum kümmern. Den Rest überlassen wir Ihnen.«

25. Kapitel

Eine leere Dorfstraße, akkurat gestutzte Hecken und ordentlich geharkte Rasenflächen, dazu vereinzelt Schleswig-Holstein-Fahnen in den Vorgärten. Das war das Bild, das sich Fentje an diesem Nachmittag erneut bot. Es war so still in Helenendeich … Beinahe bedrückend, wenn man auf einem landwirtschaftlichen Betrieb aufgewachsen war, wo eigentlich immer etwas los war. Fentje erinnerte sich lebhaft an das Fiasko, als sie einmal zwei Freundinnen vom Sport, die in der »Stadt« lebten, zu sich eingeladen hatte. Sie hatte mit den jungen Mädchen im Garten gesessen, und die hatten ihr von der Ruhe und der guten, gesunden Luft auf dem Land vorgeschwärmt, die Fentje jeden Tag genießen konnte. Bis Hinrich mit seinem alten Dieseltrecker direkt vor ihnen mit der Düngearbeit auf dem Feld begonnen hatte …

Doch hier, auf der Dorfstraße von Helenendeich, schien die Zeit stillzustehen – von zwei jüngst verübten Morden einmal abgesehen.

Mit einem Wäschekorb mit Gretjes Tracht unter dem Arm läutete Fentje wenig später an der Tür der Suhrs. Sie wohnten in einem gelb verklinkerten Bungalow mit braunen Holzfenstern. Auf dem Treppenabsatz stand ein Weidenkorb, der mit hellblauen Stiefmütterchen bepflanzt und einer Gans aus Holz dekoriert war, die ein blau gepunktetes Halstuch trug. An der Tür hing ein Strohkranz, auf dessen Schleife *Willkommen!* stand.

Das Gesicht der Frau, die ihr öffnete, signalisierte, dass sie das freundliche Willkommen der Türdekoration nicht unbedingt persönlich einzulösen gedachte. Sie wirkte verstimmt und auch ein bisschen gestresst, zwang sich jedoch zu einer höflichen Begrüßung.

Nachdem Fentje ihr Anliegen kurz erklärt hatte, folgte sie ihr in einen Raum nahe dem Eingang, der ursprünglich wohl als Kinderzimmer konzipiert worden war. Auf einem langen Tisch standen zwei Nähmaschinen, eine normale, jedoch in schwerer Ausführung und mit einem Kniehebel versehen, sowie eine Overlock-Maschine. In den Regalen an der linken Wand lagen gefaltete Stoffe und Schnittmuster. An den Seitenwänden hingen Pappschablonen. Stoffrollen standen daneben. Es herrschte eine gemütliche Unordnung, die Fentje mit der sterilen Dorfstraße, über die sie hergekommen war, wieder versöhnte.

»Na, dann zeigen Sie mal her, was Sie mir da mitgebracht haben«, forderte Ruth Suhr sie auf. Sie hatte ein schmales Gesicht, umrahmt von kurzen weißen Haaren.

Fentje stellte den Wäschekorb ab und hob das Gewand heraus.

Die Schneiderin schnalzte mit der Zunge. »Das war einmal ein besonders schönes Stück der alten Eiderstedter Tracht. Sie ist echt alt, oder? Leider wurde sie etwas vernachlässigt. Gehört die Ihnen?«

»Nein, das ist die Tracht meiner Großmutter. Sie hat sich in den Kopf gesetzt, dass ich sie mal für sie anziehen soll.«

Ruth Suhrs Blick wanderte von dem Kleid zu Fentje und wieder zurück. »Da muss ich aber einiges ändern … Ziehen Sie sie am besten mal über. Dann schauen wir uns das gemeinsam an.« Sie deutete in eine Zimmerecke, wo ein Vorhang von der Decke hing und eine provisorische Umkleidekabine schaffte.

Große Lust verspürte Fentje nicht, das Kleidungsstück hier anzuprobieren, doch wenn sie erst einmal umgezogen war, konnte Frau Suhr sie aufgrund ihrer Fragen nicht gleich wieder achtkantig rauswerfen. Immerhin …

Fentje zog die Sneakers aus, legte Jeans und Shirt ab. Dann zog sie sich mit einem leichten Schauder ob des muffigen Geruchs das einteilige schwarze Kleid mit dem Schulterkragen über, der, wie sie bereits von Gretje wusste, »Koller« hieß. Frau Suhr half ihr, den Kragen mit der dreiteiligen Brustbrosche, dem Span, zusammenzuhalten. Anschließend setzte sie Fentje noch die Kopfbedeckung auf, eine Flügelhaube aus weißem Batist und besticktem goldfarbenen Stoff, die ihr wie angegossen passte.

Sie wurde angewiesen, sich auf eine Holzkiste zu stellen. Ruth Suhr legte ihr den Gürtel um, der mit goldfarbenen Metallplatten besetzt war, und zog ihn fest. »Diese Art Gürtel und auch die Brosche gehören zu einer verheirateten Frau«, sagte sie. »Genau wie die Haube. Die unverheirateten Mädchen trugen früher angeblich eine kleine Leinenkappe mit umgelegten Ecken.« Sie holte ein Nadelkissen hervor und bedeutete Fentje, sich auf der Kiste langsam zu drehen.

Ihr gegenüber befand sich ein Spiegel, sodass sie sich selbst in der Tracht sehen konnte. Die Verwandlung war verblüffend. Es war ein bisschen wie eine Zeitreise: Als Kind hatte sie manchmal auf Dorffesten den Frauen in Tracht beim Tanzen zugeschaut. Sie hatte sich so weit von ihnen entfernt gefühlt, ganze Lebensalter … Und nun sah sie aus wie eine von ihnen.

Frau Suhr griff ihr in die Taille und steckte die Naht nach einem Stirnrunzeln Stück für Stück ab. Sie hatte sich mehrere Nadeln zwischen die Lippen geschoben und sprach undeutlich. »Sie enger zu machen ist kein Problem, aber sie zu verlängern schon, wie Sie sich sicher denken können. Bis wann brauchen Sie die Tracht denn, Frau Jacobsen?«

»Ich habe keinen festen Termin, zu dem sie fertig sein

muss«, antwortete Fentje. »Bekommt man überhaupt noch solche Stoffe?«

»Man bekommt alles, wenn man dafür bezahlen kann …«, nuschelte die Schneiderin, die sich inzwischen am Rockteil zu schaffen machte. »Wie kommen Sie überhaupt auf mich? Ich stehe nicht mehr im Branchenverzeichnis.«

»Meine Großmutter, Gretje Jacobsen, hat Sie mir empfohlen.«

»Aha.«

»Sie kennt ein paar Leute hier in Helenendeich«, sagte Fentje, um auf das Dorf zu sprechen zu kommen.

»Hmm.«

»Wohnen Sie schon lange hier?«

»Zwanzig Jahre«, antwortete Ruth Suhr. »Mein Mann war bei der Polizei. Wir konnten nicht weg.«

»Wollten Sie denn wegziehen?« Fentje sog scharf die Luft ein, als eine Nadel in ihren Oberschenkel pikste.

»Entschuldigung!«, bat Frau Suhr mit gleichgültiger Stimme. »Bitte ein Stück weiter drehen, in Richtung Fenster!«

»Das Dorf wirkt so friedlich«, fuhr Fentje fort. »Bis man erfährt, was hier neulich geschehen ist.«

Ruth Suhr sah mit den Nadeln im Mund zu ihr auf. »Sie meinen die Morde, nicht wahr? Sind Sie deswegen hier?«

Es klopfte, sodass Fentje einer Antwort enthoben wurde. Eine ältere Frau in einem weißen Jogginganzug schaute herein. In der Hand hielt sie ein Staubsaugerrohr. Sie stemmte die freie Hand in die Hüfte. »Ich bin für heute so weit fertig, Frau Suhr. Haben Sie noch etwas Besonderes für mich, was ich tun soll?«, erkundigte sie sich und betrachtete Fentje in ihrer Tracht ausgiebig.

»Hier müssen Sie heute nicht rein. Waren Sie schon in Volkers Arbeitszimmer?«

»Ich habe da drinnen gesaugt und auf den Regalen und

der Fensterbank mal ausgiebig Staub gewischt. An alles andere gehe ich ja nicht ran.«

»Dann ist es gut, Frau Schrader. Danke!«

»Ich räume noch den Geschirrspüler aus, und danach mache ich Feierabend, Frau Suhr.«

Ruth Suhr nickte und wartete ab, bis sich die Tür hinter der Putzfrau geschlossen hatte. »Der Geschirrspüler ist eigentlich nicht ihre Aufgabe«, sagte sie nach einem Blick auf ihre Armbanduhr. »Aber Frau Schrader will natürlich ihre Stunde noch voll machen.«

»Was kostet es, die Tracht für mich umzuarbeiten, auch in Hinblick auf den Stoff, den man nachbestellen muss?«, fragte Fentje, als die Schneiderin sich erhob.

»Sie haben mir meine Frage noch nicht beantwortet.«

»Ich möchte meiner Großmutter eine Freude machen. Sie will mich gern einmal in ihrer Tracht sehen. Spricht etwas dagegen?«, erwiderte Fentje, während sie das Gewand vorsichtig wieder ablegte.

»Man hat Sie neulich hier gesehen. Sie waren bei den Claussens …«

»Ich kenne Wiebke von früher«, erwiderte Fentje.

»Sie sollten hier nicht herumspionieren!«

»Wie bitte?« Fentje trug wieder ihre eigenen Sachen und fühlte sich selbstsicherer als zuvor.

»Wir hier in Helenendeich mögen so etwas nicht, und es bringt auch nichts.«

»Zwei Menschen sind tot, Frau Suhr. Ich denke, da sollte man nichts unversucht lassen, die Sache aufzuklären.«

»Phh. Das ist ja wohl nicht Ihre Angelegenheit!«

»Ich bin Anwältin von Beruf. Ich habe einen Auftrag«, behauptete Fentje.

»Wer's glaubt …« Ruth Suhr schnaubte. »Nehmen Sie auch gleich Ihre Tracht mit. Ich übernehme keine Aufträge dieser Art.«

»Wie Sie wünschen.« Fentje griff nach dem Wäschekorb mit Gretjes Sachen darin. »Schade. Wozu dann der Aufwand mit dem Abstecken?«, fragte sie noch.

»Auf Wiedersehen, Frau Jacobsen.«

Mit flammend roten Wangen vor Ärger und Unbehagen trat Fentje aus der Haustür. Vor dem Haus der Suhrs stand Frau Schrader an einen grünen Polo gelehnt und schrieb eine Textnachricht. Fentje fing ihren Blick auf.

»Sie hat eine scheußliche Laune heute«, sagte Frau Schrader beinahe entschuldigend. Offenbar hatte sie einen Teil der Unterhaltung im Nähzimmer noch mitbekommen.

»Frau Suhr hat mich quasi rausgeworfen, nachdem sie alles schon abgesteckt hatte«, bekannte Fentje. »Ich muss etwas falsch gemacht haben.«

»Das glaube ich kaum«, erwiderte die Frau. »Manchmal kann man es ihr einfach nicht recht machen. Andererseits ist es eine relativ angenehme Arbeit, in ihrem Haus zu putzen …«

Fentje blieb stehen. »Arbeiten Sie schon lange für Frau Suhr?«

»Wieso? Suchen Sie auch jemanden?«

»Haben Sie Zeit und Lust auf einen Kaffee oder ein Eis? Ich würde Sie gern einladen!«

Frau Schrader blickte auf ihr Telefon. »Zu einem kleinen Klönschnack sage ich ja nie Nein.« Sie lachte. »Zufälligerweise hat mir gerade jemand abgesagt. Also, was schlagen Sie vor?« Sie schaute die Dorfstraße hinunter und zog die Augenbrauen hoch.

Fentje überlegte. »In Vollerwiek ist ein Café hinter dem Deich.«

»Das kenne ich. Sind Sie auch mit dem Auto hier? Ach ja. Wie heißen Sie überhaupt?«

»Fentje Jacobsen. Dann treffen wir uns gleich in dem Café, in Ordnung?«

Ruth Suhr zog die Stores vor ihrem Wohnzimmerfester ein paar Zentimeter auseinander. Sie achtete darauf, dass sich der Tüllstoff nicht zu sehr bewegte und sie im Schatten blieb. Doch sie musste wissen, was vor ihrem Haus vor sich ging.

Dieser impertinenten Person, dieser Jacobsen, und Frau Schrader heimlich nachzublicken war eigentlich unter ihrer Würde. So etwas hatte sie normalerweise nicht nötig! Doch es war nichts mehr normal in Helenendeich. Und tatsächlich sprachen die beiden Frauen da draußen miteinander, steckten buchstäblich die Köpfe zusammen!

Frau Schraders Blick ging zurück zum Haus. Eilig trat Ruth zur Seite und ließ den Store langsam in seine ursprüngliche Position gleiten. Die Schrader hatte sie gesehen, vermutete womöglich, dass sie sie beobachtete. Und sei es drum. Sie musste wissen, was ihre Putzfrau und diese unselige Besucherin direkt vor ihrer Haustür ausheckten!

Sie konnte es nicht einmal Volker erzählen. Er sprach in letzter Zeit kaum mehr als das Nötigste mit ihr, und wenn, dann in der Attitüde erzwungener Ruhe und Großzügigkeit. Als hätte er es gerade nötig!

Ruth schaute noch einmal durch den Spalt zwischen den Stoffbahnen. Die Jacobsen war mit ihrem Wäschekorb unter dem Arm verschwunden. Frau Schrader saß nun in ihrem Auto, setzte brav den Blinker, obwohl nichts und niemand mehr auf der Straße zu sehen war, und fuhr los.

Jetzt war ihr Haus geputzt, Volker kaufte im Supermarkt Lebensmittel ein, und sie hatte gerade einen Auftrag abgelehnt, der an sich sehr reizvoll gewesen war.

So eine schöne, alte Eiderstedter Tracht hatte sie lange nicht mehr zu Gesicht bekommen. Und es wäre nett gewesen, die einmal an der schlanken jungen Frau zu sehen. Doch es hatte eben nicht sollen sein. Nun musste die Jacobsen eben sehen, wer ihr das Ding umarbeitete – was musste sie sich auch beständig in alles einmischen?

Ruth dachte an die Geschichte mit der Großmutter, für die die Jacobsen die Tracht ändern lassen wollte, und spürte den Anflug eines schlechten Gewissens. Es war ein schöner Gedanke, jemandem damit eine kleine Freude machen zu wollen.

Wann hatte ihr das letzte Mal jemand eine Freude bereitet? Gut, Volker kaufte für sie ein, er kümmerte sich um den Garten, und er bereitete seit seiner Pensionierung beinahe jeden Morgen das Frühstück für sie beide zu. Doch wann hatte er das letzte Mal so wirklich etwas für *sie* getan? Ihr ein paar Blumen mitgebracht, einen überraschenden Ausflug für sie geplant, einen Tisch in einem Restaurant reserviert und sie zum Essen ausgeführt?

Als sie Volker damals ihren Eltern vorgestellt hatte, hatte ihre Mutter ja gleich gesagt, dass ein Polizist wohl kaum ihren gesellschaftlichen Ansprüchen genügen konnte. Die Mutter hatte sich – und auch Ruth – stets für etwas Besseres gehalten, nur weil ihr Mann Bankdirektor in Husum gewesen war und sie sich damit in den sogenannten »besseren Kreisen« bewegt hatten. Für Ruth, die einzige Tochter, hatte sie sich Großartiges erhofft: einen Professor zum Ehemann, mindestens jedoch einen Arzt oder Rechtsanwalt.

Heute studierten die Frauen einfach Medizin oder Jura und waren dann selbst Ärztin oder Anwältin, wie die Jacobsen. Ruth Suhr presste die Lippen zusammen und erschrak, als sie einen Blick auf ihr Konterfei im Flurspiegel erhaschte. Wie verbittert sie aussah! Daran war allein Volker schuld. Er hatte sie nicht verdient, von Anfang an nicht. Zumindest damit hatte ihre Mutter recht gehabt.

Sie war auf sein schneidiges Aussehen und seine Hingabe zum Polizeiberuf hereingefallen. Anfangs hatte er sie auch noch vergöttert. Doch dann waren, anders als von ihnen beiden erhofft, keine Kinder gekommen; es hatte für Volker keine Versetzung zur Kriminalpolizei gegeben, und auch die

Villa in Husum war nur ein Traum geblieben, weil ihr Vater am Ende das kleine Vermögen, das ihr versprochen worden war, verspekuliert hatte.

Und nun saß sie immer noch hier in Helenendeich, und nichts machte ihr mehr Freude, seit sie Gewissheit hatte. Ruth stand wieder in ihrem Nähzimmer, räumte die Kiste zur Seite, auf der die Jacobsen eben gestanden hatte. Sie könnte weiter an dem Abendkleid nähen, ihrem einzigen Auftrag zurzeit. Doch es war eine schwierige Arbeit, die ihre volle Konzentration erforderte, und ein Stoff »zum Weglaufen«, wie ihre Ausbilderin immer gesagt hatte. Rutschig und dehnbar, sodass man furchtbar aufpassen musste. Und der grell lilafarbene Seidensatin tat ihr zudem in den Augen weh.

Ruth Suhr setzte sich trotzdem an den Nähtisch. Es war ihr Lieblingsplatz im Haus. Der Ort, an dem sie sich nützlich und effizient fühlte. Sie zog die Brille ein Stück runter und massierte sich mit Daumen und Zeigefinger die Nasenwurzel. Wenn sie die Grübeleien nicht einstellte, würde sie noch Kopfschmerzen bekommen.

Es war alles Volkers Schuld! Seine und die seines blöden Segelbootes. Sie hatten nie viel Geld zur Verfügung gehabt, weil er anständig, aber nicht überbordend gut verdient hatte und sie als Näherin mit ihrer Hände Arbeit auch nicht gerade Reichtümer anhäufte. Sie hatte Designerin werden wollen, doch dann war es nie zu einem Studium gekommen. Sie hatten gerade mal genug, um ihr kleines Haus abzubezahlen und ab und zu in einer Pension in Tirol zwei Wochen Urlaub zu machen. Der Rest ging immer für das Boot drauf, wobei Volker ihr auch noch verheimlichte, was es wirklich kostete.

Um von den immensen Kosten abzulenken, beschwerte er sich außerdem laufend, dass er notwendige Reparaturen am Schiff nicht durchführte, damit sie – sie! – sich die neue Einbauküche leisten konnte. Als dürfte nach zwanzig Jahren nicht mal eine neue Küche fällig sein? Oder ein neues gebrauchtes Auto, bei dem man nicht befürchten musste, dass es an der nächsten Ecke stehen blieb, und mit dem man sich vor den Nachbarn und Freunden nicht schämte. Es reichte doch, dass ihr Kleinwagen so eine Rostlaube war. Aber nein, das Boot war ja das Wichtigste in Volkers Leben!

Immerhin musste sie sich nicht mehr fragen, wie in den zwanzig Ehejahren zuvor, was ihr Mann tat, wenn er auf seinem Kahn hockte. Sie hatte ihm irgendwann nach einem schrecklichen Törn geschworen, nie wieder einen Fuß auf dieses Schiff zu setzen.

Doch neulich hatte sie ihr Versprechen gebrochen. Volker war zu seinem Orthopäden in Husum gefahren. Sie wusste, dass man in dieser Praxis immer ewig wartete, Termin hin oder her. Und die Schlüssel zum Schiff hatten auf der Kommode gelegen. Seit Jahren hatte er die nicht mehr offen herumliegen lassen. Es war die pure Nachlässigkeit von ihm gewesen. Ruth hatte nicht widerstehen können, und so war sie kurz entschlossen zum Tümlauer Hafen gefahren. Inzwischen wünschte sie sich, sie hätte es nicht getan.

Auf dem Parkplatz hatte außer ihrem Kleinwagen kein Auto gestanden. Sie war ganz allein am Tümlauer Hafen gewesen und über den Steg zur *Tuppence* gegangen. Die Segeljacht sah noch genauso aus, wie sie sie in Erinnerung hatte. Nichts deutete darauf hin, dass das arme Schiffchen aufgrund ihres Geizes und ihres Anspruchsdenkens bald auseinanderfiel.

Das Boot lag beinahe reglos im Wasser. Trotzdem erforderte es wie immer Mut, den noch relativ sicheren Steg unter ihren Füßen mit einem großen Schritt gegen das Deck eines möglicherweise wackeligen Schiffes zu tauschen. Ihre Schritte klangen zu laut auf dem Holz.

Beinahe zu spät fiel Ruth ein, dass sie in ihren Straßenschuhen nicht an Bord herumlaufen sollte. Die Kratzer waren ihr egal, zumindest was das Boot betraf, doch Volker sollte nicht merken, dass sie hier gewesen war. Also zog sie brav die Schuhe aus, stellte sie säuberlich nebeneinander ins Cockpit und schloss die Tür zur Kajüte auf.

Sich mit beiden Händen am Niedergang festhaltend, stieg sie in das dunkle Innere des verhassten Schiffes. Sie wusste nicht, ob das Licht funktionierte. Es war einfacher, die LED-Leuchte ihres Handys zu aktivieren und damit zu leuchten.

Alles sah sauber und aufgeräumt auf. Während Volker zu Hause stets ihr das Aufräumen der Küche überließ, besonders nach seinen Kocharien, kümmerte er sich hier um alles selbst. Er liebte sein Boot. Das war nicht nur leeres Gerede. Sie ging weiter durch zu den Sitzbänken mit dem Tisch und leuchtete die Wände an, die eigentlich mit warmem Holz verkleidet waren. Doch die Holzpaneele neben dem Niedergang waren kaum noch zu erkennen, stattdessen …

Ruth hörte ihren eigenen keuchenden Atem, während ihre Rechte beinahe gegen ihren Willen den Lichtstrahl über die Beweise für das wandern ließ, was sie schon lange befürchtet hatte. Nicht befürchtet, nein *gewusst* hatte sie es. Gleichzeitig ahnte sie, dass dieser Moment ein Wendepunkt war.

Von nun an würde nichts mehr wie vorher sein.

26. Kapitel

In dem Café am Deich war um diese Zeit wenig los. Nur an einem Tisch nahe am Eingang saßen zwei Monteure in blauen Latzhosen, die wohl verspätet ihre Pause hier verbrachten. Fentje war froh, dass der Laden überhaupt geöffnet hatte. Sie bestellten Kaffee und jeweils ein Stück Kuchen.

»Der Kaffee ist aber gut«, sagte Frau Schrader nach den ersten Schlucken. »Wie komme ich zu der Ehre, Frau Jacobsen?« Sie hatte ein rundes Gesicht mit einer Unmenge Sommersprossen auf der Nase und blickte Fentje halb amüsiert, halb neugierig an.

»Ich möchte gern mehr über diesen Ort erfahren. Helenendeich. Aber die Leute, die ich bisher getroffen habe, reden anscheinend nicht gern mit Fremden. Fremd! Dabei bin ich quasi aus dem Nachbarort!«

Frau Schrader lächelte. »Ich weiß, was Sie meinen. So schnell kommt da niemand rein.«

»Und Sie? Werden Sie akzeptiert?«

»Ich arbeite schon so lange für verschiedene Haushalte in Helenendeich. Ich gehöre wohl mittlerweile zum Inventar. Die Leute sind nicht mehr so vorsichtig, was sie mir erzählen, und ich bekomme einiges mit.«

»Vielleicht können Sie mir ja helfen.«

Frau Schrader neigte sich ein Stück zu ihr vor. »Was genau möchten Sie denn wissen?«

Fentje entschied sich für partielle Offenheit. »Ich bin Anwältin. Mein Mandant ist leider tot. Es geht um die Morde an den zwei Männern aus Helenendeich. Ich stelle Nachforschungen an.«

»Ja, das habe ich mir beinahe schon gedacht. Eine schreckliche Geschichte! Aber wie soll ich Ihnen da helfen? Gekannt habe ich keinen von denen persönlich. Gott sei Dank!«

»Sie wissen vielleicht mehr, als Sie denken.« Fentje lächelte

Frau Schrader schien darüber nachzudenken. »Was wollten Sie denn eben von Frau Suhr?«, fragte sie dann.

»Meine Großmutter möchte mich einmal in der alten Tracht sehen. Dazu muss die aber geändert werden. Da dachte ich, ich verbinde das Nützliche mit dem noch Nützlicheren und bitte Frau Suhr, für mich zu nähen. Ich hatte gehofft, mich dabei mit ihr auch über Helenendeich unterhalten zu können.«

»Mit der?« Frau Schrader schüttelte vehement den Kopf. »Ich arbeite seit über zwei Jahren jede Woche für sie, aber einen Plausch hat es da noch nie gegeben. Doch sie ist gelernte Schneiderin, das stimmt.«

»Sind Sie auch aus dem Ort?«

»Bewahre, nein. Ich lebe in Tönning. Eigentlich bin ich Altenpflegerin von Beruf. Aber wenn ich putze, bin ich flexibler, was meine Arbeitszeiten angeht. Außerdem ist es weniger nervenaufreibend.«

Fentje nickte. »Sind Sie auch in anderen Haushalten in Helenendeich tätig?«

»Sie haben Glück, meine Liebe! Die Arbeit bei den Suhrs ist nicht meine einzige Putzstelle in dem Ort. Zurzeit bin ich noch bei einem netten älteren Herrn in der Siedlung, dessen Frau vor ein paar Monaten gestorben ist.«

»Kennen Sie Eike Harms oder seine Frau, Maren Harms?«

»Ah, jetzt kommen wir zur Sache! Aber da muss ich Sie enttäuschen, Herzchen. Bei den Harms war ich nie. Ich weiß nur, dass Ruth Suhrs Mann Volker den Eike Harms auf dem Kieker hatte.« Sie seufzte. »Na, das hat sich ja nun erledigt.«

»Auf dem Kieker?« Fentje wurde wachsam. »Weshalb denn?«

»Volker Suhr war früher bei der Polizei. So richtig in Uniform und allem …«

»Ich erinnere mich, glaube ich, an ihn«, sagte Fentje und grinste schief. »Er hat mich mal nach zwölf Uhr nachts auf einem Scheunenfest aufgegriffen, als ich noch nicht achtzehn war, und freundlicherweise im Streifenwagen nach Hause gefahren …« Außerdem hatte doch auch ihre Großmutter einen Polizisten im Ruhestand aus Helenendeich erwähnt, oder? Das musste er sein.

Frau Schrader lächelte. »Ja, das passt zu ihm. Eigentlich ist er ein Netter, denke ich. Wollte sich wohl auch schon mal von seiner Frau trennen. Aber sie sind ja immer noch zusammen.« Sie wiegte den Kopf. »Die Pensionierung setzt ihm ein bisschen zu. Vermutlich langweilt er sich. Jedenfalls hat seine Frau mal so eine Bemerkung fallen gelassen, dass er sie nerven würde, immer zu Hause … Ist das freundlich? Sie sollte doch froh sein, dass er noch da ist. Ich bin Witwe, müssen Sie wissen … Seit drei Jahren schon. Doch ich vermisse meinen Knut immer noch.«

»Das tut mir leid.« Fentje schenkte ihr aus dem Kännchen Kaffee nach.

»Aber deswegen sind wir ja nicht hier. Sie wollen etwas über Helenendeich wissen.« Frau Schrader drückte den Rücken durch. »Ich wollte nur sagen, dass die Suhrs sich anscheinend nicht so gut verstehen. Soweit ich das mitbekomme, ist er viel auf seinem Boot. Ein hübsches altes Segelboot. In seinem Arbeitszimmer hängen ein paar Fotos … Sie, also die Frau Suhr, betritt das Schiff angeblich nie, sondern beschwert sich nur ständig, was es kostet. Es liegt im Tümlauer Hafen, glaube ich.«

Fentje aß stirnrunzelnd ihren Kuchen. Es war interessant, doch sie wusste nicht, wie ihr das alles weiterhelfen sollte.

»Können Sie sich einen Grund vorstellen, warum Volker Suhr Eike Harms auf dem Kieker hatte?«, griff sie die ursprüngliche Bemerkung der Frau wieder auf.

Frau Schrader wiegte den Kopf. »Nun, als Polizist kannte er seine Pappenheimer, würde ich sagen. Eike Harms soll ein aufbrausendes Temperament gehabt haben. Und er war wohl nicht der Hellste, wie seine ehemaligen Schwiegereltern behaupten. Und überhaupt, war er angeblich kein netter Mensch!«

»Seine ehemaligen Schwiegereltern?«, fragte Fentje rasch nach.

»Die Grambergs, Dorte und Henner, bei denen ich jahrelang geputzt habe. Eike Harms war mit deren einziger Tochter Ann-Kathrin verheiratet, bevor sie …« Frau Schrader schüttelte den Kopf.

»Ann-Kathrin ist gestorben, nicht wahr?«

»Sie hat sich umgebracht. Es war schrecklich.«

»Oh, dass es ein Suizid war, wusste ich nicht.« Fentjes Herz klopfte schneller. Da war es, das Motiv! Wenn die Grambergs Eike Harms die Schuld am Selbstmord ihrer Tochter gaben, dann hatten sie wiederum ein Motiv, ihm den Tod zu wünschen. »Wie ist es denn passiert?«

»Was ich Ihnen erzähle, ist natürlich nur das, was die Grambergs mir anvertraut haben, beziehungsweise was ich so mitbekommen habe. Ann-Kathrin soll unglücklich gewesen sein in ihrer Ehe mit Eike«, sagte Frau Schrader. »Vor allem die letzten ein oder zwei Jahre. Ann-Kathrin hat sich angeblich immer Kinder gewünscht, doch es wollte sich kein Nachwuchs einstellen.« Sie seufzte und rührte in ihrer Tasse. »Sie hat sich untersuchen lassen; angeblich war alles in Ordnung, doch er hat sich wohl geweigert, das ebenfalls zu tun. Typisch Mann … Nun ja, Eike Harms hat wohl auch viel gearbeitet und war ständig gestresst. Als Koch musste er ja vor allem abends und an den Wochenenden ran, wenn Ann-Kathrin zu Hause war. Sie saß dann allein in ihrem Haus in Helenendeich, oder sie war bei ihren Eltern. Sie hatte wohl nicht viele Freunde, sondern war eher ein Familienmensch.«

Fentje nickte nur, denn sie wollte die Frau in ihrem Redefluss nicht stoppen. Es war ein bisschen, als wäre ein Deich gebrochen. Endlich redete mal jemand über das, was in dem Dorf los gewesen war.

»Wussten Sie, dass ausgerechnet Eike Harms' Boss, der Miteigentümer dieses Restaurants, in dem Eike gearbeitet hat, das zweite Todesopfer war? Die Grambergs haben mal erzählt, dass ihr Schwiegersohn recht eng mit seinem Arbeitgeber befreundet war. Damals waren sie noch stolz darauf. Sein Boss soll ihn gefördert und angeblich auch sehr gut bezahlt haben. Er war auf Fortbildungen und so weiter. Doch für die Ehe war das leider nichts ...«

Wieder seufzte Frau Schrader. »Ann-Kathrin wurde mit der Zeit depressiv, nahm Medikamente. Eines Abends, als Eike mal wieder bis spät in die Nacht gearbeitet hat und ihre Eltern im Urlaub waren, hat sie wohl Tabletten geschluckt, Wodka getrunken und sich dann in der Garage mit Abgasen vergiftet.«

»Wie furchtbar«, sagte Fentje ehrlich erschrocken. Sie wartete ab, bis Frau Schrader ihren Kaffee ausgetrunken hatte. »Erinnern Sie sich zufällig, wann genau Ann-Kathrin Harms sich umgebracht hat?«, fragte Fentje, obwohl sie es ja bereits von Niklas wusste.

»Nein, tut mir leid. Irgendwann im Frühjahr vor sieben Jahren war es. Mein Gott, so lange ist das schon wieder her!«

»Und es ist in dem Haus passiert, das neben dem Claussen-Hof steht?« Was für eine sensationslüsterne Frage, dachte Fentje. Doch es nützte ja nichts, wenn sie weiterkommen wollte.

Aber Frau Schrader zuckte nicht einmal. »Ja, genau, in dem an der Dorfstraße. Ihr Mann ist danach darin wohnen geblieben.« Sie schüttelte sich. »Mit all den Erinnerungen.«

»Das muss schwer gewesen sein, auch für die Eltern ...«

»Ich sage Ihnen, das war es! Besonders, als Eike Harms nach ein paar Jahren zum zweiten Mal geheiratet hat. Da ist alles noch einmal hochgekommen. Sie sind dann ja auch fortgezogen aus Helenendeich. Nach Tönning. Dort habe ich auch noch eine Weile für sie geputzt.«

Fentje hielt den Atem an. »Hat man Eike Harms verdächtigt, etwas mit Ann-Kathrins Tod zu tun gehabt zu haben?«

»Oh, gemunkelt wird ja immer. Und der Ehemann ist ja immer der Erste, den die Polizei sich näher anschaut, nicht wahr? Außerdem haben die Grambergs recht wilde Verdächtigungen ausgesprochen: Eike Harms habe Ann-Kathrin unterdrückt und bedroht. Davon war vor dem Tod ihrer Tochter allerdings nie die Rede, zumindest mir gegenüber nicht. Volker Suhr, in dessen Haus Sie ja eben waren, war natürlich auch mit an den polizeilichen Untersuchungen beteiligt. Aber es ist nichts dabei herausgekommen. Mehrere Leute haben wohl bezeugt, dass Eike Harms den ganzen Abend über in dem Restaurant *Düwels Kombüse* in der Küche gestanden hat, allen voran sein Chef, dieser Sascha Janssen. Ann-Kathrin hat es selbst getan.«

Fentje nickte nachdenklich.

»Man muss Eike Harms zugutehalten, dass er nach Ann-Kathrins Tod wohl auch eine schwere Zeit hatte. Er wurde krank, musste zur Kur ... Danach hat er lange keine Frau mehr angeschaut, heißt es. Seine zweite Frau, Maren Prüss, hat er erst einige Jahre später geheiratet. Zwischendurch war er ganz allein in dem Haus, hatte nur einmal kurz eine Freundin. Das hielt aber nicht sehr lange, glaube ich. Sie hat ihn verlassen und ist in ihre Heimat zurück. Ich war da aber schon nicht mehr bei den Grambergs.«

Fentje nickte. »Kennen Sie auch Maren Harms, Eike Harms' zweite Frau?«

Frau Schrader zuckte mit den Schultern. »Kaum. Sie hat sich angeblich gleich recht gut mit ihrer Nachbarin, Wiebke Claussen, angefreundet. Das war auf mehrere Weisen schlau von ihr. Und deswegen saß sie wohl auch nicht so viel allein herum, wenn Eike arbeiten musste. Sie hat auch ein kleines Kind aus erster Ehe … Sind Ihnen die Claussens ein Begriff?«

»Ich kenne Wiebke von früher. Ihren Mann und ihren Schwiegervater habe ich nur einmal kurz gesehen, als ich Wiebke sprechen wollte.«

»Wenn Sie mit ihr befreundet sind, dann sage ich lieber nichts über die Claussens …«

»›Befreundet‹ würde ich es nicht gerade nennen«, wiegelte Fentje ab. »Ich habe sie vor Jahren mal auf einer Hochzeit kennengelernt.«

Frau Schrader beugte sich vor, sodass Fentje den Kaffee in ihrem Atem und ihr blumiges Deo riechen konnte. Sie senkte die Stimme: »Ich habe gehört, dass die Morde beinahe direkt vor ihrer aller Nase verübt worden sein sollen. Sie waren allesamt bei Wiebke und Ingmar eingeladen, um ihren Geburtstag nachzufeiern: die Grambergs, Dorte und Henner, die Suhrs und auch Maren Harms und ihre kleine Tochter. Eike war vielleicht ebenfalls eingeladen, keine Ahnung, doch der ist zu Hause geblieben, weil sein Freund und Arbeitgeber gekommen war. Angeblich haben sie zusammen gebechert. Wie so oft … Der Täter muss ein leichtes Spiel mit ihnen gehabt haben.«

»Ich dachte, Eike Harms sei von seinem Freund Janssen erschlagen worden, und der habe sich danach selbst getötet«, sagte Fentje mit argloser Miene.

»So hieß es auch zuerst.« Frau Schrader nickte heftig. »Aber nun sucht die Polizei wohl doch jemanden von außen. Eikes Freund und Chef soll wohl nicht ganz koscher gewesen sein …«

»Und das heißt?«, hakte Fentje nach und hoffte, dass ihr Gegenüber ihr die gespielte Unkenntnis weiterhin abnehmen würde.

Frau Schrader hob die kräftigen Schultern. »Fragen Sie mich nicht. Doch wer quasi aus dem Nichts drei so große Restaurants aufzieht, auf einmal mit Promis auf Du und Du steht und so, der hat sich das doch nie im Leben mit normaler, rechtschaffener Arbeit aufgebaut!«

Jetzt, da Fentje wusste, wonach sie suchte, war die Grabstelle einfach zu finden. Sie ging die Reihen des Tönninger Friedhofs ab, in dem Bereich, den Wiebke Claussen neulich aufgesucht hatte.

Vor Ann-Kathrin Harms' Grab blieb Fentje stehen. Tatsächlich. Als Todesdatum war der sechste April angegeben, wie sie es bereits vermutet hatte. Sieben Jahre war das nun her … Und doch vermissten die Grambergs ihre Tochter sicherlich immer noch schmerzlich. Ein Kummer, den Fentje sich nicht einmal vorzustellen wagte.

Das Grab war mit frischen weißen Eisbegonien und Männertreu bepflanzt. Ein Blumenstrauß, schon zwei oder drei Tage alt, lag neben dem Grabstein aus grauem Granit. Auf der anderen Seite des Sockels stand ein gerahmtes Foto.

Das Bild war vom Sonnenlicht und Regen verfärbt und verblasst, doch die dunkelhaarige Frau, die darauf abgebildet war, sah erschreckend jung und ein wenig traurig aus. Eine makabre Vorausdeutung auf das, was folgen sollte? Hatte es kein besseres Foto von ihr gegeben, auf dem sie etwas fröhlicher ausgesehen hatte? Oder war es absichtlich ausgewählt worden? Eine Mahnung, wie schlecht es Ann-Kathrin in ihrer Ehe mit Eike Harms ergangen war? Wie oft er wohl hierhergekommen war in letzter Zeit?

Wiebke Claussen aber hatte das Grab noch vor wenigen Tagen besucht. Waren die beiden Frauen befreundet gewesen?

Dass sie Gesellschaft bekam, merkte Fentje erst, als sie bereits nahe hinter ihr standen. Ein Ehepaar Anfang sechzig hatte sich unbemerkt genähert. Er war in etwa so groß wie Fentje, mit breiten Schultern und langen Armen, hatte kurz geschnittene graue Haare und einen getrimmten Vollbart. Seine Augen waren von einem eigenartig durchscheinenden Hellgrau. Die Frau an seiner Seite war einen halben Kopf kleiner als er; ihr Haar hatte die Farbe von Kidneybohnen, und ihre Augen waren von einer Sonnenbrille verdeckt. Sie verharrten zwei Meter hinter Fentje auf dem Weg und sahen sie nicht gerade freundlich an.

»Oh, guten Tag. Sie wollen auch zu diesem Grab? Ich bin gleich wieder weg.«

»Wer sind Sie denn?«, fragte der Mann.

»Fentje Jacobsen.« Sie hielt ihnen die Hand hin, doch das Paar ignorierte es.

»Die Anwältin«, bemerkte die Frau und blickte zu dem Mann. Er nickte langsam.

»Und Sie sind die Grambergs, nehme ich an?« Fentje versuchte, sich nicht von der feindseligen Ausstrahlung der beiden beeindrucken zu lassen.

»Wir sind Ann-Kathrins Eltern, Dorte und Henner Gramberg.«

»Das mit Ihrer Tochter tut mir sehr leid.«

»Wir kommen beinahe jeden Tag hierher.«

Fentje nickte. Dann sagte sie, einer Eingebung folgend und weil die Stimmung eigentlich nicht mehr frostiger werden konnte: »Besuchte Ann-Kathrins Mann, Eike Harms, auch regelmäßig ihr Grab?«

»Ich wüsste nicht, was Sie …«, fuhr Henner Gramberg sie an.

»Lass gut sein, Henner«, bat die Frau und legte ihm eine Hand auf den Arm. »Nein, er kam nicht sehr oft her. Wenigstens, soweit wir es wissen.«

»Und nun ist er auch tot«, ergänzte Henner Gramberg.

»Es muss ein Schock für Sie gewesen sein«, erwiderte Fentje, um das Gespräch nicht abreißen zu lassen.

Dorte Gramberg kniff die Lippen zusammen. »Das war es. Aber es tröstet uns, dass unsere Tochter das nicht mehr miterleben musste. Maren, Eikes zweite Frau, und auch das Kind … Vermutlich hatten die beiden nur Glück, dass sie nicht zu Hause waren, als es passiert ist. Sonst wären sie womöglich ebenfalls verletzt worden oder sogar tot.«

»Kannten Sie auch den anderen Mann? Sascha Janssen?«

»Was wissen Sie denn darüber?«

»Er war gewissermaßen mal mein Mandant. Er wollte meine Hilfe.«

Dorte Gramberg gab einen verächtlichen Laut von sich.

»Was, denken Sie, ist genau passiert?«, wandte Fentje sich an Henner Gramberg.

»Wir denken gar nichts«, antwortete er eine Spur zu heftig. »Eike hat sich anscheinend mit den falschen Leuten eingelassen. Damit haben wir nichts zu tun!«

»Sprechen Sie von Sascha Janssen?«

»Ann-Kathrin konnte diesen Janssen nicht ausstehen«, brach es aus Dorte Gramberg hervor, die bisher ein Muster an Selbstbeherrschung gewesen war.

»Vielleicht gibt es ja doch eine Art höhere Gerechtigkeit?«, sagte Fentje in dem Versuch, das Ehepaar zum Reden zu bringen.

Frau Gramberg hatte sich wieder unter Kontrolle und schwieg, doch Henner erwiderte: »Nichts auf der Welt bringt uns unsere Tochter zurück.« Er blickte Fentje dabei starr in die Augen.

Seine Frau sagte scharf: »Ich denke, diese Unterredung ist

jetzt beendet. Auf Wiedersehen, Frau Jacobsen. Lassen Sie uns in Ruhe trauern.«

»Natürlich. Ich will Sie nicht stören.« Fentje trat ein Stück zur Seite.

»Und bleiben Sie bitte der Trauerfeier für Eike fern«, fügte Ann-Kathrins Mutter scharf hinzu. »Sie sind nicht erwünscht! Wir mögen es nicht, wenn sich die Leute in unsere familiären Angelegenheiten einmischen.«

»Eike hat für Sie also immer noch zur Familie gezählt?«

»Verschwinden Sie!« Henner Gramberg ballte die Hände zu Fäusten. Spuckebläschen hatten sich zwischen den blassen Lippen gebildet.

»Auf Wiedersehen!«, sagte Fentje. Nachdenklich schlug sie den Weg zurück zu ihrem Auto ein. Noch lange vermeinte sie, Henner Grambergs Blick in ihrem Rücken zu spüren.

27. Kapitel

Die *Pension Rösing*, die Niklas suchte, war ein Haus, erbaut um 1900. Ursprünglich hatte es mal vielleicht nicht unbedingt schön, so doch zumindest respektabel oder sogar eindrucksvoll ausgesehen. Durch etliche Um- und Anbauten hatte man wohl versucht, den alten Kasten mit seinen Erkern und dem Türmchen den Erfordernissen der Zeit anzupassen. Mit bescheidenem Erfolg.

Die Dielen in der Lobby knarzten, als Niklas auf den Tresen zusteuerte. Der Portier, ein etwa zwanzigjähriger Mann mit Bürstenschnitt und Sommersprossen, kannte erwartungsgemäß keine Damaris Ehmke. Er war Auszubildender und rief sofort nach seiner Chefin.

Die zog erstaunt die schmalen Augenbrauen in die Höhe und bat Niklas, ihr in ihr Büro zu folgen. Die Luft roch nach Zigarettenrauch, und durch die Schwaden hindurch sah er eine Zigarette in einem vollen Aschenbecher vor sich hin glimmen.

»Dann hat es im Nachhinein ja vielleicht doch etwas gebracht, dass ich damals zur Polizei gegangen bin«, sagte die Frau, die mit Nachnamen Rösing hieß, und fischte sich den Glimmstängel aus dem Aschenbecher.

»Warum genau sind Sie zur Polizei gegangen, Frau Rösing?«

»Oh, bitte setzen Sie sich doch, Herr John. Ich wollte sowieso gerade Pause machen. Langer Tag … Ich habe um fünf Uhr angefangen. Kaffee? Oder etwas anderes?«

»Nein, danke.«

»Wie Sie wünschen. Ich habe mich an die Polizei gewandt, weil Damaris von einem auf den anderen Tag nicht mehr zur

Arbeit erschienen ist. Sie hat hier als Zimmermädchen gearbeitet. Bis auf ihre Männergeschichten, die manchmal etwas nervig waren, waren wir vollauf zufrieden mit ihr. Arbeiten konnte sie, hat nie herumgetrödelt und die Zimmer immer tipptopp sauber gemacht.«

»Wie lange hat sie hier gearbeitet?«

»Beinahe drei Jahre. Sie kam aus Bulgarien. Hat aber sehr schnell gut Deutsch gesprochen. Erst hatte sie bei einer Freundin in einer kleinen Wohnung gewohnt. Dann ist sie zu ihrem Freund gezogen. Das ist ja wohl der, der nun ermordet wurde?« Sie ließ es wie eine Frage klingen.

»Sie haben darüber gelesen?«

»Ja, habe ich. Aber vor allem wird darüber geredet. Auch hier in Büsum. Ich interessiere mich ja nicht so für Klatsch und Tratsch. Dafür habe ich zu viel zu tun. Doch als Damaris auf einmal wie aus heiterem Himmel verschwunden war, da habe ich mir gedacht, dass das nicht normal sein kann. Sie war immer so zuverlässig. Wir hatten ein gutes Verhältnis, beinahe freundschaftlich. Sie hätte mir bestimmt gesagt, wenn sie sich verändern wollte.«

»Was taten Sie, als Damaris Ehmke nicht zur Arbeit erschien, Frau Rösing?«

»Ich habe natürlich zunächst mal versucht, sie telefonisch zu erreichen. Ohne Erfolg. Dann habe ich ihren Freund angerufen. Erst konnte ich bei denen zu Hause niemanden ans Telefon bekommen. Doch dann, nach ein paar Tagen, sagte mir Eike Harms – so hieß er doch? –, dass Damaris ihn verlassen habe. Er wisse auch nicht, wohin sie gegangen ist, vermutlich nach Hause nach Bulgarien. Er klang gekränkt, ein wenig angetrunken und stinksauer.«

»Und was passierte dann?«

»Ach …« Frau Rösing sog tief den Rauch ein, sodass sich ihre Wangen nach innen zogen. »Ich habe hin und her überlegt und bin dann persönlich aufs Polizeirevier gegangen.

Die meinten aber gleich, dass das wenig Sinn habe. Die Frau sei erwachsen und könne tun und lassen, was sie will. Es gebe ja keinerlei Hinweise darauf, dass sie unfreiwillig gegangen sei oder dass ihr etwas passiert sein könnte …«

»Und was war Ihr Gefühl?«, erkundigte Niklas sich.

Frau Rösing zuckte mit den Schultern. »Es kam mir seltsam vor. Nicht die Tatsache, dass Damaris diesen Harms verlassen hat. Das beileibe nicht. Bei dem Kerl wäre ich auch nicht geblieben, ehrlich. Aber es passte einfach nicht, dass sie es mir nicht erzählt hat. Als hätte ich auf die Einhaltung ihrer Kündigungsfrist bestanden.«

»Hätten Sie nicht?«

Sie verzog ironisch ihr Gesicht. »Na ja. Vielleicht doch. Sie war eine gute Kraft.«

»Aber die Polizei hat gar nicht ermittelt?«

»Doch.« Sie drückte die Zigarette aus, zündete sich jedoch sogleich eine neue an. »Die waren wohl zumindest bei ihrem Freund und haben mit ihm gesprochen. Wie heißt das Kaff noch gleich, wo der wohnte: Helenenruhe?«

»Helenendeich.«

»Ach so. Genau. Es war irgendwas mit Helene. Die haben sich wohl auch ein bisschen im Haus umgeschaut. Damaris' Sachen waren angeblich alle weg. Einer der Polizisten hat es mir später erzählt. Er hat sich als Einziger ein bisschen dahintergeklemmt.«

»Wissen Sie noch, wer das war?«

»Nein, zumindest habe ich keinen Namen für Sie. Er war damals um die sechzig, mittelgroß, Halbglatze. Jedenfalls hat er versucht herauszufinden, wer Damaris' Angehörige sind, wo genau sie herkam. Wie sich herausstellte, waren ihre Papiere gefälscht. Großes Theater! Doch dann …«

Sie kniff die Augen gegen den aufsteigenden Rauch zusammen. »Dann endeten die Nachforschungen abrupt. Einer meiner ehemaligen Mitarbeiter hatte ziemlich verspätet mitbekommen, was los war. Er war da gerade im Krankenhaus gewesen, meine ich. Als er hörte, dass Damaris gesucht wird, hat er ausgesagt, dass Damaris ihm erzählt habe, sie wolle wieder nach Hause gehen. Ihr Vater sei krank und brauche ihre Hilfe.«

»Wer ist dieser Mitarbeiter? Kann ich mit ihm reden?«

»Da haben Sie Pech. Rudi ist tot.«

»Woran ist er gestorben?«

Sie lachte rau auf. »Sie vermuten wohl hinter allem ein Verbrechen? Aber Rudi hatte Krebs. Lungenkrebs.« Sie unterdrückte ein Husten. »Da konnte niemand mehr was machen.«

Nachdem er ihr noch ein paar Fragen über Damaris Ehmke gestellt hatte, dankte Niklas Frau Rösing und verabschiedete sich von ihr. Als er wieder vor die Tür trat, sog er tief die frische Meeresluft ein, die von der Nordsee durch die schmalen Straßen wehte. Auf dem Asphalt vor ihm stritten sich zwei Möwen um die Reste aus einer Pommestüte, und die Fahnen vor dem Apartmenthaus gegenüber knatterten.

Um die Recherchen in Damaris Ehmkes Heimatland Bulgarien musste Niklas sich nicht kümmern, hatte Carla Scarpetta ihm versichert. Da hatte die Polizei sowieso bessere Möglichkeiten als er. Er schoss ein paar Fotos von dem Hotel und der Umgebung. Doch was er wirklich brauchte, war eine Aufnahme von Damaris Ehmke. Die Pensionsbesitzerin hatte keine, hatte sie ihm auf seine Frage hin noch mitgeteilt. Personalakten mit Fotos aus der Zeit existierten nicht. Auch keine Prospekte der Pension mit Bildern von freudestrahlenden Mitarbeitern …

Julie Janssen war noch seine beste Chance auf ein Foto von Damaris Ehmke. Dieser simplen Tatsache wurde Niklas sich während seiner Rückfahrt von Büsum nach St. Peter-Ording bewusst. Kurz entschlossen rief er sie noch aus dem Auto über die Freisprechanlage an. »Niklas John hier, hallo, Julie.«

»Oh, das ist aber eine Überraschung!«, säuselte sie nach einer winzigen Verzögerung. »Ich hatte gar nicht damit gerechnet, nochmals von Ihnen zu hören!«

»Wo sind Sie gerade?«

»Bei einer Freundin.«

»Ich will Sie auch nicht lange aufhalten, doch Sie könnten mir vielleicht bei etwas helfen.«

»Worum handelt es sich?«

»Erinnern Sie sich an Damaris? Damaris Ehmke?«

»Aber ja. Das ist eine Freundin von Eike gewesen. Was wollen Sie von der?«

»Ich benötige für meine Arbeit ein Foto von ihr. Zur Not auch eine Gruppenaufnahme, auf der sie mit drauf ist.«

»Ach so.« Julie hatte sich offenbar etwas in den Mund geschoben, er hörte sie kauen. Apfelstückchen, Möhren oder etwas ähnlich Knackiges. »Alles andere wäre auch ungünstig für Sie gewesen, Niklas.« Sie lachte. »Sie ist irgendwann zurück nach Bulgarien gegangen. Eike hat sich ihretwegen die Augen aus dem Kopf geheult.«

»Würden Sie für mich nach einem Foto von ihr schauen?«

»Hm. Das dauert aber ein bisschen. Wie eilig ist es denn?«

»Sehr eilig.«

»Also gut. Unter einer Bedingung.«

»Und die wäre?«

»Wir lassen das mit dem albernen ›Sie‹.«

»Da bin ich dabei.«

»Schön, Niklas. Dann komm nachher zu mir, und wir gucken gemeinsam nach. Ich bin in Oldenshörn.«

»Ist das eine gute Idee? Was ist denn mit Thomas?« Ihm jedenfalls war Fentjes Warnung, dass Sascha Janssens Kompagnon und Nachfolger aufgebracht auf dem Weg zu Julies Hotelzimmer gewesen war, nachdem Julie und er den Ballsaal verlassen hatten, noch gut in Erinnerung. Außerdem wollte er nichts von Julie Janssen.

»Ach, Thomas muss heute Abend arbeiten. Wie die ganzen nächsten Abende auch. Wie du dir sicher vorstellen kannst, hat Saschas Tod in den drei Restaurants für eine Menge Unruhe gesorgt. Er fehlt dort an allen Ecken und Enden, auch wenn Thomas das nicht so recht zugeben will. Heute ist er deswegen auf Sylt und will dort auch übernachten.«

»Natürlich komme ich auch zu dir, und wir schauen zu zweit«, gab er notgedrungen nach. »Aber vielleicht hast du ja sogar etwas auf deinem Handy? Ein Foto von einem Event, bei dem ihr zu viert wart?«

»Nein. Solche Treffen waren eher eine Seltenheit. Ich mochte Eike nicht besonders.«

»Sch…ade an sich«, sagte Niklas, einen Kraftausdruck unterdrückend.

Sie lachte auf. »Also gut, wenn es dir so wichtig ist, Niklas, dann komm heute Abend gegen acht zu mir nach Hause.« Sie nannte ihm die Straße und Hausnummer. »Du kannst es nicht verfehlen«, setzte sie hinzu. »Aber stell dein Auto lieber ein paar Straßen weiter ab. Dann gucken wir gemeinsam nach. Vielleicht hatte Sascha so ein Foto auf seinem Rechner.«

Klick. Julie Janssen hatte das Gespräch beendet.

Da ihm nichts Besseres einfiel, um an das verflixte Foto zu kommen, und da er außerdem auch nichts anderes vorhatte, fuhr Niklas gegen halb acht nach Oldenshörn.

Den Weg zu Julie Janssens Haus kannte er ja bereits. Er klingelte, schaute erwartungsvoll in die Überwachungskamera und hoffte, dass Julie ihm voll bekleidet die Tür öffnen würde.

Seine Hoffnung erfüllte sich. Sie trug eine dunkelrote Samthose und einen schwarzen Pullover, dazu silbrig glänzende Ballerinas als Hausschuhe. Sie presste sich beim Begrüßungskuss einen Moment zu lange an ihn, dann schlenderte sie ihm nonchalant voraus in die Küche und bot ihm etwas zu trinken an.

Niklas entschied sich für ein alkoholfreies Bier. Sie zuckte mit den Schultern, reichte ihm eines und goss sich einen Prosecco aus einer bereits geöffneten Flasche aus dem Kühlschrank ein. »Ich darf das, ich bin eine junge Witwe«, sagte sie.

»Dann zum Wohl!«

Sie prostete ihm nachdenklich zu.

»Hast du schon überlegt, wie wir wegen des Fotos am besten vorgehen?«, fragte er, nachdem sie beide getrunken hatten und das Schweigen einen Moment zu lange dauerte.

»Ich sterbe vor Hunger, Niklas. Wenn du nichts dagegen hast, werde ich uns erst mal etwas zu essen bestellen. Meine Freundin Silja, bei der ich bis eben war, ist mal wieder auf irgendeinem Diättrip.«

Niklas war ebenfalls hungrig. Zurück in seiner Wohnung, hatte er Blofeld gefüttert und sich selbst nur schnell einen Espresso gemacht, bevor er weitergefahren war. Er hatte dies hier so zügig wie möglich abwickeln wollen, doch Widerstand war sowieso zwecklos, wenn er mit einem brauchbaren Foto das Haus wieder verlassen wollte. Falls es denn überhaupt eines von Damaris gab und er nicht nur von Julie hingehalten wurde ... »Also gut. Ich kann auch etwas zu essen vertragen. Aber ich lade dich ein. Was schwebt dir denn vor?«

»Hm. So viel Auswahl haben wir hier leider nicht. Indisch, Thai, Chinesisch ...« Sie kicherte. »Ist alles ein und derselbe Laden. Ansonsten Döner oder Pizza.«

»Dann bin ich für Pizza.« Das ging hoffentlich schnell, und man konnte wenig falsch machen.

»Was für eine?«

»*Prosciutto.*«

»Gut. Ich rufe da eben an. Die sagen dann immer, es dauert ›Einehalbebisdreiviertelstunde‹.« Sie lächelte ein wenig bemüht. »In einem Wort gesprochen. Darauf zu warten war eine Art Dauer-Joke zwischen Sascha und mir. Setz dich schon mal da rüber …« Sie deutete ein paar Stufen hinunter in den hinteren Bereich des Hauses. »Ich komme dann gleich zu dir.«

Es ging fünf Treppenstufen hinunter in einen Wohnbereich von der Größe eines Badminton-Feldes. Anthrazitfarbene Bodenfliesen und ebenso dunkel gestrichene Wände ließen den Raum fast ein wenig mystisch aussehen. Obwohl draußen noch sechzehn Grad waren, brannte ein Feuer im Kamin. Die Beleuchtung war gedimmt, die Vorhänge aus bordeauxrotem Samt zugezogen. Eine U-förmige Wohnlandschaft mit einem flauschigen Teppich in der Mitte bildete das Zentrum des Raumes. Auf dem ausladenden Glastisch brannten Altarkerzen. In einem Sektkühler stand eine Flasche Wein, und im Hintergrund säuselte Chill-out-Musik.

»Oh, verdammt«, murmelte Niklas. Dass ein Foto von Damaris bei Julie einen hohen Preis haben würde, war ihm schon klar gewesen. Aber mit diesem Einsatz hatte er nicht gerechnet.

28. Kapitel

Niklas schob den Vorhang eines der bodentiefen Fenster zur Seite und blickte hinaus. Die Terrasse hinter dem Haus war mit großen Granitplatten belegt. Dahinter schloss sich eine ebene Rasenfläche an, die wiederum von einer Mauer umgeben war. Glänzende Steinplatten auf dem Rasen setzten geometrische Akzente. Sie erinnerten Niklas an Grabplatten.

»Gefällt es dir?«

Niklas zuckte zusammen. Julie war vollkommen geräuschlos zu ihm getreten und stand nun keinen halben Meter entfernt hinter ihm. »Es ist etwas Besonderes«, sagte er diplomatisch.

»Nicht wahr?!«, erwiderte sie mit einem zufriedenen Lächeln. »Setz dich jetzt endlich, Niklas. Machen wir es uns gemütlich! Das Essen kommt nämlich erst in ›Einerhalbenbisdreiviertelstunde‹.«

»Wollen wir so lange nach dem Foto schauen? Dann haben wir das schon erledigt.«

Sie seufzte theatralisch. »Na gut. Bringen wir es hinter uns. Ich hole Saschas Laptop herunter.«

Niklas runzelte die Stirn. »Die Polizei hat seine Sachen nicht mitgenommen, um sie zu untersuchen?« Er hatte gehofft, dass sie vielleicht bei Julies Fotos fündig werden könnten.

»Oh, doch. Das meiste haben die einkassiert. Aber Sascha hatte eines seiner Notebooks, sein Back-up, immer gut versteckt. Ursprünglich gegen Einbrecher. Er war da ein bisschen paranoid. Gut für mich, oder?«

»Und gut für mich.«

Als Julie mit einem kleinen Stirnrunzeln Saschas Passwort eingab und der Computer des Toten zum Leben erwachte, musste Niklas daran denken, dass es keinen Menschen gab, der seine Passwörter kannte. Er würde seinen Hinterbliebenen – seinem Vater, seiner Schwester – ein unlösbares Rätsel hinterlassen. Aber vielleicht war das auch ganz gut so.

»Also dann. Es nützt ja nichts. Ich gehe jetzt in Saschas Fotoprogramm«, sagte Julie. »Warte einen Moment. Ich muss mich selbst erst mal zurechtfinden.«

Niklas lehnte sich zurück und versuchte, sich zu entspannen. Mit mäßigem Erfolg. Das Kaminfeuer war schon recht weit heruntergebrannt. Er stand auf und legte ein paar Scheite nach.

»Hier, das könnte was werden …«, meinte Julie nach ein paar Minuten. Er setzte sich wieder neben sie, und sie drehte den Laptop zu ihm. »Da waren Eike und Damaris mal hier zum Grillen. Siehst du?«

Gemeinsam schauten sie die Fotos an. Es berührte Niklas eigentümlich, die Fotos von Eike Harms und Sascha Janssen anzuschauen. Zwei Männer mit ihren Frauen beziehungsweise Freundinnen, die einen gemeinsamen Grillabend veranstalteten. Es war so profan, und gleichzeitig sahen sie gut gelaunt und mit sich im Reinen aus. Nicht ahnend, was ihnen beiden gemeinsam für ein Schicksal bevorstand. Dass der Tod längst nicht in so ferner Zukunft lag, wie sie vermutlich erwartet hatten.

»Von Damaris ist leider bis auf das eine schräg von hinten nichts dabei«, stellte Julie fest, nachdem sie alle Fotos des Abends durchgegangen waren. »Das hilft dir wohl nicht wirklich weiter.«

»Nein. Sie ist leider kaum zu erkennen«, bestätigte Niklas.

»Ich glaube, sie ließ sich nicht so gern fotografieren«, meinte Julie. »Einer ihrer Schneidezähne war leicht verfärbt. Sie hätte ihn überkronen lassen sollen.«

»Es gab doch bestimmt noch mehr gemeinsame Treffen?«

»Kann schon sein. Aber ich finde es anstrengend, mir die alten Bilder anzuschauen«, erwiderte Julie. »Lass uns ein Glas Wein trinken. Ich brauche eine Pause.«

Er wollte erst ablehnen, doch sie sah wirklich erschöpft aus. Mit einem Anflug von schlechtem Gewissen erkannte er, dass das Anschauen der Bilder kurz nach Saschas Tod durchaus eine ziemliche Zumutung für sie sein konnte. Sie musste das nicht tun.

»Gern. Ein halbes Glas ist okay für mich.« Er schenkte ihnen beiden ein. »Der ist wirklich sehr gut!«, sagte Niklas nach dem ersten Schluck und betrachtete das Etikett.

»Ja, von Weinen hatte Sascha extrem viel Ahnung. Mehr noch als Thomas, der sich immer als der große Weinkenner aufspielt. Sascha hat sich das alles selbst beigebracht. Seminare besucht und so. Von seiner Mutter hat er in dieser Hinsicht gar nichts mitbekommen. Da gab es nur Rotwein aus dem Tetrapak.«

»Du hast neulich gesagt, du bist Saschas Mutter einmal begegnet …«

»Ja. Sie hat uns mal hier besucht. Zu dem Haus hat sie keinen Ton gesagt. Oder zu Saschas Erfolg mit den Restaurants. Sie hat ausschließlich über sich und ihr Pilates-Studio geredet. Er war ziemlich enttäuscht von ihr. Letztlich war Sascha froh, als sie wieder nach Gran Canaria zurückgeflogen ist.«

»Ist sie über seinen Tod informiert worden?«

Julie nickte. »Sie will vielleicht zur Beerdigung kommen. Wenn sie es einrichten kann! Aber ich will sie hier nicht sehen.«

»Also gut.« Niklas stellte sein Weinglas ab. »Wollen wir weiterschauen? Kannst du noch? Oder soll ich das lieber allein machen?«

Julie verzog neckisch das Gesicht. »Nein, allein lass ich dich das nicht ansehen. Wer weiß, was du alles entdeckst?«

»Wann genau ist Damaris eigentlich verschwunden?«

»Du kannst Sachen fragen, Niklas. Es war um die Zeit, als das zweite *Gamberetto* aufgemacht hat. Alle waren im Stress, weil sich der Umbau verzögert hatte und sie nicht wussten, ob sie rechtzeitig eröffnen können, obwohl schon alle Einladungen verschickt waren und so. Sascha meinte noch, dass er da nicht auch noch einen Koch gebrauchen könne, der komplett neben sich steht, weil seine Holde ihn gerade verlassen hat.«

Der Zeitpunkt der Eröffnung des Restaurants ließ sich leicht recherchieren. »Und seit wann waren Eike und Damaris ein Paar?«

»Das weiß ich nicht mehr. Irgendwann kam er einfach mit ihr an.«

»Wo an?«

»Oh, das erste Mal war es zu Saschas Geburtstagsfeier, glaube ich. Seinem ein- oder zweiunddreißigsten, soweit ich mich erinnere. Ja, das könnte sein …«

»Da wurde doch sicher auch viel fotografiert.«

»Mal schauen …«

Niklas beugte sich gespannt vor. Je länger man nach Damaris suchte, desto mehr wurde sie zu einem Mysterium. Bisher hatte er nichts als einen schmalen Rücken in einer weinroten Bluse und eine dichte, dunkle Mähne von ihr gesehen, die ihr bis über die Schulter reichte.

»Ich glaube, hier könnte was …«

Es läutete. Julie schloss den Deckel des Laptops. »Das ist unser Abendessen!«

»Ich gehe zur Tür.« Niklas erhob sich. »Du kannst ja schon mal Teller und Besteck holen.« Die Fotos mussten wohl warten.

Nachdem sie die Pizza gegessen und noch etwas getrunken hatten, gelang es Niklas, Julie wieder zu Saschas Computer auf dem Wohnzimmertisch zu bugsieren.

Das Essen und der Wein schienen sie wiederbelebt zu haben. Ihre Wangen hatten sich gerötet, und sie fixierte ihn immer wieder mit glänzenden Augen. Er hoffte, dass die veränderte Stimmung wirklich nur auf den Alkohol und die Nahrung zurückzuführen war. Er erinnerte sich an die Kapsel, die sie an der Bar des *Chaumonts* geschluckt hatte. Und sie war zwischendurch schon zweimal im Bad verschwunden.

Sie öffnete den Computer, und sie sahen sich gemeinsam die Fotos von Sascha Janssens zweiunddreißigstem Geburtstag an. Er erkannte eines der *Gamberetto*-Restaurants, Sascha, Julie und Thomas Breithauer, dazu eine Menge ihm unbekannter Menschen, die mit Sascha Arm in Arm posierten oder ihm zuprosteten.

Im Hintergrund waren viele Restaurantgäste zu sehen, die zufällig mit aufs Bild geraten waren. Doch bisher war Eike Harms nicht dabei gewesen. Er hatte bestimmt in der Küche arbeiten müssen. Niklas entdeckte auch keine Frau mit auffällig dicken, langen, dunklen Haaren wie denen auf dem bisher einzigen Bild von Damaris Ehmke.

»Sie ist nicht mit drauf«, sagte Julie. »Und ich hätte schwören können, dass sie dabei gewesen ist.«

»Eike ist auch nicht zu sehen. War er die ganze Zeit über in der Küche?«

»Davon gehe ich mal stark aus. Aber Damaris kam doch später, um Eike abzuholen.« Sie runzelte die Stirn. »Sascha hatte sie gleich mit Beschlag belegt, um mit ihr anzustoßen. An dem kam keine hübsche Frau vorbei.«

»Wenn es schon spät war, nach Mitternacht, gibt es vom nächsten Tag vielleicht noch Fotos?«

Julie nickte zustimmend und tippte wieder auf der Tastatur herum. »Bitte sehr!« Sie schob Niklas den Laptop hin und ließ sich in die Polster zurücksinken. Sie berührte ihn mit Bein und Arm, ließ dann den Kopf an seine Schulter sinken. Ihr Haar kitzelte ihn.

Niklas runzelte konzentriert die Stirn. Er schaute die restlichen Fotos des Abends beziehungsweise der Nacht und des frühen Morgens durch. Es gab noch viel mehr Aufnahmen von Sascha mit immer wieder denselben, Niklas unbekannten Leuten. Doch mit einem Mal sah er sie. Er war sich beinahe sicher. »Julie, Julie, schau mal bitte: Ist das Damaris?«

Sie richtete sich mühsam ein Stück auf und blinzelte. »Ja, ja, das ist sie. Arm in Arm mit meinem Ehemann. Bitte schön!«

Niklas betrachtete die junge Frau, die sich höflich lächelnd von Sascha Janssen in die Arme ziehen ließ. Sie neigte den Kopf leicht schräg, das Haar floss ihr über die Schultern. Ihre Lippen blieben beim Lächeln geschlossen.

Sie hatte ein blasses, herzförmiges Gesicht mit hohen Wangenknochen. Ihr Blick war selbstbewusst.

Julie stützte sich wieder auf. »Findest du sie etwa sch… schön?«

»Sie ist recht attraktiv«, antwortete Niklas vorsichtig.

»Du siehst da aber ihre Zähne nicht«, erwiderte Julie, schon deutlich nuschelnd. »Ach, was soll's? Vergiss diese Frau. Komm her …« Julie zog ihn an sich. Ihr Körper war warm, weich und biegsam. Ihr Atem roch nach Wein und Knoblauch. »Jetzt hast du doch, was du wolltest«, flüsterte sie nah an seinem Ohr.

Er machte sich behutsam von ihr los. »Komm, Julie. Nicht so stürmisch! Lass uns das Foto an meine E-Mail-Adresse senden, okay?«

»Niklas, Niklas.« Sie schüttelte neckisch den Kopf. »Entspann dich doch mal für einen Moment.«

»Ich versende schnell das Foto. Das ist wichtig.«

»Meinetwegen. Du machst doch sowieso, was du willst, oder?«, fragte sie mit verwaschen klingender Stimme.

»Meistens schon.« Mein Gott, Julie konnte doch nicht

von jetzt auf gleich sturzbetrunken sein? Nicht nach zwei Gläsern Wein und dem Prosecco, den sie bei seiner Ankunft getrunken hatte. Doch er wusste natürlich nicht, wie viele Drinks sie sich schon vor seiner Ankunft genehmigt hatte. Er öffnete das Mail-Programm und gab seine eigene E-Mail-Adresse ein.

Sie griff erneut nach ihrem Weinglas. Trank ein paar Schlucke, fixierte ihn über den Rand des Glases hinweg, soweit ihr das noch möglich war.

Niklas bewegte das Foto von Damaris in die Mail an sich selbst und drückte auf *Senden*. Es gab ein pfeifendes Geräusch, und das Foto sauste durch den Datenkosmos. Er hatte es geschafft, war nun aber in neuen Schwierigkeiten.

Julie drehte sich zu ihm, schwang ein Bein über seine, sodass sie auf ihm saß, und nahm sein Gesicht in die Hände. »Jetzt bin ich aber dran«, sagte sie und küsste ihn.

Es war unmöglich, ihren Kuss nicht zu erwidern, ohne einen Eklat zu riskieren. Ihre Lippen waren weich, doch ihr Kuss war fordernd. Wie schon neulich im Hotel reagierte er heftiger auf sie, als ihm lieb war. Sie nahm seine Hand und führte sie zu ihrer Brust. »Hier, spürst du das. Mein Herz schlägt wie verrückt!«

Aber nicht für mich, dachte Niklas. Julie war einfach vollkommen von der Rolle. Was hatte sie wohl außer dem Wein noch zu sich genommen, um in diese überdrehte Stimmung zu kommen? Er schob sie ein Stück von sich weg und schaute ihr in die Augen. Ihre Pupillen waren unnatürlich groß. Das hatte er befürchtet. »Was hast du genommen, Julie?«, fragte er sie sanft, aber bestimmt.

»Ich?« In gespieltem Erstaunen riss sie die Augen weit auf. »Nur ein paar klitzekleine Pillen, die mir mein Arzt verschrieben hat. Gegen meine Depressionen …«

»Und was genau hat er dir verschrieben?«

»Sei doch nicht so ein ... so ein verdammter Spielverderber, Niklas!«

»Ich bin kein Spielverderber. Ich mache mir Sorgen um dich.«

»Das ist ... ganz, ganz entzückend von dir.« Sie küsste ihn wieder. »Komm, du kannst mich ablenken.«

»Wie viele Tabletten hast du genommen?«, fragte er und schob sie wieder etwas von sich.

»Nicht mehr, als ich durfte. Ehrenwort!«

»Soll ich Thomas anrufen, damit er sich um dich kümmert?«

»Was? Nein! Auf gar keinen Fall!«

»Also gut. Schlägt dein Herz immer noch so schnell?«

Sie grinste und zog seine Hand wieder in Richtung ihrer Brust.

Er lächelte ebenfalls und fühlte den Puls dann an ihrem Handgelenk. Niklas nickte. Ihr Herzschlag schien ihm normal zu sein.

»Bist du jetzt mein Arzt oder was?«

»Ich bin bloß ein Freund. Wie geht es dir ansonsten? Ist dir schwindelig? Ist dir schlecht?«

»Nichts. Ich bin nur so schrecklich müde, und alles dreht sich.«

Damit ließ sich arbeiten. »Dann ist es am besten, du schläfst eine Runde, Julie.«

»Ich kann nicht ... so allein! Ich kann nicht!«, rief sie mit Panik in der Stimme. »Ich habe seit Saschas Tod kaum noch geschlafen. Ich habe Albträume. Er sah so schrecklich aus! Die Bilder gehen mir nicht aus dem Kopf. Ich musste ihn identifizieren ...«

»Saschas Tod war ein Schock für dich, und du vermisst ihn. Aber du musst dich jetzt ausruhen, Julie. Leg dich einfach hier aufs Sofa, wenn du magst. Ich hole dir eine Decke, und dann schläfst du dich aus.«

»Ich kann nicht … Nicht allein!«

Niklas gab sich einen Ruck. »Wenn es hilft, bleibe ich bei dir. Und wenn du wieder schlecht träumst, wecke ich dich auf. Versprochen.«

29. Kapitel

Als Niklas am nächsten Morgen nach Hause kam, tat ihm nach einer Nacht im Sessel alles weh. Seine Rücken- und Schultermuskeln reagierten auf jede seiner Bewegungen mit einem schmerzhaften Stechen und Ziehen.

Julie hingegen hatte nach ihrer Übernachtung auf dem Sofa gefasst, beinahe erfrischt auf ihn gewirkt. Es war ihr sichtlich peinlich gewesen, dass er ihren Schlaf bewacht hatte. Falls sie sich daran erinnerte, war ihr ihr Benehmen vom Vorabend vielleicht ebenso unangenehm. Aber diesbezüglich war Niklas sich nicht sicher. Jedenfalls hatte Julie sich vielmals dafür entschuldigt, dass er eine so unbequeme Nacht verbracht hatte.

»Ach was. Ich habe dir gern geholfen«, hatte er geantwortet und sich dann eilig verabschiedet, bevor sie womöglich noch von allzu großer Dankbarkeit überwältigt wurde.

Als Niklas in seinen Wohnungsflur trat, kam Blofeld miauend angelaufen und strich ihm auf seinem Weg in die Küche fortwährend um die Beine. Er fütterte sie und streichelte das seidige Fell der Katze. Dabei sprach er einschmeichelnd auf sie ein. »Siehst du, meine Kleine? Jetzt ist alles wieder gut. Ich bin ja zu Hause. Bestimmt hast du besser geschlafen als ich …«

Blofeld beachtete ihn nicht weiter, sondern schlang ihr Futter in Sekunden herunter, um dann, ohne ihn noch einmal anzusehen, auf ihrem Katzensofa ein Verdauungsschläfchen zu halten.

Mit einem Stöhnen erhob er sich.

Niklas war ebenfalls versucht, sich ins Bett fallen zu lassen und noch etwas zu schlafen. Doch er hatte Andreas Borgholz einen Artikel versprochen.

Also setzte er sich an seinen Schreibtisch und schrieb etwas über Damaris' Verschwinden, fügte die wenigen Fakten, die ihm bekannt waren, zu einer Geschichte zusammen und bat die Leserinnen und Leser, die etwas über den Verbleib der Frau wussten, sich bei der Bezirkskriminalinspektion Flensburg zu melden. Anschließend schnitt er Damaris Ehmkes Foto, das er sich selbst per Mail zugeschickt hatte, so zurecht, dass nur noch die Frau, nicht aber ihre Umgebung zu erkennen war, und fügte es bei.

Er las sich seinen Text noch zweimal durch, korrigierte ein paar Kleinigkeiten und schickte ihn ab. Später hatte er noch einen Termin bei der Kripo in Flensburg. Da war es besser, Borgholz' Bitte bis dahin nachgekommen zu sein.

Minutenlang stand Maren Harms vor dem Haus, das noch vor zwei Wochen ihr Zuhause gewesen war. Die ersten Tage nach Eikes Tod hatten gar nicht vergehen wollen, zumindest war es ihr so vorgekommen, doch im Nachhinein betrachtet waren sie an ihr vorbeigeflogen. Die erste Woche, die sie mit Ylva bei Wiebke und Ingmar verbracht hatte, war im Rückblick wie in einen diffusen Nebel getaucht. Als hätte sie neben sich gestanden und alles nur beobachtet. Auch die vergangene Woche im Haus von Ann-Kathrins Eltern kam ihr surreal vor. Es war Zeit, dass sie für das Leben ihrer Tochter und sich selbst wieder die Verantwortung übernahm.

Den Schlüssel hielt sie in der einen, eine Rolle blauer Müllsäcke in der anderen Hand. Sie hatte dieses Haus nie schön gefunden. Die Fassade war nicht ganz symmetrisch, die Klinker unregelmäßig rot und braun geflammt, die Fenshöhlen durch die dunklen Rahmen und Jalousienkästen stets düster … Doch sie hatte es pragmatisch betrachtet: als ein passendes Zuhause für ihre kleine Familie. Ein Eigenheim mit einem kleinen Garten. Das war es doch, was die meisten Menschen sich wünschten …

Es war ein Haus, wie ein Kind es zeichnen würde, das noch keinen Sinn für Proportionalität entwickelt hatte, jedoch mit einem Garten mit einem Apfelbaum, einer Schaukel und einem Jägerzaun. Wieso war ihr vorher nie aufgefallen, dass das Gebäude regelrecht boshaft dreinblickte?

Ein Auto bog in die Einfahrt. Da kam Volker, der versprochen hatte, ihr beim Ausräumen zu helfen. Warum ausgerechnet er sich von ihrer kleinen Gruppe Nachbarn dazu bereit erklärt hatte, verstand Maren nicht so ganz. Wiebke und Ingmar, Karl, sogar Henner und Dorte standen ihr näher als der ehemalige Polizist. Vielleicht tat er es, weil die Claussens in diesen Tagen mehr als genug auf den Feldern zu tun hatten, Henner in Tönning noch in seiner Klempnerfirma arbeitete und Volker somit der Einzige der Männer war, der in Helenendeich wohnte und bereits im Ruhestand war? Er hatte jedenfalls wie selbstverständlich seine Hilfe angeboten, und sie hatte nur genickt.

»Ich bin dir wirklich sehr dankbar, Volker«, sagte sie, als sie gemeinsam in den Hausflur traten. Es roch scheußlich muffig und gleichzeitig nach Chemikalien. Hier waren in der Zwischenzeit Tatortreiniger am Werk gewesen. So etwas gab es doch eigentlich nur im Fernsehen, oder? Sie hätte viel darum gegeben, dass solche Dienstleistungen einzig im Bereich der Fantasie zum Einsatz kamen und nicht in ihrem eigenen Leben. Doch auch dafür musste sie dankbar sein. Sie hätte das keinesfalls selbst tun können.

Volker sah angespannt, aber voller Tatendrang aus. »Also dann. Ich werde mal im Keller anfangen.«

»Du weißt doch gar nicht, was ich noch brauche und was nicht.«

»Ich werde die Dinge erst mal sichten«, gab er vage zurück. »Weißt du schon, wo ihr wohnen werdet, du und Ylva?«

»Henner und Dorte hören sich im Augenblick in Tönning für mich nach einer Wohnung um. Die kennen dort so viele Leute. Ich finde bestimmt bald eine neue Bleibe.«

»Und vorher willst du nicht hierher zurück?«

»Nein!«, antwortete sie recht heftig.

»Ich denke, das ist auch besser so.« Volker blickte sich mit grimmiger Miene um. »Sag mal, Maren: Hatte Eike einen Raum nur für sich? Ein Kabuff, einen Platz im Garten oder irgendeine andere Art von Rückzugsort?«

Die Sache mit der Hilfe hatte natürlich einen Haken. Während Maren oben im Schlafzimmer Eikes Kleidungsstücke aufs Bett warf, schaute, ob etwas dabei war, was noch jemand gebrauchen konnte, und den Rest in Müllsäcke stopfte, war Volker im Keller verschwunden. Sie wollte gar nicht so genau wissen, was er dort unten tat. Hin und wieder hörte sie ein Klopfen oder sogar mal ein Krachen, als entfernte er ein Brett oder ein Stück Verkleidung. Was tat er da? Sie sollte ihn zur Rede stellen! Doch im selben Moment, wo sie das dachte, fehlte ihr die nötige Entschlossenheit dazu.

Der Keller des Hauses war Maren immer verhasst gewesen. Er war schlecht beleuchtet, verwinkelt und feucht. Wenn Eike etwas aufbewahrt hatte, was sie nicht sehen sollte, hätte er es gewiss gut da unten verstecken können.

Misstrauen war ein schleichendes Gift. Maren wollte nicht darüber nachdenken. Nicht heute, wo sie so viel zu erledigen hatte. Eikes Beisetzung würde am Montag im kleinen Kreis stattfinden. Sie würde sich danach in Ruhe mit allem, was passiert war, auseinandersetzen müssen. Sie hatte einen Mann geheiratet, den sie gar nicht richtig gekannt hatte. Das war ein schwerer Fehler gewesen! Maren schauderte bei der Erinnerung daran, was für Ängste sie ausgestanden hatte. Ihre einzige Schuld bestand darin, dass sie es nicht hatte kommen sehen …

Maren ging weiter ins Badezimmer. Wahllos klaubte sie Eikes Sachen zusammen und warf sie in einen weiteren blauen Beutel. Shampoo, Duschgel, Rasierschaum, Kämme, Deo … Was blieb von einem Leben übrig, wenn jemand gestorben war? Wie konnte sie die Dinge beseitigen, die ihn umgeben hatten, bevor er überhaupt beigesetzt worden war? Das Ganze dauerte nur deshalb so lange, weil die Kriminalpolizei wegen der laufenden Ermittlungen die Einäscherung hinausgezögert hatte.

Bisher war lediglich klar, dass sowohl ihr Mann als auch Sascha von fremder Hand ermordet worden waren. Die erste Annahme, dass Sascha Eike betrunken und im Streit erschlagen und sich dann selbst erhängt hatte, hatte sich nicht bewahrheitet. Das sei bei den Untersuchungen der Rechtsmedizin herausgekommen, hatten die Polizisten ihr nur gesagt. Maren konnte immer noch nicht begreifen, was da passiert war. Nicht darüber nachdenken!

Im untersten Fach des Badezimmerschranks fand sie Badelatschen, eine alte Kulturtasche und Eikes Langhaarschneider. Letzteren besah sie sich kurz, doch dann warf sie auch dieses Gerät in den Müllbeutel. Die Situation war so unerträglich, dass sie nur noch von hier wegwollte.

Maren war froh, dass sie nicht mehr bei Wiebke und Ingmar wohnte, vor allem wegen Wiebkes Schwiegervater Karl. Er war die Freundlichkeit in Person und ihr gegenüber aufmerksam und interessiert. Doch das täuschte nicht darüber hinweg, dass sein Wort in der Familie Gesetz war. Er hatte zu allem eine Meinung und irrte sich seiner Ansicht nach nie. Eine Haltung, unter der vor allem Ingmar zu leiden schien. Vor allem deswegen war sie so schnell wieder von dort weggegangen.

Doch auch bei Dorte und Henner Gramberg fühlte sie sich unwohl. Die Trauer hing in den Räumen ihres Hauses wie ein schlechtes Parfüm. In jedem Satz der beiden, in jedem Blick schien unausgesprochen eine Erinnerung an die verstorbene Tochter Ann-Kathrin transportiert zu werden. Alles war schwer, jeder Satz der beiden schien gedanklich von einem stillen, tiefen Seufzer begleitet zu sein. Und obwohl sie überhaupt nichts dafürkonnte, war Maren in gewisser Weise Ann-Kathrins Nachfolgerin gewesen, die sie zwar nicht selbst vertrieben hatte, doch zumindest ihr Andenken bei Eike.

Eike – dass es so mit ihm hatte enden müssen! Die bedrohliche Stimmung, das machte sie noch wahnsinnig. Der Knoten in Marens Magen zog sich weiter zusammen.

Sie stützte sich am Waschbeckenrand ab und starrte im Spiegel in ihr eigenes Gesicht, das sie kaum wiedererkannte: Das Grauen der vergangenen Tage und Wochen hatten sich tief in ihre Züge geprägt. Die scharfen Falten von den Nasenflügeln bis zu den Mundwinkeln waren doch früher nicht da gewesen. Die bläulich violetten Schatten unter ihren Augen, die fleckige Haut. Das Gefühl von Sicherheit und den Glauben, dass alles irgendwie gut werden könnte, hatte sie völlig verloren. Nirgends auf der Welt fühlte sie sich mehr erwünscht und geborgen! Sie musste das alles hinter sich lassen und irgendwo mit Ylva neu anfangen.

Tönning war als Wohnort gar keine so gute Idee. Sie sollte weiter weggehen. Viel weiter … Sobald das Haus verkauft war und sie etwas Geld auf dem Konto hatte, sobald die Untersuchungen abgeschlossen waren, würde sie das angehen.

Maren riss das Badezimmerfenster auf, um frische Luft hereinzulassen. Unten im Garten sah sie Volker. Er hatte den Keller also verlassen. Offensichtlich hatte er dort nicht gefunden, was er suchte. Nun bewegte er sich auf den kleinen Geräteschuppen zu, trat ein und kam mit einer Art Stange wieder heraus. Er ging zu dem Beet am Rande der Terrasse und stieß die Stange in die Erde. Was sollte das? Dies war immer noch ihr Haus. Volker sollte ihr helfen und nicht hier überall herumschnüffeln!

Die Empörung und Wut über sein Verhalten verliehen Maren neue Kraft. Wut war besser als Trauer und Verzweiflung! Sie schloss das Fenster mit einem Knall und stapfte die Treppe hinunter. Maren ging an der Küche vorbei und durchs Wohnzimmer und von da durch die Terrassentür nach draußen. Dort blieb sie mit in die Hüften gestützten Händen stehen. »Was zum Teufel tust du da, Volker?«

Er fuhr herum, starrte sie mit verschlossener Miene an. Er sah so fremd aus. Sie kannte diesen Mann ja kaum, wurde Maren in diesem Moment klar. Er war ihr immer wie der nette ehemalige Dorfpolizist erschienen. Etwas muffelig manchmal, geschlagen mit einer unzufriedenen, selbstgerechten Ehefrau. Trotzdem ein Mann, der für die Sorgen und Probleme der Dorfbewohner allzeit ein offenes Ohr und einen hilfreichen Rat gehabt hatte. Sie selbst hatte ihm einmal ihr Herz ausgeschüttet, als es ihr besonders schlecht gegangen war.

Doch in ihrem Garten folgte er anscheinend seiner eigenen Agenda.

»Du musst mir das erklären«, forderte sie, als er nichts sagte, und deutete mit einer Hand auf das Beet. »Was soll das?«

»Es ist besser, wenn du es nicht weißt«, behauptete er.

»Was besser ist für mich und was nicht, entscheide immer noch ich«, entgegnete sie.

»Er sucht nach Damaris, Maren! In deinem eigenen Garten!« Ruth war plötzlich hinter der Eibenhecke hervorgetreten. Wenn Maren Volker schon verändert gefunden hatte, so war Ruths Äußeres kaum noch mit dem der nach außen hin netten Frau in Einklang zu bringen, die Ylva immer Müsliriegel aus dem Reformhaus geschenkt hatte.

»Wieso? Ich verstehe das nicht …«, stieß Maren hervor.

»Volker denkt, dass Damaris tot ist, Maren.«

»Wieso sollte diese Frau … Damaris …? Warum sollte sie ausgerechnet hier sein?«, fragte Maren, weil es das Erste war, was ihr in den Sinn kam. Sie wusste, dass Eike vor ihr mal eine Freundin namens Damaris gehabt hatte. Die Frau hatte ein paar Monate mit ihm in diesem Haus gewohnt, bevor sie Eike verlassen hatte, um nach Rumänien oder Bulgarien oder so zurückzukehren. Das war alles gewesen, bevor sie selbst Eike kennengelernt hatte.

Noch während sie sprach, wurde Maren klar, was diese Suche mit der Stange implizierte. Der Knoten in ihrem Magen wurde noch fester. »Ihr glaubt doch nicht … Ihr könnt nicht wirklich denken, dass sie hier … begraben liegt?«, stieß sie hervor.

Die beiden starrten sie schweigend an.

Volker hielt immer noch die Metallstange umklammert. »Unsinn, Maren«, sagte er schließlich. »Ich suche doch nicht nach einer Leiche auf eurem Grundstück. Das wäre viel zu gewagt gewesen, sie hier zu verstecken. Sie ist nicht hier.«

»Das ist ja äußerst beruhigend.«

»Er sucht etwas, was beweist, dass dein Ehemann Eike diese Damaris ermordet hat. Das glaubt er nämlich, seitdem sie verschwunden ist. Und nichts, nicht einmal seine Kollegen von der Polizei, konnten ihn davon abbringen. Dabei war die Frau, zwei Tage bevor sie weg ist, bei mir, und hat mir erzählt, dass sie es nicht mehr aushält mit Eike und dass sie fortgehen will. Sie wollte es Eike nicht vorher sagen. Du kannst dir sicher denken, weshalb …«, fügte Ruth hinzu.

Damaris hatte Angst vor Eikes Wutausbrüchen gehabt, übersetzte Marens Verstand Ruths Worte ungebeten. »Und was suchst du dann in meinem Keller und in meinem Garten, Volker?«

Er zuckte mit den Schultern und legte die Stange zu Boden. Er rieb sich die Hände in dem Versuch, sie von Erde zu säubern. Eine männliche Lady Macbeth? Woher kam jetzt dieser Gedanke?, fragte Maren sich.

»Er kann es dir nicht sagen, Maren. Er ist besessen von ihr. Damaris Ehmke. Eine Frau, die nie etwas von ihm wissen wollte. Sie ist ja auch beinahe vierzig Jahre jünger als er!«

»Du verstehst das nicht, Ruth.« Volker klang vollkommen ruhig. »Es ist keine Sache von Schwärmerei, Verliebtsein oder gar Liebe. Ich mochte sie, das war alles. Sie war eher wie eine Tochter …«

Ruth Suhr kommentierte das mit einem wütenden Schnauben.

»… für mich. Und es ist meine Aufgabe als Polizist, sie zu finden. Es gibt so etwas wie eine Polizistenehre.«

»Du bist im Ruhestand, Volker! Akzeptiere doch endlich, dass es vorbei ist.« Kraftlos sank seine Frau auf einen der Terrassenstühle.

»Du verstehst mich nicht, Ruth. Hast es nie getan.«

Maren war zur Zuschauerin geworden. Gern hätte sie ihren Platz vor der Bühne verlassen, doch gleichzeitig ging für sie eine grauenhafte Faszination von dieser Aussprache aus. Und es war noch so vieles ungeklärt.

»Ich verstehe dich vollkommen, Volker. Aber es macht mich wahnsinnig, dass wir beide noch ein paar gute Jahre zusammen haben könnten, wenn du nicht so verbohrt wärst. Wir könnten unser Haus und den Garten genießen und vielleicht noch einige schöne Reisen unternehmen. Nach England und Schottland. Oder uns sogar eine Nilkreuzfahrt leisten. Wir könnten uns einen Hund anschaffen. Aber du …« Ruth Suhr schüttelte resigniert den Kopf. »Ich weiß nicht mehr, was ich hier noch soll.«

30. Kapitel

Die Trauerfeier für Sascha Janssen fand am Donnerstag statt. Niklas war nicht als Journalist vor Ort. Er wollte weder über die Beisetzung schreiben noch Fotos machen. Er wollte einfach nur anwesend sein und beobachten, wer alles auftauchte und wie die Trauergäste miteinander interagierten.

Wie erwartet war es auch ein gesellschaftliches Ereignis. Niklas sah einige Prominente, die man auch in den *Gamberetto*-Restaurants hatte antreffen können. Ein Fernsehkoch hier, eine Schauspielerin dort, ein Radiomoderator und zwei Mitglieder einer überregional bekannten Rockband. Niklas' Kollegen aus dem Ressort *Show und Unterhaltung*, die regelmäßig über Stars und Promis schrieben, würden sicher noch viel mehr Leute erkennen als er.

Mittendrin stand Julie Janssen. Im Nieselregen sah sie in ihrem schwarzen Kleid, nur mit einem Blazer darüber, verfroren und auch recht verloren aus. Niklas wollte keineswegs wieder den barmherzigen Samariter geben, doch er fand, dass Thomas Breithauer neben ihr sich durchaus etwas mehr um sie kümmern könnte. Und wenn er ihr nur sein Jackett über die Schultern hängte. Die Tatsache, dass sie mindestens in einem freundschaftlichen Verhältnis zueinander standen, hatten sie im *Chaumont* schließlich auch nicht zu verbergen gesucht.

Vorn in der zweiten Reihe, jedoch auf der anderen Seite des Mittelgangs der Kapelle, hatte während der Feierlichkeiten eine Frau gesessen, von der Niklas inzwischen vermutete, dass es Sascha Janssens Mutter Christine war. Nun stand sie zwei Meter von Julie Janssen entfernt.

Sie nahm gelegentlich ein paar Kondolenzbekundungen entgegen, doch die meisten schauten sie unsicher an, nickten und gingen an ihr vorüber. Ihr Auftreten und das Alter passten jedenfalls, und Niklas hatte sie noch nie zuvor in der Gegend gesehen. Janssens Mutter lebte angeblich ja auf Gran Canaria.

Sie war auffällig gebräunt und hatte schulterlanges, schwarzes Haar. Ihr Make-up, falsche Wimpern und ein dick aufgetragener Eyeliner sowie zu viele Ketten im zu tiefen Ausschnitt ließen sie gewöhnlich wirken. Er nahm sich vor, mit ihr zu reden, sobald sich eine Gelegenheit dazu ergab.

Nachdem die Urne beigesetzt worden war, trafen sich die Trauergäste in einem nahegelegenen Restaurant wieder. Die Menschen strömten eilig zu den Tischen, orderten Kaffee oder alkoholische Getränke. Einige strebten auch sofort zu dem bereitstehenden Büfett. Niklas sah auf die Uhr. Es war halb zwölf am Mittag. Er nahm sich einen Organgensaft, der ihm von einem Kellner angeboten wurde.

Er sprach mit einigen der Trauergäste. Die Quintessenz aus den Unterhaltungen war Entsetzen über den plötzlichen Tod, noch dazu durch einen Mord, gepaart oft mit einer gewissen Dosis Sensationslust und Neugierde. Doch etwas wirklich Neues erfuhr Niklas bei den kurzen Gesprächen nicht.

Je länger er sich umschaute, desto mehr vermisste er jemanden aus dem Ort Helenendeich. Zumindest eine Art symbolische Abordnung in Form eines Anwesenden aus dem Dorf wäre doch angemessen gewesen, fand er. Immerhin war Sascha dort aufgewachsen und sogar ums Leben gekommen. Natürlich kannte Niklas nicht alle Dorfbewohner, aber als er Julie danach gefragt hatte, hatte sie ihm geantwortet, es sei »keiner von denen« gekommen. Aus Helenendeich ließ sich niemand blicken, nicht einmal Maren Harms.

»Und die Dame dort drüben ist Saschas Mutter?« Niklas deutete auf die Frau, die er vorhin schon beobachtet hatte. Sie unterhielt sich gerade mit einem ihm unbekannten älteren Herrn.

»Dame?« Julie schnaubte. »Aber du hast recht. Das ist Christine Janssen, Saschas Mutter«, bestätigte sie ihm gleichgültig.

»Ist der Mann an ihrer Seite ihr Lebensgefährte?«

»Er wurde mir nicht vorgestellt. Aber sie sind zusammen hier angekommen. Insofern …« Sie zuckte mit den schmalen Schultern.

Zwei Frauen sprachen Julie an, und Niklas ging weiter. Aus dem Augenwinkel sah er, dass Thomas Breithauer, der sich mit einem jüngeren, schlagkräftig aussehenden Mann an der Bar platziert hatte, ihm nachstarrte. Er sagte etwas, woraufhin der andere ihn ebenfalls musterte. Vielleicht war der Jüngere der beiden der Obertürsteher in einem der *Gamberetto*-Restaurants? Niklas kam er jedenfalls entfernt bekannt vor.

Als Saschas Mutter allein mit einem kleinen Teller vom Büfett zurückkam und sich suchend nach einem Platz umsah, bot Niklas ihr einen Stuhl an einem freien Tisch an und fragte sie, ob er sich zu ihr setzen dürfe. Sie blickte kurz über ihre Schulter. Ihr Begleiter stand an der Bar und gab flüssiger Nahrung den Vorzug.

»Natürlich, warum nicht? Wer sind Sie denn?«, fragte sie und schlug die Beine übereinander.

»Niklas John. Ich kannte Sascha Janssen aus seinen Restaurants. Eine Freundin hat uns mal einander vorgestellt.«

»Ist sie auch hier?«

»Patricia? Nein, ich denke nicht. Wir sind auch nicht mehr zusammen.«

»Aber Sie sind hier?« Sie blickte ihn aufmerksam an. Nicht unbedingt feindselig, so doch auf der Hut. Die Haltung einer Frau, die es nicht unbedingt leicht gehabt hatte in ihrem Leben. »Ich bin übrigens Saschas Mutter.«

»Ich weiß. Es tut mir sehr leid.«

Sie nickte und schob sich ein Stückchen Pastete in den Mund.

»Ich sage Ihnen besser gleich, dass ich Journalist bin. Julie Janssen und ich, wir kennen uns ebenfalls. Ich bin aber nicht hier, um über die Beerdigung zu schreiben.«

»Das wäre mir auch egal. Morgen bin ich wieder weg.«

»Wo leben Sie?«, fragte er, obwohl er es ja wusste.

»Auf Gran Canaria. In San Agustin. Schon seit vielen Jahren. Besseres Klima, nettere Leute …«

»Sie haben auch mal in Helenendeich gewohnt, habe ich gehört.«

»Ja, das war die schlimmste Zeit meines Lebens.«

»Warum sind Sie dann dort geblieben?«

Sie zuckte mit den Schultern, und ein Stückchen Pastete fiel von ihrer Gabel zurück auf den Teller. Schnell spießte sie es auf und schob es sich in den Mund. Noch kauend sagte sie: »Ging nicht anders. Aus finanziellen Gründen. Unter anderem wegen Saschas Vater. Dieser Mistkerl! Er hätte wenigstens heute herkommen können, wenn er sich schon zeit seines Lebens einen Dreck um seinen Sohn geschert hat.«

»Er ist aus Helenendeich?«

Sie lächelte boshaft. »Was meinen Sie, warum ich ausgerechnet in diesem Nest geblieben bin? Damit er uns nicht vergisst! Zu der Zeit war es das Einzige, was ich tun konnte, um Saschas Vater dazu zu bewegen, sich seiner Verantwortung zu stellen. Das Geld, das er mir gezahlt hat, hat ihn nicht weiter gekümmert. Er hat sich nur Sorgen um seine tadellose Ehe und die Erbfolge gemacht. Meine und Saschas Anwesenheit im Ort, das war seine gerechte Strafe.«

»Er wusste, dass Sascha sein Sohn ist, und hat Alimente für ihn gezahlt?«

»Er hat immer bestritten, dass es so ist. Meinte, er würde mich fertigmachen, wenn ich irgendwem davon erzähle. ›Lügen über ihn verbreiten‹, hat er es genannt. Aber gezahlt hat er trotzdem. Damit ich die Klappe darüber halte, dass er von seinem Schwanz gesteuert wird. Oh, entschuldigen Sie vielmals meine offenen Worte!«

»Ich kann verstehen, dass es Sie immer noch aufregt«, antwortete Niklas diplomatisch.

Sie schaute sich noch einmal um. »War ja klar, dass er sich hier nicht blicken lässt!«

»Wer ist es denn?«

Sie kniff die Augen zusammen. »Einmal Journalist, immer Journalist, nicht wahr? Ich habe schon zu viel gesagt. Finden Sie es lieber selbst heraus.«

»Wusste Sascha denn, wer sein Vater war?«

»Ich wollte den armen Bengel nicht damit quälen, dass er vom eigenen Vater ignoriert wird. Aber später mal, da habe ich es ihm gesagt …«

»Wann war das?«

Ein Schatten fiel über sie. Hinter Frau Janssen hatte sich ihr Begleiter aufgebaut. »Kommst du, Christine? Ich halte das scheinheilige Getue hier nicht mehr aus«, sagte er, ohne Niklas zu beachten. »Und wir sind sowieso schon spät dran.«

Sie blickte Niklas bedauernd an. »War schön, Sie kennenzulernen. Ein Lichtblick auf dieser traurigen Veranstaltung. Sie entschuldigen mich?«

»Natürlich.«

»Unser Flieger geht schon morgen früh um sieben zurück. Ich wollte mich hier nur so kurz wie möglich aufhalten …«

Nachdem sie an der Seite ihres Lebensgefährten entschwunden war, erhob sich Niklas, ging zur Bar hinüber und bestellte sich ein alkoholfreies Bier. Er musste über das Gehörte nachdenken.

»Was wollen Sie hier?«, hörte er eine ihm unbekannte Stimme hinter sich.

Niklas drehte sich um. Thomas Breithauers »Obertürsteher«, wie er ihn vorhin im Stillen genannt hatte, war näher an ihn herangetreten, als es jemandem, den man nicht kannte, angeraten war. Dem Mann fehlte jegliches Gespür für einen Distanzverstoß, oder, was wahrscheinlicher war, er legte es darauf an, dass Niklas sich in seiner Gegenwart unbehaglich fühlte. Niklas schaute ihm in die Augen, nicht bereit, einen Millimeter zu weichen. »Ich weiß nicht, warum Sie das interessieren sollte«, erwiderte er gleichgültig.

»Wir mögen keine Journalisten. Besonders nicht auf Beerdigungen.«

»Ich bin privat hier.«

»Verlassen Sie das Lokal!«, entgegnete der Mann bedrohlich leise.

»Die einzigen Personen, von denen ich mir das sagen lassen würde, sind Julie und Christine Janssen.« Er ließ den Blick kurz durch den Raum schweifen. Sascha Janssens Mutter war bereits gegangen, und Julie stand am anderen Ende des Saales, in ein Gespräch mit einem Niklas unbekannten Paar vertieft und gewiss nicht darauf aus, ihn von diesem Schläger vor die Tür setzen zu lassen.

»Ich spreche für Thomas Breithauer. Verschwinden Sie einfach.«

Niklas hob eine Augenbraue. »Falls Herr Breithauer ein Problem mit mir hat, soll er herkommen, sodass wir es klären können.« Er wandte sich von ihm ab, richtete den Blick wieder in den Raum und trank sein Bier. Er wollte zwar sowieso bald gehen, doch rausschmeißen ließ er sich dennoch nicht.

»Ich werde es weitergeben. Aber ich glaube nicht, dass Herrn Breithauer Ihr Benehmen gefällt«, stieß der andere gepresst hervor.

»Wissen Sie was? Das ist mir so was von egal«, konterte Niklas und stellte sein leeres Glas auf den Tresen. »Ich werde mich jetzt von Frau Janssen verabschieden, weil ich sowieso gehen wollte. Aber während ich das tue, bleiben Sie mir fern. Haben Sie das verstanden?«

Der Mann war rot angelaufen. Wenn er sich so leicht aufregte, sollte er besser auf seinen Blutdruck achten. Seine Rechte war zur Faust geballt, sein Unterkiefer kampflustig vorgeschoben. Er würde doch nicht … Aber sein Blick wanderte Hilfe suchend zu einem Punkt hinter Niklas, wo er sich weitere Instruktionen von Breithauer erhoffte, wie Niklas annahm.

Er nickte dem Mann noch einmal zu und ging dann langsam durch die Menge auf Julie zu. Jeden Moment erwartete er, eine schwere Hand auf seiner Schulter zu spüren, doch nichts dergleichen passierte.

Niklas verabschiedete sich von Julie Janssen und verließ das Lokal. Da er nah am Friedhof geparkt hatte, führte ihn der kürzeste Weg quer darüber und noch einmal in einiger Entfernung an Sascha Janssens Grab vorbei.

Durch die Heckenbepflanzung am Wegesrand sah er ein Paar von etwa Anfang sechzig dort stehen. Sie trug trotz des milden Wetters eine Jacke mit Pelzkragen, er einen hellen Trenchcoat. Er hielt einen nicht aufgespannten Regenschirm in seiner Rechten.

Dass die beiden an dem frischen Grab standen, war an sich nicht ungewöhnlich. Niklas dachte sich noch nichts dabei. Doch dann sah er, wie der Mann den Regenschirm hob und ihn auf einen der Blumenkränze niedersausen ließ. Danach trat er mit dem Fuß in die Kränze, Schalen und Blumensträuße.

Die Frau tat es ihm kurz darauf gleich, wobei es bei ihr mehr ein symbolischer Tritt war, als dass es wirklich zerstörerisch war. Danach drehten die beiden sich um und kamen schnellen Schrittes in Niklas' Richtung. Ihre Haltung, die hochgezogenen Schultern, der harte Schritt, sagten ihm, dass sie emotional aufgewühlt waren.

Niklas blieb an einem der Gräber stehen, als betrachtete er die Inschrift auf dem Stein, und zog sein Handy hervor. Zwar hatte er auf dem Friedhof nicht fotografieren wollen, doch das galt nur für die Trauerfeier, zu der er gekommen war. Die zwei Personen, die auf das frische Grab losgegangen waren, sollten identifiziert werden. Immerhin lief in Sachen Sascha Janssen und Eike Harms noch eine Mordermittlung.

Die beiden merkten nicht, dass Niklas sie mehrmals fotografierte, erst mit der Front-, dann mit der Rückkamera seines Handys, sondern gingen schweigend an ihm vorbei. Hatten sie wirklich mit Füßen nach den Blumen getreten, mit dem Schirm auf einen Kranz geschlagen? Für Niklas hatte es so ausgesehen, als hätten sie dieses Grab aufgesucht, um es – oder mehr noch den Verstorbenen darin – symbolisch mit Füßen zu treten.

31. Kapitel

Auf dem Rückweg nach St. Peter-Ording bekam Niklas einen Anruf von Fentje. Erfreut, dass sie sich meldete, nahm er das Gespräch über die Freisprechanlage an.

»Wo bist du gerade?«, wollte sie wissen.

»Ich bin im Auto unterwegs nach Hause. Ich komme von der Trauerfeier für Sascha Janssen.«

»Oh«, sagte sie. »Hast du irgendwas Neues erfahren?«

»Ja, es war recht aufschlussreich«, antwortete er. »Ich habe Sascha Janssens Mutter kennengelernt und mich mit ihr unterhalten. Außerdem wäre ich beinahe von einem Bodyguard von Thomas Breithauer rausgeschmissen worden.«

»Was hast du getan? Der Witwe Avancen gemacht oder schlechte Witze erzählt?«

»Weder noch.« Mit Grauen dachte er daran, dass Fentje ja gesehen hatte, wie Julie ihn im Flur des *Chaumont* geküsst hatte. Auf sie hatte es sicherlich so gewirkt, als wäre er der frischgebackenen Witwe zu nahe getreten. Doch rückgängig machen konnte er die Sache nicht mehr. Durch Erklärungen wurde es oft nur noch schlimmer, und immerhin war sie ja auch in Begleitung auf dem Ball erschienen.

»Tu lieber nicht zu unschuldig, Niklas.« Sie klang nun doch recht vergnügt. Zumindest nicht nachtragend. »Bist du weitergekommen? In dem Mordfall, meine ich.«

»Könnte sein. Ich bin unter anderem auch Zeuge einer Art Grabschändung geworden. Wollen wir uns treffen? Um uns gegenseitig auf den neuesten Stand zu bringen«, ergänzte er.

»Versteht sich«, sagte sie. »Ich habe auch etwas Spannendes erfahren. Vor allem habe ich jemanden gefunden, der mir ein bisschen was über die Bewohner von Helenendeich erzählt hat. Die Putzfrau von Ruth Suhr. Sie ist die Frau des ehemaligen Dorfpolizisten.«

»Wie bist du an die herangekommen?«

»Ach, das ist eine längere Geschichte. Im Grunde hat Gretje mich auf die Idee gebracht. Ruth Suhr ist Schneiderin, und meine Großmutter will mich so gern mal in ihrer alten Tracht sehen, hat sie gesagt. Sie hat dann angedeutet, dass es ausgerechnet in Helenendeich eine fähige Schneiderin gibt. Also habe ich die Tracht zu ihr zum Ändern gebracht ... Mit Ruth Suhr bin ich nicht so recht warm geworden, um es milde auszudrücken. Aber ihre Putzfrau war gerade da, und mit der habe ich mich anschließend noch in einem Café getroffen.«

Fentje erzählte ihm in groben Zügen, was sie erfahren hatte. Niklas war inzwischen auf der Landstraße in Richtung St. Peter-Ording unterwegs. Es war nicht viel Verkehr, und er hörte ihren Schilderungen konzentriert zu.

»Aber eben gerade ist etwas passiert«, fuhr Fentje nach einer kleinen Pause fort. »Die Putzfrau von Ruth Suhr, Frau Schrader, hat mich angerufen. Sie ist anscheinend äußerst besorgt. Sie sollte heute noch mal zum Fensterputzen zu den Suhrs kommen. Das war Frau Suhr angeblich äußerst wichtig, weil sie gemeinsam in diesem Zuge auch die Gardinen im Untergeschoss waschen und wieder aufhängen wollten. Weil sie es so dringend gemacht und sogar noch einmal deshalb angerufen hatte, hatte Frau Schrader extra einen Putztermin bei einer anderen Familie verschoben. Doch als sie dann heute zur verabredeten Zeit zu den Suhrs kam, war Ruth Suhr gar nicht zu Hause. Frau Schrader hat lediglich ihren Mann Volker angetroffen. Und der hat angeblich nur herumgedruckst und nicht gesagt, wo seine Frau ist. Er schien es selbst nicht zu wissen. Sie meinte, er wirkte beunruhigt, wollte das ihr gegenüber aber nicht so recht zugeben. Und dann hat er Frau Schrader wieder weggeschickt. Sie hat noch versucht, Frau Suhr auf ihrem Smartphone zu erreichen, aber ohne Erfolg. Daraufhin hat sie mich angerufen.«

»Der Ehemann sollte doch eigentlich einschätzen können, ob seine Frau nur einen spontanen Einkaufsbummel macht oder ob sie vielleicht in Gefahr ist.«

»Um ihre Ehe soll es nicht allzu gut stehen.«

»Hm. Wusste diese Frau Schrader denn vielleicht von einem aktuellen Streit? Na ja, normalerweise würde ich sagen, dass es deren Problem ist. Suhr muss wissen, was zu tun ist.«

»In Helenendeich ist aber nichts normal«, wandte Fentje ein.

»Du hast ja recht. Bist du zu Hause, Fentje?« Er setzte bereits den Blinker.

»Ich bin hier. Komm vorbei. Dann können wir entscheiden, wie wir weiter vorgehen.«

»Ich bin gleich da. Fünf Minuten …«

»Oh … okay. Bis gleich!«

Fentje fuhr sich durch das offene Haar, das ihr danach in allen Richtungen vom Kopf abstand. Sie stand auf und blickte aus dem Fenster. Onnos Wagen parkte nicht vor den Ställen. Er schaute neuerdings recht oft bei Hinrichs Schafen vorbei. Nicht, dass die Tiere in letzter Zeit besonders krankheitsanfällig waren. Auch berechnete er seine Besuche angeblich nicht, sondern war immer sowieso »gerade zufällig in der Gegend«. Danach klopfte er noch bei Fentje an, blieb, wenn es bei ihr passte, auf einen Kaffee oder ein Bier …

Die Sache mit Onno wuchs ihr über den Kopf. Fentje fischte ein Haargummi aus der Jeanstasche und band sich die Lockenmähne zu einem Zopf zusammen. Dann setzte sie vorsichtshalber schon mal den Kaffeevollautomaten in Gang.

Niklas trat mit einem Schwall frischer Luft in ihre Wohnung. Er trug einen anthrazitfarbenen Anzug mit einem Hemd darunter, Lederschuhe. Sein dunkelbraunes Haar fiel ihm in die Stirn … Er hätte wie ein junger Alain Delon mit Jean-Paul Sartre und den anderen Existenzialisten im *Café de Flore* in Paris sitzen können, anstatt auf einem Haubarg in Nordfriesland bei ihr Milchkaffee zu trinken. Wie kam sie jetzt eigentlich darauf? Und sie sollte ihn nicht mit Onno vergleichen, nein, das war unfair! Onno gegenüber …

Stattdessen bat sie Niklas nach einem Kuss auf jede Wange recht reserviert in ihre Küche.

Als sie einander an dem alten Holztisch gegenübersaßen, sah Niklas ihr in die Augen. »Ich bin froh, dass wir das gemeinsam noch mal durchsprechen. Ich blicke langsam nicht mehr durch. Ich hatte übrigens noch einen Auftrag von Borgholz, von dem ich dir erzählen muss.«

»Borgholz?« Doch das war nicht Fentjes eigentliche Frage. Die Frage war, warum er zögerte, ihr davon zu berichten? Er wirkte regelrecht schuldbewusst. Das war doch sonst nicht seine Art.

»Andreas Borgholz ist der Pressestaatsanwalt in Kiel. Ich unterhalte ihn damit, dass ich ihn beim Golfspielen gut dastehen lasse; ab und zu verfasse ich mal einen Artikel, wenn die Polizei die Hilfe der Presse braucht. Er versorgt mich im Gegenzug mit Neuigkeiten. Neulich hat er mich um einen Gefallen gebeten. Unseren Fall betreffend.«

»Um was ging es da?«

»Um eine ehemalige Freundin von Eike Harms. Sie heißt Damaris Ehmke. Hast du schon von ihr gehört? Die beiden sollen nach seiner Ehe mit Ann-Kathrin, aber vor der mit Maren zusammen gewesen sein. Damaris Ehmke hat angeblich auch einige Zeit mit ihm in dem Haus an der Dorfstraße in Helenendeich gewohnt.«

Fentje nickte konzentriert.

»Es heißt, irgendwann habe sie Eike verlassen und sei zurück nach Bulgarien gegangen, wo sie herkommt. Ihre Arbeitgeberin, eine Pensionsbesitzerin in Büsum, hatte sie zunächst bei der Polizei als vermisst gemeldet, weil sie plötzlich nicht mehr zur Arbeit erschienen ist. Sie war dort Zimmermädchen und eigentlich sehr zuverlässig. Ein Polizist aus Helenendeich hatte sich angeblich ebenfalls eingeschaltet. Doch dann stellte sich heraus, dass die Frau ihrem Freund Eike und auch einem Kollegen in der Pension gesagt hat, dass sie fortgehen wolle.«

Er zuckte mit den Schultern. »Die Sache wurde dann seitens der Polizei nicht weiterverfolgt. Andreas Borgholz hat mich gebeten, darüber zu schreiben und ein Foto von Damaris Ehmke zu veröffentlichen. Die Polizei hofft auf Hinweise darauf, ob es zwischen Damaris Ehmkes Verschwinden und den Morden einen Zusammenhang gibt. Es waren ein paar ungewöhnliche Todesfälle in Eike Harms' Umfeld zu viel.«

»Seine erste Frau, Ann-Kathrin, soll ja laut der Putzfrau der Suhrs Suizid begangen haben«, warf Fentje ein. »Angeblich war ihr Ehemann grausam und hat sie dazu getrieben.« Sie erzählte Niklas, was sie darüber in Erfahrung gebracht hatte.

»Eike Harms' Frau stirbt eines gewaltsamen Todes, dann folgt das spontane Verschwinden seiner Freundin Damaris Ehmke, schließlich der Doppelmord an Sascha Janssen und ihm selbst«, fasste Niklas ihre Erkenntnisse zusammen.

Fentje blickte ihn nachdenklich an. »Woher hast du eigentlich ein Foto von dieser Damaris? Von der Pensionswirtin?«, fragte sie dann.

Er zögerte einen Moment. »Julie Janssen hat es mir gegeben. Damaris Ehmke ist mal auf Sascha Janssens Geburtstagsfeier mit ihm zusammen fotografiert worden.«

Fentje runzelte leicht die Stirn. »Das traf sich ja gut.«

»Ja. Aber bisher ist nichts bei meinem Artikel herausgekommen. Ich habe eben noch kurz mit Borgholz telefoniert.«

»Was ist mit dem Polizisten aus dem Dorf, dem Damaris Verschwinden auch aufgefallen ist?«, hakte Fentje nach. »War das Volker Suhr? War er in die Angelegenheit involviert?«

»Borgholz hat keinen Namen genannt. Aber wie viele Polizisten oder ehemalige Polizisten mag es in dem kleinen Ort geben?«

»Volker Suhr war an dem Abend auch bei den Claussens, als Sascha und Eike ermordet wurden. Die Grambergs und Maren Harms ebenso. Es ist schon auffällig, dass mehrere Gäste dieser Geburtstagsnachfeier mit Eike Harms' toten oder verschwundenen Frauen in einem wie auch immer gearteten Verhältnis standen.«

Zwischen Niklas' Brauen erschien eine steile Falte. »Was ist mit den Claussens? Wie stehen sie eigentlich zu den Opfern? Immerhin sind sie die Gastgeber gewesen.«

»Sie haben wohl all die Jahre mitbekommen, wie es den Frauen von Eike Harms ergangen ist«, antwortete Fentje nachdenklich. »Da ist auch noch das Datum von Ann-Kathrins Tod. Der sechste April. Du hast mir doch erzählt, dass Sascha seinem Freund Eike mit etwas gedroht hat, was an diesem Datum passiert sein soll, oder?«, vergewisserte sie sich.

»Julie hatte das erwähnt.«

Fentje drehte ihren Becher mit Kaffee hin und her. »Und wie war es auf der Trauerfeier? Du hast am Telefon ein paar kryptische Andeutungen gemacht.«

Niklas berichtete von seinem Gespräch mit Christine Janssen über ihr Verhältnis zu Saschas Vater. Dann schilderte er, wie Breithauers Türsteher, wie er vermutete, sich ihm gegenüber aufgeführt hatte. Und zum Schluss erwähnte er noch, wie seltsam sich der Mann und die Frau an Janssens Grab verhalten hatten.

»Hast du das Paar erkannt? Sie waren nicht bei der eigentlichen Trauerfeier, oder?«

Niklas schüttelte den Kopf. »Nein. Ich habe sie draußen auf dem Friedhof zum ersten Mal gesehen. Aber es gibt ein paar Fotos auf meinem Handy.«

Niklas reichte Fentje sein Smartphone. Sie scrollte sich durch die Bilder. »Hast du die schon mal gesehen?«, fragte er.

Fentje schüttelte den Kopf. »Ihrer Kleidung nach zu urteilen, scheinen sie nicht von hier zu kommen.«

»Ein Ferienhaus auf Sylt oder auf Föhr würde besser zu ihnen passen«, bestätigte er.

»Du kennst sie wirklich nicht?«

»Nein. Ich werde die Fotos an Borgholz weiterleiten. Soll die Polizei sich damit beschäftigen. Die haben da andere Möglichkeiten. Wenn Sascha Janssen tatsächlich ein Erpresser war, dann haben wir beide wenig Chancen, mehr darüber herauszufinden.«

Fentje schaute Niklas herausfordernd an. »Was machen wir nun mit der verschwundenen Frau Suhr? Ich mache mir schon Sorgen. Natürlich kann Ruth Suhrs Verhalten einen vollkommen harmlosen Grund haben. Möglicherweise braucht sie nur einen kleinen Urlaub von ihrer Ehe. Aber vielleicht weiß sie ja auch etwas, was ihren Ehemann mit den Morden an Eike Harms und Sascha Janssen in Verbindung bringt. Es ist durchaus vorstellbar, dass er wegen Damaris' Verschwinden ein Motiv hat. Wie auch immer, Ruth Suhr könnte sich in Gefahr befinden.«

»Du vermutest, dass Volker Suhr Eike Harms und Sascha Janssen ermordet hat?«

»Es klingt ein bisschen verrückt: Er, als Polizist … Aber vielleicht nimmt er diesen alten ungelösten Fall persönlich.«

»Er hat womöglich ein Motiv, und er war in der Nähe des Tatortes«, sagte Niklas nach einer Weile. »Er kennt sich mit Spuren aus.«

»Und nun scheint seine Frau verschwunden zu sein! Ich will bloß wissen, was da los ist«, beharrte Fentje.

»Was schlägst du vor?«

»Wir könnten in Helenendeich an Suhrs Haus vorbeifahren. Falls drinnen Licht brennt und sein Auto vor der Tür steht, ist wohl davon auszugehen, dass Volker Suhr zu Hause ist«, schlug sie vor.

»Und dann?«

»Er hat ein Segelboot im Tümlauer Hafen liegen. Das Schiff heißt *Tuppence*. Ich habe mich beim Hafenmeister erkundigt. Von Helenendeich bis zu dem Hafen ist es nicht weit. Wir könnten auch da einen Blick hineinwerfen. Die Polizei kann es jedenfalls nicht tun. Für einen Durchsuchungsbeschluss reicht es vorn und hinten nicht«, räumte Fentje ein.

»Und was erhoffst du dir davon?«

»Entweder finden wir Ruth Suhr vor, handlich zum Paket verschnürt …«

»Oder?«, zog er sie auf.

»Ich habe keine Ahnung, Niklas. Es ist wie mit dem Annapurna.«

»Man besteigt ihn, weil es ihn gibt«, ergänzte er.

»Hast du zufällig ein Pick-Set im Wagen?«, erkundigte sie sich beiläufig. »Sonst muss ich bei mir im Werkzeugkasten suchen.«

32. Kapitel

Als sie zum Tümlauer Hafen aufbrachen, war es bereits dunkel. Vorher war Niklas in seine Wohnung gefahren und hatte den Anzug, den er zu der Trauerfeier getragen hatte, gegen Jeans, Sweatshirt und Lederjacke getauscht.

»Welches Auto nehmen wir?«, fragte Fentje, als er wieder vor dem Jacobsen-Hof stand. Ihr Blick wanderte von ihrem alten Pick-up zu seinem Cabriolet.

»Wir sollten möglichst nicht erkannt werden, wenn wir vorher Suhrs Haus kontrollieren. Deinen Wagen kennen sie schon in Helenendeich. Also nehmen wir besser meinen.«

»Ach, deinen kennen die nicht? Du warst doch ebenfalls dort. Und auffällig ist er auch kein Stück …«

»Aber deiner fällt mehr auf.«

»Da bin ich mir nicht so sicher«, sagte Fentje, doch sie folgte ihm zu seinem BMW und ließ sich die Tür aufhalten.

»Du musst mir zeigen, wo das Haus der Suhrs ist«, sagte Niklas, als er Helenendeich erreicht hatte.

»Okay.« Fentje richtete sich auf. Sie fuhren die Dorfstraße hinunter. Sehr weit voraus lagen der Gasthof und die Kirche, der Hof der Claussens und Eike Harms' Haus. »Stopp, du musst gleich hier links in die Seitenstraße reinfahren. Aber langsam. Wir wollen doch niemanden aufschrecken.«

Niklas bremste ab und bog in die schmale Straße ein.

»Ganz am Ende. Das vorletzte Haus.«

Sie rollten langsam an dem Einfamilienhaus vorbei. Im Eingangsbereich brannte ein einsames Licht. Hinter den beiden vorderen Fenstern war es dunkel.

»Siehst du Suhrs Auto irgendwo?«

»Nein, aber sie haben auch eine kleine Garage.«

»Besitzen sie ein oder zwei Autos?«

»Ich glaube, Frau Schrader sagte, dass Ruths Wagen weg war. Das sei ihr gleich komisch vorgekommen, als sie ankam. Sie waren ja fest verabredet.«

Niklas fuhr noch einige Meter weiter bis zu einer Kurve und hielt an. »Wenn Volker Suhr zu Hause ist, dann hält er sich wahrscheinlich im hinteren Bereich des Hauses auf. Haben sie einen Hund?«

»Nein, es war zumindest keiner da, als ich dort war.«

»Dann sehen wir uns doch mal um.«

Sie gingen schweigend den Bürgersteig bis zur Ecke von Suhrs Grundstück entlang; dabei mieden sie die Lichtkegel der wenigen Straßenlaternen. Es war niemand auf der Straße zu sehen. Die anderen Häuser wirkten ähnlich unbelebt wie das der Suhrs.

Neben dem Grundstück des Ehepaares verlief zwischen zwei Hecken ein Weg, wahrscheinlich eine Abkürzung für die Anlieger zur parallel verlaufenden Straße. Sie bogen ein und blieben auf Höhe der Rückseite des Hauses stehen. Die Hainbuchenhecke war über zwei Meter hoch und dicht belaubt, sodass sie nicht viel sehen konnten.

»Warte, da vorn ist eine Pforte!« Fentje ging ein paar Meter weiter, wo es eine Lücke im Verlauf der Hecke gab, mit einer Metallpforte dazwischen. Sie blickte durch das Gitter. »Im Wohnzimmer scheint Licht zu brennen. Es sieht so aus, als liefe der Fernseher.«

Niklas trat zu ihr. »Das ist doch günstig für uns. Dann ist Suhr wohl zu Hause und nicht bei oder auf seinem Schiff.«

»Der hat Nerven! Schaut fern, während seine Frau verschwunden ist.«

»Dafür haben wir bisher nur das Wort der Putzfrau, die Frau Suhr nicht wie erwartet zu Hause angetroffen hat. Vielleicht weiß er ja, wo sie ist, und wollte es der Putzfrau nur nicht sagen.«

»Hm.« Fentje fasste an den Knauf der Pforte und rüttelte leicht. »Verschlossen.«

»Was hast du erwartet?« Sie meinte, Niklas im Dunklen grinsen zu sehen. »Der Mann ist Polizist gewesen. Der weiß, wie man Gesindel fernhält.«

»Wir sind kein Gesindel.«

»Wir sind schlimmer. Wir spionieren ihm nach … Was machst du da?«

Fentje ging an der Hecke entlang, auf der Suche nach einer Lücke, die groß genug für sie war. »Warte hier, Niklas!« Sie bog zwei Äste auseinander und schob sich durch die dünneren Zweige hindurch. Es war schwieriger, als sie erwartet hatte. Ein Zweig peitschte ihr schmerzhaft ins Gesicht, und etwas stach ihr ins Bein. Sie hörte Stoff reißen … Doch noch ein Ruck, und sie hatte sich durch die Hecke gezwängt. Wie gut, dass die Suhrs ihr Grundstück nicht zusätzlich mit einem Maschen- oder Stacheldrahtzaun gesichert hatten.

Fentje wollte nur einen Blick durch das Wohnzimmerfenster werfen und sich vergewissern, dass Volker Suhr auch wirklich dort war, wo sie ihn vermuteten. Oder sehen, ob – und das fiel Fentje in diesem Moment ebenfalls ein – Ruth Suhr vielleicht sogar neben ihm auf dem Sofa saß, weil sie längst wieder heimgekehrt war. Bei einem Einbruch auf ein Segelschiff ertappt zu werden würde ihrer Reputation als Anwältin nicht eben förderlich sein. Na ja, es kam auf die gewünschte Klientel an …

Sie hielt sich im Schatten auf der anderen Seite der Hecke und lief bis zu einem erhöhten Beet, das wiederum an die Terrasse grenzte. Fentje nahm nicht die Stufen, von denen aus sie ins Blickfeld geraten würde, sondern blieb im Sichtschutz einiger Koniferen. Noch hatte sie keinen freien Blick in das Wohnzimmer. Als sie sich der Hausecke näherte, hörte sie links ein Knirschen und fuhr herum.

»Du hast mich zu Tode erschreckt!«, flüsterte sie. »Wie bist du überhaupt hergekommen?« Selbst im Halbdunkel war zu erkennen, dass Niklas sich wohl nicht durch die Hecke gezwängt hatte.

»Ich bin vorn herum und an der Garage entlang. Darin steht ein alter dunkler Volvo. Das konnte ich durchs Fenster sehen«, sagte er leise.

»Wie schön.«

»Hast du schon einen Blick ins Wohnzimmer werfen können?«

Sie schüttelte den Kopf und wies zu den Straßenlaternen jenseits der Hecke. »Sobald man ans Fenster tritt, läuft man Gefahr, von drinnen bemerkt zu werden.«

Niklas nickte. »Hinter dem Strandkorb ist man aber relativ sichtgeschützt. Warte hier …«

Bevor Fentje etwas einwenden konnte, war er den Hügel hinabgegangen und kam hinter dem Strandkorb wieder hoch. Als er dahinter Position bezogen hatte, nickte er ihr zu. In dem Moment, als er einen Schritt seitwärts tat, um ins Fenster zu spähen, sprang wohl ein Bewegungsmelder an. Jedenfalls lagen die Terrasse und die Seiten des Hauses plötzlich in gleißendem Licht. Fentje duckte sich blitzschnell hinter den nächststehenden Busch, Niklas trat hinter den Strandkorb zurück.

Als sie schon meinte, alles sei in Ordnung, hörte sie, wie sich die Terrassentür öffnete. Sie konnte nicht hinsehen, ohne selbst entdeckt zu werden, doch sie vermutete, dass Volker Suhr in der offenen Tür stand und mit seinem besten Polizistenblick die Umgebung auf etwaige Eindringlinge absuchte. Die Sekunden dehnten sich zu Minuten.

Schritte knirschten leise auf den Steinplatten. Er war anscheinend herausgekommen, konnte jeden Moment neben dem Busch auftauchen, hinter dem sie kauerte. Auch Niklas hinter dem Strandkorb war in Gefahr, entdeckt zu werden. Ein Schrei wie von einem kleinen Kind, dann erklang ein Fauchen und Rascheln. Zwei Katzen rasten hintereinander her über den Rasen.

»Mistviecher!«, hörte sie eine männliche Stimme sagen. Wieder waren leise Schritte wahrnehmbar, dann hörte Fentje, wie die Terrassentür geschlossen wurde.

Sie traf Niklas an der Grundstücksecke jenseits der Hecke wieder. »Das war aber knapp«, sagte sie.

»Wie gut, dass die Katzen kamen! So hat er gedacht, dass die den Bewegungsmelder ausgelöst haben. Und wir wissen definitiv, dass er zu Hause ist.«

»Dann auf zum Hafen«, sagte Fentje. Der Schreck, beinahe entdeckt worden zu sein, saß ihr noch in den Knochen, doch die Aktion nun abzubrechen war keine Option.

»Du glaubst immer noch, er könnte seine Frau auf dem Boot gefangen halten?«, fragte Niklas, als sie wieder im Wagen saßen. »Und währenddessen sitzt er seelenruhig zu Hause herum?«

Fentje zuckte mit den Schultern. »Vielleicht wartet er auf die Flut, um später mit ihr rauszufahren? Ich kann es mir ja auch nicht vorstellen, aber ich möchte die Möglichkeit unbedingt ausschließen.« Sie wollte sich später keine Vorwürfe machen müssen, weil sie nicht alles getan hatte, was ihr möglich war.

Der Tümlauer Hafen lag im bläulichen Licht des Mondes da. Der Nachthimmel war inzwischen beinahe klar, die Regenwolken hatten sich verzogen. Ansonsten wäre es wohl stockdunkel gewesen.

Niklas stellte seinen Wagen rechts auf einem Parkplatz zwischen ein paar Bootsanhängern ab, wo er mit etwas Glück nicht sofort auffallen würde. Ein wirkliches Versteck gab es hier hinter dem Deich nicht. Sie gingen nebeneinanderher auf das flache Gebäude zu, in dem der Sportbootclub beheimatet war. Alles wirkte menschenleer und verlassen.

»Hier sind hoffentlich keine Bewegungsmelder oder Alarmanlagen«, sagte Fentje, als sie zum Hafenbecken gelangten.

»Tut mir leid. Das eben war idiotisch von mir«, gab Niklas leise zurück. »Ich hätte mir denken können, dass ein Polizist im Ruhestand auf Vorfeldsicherung steht …«

»Vorfeld… was?«

Er ging nicht darauf ein, sondern hielt nach Volker Suhrs Segelboot Ausschau. »Hast du die *Tuppence* schon entdeckt? Merkwürdiger Name …«

»Da ist sie. Das vorletzte Schiff.«

Sie betraten das Boot, das leicht schräg im Schlick lag. Das Wasser strömte bereits zurück in den kleinen Hafen. Falls Volker Suhr vorhatte, in dieser Nacht auszulaufen, war in wenigen Stunden die beste Zeit dazu.

Fentje untersuchte die Türen zum Niedergang, die mit einem Vorhängeschloss gesichert waren. Sie zog ein Pick-Set aus der Tasche.

»Kannst du das?«

»Ich habe mal einen Crash-Kurs mitgemacht.«

»Wie bitte?«

Fentje zuckte mit den Schultern. »Ein Mandant hat es mir einmal gezeigt. Er war äußerst geschickt. Ein Profi halt. Aber ich weiß nicht, ob ich es noch kann.« Sie kniete vor dem Schloss nieder, hängte den Spanner ins Schloss, dann versuchte sie, mit einem Pick die Kernstifte im Schloss herunterzudrücken.

Niklas sah ihr kurz zu, dann schaute er wieder über den verlassen daliegenden Hafen. Er hoffte, dass er so einsam und menschenleer bleiben würde. Was sie hier taten, war illegal. Sie wollten nur kurz schauen, ob Ruth Suhr an Bord war oder ob sie sonst etwas entdeckten, was mit den Mordfällen in Zusammenhang stehen könnte. Danach würden sie umgehend wieder von hier verschwinden.

Doch auf diesem Schiff befanden sie sich in einer Sackgasse. Wenn sich jemand nähern würde, bliebe ihnen eigentlich nur ein Sprung in Hafenschlick und Wasser … Wie viel Grad hatte die Nordsee wohl zu dieser Jahreszeit? Vielleicht zwölf? »Wie läuft es denn so?«, erkundigte er sich halblaut.

»Es geht.«

Er ging an Deck entlang zum Bug, dann auf der anderen Seite zurück. Niklas hob die Sitzpolster im Cockpit, tastete das Innere der Backskisten ab. Unter einer Schwimmweste ertastete er etwas Metallisches. Einen kleinen Schlüssel! »Versuch es mit dem hier!«

»*Yes*!«, rief Fentje wenig später gedämpft aus. Die Türen schwangen auf.

»Willst du zuerst, oder soll ich?«

»Ich bin doch schon fast unten.« Fentje kletterte behände rückwärts den Niedergang hinunter. Niklas folgte ihr.

Unten angekommen, drehte Fentje sich um und leuchtete mit ihrem Handy umher. »Hier ist niemand!«, rief sie erleichtert aus. Der Lichtschein verharrte an den hölzernen Wandflächen am Durchgang zum Vorschiff. Mit Tesafilm befestigt, hingen an Tür und Seitenflächen Ausschnitte von Landkarten, Fotos, Notizen … Sie ging näher heran. »Hier hat er eindeutig nicht seine letzten Segeltörns festgehalten«, stieß Fentje atemlos hervor.

Niklas trat näher, leuchtete ebenfalls mit seinem Smartphone. »Das ist Damaris!« Er deutete auf ein Foto ganz links an der Wand.

»Ich glaube das nicht!«, stieß Fentje hervor. »Es geht tatsächlich um diese Frau?«

Niklas besah sich die Fotos. Einen Moment betrachtete er das Porträt der jungen Frau. Es war ein leicht unscharfer Schnappschuss, ein Ausschnitt aus einer Aufnahme von mehreren Leuten. »Die ganze Zeit über hat er sie gesucht.«

»Kein Wunder, dass das seiner Ehe nicht gut bekommen ist.« Fentje leuchtete inzwischen von Kartenabschnitt zu Kartenabschnitt. Einige Bereiche waren in unterschiedlichen Farben schraffiert, als hätte Volker Suhr diese Gebiete bereits untersucht und dann auf den Karten gekennzeichnet.

Niklas nahm sein Smartphone zur Hand und fotografierte die einzelnen Abschnitte von Suhrs Dokumentation seiner Nachforschungen.

»Er scheint die Süderbootfahrt abgesucht zu haben. Stück für Stück«, stellte Fentje erstaunt fest.

»Mit diesem Boot hier?«

Fentje schnaubte. »Wohl kaum …«

Niklas packte sie am Oberarm. »Hörst du das?«

Noch sehr leise, doch unverkennbar näher kommend, waren Schritte zu hören.

»Mist! Ob das Volker Suhr ist?«

»Wir werden es gleich wissen. Komm!«

Er zog Fentje mit sich durch die niedrige Tür in die Kabine im Vorschiff und schloss sie hinter ihnen.

»Hast du die vordere Tür wieder zugemacht?«, flüsterte sie. Ansonsten konnten sie sich das Versteckspiel auch sparen.

»Ja, sie ist eingerastet, aber natürlich nicht wieder abgeschlossen.« Hastig leuchtete er herum. Es war ein dreieckiger Raum, der beinahe vollständig von einem Bett ausgefüllt wurde. Eine mit einem braun-grün karierten Überzug bezogene Bettdecke und ein offener Schlafsack lagen auf einem zerwühlten, dunkelblauen Laken. Dazu gab es noch ein paar zerknautschte, fleckige Kissen. Es sah alles nicht gerade taufrisch aus.

»Denk nicht mal dran, dass wir uns da drunter verstecken«, flüsterte Fentje.

Niklas umfasste sie und zog sie mit sich. Sie stellten sich direkt hinter die Tür. Mit viel Glück würde sie jemand, der nur kurz die Kabinentür öffnete, nicht bemerken. Vorausgesetzt, es gelang ihnen, sich von nun an völlig still zu verhalten und sich überhaupt nicht mehr zu bewegen, denn mittlerweile schien das Schiff wieder Wasser unter dem Kiel zu haben.

Fentje wollte protestieren, doch sie hatten keine Zeit. Das Boot schwankte, als jemand an Bord kam. Sie hörten Schritte. Es war unmissverständlich, dass sie nicht mehr allein hier waren.

Sie stand so eng an Niklas gepresst, dass sie meinte, seinen Herzschlag durch mehrere Schichten Kleidung zu spüren. Eine Hand lag an ihrem Hinterkopf, die andere ruhte warm und fest zwischen ihren Schulterblättern. Er hielt den Kopf leicht gesenkt, sie fühlte seinen Atem. Er roch nach der Lederjacke und etwas, das wahnsinnig gut und sicherlich unverschämt teuer war.

Ein Zittern durchfuhr sie. Sie durften hier nicht entdeckt werden! Die Situation war gefährlich, schrecklich aufregend und gerade deshalb nicht ohne Reiz. Doch in dem Moment, als Fentje sich dessen gewahr wurde, was Niklas' Nähe mit ihr machte, musste sie an Julie Janssen denken. Wie er sie im *Chaumont* geküsst hatte … Fentje versteifte sich in seinem Arm, hätte ihn am liebsten weggestoßen.

»Bleib um Himmels willen ruhig«, wisperte er ganz leise nah an ihrem Ohr. »Du willst doch Anwältin bleiben.«

33. Kapitel

Die Tür vom Niedergang ins Innere des Schiffes wurde aufgestoßen, und im Nebenraum wurde das Licht angeknipst. Ein dünner Lichtstreifen fiel unter der Tür hindurch. Bevor Fentje aus ihrer Erinnerung herleiten konnte, ob sie womöglich irgendwelche verräterischen Spuren hinterlassen hatten, wurde die Tür zum Vorschiff aufgestoßen.

»Da sind Sie! In der Hundekoje! Zu zweit auch noch.« Der Mann war eingetreten und hatte sogleich hinter die Tür geschaut. Er musterte sie von oben bis unten. »Wer seid ihr?« Erst jetzt sah Fentje, dass er eine Waffe in der Hand hielt. Ein hässliches schwarzes Teil, das auf Niklas gerichtet war.

»Wir sind auf der Suche nach Damaris Ehmke. Genau wie Sie«, antwortete er ruhig.

»Ich habe gefragt, wer ihr seid!«

»Ich bin Niklas John.« Er warf einen Blick zu ihr hinüber, wohl unsicher, ob sie ihren Namen preisgeben wollte.

»Fentje Jacobsen«, sagte sie entschlossen. »Ich bin, oder besser, war eine Anwältin von Sascha Janssen.« Eine glatte Lüge, doch es hörte sich gar nicht mal so schlecht an. Als hätten sie auch nur den Hauch einer Berechtigung, auf dieses Boot einzubrechen und sich umzuschauen, wenn es dabei um die Interessen ihres Mandanten ging. »Und Sie sind Volker Suhr?«, fragte sie.

»Raus hier!« Er ging rückwärts, und sie folgten ihm. Doch als Fentje Anstalten machte, die Treppe hinauf an Deck zu steigen, rief er: »Stopp! Sie bleiben schön hier. Oder Ihr Freund hat gleich eine Kugel in der Schulter.«

Das war ein Argument, nicht nach oben zu gehen, obwohl jede Zelle ihres Körpers danach verlangte.

»Wir haben gesehen, dass Sie Damaris Ehmke ebenfalls suchen. Aber wie es aussieht, haben Sie sie bisher nicht gefunden«, sagte Niklas, als er neben Fentje eingeklemmt zwischen Tisch und Bank saß. Volker Suhr stand ihnen gegenüber. Die Waffe hatte er auf ein Regalbrett neben sich abgelegt, doch sie war nicht weit von seiner rechten Hand entfernt. Er stand nur da und sah sie mit grimmiger Miene an.

»Wir können einander vielleicht helfen«, behauptete Fentje.

»Nennen Sie das ›helfen‹, erst im Dunkeln durch meinen Garten zu schleichen und danach auf meinem Schiff einzubrechen?«

»Wir sind besorgt, weil Ihre Frau verschwunden ist.«

»Was? Woher wissen Sie überhaupt, dass Ruth … Egal. Das wäre dann doch ein Fall für die Polizei gewesen, oder etwa nicht?«

»Haben Sie sie als vermisst gemeldet?«

Wütend starrte er sie an. »Dazu besteht keine Veranlassung. Sie fängt sich wieder und kommt zurück. Sie ist nur … durcheinander.«

»Durcheinander? Weshalb?«

»Na, weshalb wohl? In unserem Dorf wurden zwei Menschen ermordet.«

»Woher wissen Sie so sicher, dass sie nicht auch in Gefahr ist?«, fragte Niklas.

»Ich war jahrzehntelang Polizist. Ich weiß, was ich tue und was ich unterlasse. Und ich kenne meine Frau. Ruth ist noch keine zehn Stunden fort. Sie taucht auf jeden Fall wieder auf. Sie will mir nur eins auswischen.«

»Sind Sie sich da sicher? Nach allem, was in Helenendeich passiert ist?«, insistierte Fentje.

Er sah sie etwas länger an. »Nein«, räumte er mit einem Mal ein.

»Ist etwas vorgefallen zwischen Ihnen? Haben Sie sich gestritten?«, fragte Niklas.

»Das geht Sie überhaupt nichts an!« Auf Niklas reagierte er wesentlich aggressiver.

»Könnte sie an dem Abend, als Sie beide bei den Claussens waren, etwas beobachtet haben, dass sie in Gefahr gebracht hat?«, wollte Fentje wissen.

»Nicht, dass ich wüsste«, antwortete er stirnrunzelnd.

»Und in welchem Verhältnis stehen Sie zu Damaris Ehmke?« Niklas deutete mit dem Kopf zur Seite, zu den Hinweisen auf Volker Suhrs Suche. Die Hand des ehemaligen Polizisten zuckte zur Waffe, entspannte sich jedoch wieder, als Niklas sich nicht weiterbewegte.

»In gar keinem ›Verhältnis‹. Damaris war nur irgendeine junge Frau, die zu uns ins Dorf gezogen ist, weil sie sich unglücklicherweise mit Eike Harms eingelassen hat. Als sie bei ihm einzog, war es im Grunde schon zu spät.«

»Zu spät für was?«, wollte Fentje wissen.

»Es war zu spät, um sie zu warnen und ihr zu raten, sich von diesem Mann fernzuhalten.«

»Warum hätte sie das tun sollen?«

»Er war ein sadistischer Mistkerl.«

»Woher wissen Sie das so genau?«, hakte Fentje nach.

»Seit dem Selbstmord seiner ersten Frau war mir klar, dass er nicht ganz koscher ist. Ann-Kathrin hätte das normalerweise nicht getan. Niemals. Bevor sie Eike geheiratet hat, war sie eine vollkommen normale junge Frau, voll ansteckender Lebensfreude. Sie hatte ihr Leben noch vor sich. Doch die Zeit mit ihm hat sie verändert. Jeder konnte es sehen, aber sie wollte nicht darüber reden.«

»Sie hätte ihn verlassen können.«

»So einfach war das nicht. Irgendwann hatte er sie psychisch kleingekriegt. Sogar ihre Eltern kamen nicht mehr wirklich an sie heran. Sie hatte eine Therapie begonnen, aber recht bald wieder abgebrochen. Und dann … Ja, dann war sie tot.«

»Und Damaris Ehmke?«

»Im Grunde die gleiche Geschichte. Erst die große Liebe. Eike war anscheinend ein Meister darin, die Frauen in sich verliebt zu machen. Er hatte diesen rauen Charme. Und dann hat er sie wohl bekocht … als hätte er auch eine weiche Seite. Etwas in der Art. Damaris zog jedenfalls nach ein paar Wochen zu ihm in das verdammte Haus. Doch dann wurde sie immer in sich gekehrter, verschlossener. Sie war nicht mehr wiederzuerkennen, wenn man sie traf. Ich habe sie gefragt, was los sei, ob ich ihr helfen kann. Damals war ich noch im Dienst, ich fühlte mich für die Leute in Helenendeich verantwortlich. Aber Damaris sagte nur, es gebe Probleme bei ihr zu Hause in Bulgarien. Sie müsse vielleicht zurückkehren. Wer es glaubt …« Er schüttelte wütend den Kopf.

»Und dann?«

»Dann war Damaris von einem auf den nächsten Tag weg. Einfach so, ohne jemandem Bescheid zu geben. Mitsamt ihrem Auto, ihren Sachen … noch dazu, ohne zuvor ihren Job zu kündigen. Und den hatte sie vorher sehr ernst genommen. Außer dieser Bemerkung mir gegenüber hatte sie niemandem im Dorf etwas von ihren Plänen erzählt, zurück nach Bulgarien zu gehen.«

»Möglicherweise wollte sie vermeiden, dass es Eike Harms zu Ohren kommt«, überlegte Niklas laut.

Suhrs Gesicht verzog sich vor Wut. »Ich habe Ihren Artikel über Damaris gelesen. Das waren doch Sie, oder? Das meiste davon stimmte. Nur die Aussage dieses Kollegen aus der Pension … Was für ein Quatsch! Ich habe nie daran geglaubt, dass sie außer mir ausgerechnet dem als einzigem gesagt haben soll, dass sie fortgeht. Dieser Kollege und Eike kannten sich.«

»Und weil Sie die Geschichte nicht geglaubt haben, haben Sie nach ihr gesucht – all die Jahre«, stellte Fentje fest.

»Was sollte ich denn tun? Der Fall wurde viel zu schnell wieder zu den Akten gelegt. Es war unfassbar! Und das nach der Sache mit Ann-Kathrin! Die von der Kripo haben nicht auf mich gehört, sondern auf Eike Harms' Lügen, dass Damaris zurück nach Bulgarien gegangen ist. So etwas nannte sich ›Kollegen‹! Sie haben gerade mal oberflächlich sein Haus und den Garten durchsuchen lassen. Einmal sind sie am Kanal mit Leichenspürhunden entlanggegangen … Das war es.«

»Und nach alldem … Was denken Sie, was wirklich mit Damaris Ehmke passiert ist?«

»Ich glaube, dass Harms sie ermordet hat. Er hat all ihre Sachen beseitigt, und ihre Leiche hat er auch versteckt. Der Teufel weiß, wo. Er war ein gerissener Hund. Bisher habe ich sie nicht entdeckt. Doch nun ist es auch egal. Ich mache das ja nicht, um recht zu behalten. Und Damaris würde es auch nicht mehr helfen … Wenn ich hätte beweisen können, dass er sie umgebracht hat, dann hätte ich Eike Harms ein für alle Mal das Handwerk legen können. Damaris' Leiche zu finden wäre eine Chance gewesen. Ich wollte nämlich nicht tatenlos zusehen, wie auch noch die nächste Frau dran glauben muss.«

»Maren Harms und vielleicht sogar ihre kleine Tochter Ylva«, sagte Fentje ruhig.

Er nickte grimmig.

Die Frage, ob er Eike Harms ermordet hatte, um die neue Frau und das Kind vor ihm zu schützen, stand unausgesprochen in der engen Kajüte. Volker Suhr hatte ihnen ein sehr gutes Motiv präsentiert. Er schien sich in seine Verantwortung für die Menschen im Dorf und seine Beschützerrolle

Damaris gegenüber hineingesteigert zu haben. Hatte er zuletzt auch Maren und Ylva vor Unheil bewahren wollen? Doch sie taten gut daran, ihn nicht ausgerechnet jetzt zu fragen, ob er Eike Harms und Sascha Janssen ermordet hatte, und wäre seine Absicht dahinter aus seiner Sicht auch noch so nobel gewesen …

Niemand wusste, wo Niklas und sie sich befanden, wurde Fentje mit einem Mal klar. Ihre Lage auf diesem Schiff war gelinde gesagt unvorteilhaft. Ob das Segelboot nun besonders seetüchtig war oder nicht: Sie hatten auflaufendes Wasser, gleich bei Flut wäre der Tümlauer Hafen gut mit diesem Schiff befahrbar, hinaus in die weite Nordsee. Vor ihnen stand der Skipper mit einer Pistole in seiner Reichweite, und er konnte sicherlich auch gut damit umgehen. Nein, es war ein denkbar schlechter Zeitpunkt, ihn zu fragen, ob er ein zweifacher Mörder war.

»Und was mache ich nun mit euch?«, fragte Suhr in die Stille hinein. Unter dem Boot plätscherte das Wasser.

»Wir können Ihnen bei der Suche helfen. Nach Damaris und auch nach Ihrer Frau.«

»Gute Antwort! Sehr diplomatisch. Ihr denkt, ich bin ein Mörder. Stimmt's?«

»Verraten Sie es uns«, antwortete Fentje leise.

»Ich war es nicht. Ich habe weder Eike Harms noch seinem Kumpel Sascha Janssen je auch nur ein Haar gekrümmt. Ich bin kein Mörder. Ich bin *Polizist*.«

»Dann lassen Sie uns die Sache endlich aufklären«, forderte Niklas.

»Sie glauben mir?«, fragte er nach einer Weile.

Niklas zuckte mit den Schultern. »Zum jetzigen Zeitpunkt ist eine Annahme so gut wie die andere«, erwiderte er ruhig. »Das Einzige, was nun noch weiterhilft, ist, Beweise zu finden. Entweder für Ihre Schuld oder für Ihre Unschuld.

Und für Sie wäre es gut, wenn Sie endlich Klarheit hätten. Das hier ... diese Sucherei, das ist doch kein Zustand.«

Nachdenklich schob Suhr die Pistole auf der Ablage hin und her. »Ein Vorschlag. Ich vergesse den Einbruch auf mein Boot ... und Sie vergessen dieses kleine Ding hier.« Er steckte die Pistole in die Innentasche seiner Jacke. »Ist eh nur eine Gaspistole. Eine Erma, neun Millimeter. Vierzig Jahre alt, aber gut gepflegt. Ich hätte sie ohnehin nicht benutzt. Oder glauben Sie, ich will mein Schiff mit CS-Gas verseuchen?«

Er konnte natürlich behaupten, was er wollte. Doch Fentje nickte erleichtert.

Auch Niklas neben ihr sagte: »Einverstanden. Dann lassen Sie uns von hier verschwinden und herausfinden, wo Ihre Frau steckt.«

»Und wo Damaris ist«, ergänzte Fentje. »Ich würde wirklich gern wissen, was mit ihr passiert ist.«

34. Kapitel

Sie fuhren hintereinanderher nach Helenendeich zum Haus der Suhrs. Es wäre eine gute Gelegenheit, zusammen mit Fentje zu verschwinden, dachte Niklas. Er traute Volker Suhr nicht über den Weg. Andererseits war es die Chance, endlich etwas Licht in diese Angelegenheit zu bringen. Volker Suhr schloss die Haustür auf, ließ sie eintreten und führte sie ins Wohnzimmer. Als sie dort zusammensaßen, blickte der ehemalige Polizist mit verschlossener Miene von einem zum anderen. »Und nun?«, fragte er.

»Ihre Frau ist jetzt seit mehr als zehn Stunden nicht mehr da. Wenn Sie Ihnen wirklich nicht Bescheid gegeben hat, wo sie hinwill, würde ich mir an Ihrer Stelle langsam Sorgen um sie machen«, meinte Niklas.

»Sie hat mir nichts gesagt. Aber ihr Auto ist weg, ihre Handtasche mit ihren Papieren und dem Handy, ihre Kultursachen sowie ein kleiner Koffer mit Kleidungsstücken. Was schließen Sie daraus?«

»Das klingt tatsächlich mehr danach, dass sie freiwillig gegangen ist«, bemerkte Fentje in beruhigendem Ton. »Darf ich mich oben mal umsehen?«

Er starrte sie an. Dann nickte er. »Wenn Sie meinen, dass es was bringt.«

Nachdem Fentje den Raum verlassen hatte, schwiegen sie einen Moment.

Volker Suhr ergriff als Erster das Wort: »Können Sie sich vorstellen, was meine ehemaligen Kollegen von mir denken, wenn ich meine Frau als vermisst melde, während die sich freiwillig eine kleine Auszeit sonst wo nimmt?«

»Ist das wirklich Ihre einzige Sorge?«, fragte Niklas.

Suhr ließ sich in seinen Sessel zurücksinken. »Nein, natürlich nicht. Ich weiß es nicht. Ruth war nicht gerade gut drauf die letzten zwei Wochen. Die Morde haben sie ganz schön mitgenommen. Sie war nicht mehr sie selbst. Das geht uns ehrlich gesagt allen so ... Helenendeich war stets die Konstante in unserem Leben, ein Hafen. Ein Ort, wo eher wenig passiert, wo verlässliche und irgendwie auch vertraute Menschen leben. Wir feiern friedlich in bekannter Runde Wiebke Claussens Geburtstag nach, und währenddessen ermordet jemand gleich nebenan zwei Menschen? Wen lässt so etwas denn kalt?«

»Und Sie haben davon wirklich nichts mitbekommen?«, hakte Niklas nach.

Volker Suhr schüttelte stumm den Kopf.

»Hat tatsächlich keiner der anderen Anwesenden an dem Abend für einige Zeit den Raum verlassen?«

»Nicht lange genug, um die Morde zu begehen. Höchstens mal ein paar Minuten, um zur Toilette zu gehen. Die Zeit hätte vorn und hinten nicht gereicht. Das alles hat uns die Kripo natürlich auch immer wieder gefragt. Von den Leuten, die bei den Claussens zusammen gefeiert haben, kann es keiner gewesen sein. Ich weiß sehr wohl, wie das alles aussehen muss. Doch wir waren es nicht.«

Fentje kam wieder ins Wohnzimmer. »Es sieht alles normal und aufgeräumt aus. Ich kann nicht erkennen, ob etwas von den Sachen Ihrer Frau fehlt. Auch keinen Hinweis darauf, wo sie hingefahren sein könnte.«

»Sag ich ja. Ich habe mit ihrem Verschwinden nichts zu tun.«

»Was ist eigentlich mit dem Handy Ihrer Frau?«, erkundigte sich Niklas. »Haben Sie versucht, sie darüber zu erreichen?«

»Natürlich, aber ohne Erfolg. Sie hat es entweder ausgeschaltet, kein Netz, oder ihr Akku ist leer.«

»Stellt sie ihr Telefon manchmal aus?«, fragte Fentje.

»Hin und wieder. Ein großer Handy-Fan ist sie nicht gerade.«

»Vielleicht können Ihre Kollegen sie über ihr Smartphone ja orten?«

»Nicht, wenn es ausgeschaltet ist.«

»Überzeugen Sie uns, indem Sie Ihre Frau endlich als vermisst melden«, schlug Fentje mit sanfter Stimme vor.

»Was hat denn das eine mit dem anderen zu tun?«

»Wenn Sie hier und jetzt die Polizei anrufen, wäre das schon eine vertrauensbildende Maßnahme.«

»Ach, wirklich?«

Fentje und Niklas nickten.

»Und es könnte Ihrer Frau das Leben retten.« Fentje sprach sehr ruhig, beinahe wie zu einem kleinen Kind. Oder wie zu einem Schaf, fiel Niklas ein. Sie hatte ihm mal erklärt, dass die Tiere sehr negativ auf Stress reagierten. Und sie drang anscheinend mit ihrem Tonfall auch zu Suhr durch.

Volker Suhr stand auf, ging nachdenklich vor dem Sofa auf und ab. »Wenn ich jetzt die Polizei anrufe und Ruth nur weggefahren ist, weil sie Abstand braucht, bin ich der Gelackmeierte«, wandte er nochmals ein.

»Besser, als wenn ihr etwas passiert und Sie haben unterdessen vor lauter Stolz nichts unternommen«, argumentierte Niklas.

»Erwachsene gelten für die Polizei nur dann als vermisst, wenn ihr derzeitiger Aufenthaltsort unbekannt ist *und* konkrete Hinweise auf Gefahr für Leib oder Leben vorliegen wie Unfall, Hilflosigkeit, Selbsttötungsabsicht oder darauf, dass sie Opfer einer Straftat geworden sind oder werden könnten. Dass die Polizei immer erst vierundzwanzig Stunden abwartet, ist übrigens ein sich hartnäckig haltender Irrtum«, dozierte Suhr.

»Einem ehemaligen Polizisten wird man sicher glauben, wenn er sagt, dass seine Frau ernsthaft in Gefahr ist.«

»Sie haben ja recht!«, fuhr Suhr ihn an. »Ich tue es.«

Niklas sah auf seine Uhr und dann zu Fentje, die in kleinen Schlucken ihr Wasser trank. Es war beinahe halb zwei Uhr nachts. Die Zeit war unvorstellbar schnell vergangen. Er beobachtete Suhr, der tatsächlich sein Telefon in der Hand hielt und offenbar mit seinen ehemaligen Kollegen telefonierte. Er schien mehrmals weiter durchgestellt zu werden, denn er leierte immer die gleiche Geschichte herunter.

»Gut, wir warten«, sagte er, bevor er auflegte. Und dann, mit einem leicht boshaften Lächeln: »Ich gehe doch recht in der Annahme, dass Sie beide sich das alles nicht entgehen lassen wollen? Sie schicken uns zwei Kollegen her. Das ist nicht selbstverständlich um diese Uhrzeit und unter diesen Umständen, aber mein Wort zählt bei der Polizei natürlich noch. Ich bin nicht nur irgendjemand für die. Irgendjemand wäre auf morgen vertröstet worden.« Etwas wie Stolz schwang in seiner Stimme mit.

»Versteht sich«, erwiderte Niklas anerkennend. Alles, was Suhrs Laune hob und ihn zur Mitarbeit motivierte, war nützlich.

Während sie warteten, betrachtete Niklas den behaglich, aber nicht sonderlich persönlich eingerichteten Raum. Immerhin gab es ein Regal mit vielen Büchern. Fachliteratur zum Thema »Kriminalistik« und »Damenmode«, die üblichen Romane als Hardcover und auffällig viele alte Krimis. Das war interessant. Soweit Niklas aus verschiedenen Gesprächen wusste, lasen Polizeibeamte eher selten Krimis, weil sie ihren Berufsstand und ihre Methoden darin gemeinhin als unrealistisch dargestellt empfanden. Vielleicht war es Ruth Suhrs Lektüre? Niklas kniff die Augen zusammen. Es waren hauptsächlich Klassiker aus Großbritannien von

Dorothy L. Sayers, Agatha Christie und Sir Arthur Conan Doyle.

Volker Suhr bat Fentje, für sie drei Kaffee zu kochen.

»Das ist eine hervorragende Idee.« Sie sprang förmlich vom Sofa auf. Wahrscheinlich war sie froh, wieder etwas zu tun zu bekommen. Niklas selbst hätte die Aufgabe liebend gern übernommen, anstatt untätig auf dem Sofa zu verharren.

Sie kam mit einem Tablett mit drei nicht zueinander passenden, bunten Bechern, einer Glaskanne mit Filterkaffee sowie Milch und Zucker wieder.

»Wer von Ihnen beiden ist denn der Kunstfan, Sie oder Ihre Frau?«, fragte sie im Plauderton, während sie den Kaffee einschenkte.

»Sie meinen, wegen der gerahmten Ausstellungsplakate in der Küche?«

»Ja, und wegen dieses Bechers hier.« Sie hielt einen Keramikbecher mit einem Nolde-Motiv hoch.

»Das ist Ruths Passion. Die Expressionisten mag sie am liebsten.«

»Und was interessiert Sie?«, erkundigte sich Fentje.

Er zuckte mit den Schultern. »Ich habe immer nur für meinen Beruf gelebt. Und für mein Segelschiff natürlich. Ich werde die *Tuppence* auch bald wieder seeklar machen.«

»Wieso heißt das Schiff eigentlich *Tuppence*?«, fragte Niklas.

»Weil ich früher Tommy genannt worden bin. Mein zweiter Name ist Thomas.«

»Ich kann nicht ganz folgen«, gab Niklas zu.

»Fragen Sie das Ruth. ›Tommy und Tuppence‹. Es war ihre Idee.«

Wenn wir sie das noch fragen können, dachte Niklas und trank den heißen, starken Kaffee.

Als die Polizisten endlich bei Volker Suhr klingelten, war es Viertel nach drei Uhr am Morgen. Niklas war gespannt gewesen, wie Suhr seinen ehemaligen Kollegen erklären würde, warum sie zu dritt im Haus auf sie warteten. Doch Volker Suhr ließ kein Wort darüber verlauten, dass er Fentje und ihn überrascht hatte, nachdem sie unbefugt auf sein Schiff eingedrungen waren, sondern stellte sie als um Ruth besorgte Bekannte vor. Ansonsten wäre ja auch seine akribische Suche nach Damaris zur Sprache gekommen, womit er womöglich einen Verdacht in den aktuellen Mordfällen auf sich gelenkt hätte.

Niklas fragte sich, ob seine private Suche bei den Kollegen auf Verständnis oder auf Kopfschütteln stoßen würde? Es hieß doch, dass viele Polizisten im Ruhestand von einigen ihrer ungelösten Fälle verfolgt wurden …

Für die weiteren Ermittlungen im Mordfall »Harms und Janssen« waren Suhrs Aktivitäten sicherlich relevant. Fentje und er würden es den Ermittlern auf längere Sicht nicht verschweigen können. Doch erst mal musste die Fahndung nach Ruth Suhr anlaufen. Niklas war froh, dass endlich etwas passierte. Die Polizei hatte ganz andere Möglichkeiten, die Frau zu finden, als Leute aus ihrem privaten Umfeld.

Um Viertel vor fünf fuhr Niklas Fentje nach Hause. Der Himmel hatte vor Sonnenaufgang eine azurblaue Farbe angenommen. Ein paar Sterne waren noch zu sehen, doch im Osten zeichnete sich schon ein etwas hellerer Streifen am Horizont ab. Niklas hielt vor der Brücke, die über den Graben zum Wohnhaus hinaufführte.

»Da sind wir wieder«, sagte er. »Es tut mir leid, dass die ganze Geschichte heute Nacht so eskaliert ist.«

»Wieso tut es dir leid, Niklas? Du bist nicht allein dafür verantwortlich. Ich wusste ja, worauf ich mich einlasse.«

Fentje seufzte. »Soweit ich mich erinnere, ist die ganze Aktion mehr oder weniger mein Vorschlag gewesen.«

»Stimmt auffallend.« Er blickte sie an. Fentje sah geschafft und besorgt aus. Er wollte sie berühren, sie in den Arm nehmen und ihr versichern, dass alles gut werden würde. Obwohl er aus irgendeinem Grund selbst nicht so recht daran glauben konnte.

»Denkst du, sie finden Ruth Suhr? Oder ist sie längst tot? Wie Harms, wie Janssen, wie Ann-Kathrin und vermutlich auch Damaris ...«, fragte sie und sprach damit aus, was er dachte.

»Ich hoffe, sie lebt. Wir werden ja sehen, ob die Fahndung nach ihr erfolgreich ist.«

»Mehr konnten wir für heute nicht tun.« Fentje blickte ihn nachdenklich an.

»Du hast recht. Für heute reicht es. Dann schlaf gut, Fentje. Morgen sehen wir weiter.«

Sie schnaubte leise. »Schlafen? Lang wird diese Nacht nicht mehr. Es ist Freitag. Unter der Woche versuche ich, Sofia morgens vor der Schule in der Küche zu erwischen, um wenigstens einmal am Tag mit ihr zu sprechen.«

»Ich werde an dich denken, wenn ich mich noch einmal im Bett umdrehe.« Er grinste.

»Echt? Du meinst, das funktioniert? Und dabei habe ich alles darangesetzt, Blofeld auf ein anständiges Frühstück um halb sieben Uhr morgens zu konditionieren.«

Er lachte. »Daher hat sie das also.«

»Gute Nacht, Niklas!« Und damit stieg sie aus dem Wagen. Einfach so. Er kam nicht mal mehr dazu, ihr ebenfalls eine gute Nacht oder, besser noch, einen guten Morgen zu wünschen. Mit zusammengezogenen Brauen sah er ihr nach, wie sie die Warft zu ihrer Wohnungstür hinauflief. Sie schloss auf und ging hinein, ohne sich noch einmal nach ihm umzuschauen.

Niklas wendete den BMW, etwas umständlicher als sonst, weil er mit einem Mal entsetzlich müde war. Müde und enttäuscht … Es war eine anstrengende Nacht, sagte er sich. Am Tag würde bestimmt alles wieder etwas besser aussehen.

Er legte den Vorwärtsgang ein, doch er konnte sich nicht dazu aufraffen, nach Hause zu fahren. Im Rückspiegel beobachtete er noch, wie in Fentjes Küche das Licht anging. Trank sie noch was? Holte sie sich etwas zu essen aus dem Kühlschrank? Bereitete sie Sofias Frühstück vor?

Da sah er eine kleine Gestalt in Gummistiefeln und Anorak, die auf seinen Wagen zugestiefelt kam. Es war zu seinem Erstaunen Fentjes Großmutter, Gretje Jacobsen.

Er stieg aus. »Guten Morgen, Frau Jacobsen.«

Sie musterte ihn. »Ich habe Sie an Ihrem Auto wiedererkannt, Herr John. Es fahren nicht viele solche Wagen auf unseren Hof.«

»Ich hoffe, wir haben Sie nicht geweckt?« Er fröstelte, als er ohne seine Jacke vor ihr stand. Der Wind wehte ungehindert über die flache Landschaft. Die Nachtluft war feucht und kalt.

»Nein, nein. Ich konnte nicht mehr schlafen.« Gretje Jacobsen legte den Kopf schief. »Sie waren bei meiner Enkeltochter, nicht wahr?«

»Ich habe Fentje nur nach Hause gefahren.«

»Ach, so ist das.« Sie musterte ihn weiterhin von oben bis unten. »Ich muss da wohl mal mit Fentje drüber sprechen.«

»Wieso das?«

Gretje lächelte. »Wissen Sie denn noch nicht, dass sie bald heiraten wird?«

»Nein, das wusste ich nicht.« Ihm wurde noch kälter.

»Das habe ich mir gedacht! Unsere Fentje ist manchmal ein bisschen schüchtern.«

»Ach, wirklich?« Das war ihm noch nicht aufgefallen.

»Der Onno ist eine wirklich gute Partie.« Sie schaute zu Niklas' Wagen. »Nur ein bisschen schade um dieses Auto.«

»Wieso das?« So ganz konnte er ihren Gedankengängen nicht folgen.

»Glauben Sie mir nicht?«

»Doch, doch. Natürlich.«

»Das sollten Sie auch. Fentje hat sogar schon ein Kleid!«

35. Kapitel

»Oh, oh«, sagte Sofia, als sie in die Küche kam und ihre Tante näher in Augenschein nahm. »Du hattest eine harte Nacht?«

»Eher eine kurze Nacht …«

»Was war denn los?« Sofia setzte sich zu Fentje und schüttete etwas von der selbst gemachten Müslimischung in die bereitstehende Schüssel. »Ehrlich, Tantchen. Du siehst nicht gut aus. Eigentlich wollte ich dich nämlich fragen …«

»Was denn?« Fentje strich ihr Haar zurück und versuchte, einen wachen, intelligenten Gesichtsausdruck zustande zu bringen.

Sofia goss Milch in ihre Schale. »Ich habe heute Mittag einen Termin bei Frau Faro, der Schulsozialarbeiterin. Extra nach Schulschluss, damit die anderen es nicht so mitbekommen. Magst du dazukommen? Du meintest ja neulich …«

»Natürlich, wenn du das möchtest, sehr gern.«

»Es wird dir heute nicht zu viel?«

»Überhaupt nicht.«

»Also gut. Vielleicht sprechen wir nämlich auch schon über einen Schulwechsel. Wenn du dabei bist, muss ich dir hinterher nicht alles erklären. Nur Papa.«

»Ich verstehe. Wann soll ich wo sein?«

Sofia sagte es ihr. Fentje notierte es sich sicherheitshalber und bereitete sich einen weiteren Kaffee zum Wachwerden zu. Als Sofia vom Tisch aufstand, meinte sie: »Und bitte: Schlaf vorher noch ein paar Stündchen oder tue, was immer notwendig ist, damit die Leute sich nicht vor dir erschrecken.«

Das Gespräch mit Sofia und Jeanette Faro war nach Fentjes Ermessen produktiv und auch hilfreich. Sie hatten gemeinsam eine Strategie ausgearbeitet, wie Sofias Situation mit ihren ehemaligen besten Freundinnen vielleicht soweit wieder ins Lot gebracht werden konnte, dass eine friedliche Koexistenz möglich war. Dazu wollte Frau Faro zunächst mit den anderen betroffenen Schülerinnen einzeln, dann mit allen drei Mädchen zusammen sprechen.

Sofia war nach einigem Zögern einverstanden gewesen. Dass sie sich Hilfe von Erwachsenen suchte, könnte ihr natürlich zusätzlich negativ ausgelegt werden. Aber da die Situation, so wie sie derzeit bestand, bereits unerträglich für sie war, hatte sie nur noch wenig zu verlieren und viel zu gewinnen. Als Alternative hatten sie auch einen Schulwechsel in Erwägung gezogen und besprochen. Eine Lösung, von der Sofia aber nicht so recht begeistert war.

Als sie gemeinsam Jeanette Faros Büro verließen, fühlte Fentje sich ausgelaugt. Sie hatte kaum geschlafen und sich bei dem Gespräch konzentrieren müssen. Zusätzlich war es emotional anstrengend, weil sie mit Sofia mitfühlte und sich von Herzen wünschte, dass es ihr schnell wieder besser ging.

»Machen Sie sich nicht zu viele Sorgen«, sagte Jeanette Faro halblaut zu Fentje, als sie ihre Bürotür abschloss. Sofia war schon ein Stück vorausgegangen. »Ihre Nichte ist ein starkes Mädchen. Wir bekommen das alles hin.«

»Es ist toll, wie Sie sich für sie einsetzen«, erwiderte Fentje. »Und dass Sie noch so spät am Freitagnachmittag Zeit für uns hatten. Ich fürchte nur, ich war heute nicht ganz auf der Höhe …«

»Du kannst allein zurückfahren, Fentje«, rief Sofia ihr von Weitem zu. »Ich bleib noch hier. Bin in der Stadt verabredet.« Damit meinte sie St. Peter-Ording.

»Wie kommst du zurück?«

»Sehen wir dann …« Und weg war sie.

Fentje seufzte leise.

»Gar nicht so leicht, entspannt zu bleiben, bei allem, was hier so passiert ist«, bemerkte die Schulsozialarbeiterin.

»Sie wohnen in Helenendeich, nicht wahr?«, fragte Fentje.

»Ja, das stimmt. Und Sie waren gestern Nacht bei Volker Suhr, als der die Polizei über das Verschwinden seiner Frau informiert hat?«

Erstaunlich, wie schnell bestimmte Ereignisse unter den Bewohnern dieses Ortes die Runde machten. Ihr selbst war es kaum möglich gewesen, jemanden auch nur zu einer Plauderei übers Wetter zu bewegen. Fentje nickte. »Es war eine lange Nacht. Deswegen bin ich auch so müde.«

»Nicht weit von hier ist ein Café. Haben Sie noch etwas Zeit?«

»Woher wissen Sie, dass ich gestern Nacht bei den Suhrs war?«, erkundigte sich Fentje, als sie einen Kaffee, Jeanette Faro einen Pfefferminztee vor sich stehen hatte. Sie war nicht einmal mit ihrem eigenen Auto dort gewesen.

»So etwas macht schnell die Runde bei uns im Ort. Eine Nachbarin hat Sie auf ihrem Hundegang gesehen, als Sie mit einem Mann frühmorgens das Haus verlassen haben. War er auch von der Polizei?«

»Die Frau hat mich erkannt?« Fentje erinnerte sich vage an eine ältere Dame, die im Dunkeln auf dem Bürgersteig mit einem Hund mit blinkendem Halsband an ihnen vorbeigegangen war, als sie selbst zu Niklas ins Auto gestiegen war.

Jeanette Faro lächelte verhalten. »Sie hat sie nur gut beschrieben. Und ein paar Leute im Dorf wissen anscheinend, dass Sie sich für die Morde interessieren. Als Anwältin selbstredend.«

Fentje wurde ein bisschen unbehaglich. Müdigkeit verursacht anscheinend Paranoia, sagte sie sich. Aber zufällig saßen sie gewiss nicht hier zusammen. »Warum wollten Sie mit mir sprechen, Frau Faro?«

Die Schulsozialarbeiterin fischte die Pfefferminzblätter aus ihrem Wasser, obwohl das Teewasser noch fast klar aussah. Sie gab Zucker hinein. »Ich bin ein bisschen mit Maren befreundet. Maren Harms. Wirklich nur ganz lose. Dazu müssen Sie wissen, dass das Dorf ein wenig aus zwei Lagern besteht. Da sind einmal die sogenannten ›Alteingesessenen‹, zu denen auch Ruth Suhr und Maren Harms gehören. Maren durch ihre Ehe mit Eike Harms und ihre Freundschaft mit den Claussens. Und dann sind da wir: ein paar Mütter aus dem Neubaugebiet, die sich regelmäßig treffen, meistens ohne unsere Partner, manchmal auch mit. Es gibt natürlich noch viele andere Leute, aber mit diesen beiden Gruppen kenne ich mich aus.«

Fentje wartete ab. Sie war gespannt, was nun kam.

»Maren war sozusagen so was wie das Bindeglied zwischen den Gruppen. Ihre Tochter Ylva und meine Molly spielen gern mal zusammen. Dabei unterhalten wir Mütter uns natürlich. Ich weiß daher, dass Maren angeblich von ihrem Mann bedroht worden ist.«

Fentje horchte auf. »Inwiefern bedroht?«

»Er hat ihr gesagt, dass er sie überall findet, sollte sie ihn verlassen. Dass er es nie und nimmer zulassen würde.«

»Hat sie Ihnen das so erzählt?«

»Nicht wortwörtlich, nein. Es war mehr eine Andeutung. Aber sie war auch immer so gestresst. Manchmal hatte sie komische blaue Flecken an den Armen, die niemand sehen sollte.«

»Denken Sie, er hat sie geschlagen?«

»Ich weiß es nicht. Vielleicht hat er sie eher ›herumgeschubst‹.«

Fentje schauderte.

»Und ich hatte den Eindruck, dass er ihre Tochter

manchmal als eine Art Pfand benutzte. Einmal wollten wir zusammen mit den Kindern im Watt spazieren gehen. Maren kam dann allein. Molly war schrecklich enttäuscht. Erst sagte sie, Ylva sei plötzlich krank geworden. Doch als ich genauer nachgehakt habe, hat sie zugegeben, dass Eike früher nach Hause gekommen sei. Er hat Maren nur allein fortgehen lassen ... Sie war so fertig deswegen, dass sie es mir erzählt hat. Unter normalen Umständen hätte sie es mir bestimmt nicht gesagt. So eng sind wir ja nicht ...«

»Das sind Informationen für die Polizei, Frau Faro«, erwiderte Fentje.

»Das weiß ich auch. Aber was sollte ich tun? Ich habe auf Maren eingeredet, dass sie sich Hilfe suchen soll. Professionelle Hilfe. Ich habe Adressen für sie herausgesucht, an die sie sich wenden kann. Aber ich wollte mich nicht direkt einmischen. Mein Beruf macht einige im Dorf sowieso schon misstrauisch. Und wie gesagt: So eng befreundet sind Maren und ich auch nicht ...«

»Haben Sie das wenigstens im Nachhinein der Polizei erzählt?«

»Die haben mich noch nicht gefragt.«

Fentje blickte sie streng an. »Tun Sie es. Bitte. Und lieber heute als morgen. Die Gefahr ist noch nicht vorüber, der Mörder nicht gefasst. Und zwischen dem Verschwinden von Ruth Suhr und den Morden an Harms und Janssen könnte durchaus ein Zusammenhang bestehen.«

»Können Sie das nicht für mich an die Polizei weitergeben?«

Saßen sie deswegen hier im Café zusammen? »Nein«, antwortete Fentje fest. »Ich kann Ihnen aber die Telefonnummer von zwei Polizisten geben, die mit dem Fall vertraut sind.«

Frau Faro nickte und trank ihr heißes Wasser.

Fentje kritzelte Namen und Durchwahl der ermittelnden Beamten in Flensburg auf einen Zettel und schob ihn ihr hinüber.

Frau Faro steckte ihn in ihre Handtasche. »Eine Sache ist da noch …«

»Ja?« Fentje blickte sie gespannt an.

»Bei bestimmten, seltenen Anlässen kommen die Alteingesessenen und die Neubürger von Helenendeich auch mal zusammen. Auf dem Spielplatz ist so ein Schwarzes Brett, wo man irgendwelche Aktivitäten oder Treffen ankündigen kann. Im Spätsommer gab es ›Yoga am frühen Morgen am Deich‹. Das hatte Paula organisiert, eine meiner Freundinnen hier.«

Fentje nickte verständnisvoll, obwohl morgendliches Yoga am Deich so ziemlich die letzte Aktivität wäre, die sie sich als Freizeitbeschäftigung vorstellen wollte. Aber offenbar hatte Jeanette noch mehr zu erzählen.

»Zu unser aller Erstaunen war auch Ruth dabei. Und sie machte das nicht zum ersten Mal!«

»Was heißt das?«

»Sie praktiziert Yoga. Sie war interessierter und besser als die meisten anderen, die mitgemacht haben. Sie schwärmte von irgendwelchen Yoga-Retreats.«

»Ach ja?«

Jeanette Faro trank aus und winkte dem Kellner. »Ich wollte nur, dass Sie es wissen. Ruth Suhr wirkt ja immer so hausbacken, aber sie hat offenbar auch eine andere Seite. Und nun ist sie ja verschwunden.«

Als Niklas aufwachte, war es kurz nach dreizehn Uhr. So lange hatte er ewig nicht mehr geschlafen. Er wälzte sich aus dem Bett und duschte erst einmal heiß, dann in einem Anflug beginnenden Wahnsinns eiskalt … und fühlte sich danach auch nicht besser.

Als er angezogen und mit einem Becher Kaffee am Küchentresen saß und durch die Mitteilungen auf seinem Smartphone scrollte, kamen die Erinnerungen wieder hoch. Glasklar sah er die Ereignisse der vergangenen Nacht und des frühen Morgens vor sich. Die Aufregung, als sie die Hinweise auf Volker Suhrs Suche nach Damaris Ehmke entdeckt hatten. Die Gefahr und die Anspannung, die er mit Fentje geteilt hatte. Er hatte sich mit ihr verbunden und gleichzeitig lebendig und energiegeladen gefühlt. Warum merkte er immer erst hinterher, wenn er glücklich gewesen war?

Doch er erinnerte sich auch an die Rückfahrt zu Fentjes Haus. Den recht kühlen Abschied. An Gretje Jacobsens Bemerkung über die geplante Hochzeit ihrer Enkeltochter, beiläufig platziert, doch sie hatte sehr wohl gewusst, dass es ihn treffen könnte. Das hatte er an dem beinahe mitleidigen Blick der alten Dame gesehen.

Er hätte selbst nicht gedacht, dass ihn diese Nachricht so schockieren würde. Fentje war in dem richtigen Alter, um zu heiraten und eine Familie zu gründen. Sie war der Typ dazu … Irgendwie. Und irgendwie auch nicht. Zumindest war eine Heirat sicher genau das, was ihr Umfeld von ihr erwartete. Hatte er ernsthaft geglaubt, dass das ewig mit ihnen so weitergehen würde – nur weil sie zeitweise ein Adrenalinjunkie war, gern Verbrechen aufklärte und ab und zu mit ihm Zeit verbrachte?

»Fentje hat sogar schon ein Kleid!«, hatte ihre Großmutter ihm mit einem triumphierenden Lächeln mitgeteilt. Und egal, was für ein Kleid das war, Fentje könnte in einem Schaffell auf dem Standesamt aufkreuzen, sie würde immer fantastisch aussehen. Er suhlte sich noch ein paar Minuten in seinen quälenden Gedanken und eifersüchtigen Vorstellungen.

Dann raffte er sich auf, nahm Blofeld hoch, die ihm um die Füße strich, und drückte sie sanft an sich. »Wenigstens du verlässt mich nicht für einen anderen«, sagte er leise. Sie begann zu zappeln. »Aber sicherlich würdest du, wenn du könntest. Mein Gott, der erste dahergelaufene Kater vom Nachbarhof war dir recht!« Er setzte sie vorsichtig ab und raffte seine Sachen zusammen. Dann verließ er sein Apartment.

Wie auf Autopilot fuhr Niklas in Richtung Helenendeich. Wo sollte er auch sonst hin? Nur raus aus seiner Wohnung, raus aus St. Peter-Ording. Die Salzwiesen vor seiner Tür, der beinahe unendliche Strand, all das half ihm heute nicht gegen die innere Unruhe.

Als Erstes hielt er an dem Parkplatz am Deich. Er lief hinauf und ließ den Blick schweifen. Jedes einzelne Schaf hier oben erinnerte ihn an Fentje und ihren Hof. Niklas ging den schräg verlaufenden Weg hinunter zur Nordsee. Am vergangenen Abend auf dem Schiff war das Wasser aufgelaufen, es war beinahe Hochwasser gewesen. Nun war die nächste Flut schon wieder vorüber, und das Wasser lief ab und hatte bereits einen Teil des Wattbodens freigelegt. Die ab und zu durch die Wolken brechende Mittagssonne ließ die Pfützen und Priele aufleuchten.

In wenigen Stunden würde Niedrigwasser sein. Eine Leiche verschwinden zu lassen war in dieser Gegend wegen der Gezeiten und starken Strömungen äußerst schwierig. Wenn Eike Harms die tote Damaris Ehmke im Meer in der Nähe seines Hauses versenkt hätte, wäre sie längst entdeckt worden. Irgendwie tauchten die Toten immer irgendwo wieder auf. Das war beruhigend und verstörend zugleich.

Volker Suhr hatte sich dementsprechend auch nicht lange mit einer Suche an der Nordsee aufgehalten. Er hatte sich unter anderem die alten Kanäle, die sogenannten »Bootfahrten«, vorgenommen.

Soweit Niklas wusste, verlief die Norderbootfahrt von Tetenbüll nach Tönning, die Süderbootfahrt von Garding ebenfalls zum Tönninger Hafen. Der Kanal passierte dabei in gewisser Entfernung auch den Ort Helenendeich. Damals, ab dem siebzehnten Jahrhundert, als die Landwege gerade in den Wintermonaten oft verschlammt und für Pferdegespanne unpassierbar waren, wurden Waren wie Vieh, Wolle, Häute, Getreide und Käse auf flachen Kähnen zum Hafen und von dort in die ganze Welt exportiert.

Seit sich der Warenverkehr auf die Straßen verlagert hatte, wurden die Bootfahrten nur noch zur Entwässerung genutzt. Stellenweise waren sie so zugewachsen, dass es schwierig war, sie zu entdecken. Doch ein brauchbarer Ort, eine Leiche verschwinden zu lassen, waren sie Niklas' Meinung nach nicht. Das Land wurde gepflegt, die Kanäle regelmäßig überprüft, freigelegt, was auch immer dort zu tun war …

Es wunderte Niklas nicht, dass Volker Suhr da nicht fündig geworden war. Das Land auf der Halbinsel Eiderstedt war zu kultiviert, dem Meer abgerungen und seit Jahrhunderten komplett in Menschenhand.

Niklas wanderte auf dem Deich entlang. Das Wetter war klar, er konnte beinahe die gesamte Bucht überblicken. Linker Hand sah er am Horizont eine Reihe winzig wirkender Windräder. Doch die weite Sicht schien seine Gedanken nicht zu schärfen. Er kam einfach nicht weiter …

Als er zur Schleuse gelangte, stieg er vom Deich hinunter. Geduckt hinter den Mauern der Schleusenkammer und alten Bäumen lag ein Reetdachhaus, das in den Sommermonaten auch eine Wirtschaft für Ausflügler beherbergte.

Das Gasthaus war geschlossen. Trotzdem setzte Niklas sich auf eine Mauer und krauste nachdenklich die Stirn. Wie würde er eine Leiche entsorgen?

In Beton eingießen, kam ihm in den Sinn, oder mit Säure zersetzen, zumindest jedoch auf Privatgrund vergraben. Ersteres und Letzteres hatte den Nachteil, dass man damit die Leiche auf seinem eigenen Grund und Boden bewahrte. Die Gefahr, entdeckt zu werden, bestand fort. Und selbst wenn nicht, wurde man doch tagtäglich an die eigene Untat erinnert. Man wäre als Mörder niemals wieder frei …

Wenn Eike Harms seine Freundin Damaris ermordet hatte, wo hatte er dann die Leiche versteckt?

Ein Anruf unterbrach seine Überlegungen.

36. Kapitel

Nach einem Telefonat mit Andreas Borgholz war Niklas um eine Golf-Verabredung und ein paar Informationen reicher.

Ruth Suhrs Aufenthaltsort war der Polizei nach wie vor unbekannt. Aufgrund einiger Hinweise vermutete man jedoch, dass sie wahrscheinlich freiwillig weggefahren war. Damaris Ehmke hingegen war laut Nachforschungen der Polizei nach ihrem Verschwinden aus Helenendeich nirgendwo wieder aufgetaucht, auch nicht im europäischen Ausland. Auf Niklas' Artikel hin hatte es ein paar Reaktionen von Lesern gegeben, die aber alle darauf hindeuteten, dass Damaris Ehmke seit ihrem Verschwinden aus der Gegend nirgendwo mehr gesehen worden war.

Inzwischen gingen die Ermittler davon aus, dass sie nicht mehr lebte. Volker Suhrs Gespür als Polizist oder Ex-Polizist hatte ihn anscheinend nicht getrogen. Seine Suche war zwar bisher erfolglos, doch alles andere als grundlos gewesen.

Über die Recherchen der Polizei, was mögliche Erpressungen aus dem Umfeld der *Gamberetto*-Restaurants betraf, wollte Borgholz sich nicht äußern. Niklas berichtete ihm noch von der Szene, die er nach der Trauerfeier an Sascha Janssens Grab beobachtet hatte, und versprach, dem Staatsanwalt die Fotos zuzusenden. Sie beendeten das Gespräch, und Niklas steckte sein Telefon zurück in die Tasche. Er würde seinen Spaziergang am Meer mit einem Abstecher nach Helenendeich abschließen.

Wieder zu Hause angekommen, setzte Niklas sich an seinen Computer. Ein Anschlag in einem Glaskasten nahe der Kirche hatte ihn auf eine Idee gebracht. Dort wurde eine neue Dorfchronik von Helenendeich erwähnt, die der Dorfverein erstellt hatte; über mehrere Jahre hinweg hatte er dafür offenbar Informationen zusammengetragen. Es dauerte nicht lange, bis Niklas im Internet dazu fündig wurde. Es gab zu allen möglichen Ereignissen, auch den jüngsten, eine umfangreiche Dokumentation.

Bei einem Artikel über den Spielplatzaufbau blieb Niklas hängen.

> *Der Spielplatz an der Dorfstraße wurde zur großen Freude der Kinder und Eltern von Helenendeich und Umgebung weiter ausgebaut. Am Sonntag, 25. August 2019, trafen sich vierzehn Anwohner aus Helenendeich, um in Eigenleistung das Gelände für die neuen Spielgeräte vorzubereiten. Von den Spenden des Dorfvereins, privaten Spenden und aus den Überschüssen aus Veranstaltungen der Gemeinde konnten eine neue Rutsche, eine Sprossenwand und eine Kleinkinderwippe gekauft werden. Unter Aufsicht des Bauleiters gruben Helfer die notwendigen Fundamentlöcher auf dem vorher drainierten Areal. Ebenfalls in Eigenleistung wurden die Fundamente gegossen und die Gerätefüße eingesetzt.*

Auf einem der Fotos fuhr ein Traktor rückwärts an ein ausgehobenes Loch heran. Niklas runzelte die Stirn, als er die Männer betrachtete, die um die Vertiefung herumstanden. Von seinen Recherchen her wusste er, wie Eike Harms zu Lebzeiten ausgesehen hatte. Einer der Helfer ähnelte ihm auf frappierende Weise. Niklas schaute noch einmal auf das Datum, an dem das alles stattgefunden hatte. Es stimmte ungefähr mit dem Zeitpunkt von Damaris' Verschwinden überein. Und mit einem Mal klang Niklas Julies Satz wieder in den Ohren: »Den neuen Spielplatz fand Sascha wirklich zum Totlachen …«

Er musste über diese ungeheuerliche Vermutung mit Fentje sprechen. Sie würde es entweder nachvollziehen können oder ihm klarmachen, dass er völlig danebenlag. Niklas griff zu seinem Telefon.

»Hej, Niklas. Kannst du hellsehen? Ich bin gerade in St. Peter-Ording«, sagte sie.

»Das passt gut. Können wir reden, Fentje? Es geht um den Fall.«

»Gibt es Neuigkeiten über Ruth Suhr?«, fragte sie sofort.

»Leider nicht. Ich habe gerade mit dem Staatsanwalt telefoniert.«

»Dich lässt dieser Mist also auch nicht los«, stellte sie fest.

»Nein. Und ich habe etwas entdeckt, was uns vielleicht weiterhilft.«

»Okay, ich warte in dem Café bei deinem Apartmenthaus auf dich.«

»Ich bin in einer Viertelstunde da.«

Sie suchten sich einen Platz in dem Café, wo sie ungestört reden konnten. Fentje bestellte einen Milchkaffee und überredete Niklas, ebenfalls ein Stück Buchweizentorte zu nehmen. »Ich wette, du hast noch nichts Richtiges gegessen heute«, sagte sie und blickte auf die Uhr. Es war bereits Viertel nach vier.

»Ist Buchweizentorte ›etwas Richtiges‹?«, erkundigte er sich.

»Buchweizen soll sehr gesund sein.« Sie musterte die Tortenstücke, die nun vor ihnen standen, mit einem kritischen Blick und stach mit der Kuchengabel zu.

Während sie aßen, erzählte Fentje Niklas, was sie von der Schulsozialarbeiterin erfahren hatte. Er hörte konzentriert zu. Dann berichtete er, was Borgholz ihm am Telefon gesagt hatte. Anschließend schilderte er, was er über das Dorf und speziell den Spielplatz herausgefunden hatte. Als er mit seinem Verdacht endete, wo Damaris' Leiche seiner Meinung nach versteckt sein könnte, starrte Fentje ihn einen Moment nachdenklich an.

»Das wäre ... unglaublich grausig«, murmelte sie nach einer Weile.

»Aber es wäre auch ein verhältnismäßig sicheres Versteck für ihn gewesen. Eike Harms wohnte schräg gegenüber vom Spielplatz. Er hatte ihn sozusagen unter ständiger Beobachtung.«

»Aber du sagst es ja selbst: Der Spielplatz liegt mitten im Dorf. Alle schauen darauf. Wie soll er das geschafft haben?«

»Nachts oder spät abends. Eines der Spielgeräte befindet sich etwas weiter weg von der Straße hinter hohen Büschen, die Rutsche. Ich habe mir das auf Luftbildern im Internet noch einmal genau angesehen. Es gab einen Zeitpunkt, da war der Boden ausgekoffert für die Betonfundamente und den Spielsand, der hinterher dorthin geschüttet werden sollte. Das wiederum ist auf Fotos in der Chronik zu sehen. Nach der Auskofferung und bevor der Sand kam, hätte Harms nicht mehr sehr tief graben müssen.«

»Und die Daten stimmen tatsächlich überein?«

»Die Rutsche ist in dem Monat von Damaris' Verschwinden feierlich eingeweiht worden.«

»Oje. Da wird einem ja schlecht. Die armen Kinder!«

»Es ist so ungeheuerlich, dass es eben schon wieder wahr sein kann.«

»Es ist ziemlich genial ...«

»Als ›genial‹ würde ich einen Mann wie Eike Harms nicht gerade bezeichnen«, widersprach er.

»Ich meine dich! Genial, wie du darauf gekommen bist.«

Er versuchte, sich seine Freude über Fentjes Anerkennung nicht anmerken zu lassen. »Dann hältst du es also auch für möglich?«, fragte er schnell.

Sie krauste die Stirn, löffelte noch etwas Schaum aus ihrem Becher. »Möglich auf jeden Fall. Doch ob es auch so war? Ich weiß es ehrlich gesagt nicht. Andererseits, wenn Staatsanwalt Borgholz sagt, dass Damaris Ehmke die Halbinsel Eiderstedt aller Wahrscheinlichkeit nach nicht lebend verlassen hat und wenn ein erfahrener Polizist die Tote jahrelang erfolglos gesucht hat, was bleibt dann noch?«

»Dann ist die Frage nur noch, ob wir den Verdacht irgendwie absichern oder ob wir es gleich an die Polizei weitergeben?«

»Auf die Gefahr hin, uns gründlich lächerlich zu machen? Das gönne ich Reimers und Scarpetta ehrlich gesagt nicht.«

Niklas atmete auf. Genau das dachte er auch. Der Gedanke, dass Damaris auf dem Spielplatz begraben worden war, schien so weit hergeholt zu sein, dass man ihn quasi absichern musste, bevor man damit an die Polizei herantrat.

»Es spricht übrigens noch etwas für den Spielplatz«, meinte Fentje nach einigem Nachdenken. »Genau genommen sind es zwei Dinge: Erstens gehört das Land der Gemeinde, sodass es wahrscheinlich nicht so schnell bebaut werden wird, es sei denn mit gemeinnützigen Gebäuden. Dem würden langwierige Planungsphasen vorausgehen. Harms hätte also noch Gelegenheit gehabt, sich eine neue letzte Ruhestätte für die Leiche seiner Ex-Freundin zu suchen. In den letzten Jahrzehnten wurden auf dem Land auch Kindergärten und vor allem Schulen immer weiter zentralisiert. Die Chance, dass man auf dem Spielplatzgelände noch baut, war sehr gering.«

»Ich wage zu bezweifeln, dass Harms so weit gedacht hat, als er die Leiche verschwinden lassen musste.«

»Es gibt noch einen weiteren Punkt, der für den Spielplatz als Versteck spricht«, beharrte Fentje. »Er ist eingezäunt. Bestimmt dürfen dort wegen der spielenden Kinder keine Hunde frei herumlaufen und schnüffeln und graben …«

Niklas nickte. »Es ist alles eingezäunt mit einer Pforte als einzigem Zugang. Und mir ist vorhin noch etwas eingefallen.«

Fentje blickte ihn mit hochgezogenen Augenbrauen an.

»Sascha Janssen soll sich angeblich immer über den Spielplatz amüsiert haben, wenn er in Helenendeich war.«

»Du hältst es für möglich, dass er sich über den Spielplatz so amüsiert hat, weil er wusste, dass Eike Harms dort jemanden vergraben hat?«, stieß Fentje hervor. »Woher weißt du das überhaupt?«

»Von Janssens Witwe.«

Fentjes Gesichtsausdruck gefror. Sie widmete sich den Kuchenkrümeln auf ihrem Teller. »Ich muss noch mal nach Hause, bevor wir tätig werden können«, sagte sie dann.

Nun blickte Niklas auf die Uhr. »Die Sonne geht erst in etwa fünf Stunden unter. Treffen wir uns um halb zehn?«

»Ist das nicht zu früh?«

»Dort, wo wir graben müssen, kann uns von der Straße aus niemand sehen. Und auch nicht hören. Es ist weit genug weg.«

»Okay. Ich werde Spaten und Schaufeln mitbringen. Was genau schlägst du vor?«

»Dass wir uns dunkel anziehen und zusehen, dass uns niemand bemerkt. Und dann schauen wir, ob wir was finden.«

Fentje war mit ihrem Pick-up über einen Waldweg an die Rückseite des Spielplatzes gefahren. Sie hob die Spaten und Schaufeln über den Zaun, wo Niklas sie entgegennahm. Den BMW hatte er möglichst weit entfernt geparkt, damit niemand auf sie aufmerksam wurde.

Sie standen etwas ratlos vor der besagten Rutsche, die von einem schmalen ovalen Areal aus hellem Sand umgeben war.

»Das ist eine recht große Fläche zum Suchen«, sagte Fentje.

»Wir sollten es weiter eingrenzen. Der Platz rund um die Betonfundamente scheidet schon mal aus«, überlegte Niklas laut. »Zu gefährlich für ein Versteck. Ebenso der Bereich unter dem Auslauf der Rutsche. Da verschwindet immer mal Sand und muss aufgefüllt werden. Wo hättest du eine Leiche vergraben?«

Fentje irritierte diese Frage anscheinend nicht im Mindesten. Sie starrte konzentriert auf die heller scheinende Sandfläche. »Nicht am Rand der Fläche, nicht an den Fundamenten und auch nicht am Auslauf der Rutsche. Da bleibt nur der Bereich zwischen der Leiter und dem unteren Ende der Rutsche.«

Niklas nickte. »Direkt unter der Schräge. Das sehe ich auch so. Und wir müssen vorsichtig graben, damit wir keine möglichen Spuren zerstören.«

»Du erwartest hoffentlich keine Dankbarkeit von Scarpetta oder Reimers, wenn wir die Leiche für sie finden?«, fragte Fentje spöttisch.

»Nein, eher jede Menge Ärger.«

»Dann sind wir uns ja einig.« Fentje griff zu einem der Spaten.

Es war mühsamer, als Niklas vermutet hatte, den Spielsand unter der Rutsche auf die Seite zu befördern. Als sie auf dunkle, feste Erde stießen, rann ihm schon der Schweiß in

Strömen den Rücken hinunter. Auch Fentje keuchte, arbeitete aber klaglos weiter.

»Nun vorsichtig«, sagte sie, als sie die erste Schaufel dunkles Erdreich entfernte. Sie hatten sich darauf verständigt, etwa alle achtzig Zentimeter tiefere Löcher zu graben, mit der Chance, dabei auf etwas Verdächtiges zu stoßen.

Niklas hoffte und fürchtete zugleich, dass sie Erfolg haben könnten.

Nach einer Weile richtete Fentje sich auf und stützte sich auf ihre Schaufel. »Es sieht nicht so aus, als würden wir hier fündig werden. Und das Gelände um die anderen Spielgeräte, die damals errichtet wurden, fällt raus. Wippe und Kletterwand stehen wie auf dem Präsentierteller. Könnte es Harms nicht auch ganz woanders getan haben?«

»Natürlich. Diese Annahme ist wahrscheinlich so gut wie jede andere. Aber der Zeitpunkt passte auffallend gut.«

»Und wenn wir tiefer gehen?«

»Okay, wir vertiefen die Löcher jeweils noch einmal.«

Die Aktion war zum Scheitern verurteilt. Wie vermessen von ihnen zu denken, ausgerechnet sie würden Damaris' Leiche finden, wo doch erst die Polizei und dann Volker Suhr allein die junge Bulgarin über Jahre gesucht hatten.

»Oh nein!«, stieß Fentje plötzlich hervor.

»Was hast du?«

»Hier ist etwas!«

Er trat näher, leuchtete mit seiner Handy-Lampe in das Loch, das Fentje tiefer ausgehoben hatte. Unten, am Grund, war textiles Gewebe zu sehen, dunkel vor Schmutz und Feuchtigkeit.

Fentje ging vor dem Loch in die Knie, beugte sich hinunter und entfernte vorsichtig weitere Erde, legte mehr Gewebe frei. Er leuchtete ihr, blickte angespannt auf ihre Hände in den Handschuhen, die schnell, wenn auch etwas zittrig, weiterarbeiteten.

Fentje richtete sich etwas auf und blickte ihn an. »Wir müssen jetzt die Polizei verständigen, Niklas. Es ist Jeansstoff.«

Sie verabredeten, dass Niklas die Polizei informierte und sagte, die Aktion und ihre Durchführung wären allein seine Idee gewesen. Niemand außer ihm wäre daran beteiligt gewesen. Es war sein Vorschlag gewesen, den er schon während des Grabens in seinem Kopf hin und her bewegt hatte. Es war nicht richtig, Fentje in Schwierigkeiten zu bringen. Er hatte befürchtet, sie würde ablehnen, doch nach kurzer Überlegung reagierte sie dankbar darauf. Sie war offensichtlich nicht scharf darauf, in diesem Zusammenhang – ein Leichenfund auf einem Dorfspielplatz – namentlich erwähnt zu werden. Zum einen, weil sie Anwältin war, zum anderen, weil sie in diesen dörflichen Strukturen lebte und mehr als Niklas auf die Menschen hier angewiesen war.

»Du hast was gut bei mir«, sagte sie, als er sie zum Zaun begleitete, wo ihr Pick-up stand. Sie kletterte hinüber, und er reichte ihr ein paar der Arbeitsgeräte an, die sie auf der offenen Ladefläche verstaute.

»Passen denn der zweite Spaten und die Schaufel überhaupt in dein Auto?«, neckte sie ihn.

»Mit offenem Verdeck immer«, gab er zurück. Er hätte sie gern noch in den Arm genommen, bevor sie davonfuhr, doch der Zaun trennte sie.

»Fährst du nach Hause? Soll ich später noch vorbeikommen und dir erzählen, wie es gelaufen ist?«

»An sich eine gute Idee.« Sie verzog ein wenig unbehaglich das Gesicht. »Aber … ich habe heute Abend noch etwas Wichtiges vor.«

»Um diese Uhrzeit noch?« Ohne weiter darüber nachzudenken, fragte er: »Was denn?«

»Ich muss nach Bredstedt.« Sie lächelte beinahe entschuldigend, drehte sich ruckartig um und kletterte in ihren Wagen.

Er blickte ihr stirnrunzelnd nach, bis ihre Rücklichter von der Dunkelheit verschluckt wurden. Dann verständigte er die Polizei.

37. Kapitel

Auf dem Weg nach Bredstedt merkte Fentje, dass sie viel zu schnell unterwegs war. Sie musste sich dazu zwingen, auf die Bremse zu steigen und langsamer zu fahren. Ihr Auto war alt und gewiss kein Rennwagen, sie war müde und körperlich erschöpft, und ihre Gedanken schweiften immer wieder ab … Wenn sie im Graben landete oder sich um einen Laternenpfahl wickelte, wären ihre momentanen Probleme wahrscheinlich gelöst, aber damit wäre auch niemandem gedient.

Endlich kam das Ortsschild von Bredstedt in Sicht. Die Fahrt hatte sie schon mal erfolgreich hinter sich gebracht. Ob die Polizei bereits bei Niklas auf dem Spielplatz eingetroffen war? Hoffentlich bekam er keine Schwierigkeiten! Wie gut, dass er den Staatsanwalt kannte … Sie riss sich von den Gedanken an ihn los. Verdammt noch mal. Das musste aufhören.

Doch immerhin war sie sich nun etwas klarer darüber, was den Verlauf ihres weiteren Lebens betraf. Was nun kam, würde jedoch erst einmal schwierig und wohl auch unerfreulich werden. Aber da musste sie durch.

Sie fuhr vor Onnos Haus vor und warf noch einen flüchtigen Blick in den Rückspiegel. Ärgerlich zog Fentje sich die schwarze Mütze vom Kopf. Sie hatte vergessen, dass sie sie aufbehalten hatte. Und auf Stirn und Wange hatte sie Spuren brauner Erde. Sie zog ein Papiertaschentuch aus dem Päckchen im Handschuhfach und rieb damit auf ihrem Gesicht herum. Besser nicht daran denken, wo die Erde herstammte … Wie hätte eine Frau wie Julie Janssen dieses Problem wohl gelöst? Hatte sie immer die passenden Feucht-

oder Kosmetiktücher zur Hand? Und danach noch Puder und Lippenstift?

Sicherlich hätte sie sich nicht mit Niklas auf Leichensuche begeben und in der Erde herumgewühlt! Mit dem Gefühl, in dieser Hinsicht ein hoffnungsloser Fall zu sein, sprang Fentje aus dem Wagen. Und dem einzigen netten Mann, der sie wahrscheinlich für das schätzte, was sie nun einmal war, würde sie gleich einen Korb geben.

Onno empfing sie erstaunt, doch dann freudig lächelnd, nahm sie fest in den Arm und ließ sie eintreten. Über ihr seltsames Outfit verlor er kein Wort. In seinem Wohnzimmer sah alles nach einem gewöhnlichen und sehr gemütlichen Feierabend aus: Der Fernseher lief, eine Flasche Bier und etwas Knabberzeug standen auf dem Couchtisch, daneben sein Handy. Die Zeitung von heute lag auf dem Fußhocker des Sessels.

»Möchtest du was trinken? Hast du schon etwas gegessen?«, fragte er. »Ich habe Gulasch da.«

»Nein, danke, ich möchte nichts. Onno … ich muss dir etwas sagen.«

Sie konnte in seinem Gesicht ablesen, wie die Erkenntnis, was sie ihm gleich mitteilen würde, seine Stimmung veränderte. Doch es musste sein, heute Abend noch, bevor es immer schwieriger wurde und die Leute in ihrer Umgebung nachfragen würden. Besser, die Sache zwischen ihnen gar nicht erst publik machen. Wenn es noch keine offizielle Beziehung war, mussten sie auch nicht ihre Trennung verkünden. Verdammt, war das alles schwierig!

Letztlich nahm Onno ihre Entscheidung, nicht mit ihm zusammenzukommen, mit einer erstaunlichen Haltung an, die Fentje beinahe an der Richtigkeit ihrer Entscheidung zweifeln ließ. Keine Schuldzuweisungen, kein beleidigtes Zurückweichen. Entweder war er ungewöhnlich verständnisvoll, oder – was wahrscheinlicher war – er hatte selbst schon im Stillen seine Zweifel gehabt, ob sie beide wirklich so gut zusammenpassten.

»Möchtest du jetzt doch noch etwas essen?«, wollte er wissen, nachdem sie einen Moment schweigend und etwas ratlos nebeneinandergesessen hatten. Es war alles gesagt. Fentje fühlte sich ausgelaugt, emotional und körperlich, und die Rückfahrt nach Hause stand ihr auch noch bevor.

»Wenn du so lieb fragst. Nach einer kleinen warmen Mahlzeit bin ich bestimmt wieder fit für die Heimfahrt.«

Er lächelte verlegen. »Du darfst auch gern hierbleiben. Im Gästezimmer, wenn du magst.«

»Du bist ganz wunderbar, Onno. Das meine ich ernst!«

Er erhob sich. »Warte, bis du Mutters Gulasch probiert hast.«

Onno hantierte noch in der Küche; sie hörte, wie die Tür der Mikrowelle geöffnet und wieder geschlossen wurde. Da läutete Fentjes Telefon. Sie zog es hervor, erwartete, dass Niklas sich meldete, um ihr zu sagen, wie die Polizei auf ihren Fund reagiert hatte. Doch es war Frau Schrader, die Putzhilfe der Suhrs. Fentje hatte die Nummer, einem Impuls folgend, eingespeichert.

Ruth wird ja auch immer noch vermisst!, fiel Fentje in dieser Sekunde wieder ein. Die Suche nach Damaris hatte sie die Gefahr, in der die andere Frau vermutlich schwebte, für einige Stunden vergessen lassen. »Hallo, Frau Schrader?«

»Frau Jacobsen? Entschuldigen Sie bitte die späte Störung. Gut, dass ich Sie noch erreiche!«

»Worum geht es denn?«

»Frau Suhr hat mich vorhin angerufen.«

»Wie bitte? Was hat sie gesagt?«

»Ich weiß es gar nicht so genau. Die arme Frau klang gar nicht gut. Sie schien mir etwas verwirrt zu sein, beinahe in Panik.«

»Irgendwas muss sie doch gesagt haben.«

»Sie bat mich, dass ich allen erzähle, dass sie *das* nicht gewollt hat. Aber an den genauen Wortlaut erinnere ich mich nicht. Sie rief auch nicht von ihrem Telefon aus an. Sie hat sich unter einer unbekannten Nummer bei mir gemeldet.«

»Haben Sie nicht eine Idee? Was kann Frau Suhr gemeint haben? Was hat sie nicht gewollt?«

»Das hat sie nicht gesagt. Sie war gar nicht sie selbst. Sie war so hektisch und sprach unzusammenhängend. Ich weiß nicht, was ich nun tun soll, Frau Jacobsen.«

»Haben Sie schon die Polizei informiert.«

»Ja, das habe ich, eben, bevor ich Sie angerufen habe. Aber ich hatte den Eindruck, dass der Beamte, mit dem ich gesprochen habe, gar nicht so interessiert war.«

»Wer war das?«

Frau Schrader nannte einen Namen, der Fentje nicht bekannt war. »Sie glauben, die unternehmen nichts?«, hakte sie nach.

»Niemand weiß anscheinend, wo sie steckt.«

»Was ist mit der Nummer, unter der Frau Suhr Sie angerufen hat? Wurde die Ihnen angezeigt, oder war sie unterdrückt?«

»Ich konnte sie sehen. Eine Festnetznummer. Ich habe sie sogar der Polizei mitgeteilt.«

»Das ist gut.«

»Soll ich sie Ihnen auch geben?«

»Schaden kann es nicht«, antwortete Fentje. Zu spät wurde ihr klar, dass sie sich schon wieder einmischte. Verantwortung übernahm … Doch sie konnte nicht anders. Sie notierte sich die Nummer mit einem Kuli, der auf dem Tisch lag, auf dem Rand der Tageszeitung.

Als sie das Gespräch beendet hatte, stellte Onno einen tiefen Teller mit Kartoffeln, die von saftigem Gulasch bedeckt waren, vor ihr ab. »Was möchtest du trinken?«

»Oh, das sieht lebensrettend aus. Eigentlich … Aber ich habe gerade einen seltsamen Anruf bekommen.«

»Wer war es, falls ich so unverschämt fragen darf?«

»Die Putzhilfe einer Frau, die aus einem Nachbardorf verschwunden ist. Frau Schrader ist gerade von der Vermissten angerufen worden.«

Onno runzelte die Stirn. »Was hast du denn damit zu tun?«

Eine berechtigte Frage! »Ich bin sozusagen als Anwältin in den Fall involviert. Ich bin froh, dass die vermisste Frau wohl noch am Leben ist. Leider scheint die Polizei nicht auf den Hinweis zu reagieren.«

Onnos Blick fiel auf seine Zeitung, auf der Fentje die Nummer notiert hatte. »Die Vorwahl ist aus Niebüll«, bemerkte er.

»Oh, wirklich?«

»Hast du schon versucht, über die Rückwärtssuche an einen Namen zu dem Anschluss zu kommen?«

»So weit war ich noch nicht.« Fentje gab die Nummer im Internet ein. Die Telefonnummer gehörte zu einem Kiosk in Niebüll. Fentje wählte sie, doch es nahm niemand mehr ab.

»Die werden schon lange geschlossen haben«, vermutete Onno, der ebenfalls auf sein Smartphone sah. »Ja. Auf ihrer Website steht, dass sie abends bis zehn Uhr geöffnet haben.«

Fentjes Telefon läutete erneut. »Hallo, Niklas, hast du es schon gehört? Ruth Suhr hat sich gemeldet.«

»Die Polizisten erwähnten gerade so etwas.«

Fentje setzte ihn kurz über das ins Bild, was Onno und sie herausgefunden hatten. »Und bei dir?«

»Hier auf dem Spielplatz gehen die Dinge ihren geregelten Gang«, antwortete er lakonisch. »Einige der Dorfbewohner haben natürlich mitbekommen, dass die Polizei vor Ort ist. Die Leute stehen draußen am Zaun, um zu sehen, was hier passiert. Ist wohl eine bessere Abendunterhaltung als fernzusehen.«

»Wie unschön.«

»Ich stand eben in der Nähe der Einwohner und habe ein bisschen von dem aufgeschnappt, was sie sich erzählen. Jemand sagte, dass Karl Claussen und sein Sohn mit quietschenden Reifen vom Hof gefahren sind. Ich habe Wiebke Claussen darauf angesprochen, die sich auch hier eingefunden hat. Sie hat mich angefaucht, das gehe mich nichts an, und ist dann wieder verschwunden. Alle hier sind mordsmäßig angespannt. Vater und Sohn Claussen können natürlich sonst wohin gefahren sein …«

»Oder nach Niebüll«, erwiderte Fentje nachdenklich. »Was sagt die Polizei dazu?«

»Die Beamten sind voll und ganz mit der Leiche auf dem Spielplatz beschäftigt.«

»Der hektische Aufbruch der beiden Claussens zu diesem Zeitpunkt und Wiebkes Reaktion auf deine Nachfrage gefallen mir gar nicht«, sagte Fentje. War es richtig, ihrer Intuition zu vertrauen, dass die überstürzte Abfahrt der Männer nichts Gutes zu bedeuten hatte?

»Verdächtig ist es schon. Wenn der Aufbruch der zwei nichts mit dem Fall zu tun hat, hätte Wiebke Claussen doch vermutlich souveräner reagiert.«

»Ich fahre nach Niebüll. Von hier ist es nicht mehr weit. Falls es so ist, wie wir denken, habe ich einen guten Vorsprung vor Karl und Ingmar Claussen.«

»Die beiden sind möglicherweise schon vor einer halben Stunde losgefahren. Oder sogar vor einer Dreiviertelstunde.«

»Dann bin ich immer noch eher da.«

»Nein, Fentje, fahr nicht allein dorthin! Das ist Sache der Polizei.«

»Kümmere du dich um die Polizisten in Helenendeich. Und sag bitte Reimers und Scarpetta Bescheid. Ich informiere das örtliche Polizeirevier. Und ich bin vorsichtig. Versprochen!«

»Wo willst du in Niebüll überhaupt hin?«

»So viele Hotels und Pensionen gibt es dort nicht. Erinnerst du dich an die Kaffeebecher bei den Suhrs?«

Er schien einen Moment nachzudenken. Dann antwortete er: »Kaum.«

»Einer war aus einem Wellness-Hotel aus Niebüll. Dem *Insel-Hafen*. Ruth ist ja anscheinend ein großer Emil-Nolde-Fan, und in Niebüll gibt es das Museum. Außerdem macht sie Yoga. Dieses Wellness-Hotel ist noch mein bester Tipp. Vielleicht kennt sie den Ort und das Hotel von früher und hat sich deshalb dorthin geflüchtet.«

»Fentje, fahr auf keinen Fall allein dorthin! Hörst du?«

»Ruth Suhr ist vielleicht in Gefahr. Sie war panisch vor Angst.« Sie beendete das Gespräch, bevor Niklas weitere Einwände vorbringen konnte.

»War er das?«, fragte Onno. »Der Mann, wegen dem du nicht mit mir zusammen sein willst?«

Fentje schluckte. »Ich weiß es nicht. Auf jeden Fall hat er keine Ahnung davon.«

»Klingt kompliziert.«

Sie nickte, blickte dann bedauernd auf das Gulasch. »Das sieht wirklich fantastisch aus, Onno. Aber ich muss sofort los.«

»Es geht um Leben und Tod.« In seiner Stimme lagen weder Spott noch Ironie.

»Ich kann es nicht genau sagen. Doch möglich wär's.«

»Nichts für ungut, ich werde dich auf jeden Fall begleiten. Auch wenn du mich abweist: Deine Sicherheit liegt mir schon am Herzen.«

Fentje lächelte erleichtert. »Du musst nicht mitkommen. Wirklich …«

»Doch, das werde ich. Sonst esse ich vor lauter Frust das

ganze Gulasch allein auf. Und das wäre nicht gut für meine Figur.«

Zumindest war Fentje wieder hellwach, als sie die schnurgerade Chaussee in Richtung Niebüll fuhren. Onno hatte darauf bestanden, dass sie seinen Wagen nahmen. Er war schneller, und die Claussens würden ihn auch nicht erkennen, wenn sie sich begegnen sollten. Nach Fentjes Berechnungen mussten sich die beiden Männer, wenn sie tatsächlich seit einer Dreiviertelstunde auf dem Weg zu Ruth Suhr nach Niebüll waren, noch knapp fünf Minuten hinter ihnen befinden. Niklas hingegen konnte es niemals rechtzeitig hierher schaffen.

Sie rief die örtliche Polizeidienststelle an und versuchte, dem Beamten am Telefon das Problem zu schildern. Als sie auflegte, war sie sich nicht sicher, ob die Botschaft angekommen war. Der Streifenwagen der Dienststelle war gerade in Dagebüll, hatte der Polizist erklärt. Aber man würde sich darum kümmern …

Was Onno und sie unternehmen sollten, falls sie Ruth Suhr fanden, war Fentje ein Rätsel. Sie würden versuchen, sie in Sicherheit zu bringen, und dann weitersehen. Vielleicht war sie aber auch selbst diejenige, von der die Gefahr ausging …

Sie hatten das Hotel *Insel-Hafen* in Onnos Navigationsgerät eingegeben. Zwischendurch rief Fentje auch in dem Hotel an, doch über die dort wohnenden Gäste wollte man ihr verständlicherweise keine Auskunft geben. Fentje versuchte, sich mit ein paar tiefen Atemzügen zu beruhigen. Sie würden ja gleich am Ziel eintreffen …

Als sie das Hotel erblickte, das mit seiner Holzfassade, dem tief gezogenen Dach und den erleuchteten Fenstern behaglich und vertrauenerweckend aussah, fühlte Fentje sich etwas besser. Vielleicht war das alles nur ein falscher Alarm?

Sie eilten in das Hotel, durchquerten die im modernen Landhausstil eingerichtete Lobby und baten an der Rezeption, mit Ruth Suhrs Zimmer verbunden zu werden. Dieses Mal hatte der Portier keinerlei Einwände. Wenn Fentje, die sich verstohlen in einem Wandspiegel betrachtete, in ihren schwarzen, sportlichen und ziemlich schmutzigen Sachen recht abenteuerlich aussah, wirkte Onno in dem karierten Sakko und den braunen Lederschuhen wie der grundsolide Landedelmann.

»Auf dem Zimmer von Frau Suhr meldet sich niemand«, sagte der Portier. »Das habe ich aber auch schon erwartet.«

Zumindest hatten sie nun die Bestätigung, dass Ruth Suhr sich hier eingemietet hatte.

»Vielleicht schläft sie bereits«, vermutete Onno mit einem Blick auf die Uhr.

»Das glaube ich kaum. Wenn ich mich recht entsinne, hat sie vor etwa fünf Minuten mit zwei Herren, einem jüngeren und einem älteren, das Haus verlassen. Der Ältere hatte den Arm um sie gelegt. Die sahen aus wie ihr Mann und ihr Sohn.«

»Möglicherweise gibt es dafür ja eine harmlose Erklärung«, sagte Onno, nachdem sie sich ein Stück vom Empfangstresen entfernt hatten.

»Ich glaube kaum, dass es ein Zufall ist, wenn soeben zwei Männer mit Frau Suhr das Hotel verlassen haben – Männer, die vom Alter her wie Ehemann und Sohn wirken.«

»Und wenn sie einfach nur verabredet sind?«

»Vielleicht haben sie Ruth Suhr aber auch gezwungen mitzukommen, um sie zum Schweigen zu bringen.« Wie hatten die Claussens nur so schnell hier sein können? Sie mussten förmlich geflogen sein.

Onno schüttelte den Kopf. »Fentje, das denkst du nicht wirklich?«

»Ich habe gerade eine Leiche entdeckt, die jemand vor etwa vier Jahren auf einem Spielplatz unter der Rutsche vergraben hat. Alles ist möglich«, erwiderte Fentje in gedämpftem Tonfall.

Onno blickte sie ungläubig an.

»Sie werden es diesmal wohl wie einen Unfall aussehen lassen. Oder wie einen Selbstmord«, überlegte sie weiter. »Sonst kommen sie niemals damit durch. Ich frage mich, wieso sie es überhaupt getan haben?«

Onno sah aus, als könnte er ihren Gedankengängen nicht mehr folgen. Wie sollte er auch? Doch sie hatte keine Zeit für Erklärungen.

In der Lobby saß ein Paar an einem der Tische am Fenster; die beiden hatten jeweils ein Cocktailglas vor sich stehen. Fentje steuerte auf sie zu.

Tatsächlich hatten die Gäste gesehen, wie drei Personen, ein älteres Paar und ein jüngerer Mann, gemeinsam das Hotel verlassen hatten. Sie waren vor dem Haus in zwei Fahrzeuge gestiegen und davongefahren.

»Es ist mir nur aufgefallen, weil die Dame wohl ein bisschen zu viel getrunken hatte«, sagte die Frau. »Das passte nicht so recht zu ihrem sonstigen adretten, ein wenig hausbackenen Erscheinungsbild. Die zwei Männer haben sie zu einem der Autos auf dem Parkplatz begleitet. Trotz ihres Alkoholpegels ist sie dann auf der Fahrerseite des Kleinwagens eingestiegen, ihr Begleiter auf der Beifahrerseite. Der Jüngere fuhr ihnen in einem dunklen Mercedes hinterher; mit dem waren sie auch gekommen. Es war doch ein Mercedes, oder, Heiner?« Sie schaute den Mann ihr gegenüber fragend an, und er nickte.

»In welche Richtung sind sie gefahren? Konnten Sie auch das sehen?«

Die beiden blickten einander an. »Nach Norden«, antworteten sie dann wie aus einem Mund und zeigten in die besagte Richtung.

»Nach Niebüll rein, nicht zur Nordseeküste? Sind Sie sicher?«, vergewisserte Fentje sich.

Die Frau nickte. »In Richtung Ortszentrum. Wieso sollte jemand auch so spät abends ans Meer fahren?«

»Ich weiß nicht, ich denke an irgendwas mit Wasser …«

»Vielleicht wollten sie ja zum Badesee?«, schlug der Mann amüsiert vor.

Fentje war alarmiert. »Gibt es in der Richtung, die sie gefahren sind, denn einen See?«

Die Frau bejahte.

»Danke, vielmals!« Fentje lief zurück zu Onno, und gemeinsam verließen sie den *Insel-Hafen*. In Onnos Wagen öffnete Fentje die Landkarte auf ihrem Smartphone. Da war tatsächlich ein Badesee in der Nähe. Und man erreichte ihn, wenn man von hier aus in Richtung Stadtmitte fuhr.

»Dann fahren wir zum Badesee Niebüll Wehle.«

»Zu Befehl.«

Onno gab Gas, Fentje dirigierte ihn. Zwischendurch rief sie nochmals die Polizei an und versuchte zu erklären, wohin sie fuhren und warum. Danach meldete sie sich auch bei Niklas, der anscheinend ebenfalls mit dem Auto unterwegs war.

Bald darauf entdeckte sie im Licht der Scheinwerfer ein Hinweisschild auf das Naturbad Wehle. Das Gewässer war mal durch einen Deichbruch während einer Sturmflut entstanden; das zumindest schloss Fentje aus der Bezeichnung »Wehle«.

Sie folgten der Mühlenstraße und gelangten auf einen Parkplatz. Ganz am Ende standen der dunkle Mercedes der Claussens und ein Kleinwagen, der vermutlich Ruth Suhr gehörte.

»Halt einfach hier an. Bitte. Ich gehe zu Fuß weiter.«

»Du solltest auf keinen Fall allein dorthin laufen, Fentje! Warum überlassen wir das nicht der Polizei?«

»Die Polizei braucht noch einen Moment. Und so viel Zeit hat Ruth vielleicht nicht!«

»Da vorn kommt noch ein Parkplatz. Von dort sehen wir gemeinsam weiter.«

38. Kapitel

Auf dem ersten Stück des Weges vom Parkplatz in Richtung Wehle standen genügend Büsche und Bäume dicht an dicht, sodass kaum Gefahr bestand, vom Seeufer aus gesehen zu werden. Onno hielt sich auf Fentjes Anweisung hin hinter ihr. Sie war sich nicht sicher, ob er den Ernst der Lage erfasst hatte. Wie sollte er auch, da ihm die Hintergründe nicht bekannt waren? Er hatte erst an diesem Abend von der ganzen Sache erfahren. Trotzdem war sie froh, nicht allein hier zu sein.

Fentje rechnete fest damit, dass die Polizei irgendwann eintreffen würde. Doch der Streifenwagen des örtlichen Polizeireviers befand sich ja gerade in Dagebüll. Verdammt, hatten die denn nur das eine Einsatzfahrzeug? Von Kiel oder Helenendeich waren sie zu weit entfernt, als dass schnell mit Hilfe von dort zu rechnen war.

Vor ihnen tauchte ein Holzhaus auf, das im Sommer wohl als kleines Café für die Badegäste diente. Von dort aus gelangte man über eine offene Rasenfläche zum Seeufer, wo ein langer Badesteg ins Wasser führte. Fentje und Onno blieben hinter der Hausecke in Deckung. Es war eine klare, mondhelle Nacht, und der spiegelglatte See reflektierte sein kaltes Licht.

Erst hörte Fentje nur gedämpft Stimmen, dann sah sie sie! Zwei Personen bewegten sich am Seeufer auf den Steg zu. Die eine war klein und schmal und wurde von der anderen mehr mitgezogen, als dass sie sich aus eigenen Stücken fortbewegte. Das musste Ruth Suhr sein! Die zweite, stämmige Gestalt erkannte Fentje im Mondlicht recht deutlich: Es war Karl Claussen. Doch wo war sein Sohn Ingmar?

Nervös schaute Fentje sich über die Schulter in Richtung des Parkplatzes und des Dickichts hinter ihnen um. Es war noch kein Polizeiwagen in Sicht. Da flackerte das Licht von Autoscheinwerfern zwischen den Baumstämmen auf.

»Sind das die Leute, von denen du gesprochen hast?«, fragte Onno leise.

»Ja. Das eine ist die vermisste Frau, Ruth Suhr. Der Mann bei ihr heißt Karl Claussen und ist einer ihrer Nachbarn. Und der jüngere, der angeblich das zweite Auto gefahren hat, ist wahrscheinlich Karl Claussens Sohn Ingmar.«

»Was, denkst du, haben die drei hier vor?«

»Ruth zum Schweigen bringen, aber sie wollen es mit Sicherheit wie einen Selbstmord aussehen lassen.«

Onno sag scharf die Luft ein. »Also wirklich, Fentje! Das glaube ich nicht. Wie gesagt, vielleicht gibt es für all das auch eine harmlose Erklärung.«

Fentje schnaubte leise. Wie es aussah, sträubte Ruth Suhr sich weiterzugehen. Ihre Hände schienen auf dem Rücken fixiert zu sein, sodass sie keine wirkliche Chance gegen den hochgewachsenen, kräftigen Mann an ihrer Seite hatte. Karl Claussen stieß sie mit etwas, was er in seiner Rechten hielt, immer weiter vorwärts. Als Ruth sich einmal in den Sand auf die Knie fallen ließ, zerrte er sie unsanft wieder hoch und hob die rechte Hand. Drohte er ihr mit einer Pistole? Besaßen etwa alle in diesem Dorf eine Waffe? Das Geschehen am See mit anzusehen verursachte Fentje auch auf die Entfernung noch eine Gänsehaut.

Da tauchte das Paar Scheinwerfer unmittelbar neben den beiden am See wieder auf. Fentje war so auf Ruth und Karl konzentriert gewesen, dass sie das Fahrzeug, einen Kleinwagen, einen Moment lang nicht beachtet hatte. Karl dirigierte den Fahrer mit ausholenden Gesten, bis das Auto mit der Front zum Wasser stand.

»Oh mein Gott, was haben die bloß vor?«, flüsterte Fentje.

Auf der schnurgerade verlaufenden Landstraße B5 hinter Bredstedt gab Niklas wieder Gas. Er folgte schon eine ganze Weile dieser Straße, ohne dass ihm ein Fahrzeug entgegengekommen wäre, und er hatte nur ein einziges Auto überholt.

Noch zehn Minuten bis Niebüll, zeigte das Navigationsgerät ihm nach einer gefühlten Ewigkeit an. Das, was er an seiner Heimat so sehr liebte, die großartige Weite, wurde ihm jetzt zum Verhängnis. Wenn er noch schneller fuhr, würde der Wagen abheben oder im Graben landen. Es war unverantwortlich … Widerwillig bremste er ab.

Fentje rief an, und er tippte nervös auf dem Display seiner Freisprechanlage auf *Annehmen*. »Wo bist du? Hast du Ruth gefunden?«

»Ich bin an einem Badesee. Am ›Naturbad Wehle‹ in Niebüll.« Sie sprach so leise, dass er die Lautstärke hochregelte. »Karl und Ingmar Claussen sowie Ruth Suhr sind auch hier. Sie haben uns aber wohl noch nicht entdeckt.«

»Was haben die vor?« Und wen meinte sie mit »wir«?

»Ich hoffe, dass ich mich täusche. Aber ich glaube, sie wollen Ruth Suhr in ihrem Auto im See ertränken.« Er hörte das Grauen in Fentjes Stimme.

»Und die Polizei?«

»Ist angeblich auf dem Weg. Doch bisher …« Sie sprach nicht weiter.

Er stieß gestresst die Luft aus. »Ich brauche noch acht Minuten bis Niebüll, mach bitte …«

Das Gespräch war unterbrochen.

Niklas starrte ungläubig auf die Freisprechanlage. Hatte

Fentje aufgelegt? Fuhr er auf einmal durch ein Funkloch? Hatten Karl und Ingmar Claussen Fentje etwa entdeckt?

Die Verbindung brach ab und ließ sich nicht wieder aufbauen. Fentje steckte das Handy ein und beobachtete weiter mit klopfendem Herzen, was am Seeufer vor sich ging.

Ruth Suhr hockte zusammengesunken auf den vorderen Brettern des Badestegs, ihre Füße noch im Sand. Ingmar und Karl Claussen schienen miteinander zu diskutieren. Fentje konnte kein Wort von dem verstehen, was sie sagten, doch sie gestikulierten wild, und Karl Claussen deutete immer wieder zu dem Kleinwagen und auf die Mitte des Sees hinaus.

Ruth hob den Kopf, raffte sich einmal auf und versuchte wegzulaufen, doch Ingmar war mit wenigen Sätzen wieder bei ihr und schubste sie achtlos dorthin zurück, wo sie zuvor gekauert hatte.

Sie streiten sich, wie genau sie vorgehen sollen. Vielleicht auch, wer es macht, dachte Fentje. Sie blickte zu Onno hinüber. Er sah im Mondlicht angespannt aus, das Gesicht fahl.

»Wir müssen einschreiten, sobald sie ihr wirklich etwas antun«, flüsterte Fentje beklommen.

»Ja, sieht ganz so aus. Meinst du, die haben eine Waffe?«

»Vermutlich. Irgendwas hat Karl Claussen, der ältere Mann, auf jeden Fall eben in der Hand gehalten. Wenn sie Jäger sind, wie so viele Männer auf dem Land, besitzen sie auch Waffen.«

»Wo bleibt denn bloß die Polizei?« Onno blickte zum wiederholten Mal über die Schulter zurück zum Parkplatz, doch von dort war nichts zu hören und zu sehen. Nie wären Fentje der Klang einer Sirene und das Leuchten von Blaulicht willkommener gewesen. Wenn wenigstens Niklas hier wäre!, dachte sie. Er hätte bestimmt eine Idee, was sie tun könnten.

»So sind wir jedenfalls vollkommen schutzlos«, wisperte Fentje. »Kannst du dein Auto herholen?«

»Was? Dann bemerken sie uns doch.«

»Das ist ja der Plan. Dein Bus hat doch Allradantrieb, nehme ich an?«, vergewisserte sie sich.

»Natürlich!« Onno ging erst ein paar Schritte rückwärts. Als die Bäume ihm Sichtschutz gaben, lief er los, schneller, als Fentje es ihm zugetraut hätte.

Sie drehte den Kopf und beobachtete weiter den Streit zwischen Vater und Sohn. Karl Claussen machte eine ungeduldige Handbewegung, die wohl bedeutete, dass Ingmar mit Ruth Suhr in Richtung Wasser gehen sollte. Sie würden sie im See ertränken, dann in ihr Auto setzen und es mitsamt Ruths Leiche ins tiefe Wasser befördern, mutmaßte Fentje. Dann hätte die Frau Seewasser in der Lunge … Wenn ihre Leiche lange genug dort unten im Wasser läge, wäre es irgendwann schwierig, noch Spuren der Täter an ihr oder dem Wagen zu finden. Würde man einen Suizid vermuten?

Es war ein gewagter Plan, mit einer geringen Chance, dass er funktionierte. Doch Karl Claussen wollte anscheinend jetzt alles auf eine Karte setzen.

Die beiden Männer traten näher an Ruth Suhr heran und zogen sie auf die Beine. Einer packte sie von links, der andere von rechts, und sie gingen mit der sich panisch sträubenden Frau auf den See zu. Hilflos musste Fentje mit ansehen, wie sie Ruth Suhr einfach hochhoben, als sie sich mit den Füßen auf dem Boden stemmte, in dem verzweifelten Versuch zu verhindern, in Richtung Wasser bugsiert zu werden.

Ehe Fentje richtig nachdenken konnte, sprang sie auf. »Stopp!«, schrie sie außer sich vor Wut und Angst um Ruth. »Lassen Sie die Frau sofort los!«

Im ersten Moment passierte nichts, sodass sie schon dachte, die Männer hätten sie nicht gehört. Doch dann drehten die beiden sich um. Sie wechselten anscheinend ein paar

Worte miteinander. Karl Claussen ließ Ruth Suhr los und kam mit schweren Schritten, doch erstaunlich schnell, auf Fentje zu.

Er hielt wieder etwas in der Hand, einen Gegenstand, vielleicht tatsächlich eine Waffe? Im Mondlicht sah Fentje sein vor Wut verzerrtes, entschlossenes Gesicht. Sie wollte nicht weichen und Ruth Suhr ihrem Schicksal überlassen. Doch in einem Kampf gegen diesen Hünen hätte sie nicht den Hauch einer Chance.

Zu ihrem Entsetzen sah Fentje, dass der andere Mann Ruth wieder weiter den Steg hinunterzerrte. Karl Claussen war noch etwa fünfzig Meter von ihr entfernt. Wenn sie jetzt zurück zum Parkplatz rannte … war Ruth womöglich verloren. Stattdessen hielt Fentje ihr Smartphone in die Höhe. »Ich habe alles gefilmt und auch schon versendet. Damit kommen Sie niemals durch, Herr Claussen! Es ist vorbei.«

Die einzige Reaktion auf ihre Worte war, dass Karl Claussen den Kopf senkte wie ein wütender Stier und noch schneller auf sie zuschritt.

Sie unterdrückte erneut den Impuls, vor ihm wegzulaufen. Gleich hatte er sie!

Hinter ihr erklang Motorengeräusch, und im Licht der Scheinwerfer von Onnos Wagen, wie Fentje hoffte, warfen die Bäume hinter ihr lang gezogene Schatten auf den Rasen.

Karl Claussen blieb in dem Lichtschein wie angewurzelt stehen und hob den Arm vors Gesicht.

Genau zur rechten Zeit!, dachte Fentje. Sie nutzte den Moment, da Karl geblendet war, und lief auf Onnos Bus zu, riss die Beifahrertür auf und hechtete zu ihm in den Wagen. Als sie nach vorn schaute, war Karl Claussen nicht mehr dort, wo er eben noch gestanden hatte. Er lief bereits wieder auf den Steg und auf seinen Sohn und Ruth Suhr zu und rief etwas. Sie würden doch nicht …

Doch Karl Claussen sprang in Ruths Auto. Ingmar stieß die Frau vom Steg hinunter, sodass sie mit einem lauten Klatschen im Wasser landete. Dann lief er zu dem startenden Kleinwagen und warf sich ebenfalls hinein. Der Wagen setzte zurück und raste in die Richtung davon, aus der er gekommen war.

Ich darf nicht zu spät kommen! Fentje ist in Gefahr!, hämmerte es in Niklas' Kopf. Endlich hatte er den Ortsrand von Niebüll erreicht und bog in die Straße, die zu dem See führte, den Fentje ihm genannt hatte. Er hatte keine Ahnung, was ihn dort erwartete. Ob die Polizei schon vor Ort war? Hauptsache, er kam nicht zu spät!

Da näherte sich von vorn ein Auto. Es fuhr schnell, viel schneller, als es auf einer so schmalen Fahrbahn angeraten war. Wenn er selbst kurz zuvor schon mit überhöhter Geschwindigkeit auf der Landstraße unterwegs gewesen war, so raste der Fahrer dieses Autos geradezu.

Niklas bremste ab und hielt sich so weit rechts, dass seine Reifen bereits über den Randstreifen rumpelten. Das ihm entgegenkommende Fahrzeug geriet ins Schleudern, der Fahrer verlor die Kontrolle über den Wagen, und das Fahrzeug schlingerte ihm entgegen. Dahinter sah Niklas Blaulicht …

Das war es jetzt!, dachte er. Alles passierte gleichzeitig: Er erblickte für einen Sekundenbruchteil die Gesichter der beiden Männer hinter der Windschutzscheibe. Verdammt, waren die Mörder das Letzte, was er auf dieser Welt sehen sollte? Doch sein BMW und der Kleinwagen scherten gleichzeitig zur Seite aus. Niklas hielt sein Lenkrad fest umklammert. Als der Wagen die Straße verließ, schien er regelrecht abzuheben, setzte krachend wieder auf, und dann drehte sich alles.

Mit vereinten Kräften beförderten Onno und Fentje die keuchende und zitternde Ruth Suhr aus dem hüfthohen Wasser.

»Es wird alles gut. Die Männer sind weg. Sie sind in Sicherheit, Frau Suhr! Hören Sie? Sie sind in Sicherheit!«, wiederholte Fentje gebetsmühlenartig.

Vorsichtig ließen sie Ruth neben dem Steg in den kalten Sand sinken. Fentje kniete neben ihr, streichelte ihren Rücken und war nur dankbar, dass die Frau nicht ertrunken war. Sie tastete nach den Handfesseln, um sie zu lösen. Onno, der kurzfristig verschwunden war, kam mit einer schweren Wolldecke über dem Arm zurück, die durchdringend nach Pferd roch. Sie legten der durchnässten, zitternden Ruth die Decke um und brachten sie zum Bus.

Als sie beinahe an Onnos Fahrzeug angelangt waren, hörte Fentje ein Martinshorn. Sie sah Blaulicht durch die Bäume schimmern. Endlich, die Polizei! Jetzt würde alles gut werden. In der Ferne, jenseits des Sees, ertönten ein Quietschen, ein metallisches Krachen und dann ein dumpfer Knall.

Die folgenden Minuten liefen wie ein Film vor Fentjes Augen ab. Die anrückenden Polizisten, die vielen Fragen, hektische Betriebsamkeit … Sie ließ sich ebenfalls eine Decke über die Schultern legen, registrierte erst jetzt, dass sie fast bis zur Taille durchnässt war. Sie fing Onnos Blick auf, verlegen wegen des Chaos, in das sie ihn mit hineingezogen hatte. Doch nun war es vorüber. Vorüber, bis sie die Worte einer Polizistin vernahm, die von der Straße jenseits des Sees zu ihnen gelaufen kam.

»Da sind zwei Autos verunglückt!«, rief sie ihren Kollegen zu.

Niklas! Fentje hörte nicht mehr, was noch gesagt wurde. Sie rannte einfach los.

39. Kapitel

»Wie geht es ihm?«, fragte Onno, sobald er Fentje ansichtig wurde. Er erhob sich etwas steif von dem Metallstuhl, sodass die Kufen über die Kunststofffliesen des Warteraums schabten.

»Der Arzt sagt, Niklas hat Glück im Unglück gehabt«, antwortete Fentje. »Er hat nur ein paar Prellungen und Abschürfungen davongetragen, außerdem eine leichte Gehirnerschütterung. Sie behalten ihn aber zur Kontrolle über Nacht hier. Die Unfallgegner, Karl und Ingmar Claussen, haben wohl mehr abbekommen. Die sind auch noch hier in der Klinik. Zu ihrem Zustand wollte der Arzt sich mir gegenüber aber nicht weiter äußern. Hast du Ruth Suhr noch einmal gesehen?«

»Soviel ich weiß, wurde sie vor einer halben Stunde von ihrem Mann abgeholt.«

Fentje musterte Onnos besorgte Miene und die dunklen Schatten unter seinen Augen und bekam ein schlechtes Gewissen. »Du hättest hier nicht stundenlang auf mich warten sollen, Onno.«

»Ich konnte doch nicht einfach wegfahren, nach allem, was passiert ist.«

»Es tut mir schrecklich leid, dass ich dich in diese Sache mit hineingezogen habe. Und dass …«

»Dass du Mutters Gulasch nicht aufgegessen hast?«

»Das auch.« Sie lächelte schwach.

»Fährst du jetzt mit mir zurück?«

»Klingt gut. Doch ich werde von dir aus zu mir nach Hause fahren. Ich brauche heute Nacht mein eigenes Bett.«

Er deutete an ihr hinunter. »Aber willst du wirklich in den nassen Klamotten weiterfahren?«

Fentje winkte ab. »Ach, sie sind höchstens noch ein bisschen feucht.«

»Ich kann dir für die Rückfahrt etwas leihen, wenn du willst. Wird lustig aussehen. Aber du solltest schauen, dass du wieder trocken wirst.«

Sie nickte nochmals. »Dann lass uns aufbrechen.«

Fentje war gerade von ihrem Schlafzimmer in die Küche getappt, um den Samstag mit viel Koffein und aufgebackenen Brötchen zu beginnen, als es an der Tür läutete. Sie blickte auf die Uhr. Gleich elf Uhr.

Niklas konnte es nicht sein. Er war sicher noch in Flensburg in der Klinik. Sie hatten am vergangenen Abend beim Abschied verabredet, dass er sie anrief, wenn sie ihn abholen sollte.

Vor ihrer Tür stand Ruth Suhr, aufrecht, ja kerzengerade, und sehr ernst und entschlossen dreinblickend. Nach allem, was ihr am Vortag widerfahren war, musste sie Nerven aus reißfestem Zwirn haben. »Guten Morgen! Ich komme wohl ungelegen.« Ruths Blick schweifte über Fentjes ungekämmtes Haar und den alten, ihr jedoch lieb gewordenen Morgenmantel aus weinrotem Frottee. »Aber ich würde gern mit Ihnen reden, Frau Jacobsen.«

»Immer hereinspaziert. Ich koche gerade Kaffee. Möchten Sie auch einen, Frau Suhr?«

»Meinetwegen. Sehr nett! Danke, dass Sie sich die Zeit für mich nehmen«, setzte sie pflichtschuldig hinzu.

Für die Tracht meiner Großmutter wollten Sie sich ja keine Zeit nehmen, dachte Fentje. Doch sie war neugierig, was Ruth Suhr ihr so Wichtiges mitzuteilen hatte.

»Sie denken wahrscheinlich, Sie hätten mir das Leben gerettet«, begann Ruth nach dem ersten Schluck Kaffee.

Fentje zuckte mit den Schultern. Sie hatte keine Lust zu diskutieren. Und es ging ihr auch nicht um Dankbarkeit. Sie wollte nur hören, was die Frau ihr zu sagen hatte. Sie hatte noch so viele Fragen.

»Vielleicht haben Sie das sogar«, räumte Ruth Suhr dann ein. »Aber ich glaube eigentlich, dass Karl und Ingmar mir nur Angst einjagen wollten. Sie dachten, dass ich zur Polizei gehen und reden könnte. Und das wollten sie unter allen Umständen verhindern.«

Und Tote reden am allerwenigsten, ging es Fentje durch den Sinn. Laut fragte sie jedoch: »Über was sollten Sie nicht reden?« Wenn Niklas, Onno oder ihr selbst etwas Schlimmes passiert wäre, könnte sie jetzt wahrscheinlich nicht so ruhig bleiben. So jedoch hoffte sie, endlich mehr zu erfahren.

»Darüber, wie Eike Harms und sein Freund gestorben sind.«

»Sie wissen es also.«

Ruth Suhr sah sie abwägend an. »Nach dem, was gestern Nacht passiert ist, wird sowieso alles herauskommen. Ich habe heute früh schon eine ausführliche Aussage bei der Polizei gemacht. Es schadet niemandem mehr, wenn ich mit Ihnen rede. Und so, wie Sie sich gestern für mich eingesetzt haben, sollten Sie es von mir erfahren, finde ich. Dann hören Sie wenigstens die ganze Wahrheit.«

Fentje schwieg.

»Das meiste, was wir der Polizei erzählt haben, entspricht der Wahrheit«, behauptete sie. »Wir waren an dem Abend zu Wiebkes Geburtstagsnachfeier eingeladen: mein Mann Volker und ich, Dorte und Henner Gramberg. Wiebkes Mann Ingmar und ihr Schwiegervater Karl waren natürlich auch dabei.«

»Sie waren zu siebt? Was war mit Maren Harms?«, warf Fentje ein. »Und ihrem Mann Eike?«

»Die sind nicht eingeladen gewesen. Nie. So eng waren

die mit den Claussens nicht, vor allem nicht mit Eike. Den hätte Wiebke bestimmt nicht auf der Feier haben wollen. Aber dazu komme ich später. Wir hatten gerade gegessen. Es gab reichlich zu trinken, Bier und Wein und für uns Frauen nachher noch einen Eierlikör, doch die Stimmung war irgendwie angespannt. Besonders Karl war nicht so zu Scherzen aufgelegt wie sonst.«

Ruth Suhr blickte auf ihre Hände, die auf der Tischplatte lagen. »Wie Sie ja wohl mitbekommen haben, steht es mit meiner Ehe nicht zum Besten«, fuhr sie fort. »Und das hat seine Gründe. Volker war mal in eine Frau namens Damaris Ehmke verliebt, wissen Sie? Sie war vor Maren mit Eike Harms zusammen und hat eine Zeit lang mit in seinem Haus gewohnt. Volker war leider vollkommen vernarrt in sie. Eine verspätete Midlife-Crisis?«

Ruth zuckte mit den Schultern. »Sie war jedenfalls fast vierzig Jahre jünger als er, und ich bin mir ziemlich sicher, dass es nur rein platonisch war. Aber was soll's? Er hat damals einen kompletten Narren aus sich gemacht, Damaris offen angehimmelt und mich wie eine verhärmte alte Ziege dastehen lassen. Nicht einmal das Verschwinden dieser Frau hat etwas daran geändert. Volker war felsenfest davon überzeugt, dass Eike Harms Damaris umgebracht hat. Wie zuvor wahrscheinlich auch seine erste Ehefrau, die Ann-Kathrin.

›Sobald eine Frau ihn verlassen will, schlägt Eike zu‹, hat Volker immer gesagt. Doch man konnte diesem Harms nie etwas nachweisen. Volker hat jedenfalls jahrelang nach der Leiche der jungen Frau, dieser Damaris, gesucht, und ich musste es mit ansehen. Er wollte Sicherheit über ihr Schicksal haben und wohl auch erreichen, dass Eike Harms endlich zur Rechenschaft gezogen wird für seine Taten.« Sie schüttelte resigniert den Kopf. »Nun ist ihre Leiche ja wohl aufgetaucht. Arme Frau! Doch zwischen Volker und mir ändert das auch nichts mehr«, fügte sie leise hinzu.

»Warum war die Stimmung auf der Geburtstagsfeier so angespannt?« Fentje versuchte, das Gespräch wieder auf die Ereignisse des Mordabends zu lenken.

»Unter anderem auch wegen Volker und mir. Ja, und Dorte und Henner Gramberg sind sowieso dauerdeprimiert, seit ihre Tochter tot ist. Sie glauben nicht, dass Ann-Kathrin damals Suizid begangen hat, sondern halten Eike ebenfalls direkt oder indirekt für schuldig an deren Tod. Und auch Eikes Freund, dieser Janssen, hatte Dreck am Stecken. Der hat Eike Harms immer gedeckt, egal, was war.«

Ruth Suhr sah Fentje ruhig in die Augen, als sie fortfuhr: »Wiebke Claussen war übrigens Ann-Kathrins beste Freundin. Dass sie tot ist, hat Wiebke Eike nie verziehen. Gleichzeitig machten sie und ihre Familie sich aber auch Sorgen um Maren und vor allem um ihre Kleine, die Ylva. Wiebke hat von uns allen noch den engsten Kontakt zu Maren. Und die Probleme in Marens Ehe schienen sich zu wiederholen, wie bei Eike und Ann-Kathrin. Dieses plötzliche Schweigen der Frau, der Rückzug von Freunden und Bekannten, der Verlust von Lebensmut … Genau so war es bei Ann-Kathrin und wohl auch bei dieser Damaris.«

Ruths Blick bekam einen harten Ausdruck. »Eike hat seine Frauen tyrannisiert, bedroht, vielleicht auch geschlagen. So genau wussten wir es natürlich nicht, weil keine der Frauen gewagt hat, sich jemandem von uns wirklich anzuvertrauen. Bei Maren kam noch hinzu, dass sie das kleine Kind mit in die Ehe gebracht hatte. Wiebke war der festen Überzeugung, dass Eike die kleine Ylva als Druckmittel gegen Maren einsetzte. Nach dem Motto: Wenn du dich gegen mich wendest oder mich verlässt, dann ist dein Kind in Gefahr. Im Grunde war jeder von uns davon überzeugt, dass eine einzige Person schuld an dem ganzen Elend in Helenendeich ist: Eike Harms. Und an dem Abend hat es sich bewahrheitet!«

»Was ist passiert?«

»Wir waren schon lange fertig mit dem Essen, da kam Maren zu Wiebke und Ingmar herübergelaufen. Sie war in einer schlimmen Verfassung, nervös und völlig aufgelöst, brach immer wieder in Tränen aus ... Sie hielt sich den linken Arm und zitterte am ganzen Körper. Maren sagte, dass ihr Mann und Janssen schon den ganzen Abend bei ihr drüben zusammen tranken. Sie wurden angeblich immer ausfallender ihr gegenüber, die Stimmung aggressiver. Als Maren sie gebeten hatte, wegen Ylva doch etwas leiser zu sein, drohte Eike, das Kind gleich nach unten zu holen, wenn Maren nicht mit dem Gezeter aufhören würde. Er soll schon auf dem Weg zur Treppe gewesen sein, aber sie hat sich ihm in den Weg gestellt.

Er hat sie weggestoßen, und sie hat sich am Arm verletzt, als sie gegen das Geländer geprallt ist. So hat sie es uns zumindest erzählt. Dieser Sascha Janssen soll sich dann eingemischt und Eike wieder in die Küche geholt haben. Doch Eike hat Maren noch gedroht, bloß nicht ins Obergeschoss ins Kinderzimmer zu gehen, obwohl die Kleine oben geweint und nach ihr gerufen hat. Die Küchentür stand offen. Eike hätte gesehen, wenn sie zu Ylva gegangen wäre.«

Ruth Suhr presste die Lippen missbilligend zusammen. »Maren sorgte sich, wie der Abend weiter verlaufen würde, wenn die Männer noch mehr tranken. Besonders Eike war in einer streitlustigen, destruktiven, ja regelrecht aggressiven Stimmung. Sie sagte uns, dass sie nie mit dem Kind gemeinsam das Haus verlassen durfte, wenn ihr Mann zu Hause war. Es war offenbar genau so, wie Wiebke es die ganze Zeit vermutet hatte: Eike benutzte Ylva als eine Art Pfand, damit Maren parierte und immer wieder zu ihm nach Hause zurückkam. Maren hat sich dann allein durch die Hintertür rausgeschlichen, um Ingmar und Karl um Hilfe zu bitten.«

»Hat sie ihnen das alles so erzählt?«, fragte Fentje.

»Ja, es war an dem Abend wohl so schlimm, dass sie es nicht mehr in ein und demselben Haus mit den beiden Männern ausgehalten hat. Sie wusste sich keinen anderen Rat mehr. Ich glaube, nur deshalb hat sie uns plötzlich alles anvertraut.«

»Was geschah dann?«

»Als wir hörten, was drüben los war, waren wir natürlich entsetzt und sehr besorgt. Das, was wir schon länger vermutet hatten, ist uns da endlich bestätigt worden. Maren weinte aus Angst um ihre Tochter. Da hat Karl zornig auf den Tisch gehauen. Er sagte, er würde jetzt rübergehen und das Kind holen. Maren brauche nicht mehr zu Eike zurückzugehen, erklärte er. Nie mehr. Sie würden schon eine Lösung für sie und Ylva finden. Dann hat er in die Runde geblickt und Henner gefragt, ob er ihn begleitet.«

»Henner Gramberg, Ann-Kathrins Vater? Nicht Ihren Mann Volker, der früher Polizist war, oder seinen eigenen Sohn?«

»Nein. Das hat mich zuerst auch gewundert. Doch Henner war sofort bereit mitzugehen. Es kam mir beinahe so vor, als wäre es eine längst beschlossene Sache zwischen den beiden, die jetzt, an diesem Abend, durchgezogen werden sollte. Für das, was Karl in Wirklichkeit vorhatte, hätte er Volker nicht gebrauchen können.«

»Und dann gingen sie rüber?«

»Genau. Wir anderen saßen am Tisch und warteten auf sie. Es dauerte lange, bestimmt eine halbe Stunde. Maren war außer sich vor Sorge um die Kleine, lauschte immer wieder nach draußen.«

Fentje nickte. Sie wollte Ruth Suhr nicht unterbrechen.

»Als Karl und Henner zurückkamen, trug Karl die kleine Ylva in ihre Bettdecke gewickelt auf dem Arm. Er hat Maren das Mädchen übergeben. Das Kind schlief, Maren schluchzte vor Erleichterung auf. Alle waren schrecklich emotional. Die beiden Männer setzten sich zu uns, schauten uns sehr ernst an. Ich habe sofort gespürt, dass etwas ganz furchtbar schiefgegangen war.«

»Was haben sie gesagt?«

»Karl war derjenige, der irgendwann anfing zu sprechen. Er betonte, sie seien ursprünglich nur rübergegangen, um Ylva in Sicherheit zu bringen, doch die Dinge seien ›aus dem Ruder gelaufen‹. Eike sei sturzbetrunken aus der Küche auf sie zu getorkelt gekommen und habe ihnen gedroht, dass Ylva und Maren etwas Schlimmes passieren würde, wenn Henner und Karl seine Familie nicht in Ruhe ließen und sofort wieder gingen.«

»Wie sind Karl Claussen und Henner Gramberg überhaupt in das Haus hineingekommen?«

»Maren hat ihnen einen Schlüssel gegeben, aber wahrscheinlich war sowieso nicht abgeschlossen gewesen.«

»Und wo war Sascha Janssen?«

Ruth Suhr blickte wieder auf ihre Hände. »Von dem soll zu diesem Zeitpunkt noch nichts zu sehen gewesen sein. Doch dann hörten sie Geräusche von oben. Schwere Schritte. Janssen war anscheinend im Obergeschoss. Vielleicht war er in Ylvas Zimmer? Karl und Henner verließen daraufhin wieder das Haus und gingen in den Geräteschuppen der Claussens. Sie zogen sich Overalls über, die Karl für Malerarbeiten dahatte, und nahmen seine Pistole mit, angeblich nur zur Sicherheit. Als sie mit Marens Schlüssel erneut ins Haus nebenan gingen, fanden sie Eike im Vollrausch quer über dem Küchentisch liegend vor. Er schlief tief und fest.«

Ruth schluckte. »Henner hat ihn mit einer herumliegenden Weinflasche erschlagen – für Ann-Kathrin, wie sie uns nachher sagten. Sie wollten es Sascha Janssen in die Schuhe schieben, der nun ebenfalls sturzbetrunken auf dem Sofa im Wohnzimmer nebenan lag und schnarchte. Sie drückten ihm die Mordwaffe in die Hand, sodass seine Fingerabdrücke darauf waren. Dann rief Henner Sie wohl von Janssens Handy aus an, Frau Jacobsen, und bezichtigte sich in Sascha Janssens Namen als Mörder. Die Tastensperre konnten sie ja ganz leicht mit Janssens Fingerabdruck öffnen. Karl wollte gerade Ylva holen, doch Janssen soll in dem Moment wieder zu sich gekommen und auf Henner losgegangen sein.

Karl sagte nachher, es sei Notwehr gewesen. Er hat ihn von hinten mit der Jalousieschnur erwürgt. Dann versuchten die beiden noch, es so aussehen zu lassen, als hätte Sascha Janssen sich selbst umgebracht. Aus Reue!« Ruth Suhr schüttelte missbilligend den Kopf. »Ich fand zu keinem Zeitpunkt, dass das alles so in Ordnung war, Frau Jacobsen. Gar nicht!«

Aber sie alle hatten dazu geschwiegen. »Wie haben die anderen reagiert? Maren Harms, Wiebke Claussen, Henners Frau und Ihr Mann?«

»Zuerst waren sie natürlich schockiert, genau wie ich. Doch dann schluchzte Maren wieder und dankte Henner und Karl. Sie hätten ihre Tochter und sie gerettet, sagte sie, und wenn es nach ihr ginge, sollte niemand erfahren, was sich da drüben zugetragen hatte. Die anderen, Ingmar, Wiebke und Dorte, stimmten ihr zu. Bei Volker und mir hat es etwas länger gedauert, bis wir uns damit einverstanden erklärten, Stillschweigen zu bewahren. Besonders Volker als ehemaliger Polizist hatte seine Zweifel. Doch was wäre gut daran, wenn Henner und Karl bestraft würden?, dachten wir. Wenn Henner von seiner Frau Dorte getrennt würde? Nach allem, was sie durchgemacht hatten. Und was sollten Ingmar und Wiebke ohne Karl auf dem Hof anfangen? Und das Gerede wäre schrecklich gewesen. Da wäre doch unser ganzes Dorf in Verruf geraten. Und Eike Harms und Sascha Janssen hatten ihre Strafe ja auch verdient!«

»Das war Selbstjustiz«, sagte Fentje, die sich bemühte, ihre Empörung zu verbergen. »So etwas ist niemals in Ordnung.« Frau Suhr und die anderen würden sich vor Gericht wegen Strafvereitelung zu verantworten haben. Sie hatten absichtlich und wissentlich zu verhindern versucht, dass die Täter bestraft wurden.

Ruth Suhr nickte. »Ja, ja. Jetzt ist mir das auch klar. Aber zu dem Zeitpunkt sah alles anders aus. Karl war auch sehr überzeugend. Er ließ uns auf eine Bibel schwören, dass wir uns gegenseitig ein Alibi geben. Für alle Zeit. Dann könne keinem von uns etwas passieren, meinte er.«

Fentje betrachtete sie nachdenklich. »Warum haben Sie Ihre Meinung geändert? Und warum sind Sie verschwunden?«

Ruth Suhr schwieg einen Augenblick. Dann sagte sie: »Mir sind zwei Dinge klar geworden: Erstens, wie sehr mich Volkers Verhalten all die Jahre verletzt hat und immer noch verletzt. Besonders, nachdem ich vor einiger Zeit auf seinem Schiff war und gesehen habe, dass er Damaris die ganze Zeit über weitergesucht hat, dass er immer noch von dieser Frau besessen ist. Und mir hat er nichts davon gesagt.«

»Was ist das andere, was Ihnen klar geworden ist?«, hakte Fentje nach.

Sie wandte den Blick ab. »Karl Claussen hatte im Grunde kein Motiv«, antwortete sie. »Und Wiebke und Ingmar auch nicht. Aber er ließ es vor uns so aussehen, als hätte er gemeinsam mit Henner die Morde aus reiner Menschenliebe verübt. Um Maren und Ylva zu beschützen. Um Henner und Dorte bei Ihrer Rache für Ann-Kathrin zu helfen. Um weiteres Unheil zu verhindern.«

»Und Sie haben angefangen, daran zu zweifeln?«

»Ich habe mich an alte Geschichten erinnert, wissen Sie? Ein Dorf hat viele Geheimnisse. Aber im Grunde ist nichts wirklich geheim, wenn man weiß, wen man fragen und wo man nachschauen muss.«

»Sie und Ihre Geheimnisse! Die Leute in Helenendeich

haben mich bei meinen Nachforschungen ganz schön auflaufen lassen«, stellte Fentje fest. »Sie eingeschlossen.«

»Sie kommen von außen, Frau Jacobsen. Aber ich war immer mittendrin. Ich habe Sascha Janssen in Helenendeich aufwachsen sehen. Ein helles Bürschlein war das, ganz entzückend, nur leider mit den falschen Eltern geschlagen. ›Falsch‹ im Sinne von ›für das Dorf falsch‹. Niemand hat damals so recht verstanden, warum seine Mutter Christine mit einem Baby nach Helenendeich gezogen ist und dort in einer kleinen Dachwohnung zur Untermiete gehaust hat. Sie hätte es woanders bestimmt schöner haben können, denn in unserem Dorf wollte niemand etwas mit ihr zu tun haben.«

Ruth blickte einen Moment versonnen vor sich hin. »Ich habe es lange Zeit nicht verstanden. Dachte, sie mag dieses Dorf wohl einfach, auch wenn das Dorf sie nicht mag. Im Nachhinein weiß ich, dass sie einen guten Grund dafür hatte zu bleiben. Sie wollte Karl Claussen quälen und ihn ständig mit seinem Sohn konfrontieren. Er hat Sascha niemals offiziell anerkannt, doch ich weiß, dass er seiner Mutter regelmäßig Geld zugesteckt hat, dafür, dass sie seine Vaterschaft verschweigt.«

»Woher wissen Sie das?« Dann hätte Karl Claussen ja den eigenen Sohn … Fentje wollte den Gedanken nicht zu Ende denken.

»Ach, unter anderem von Frau Schrader. Die hat ihre Ohren ja überall. Der entgeht so schnell nichts.«

»Christine Janssen hätte Karl Claussen doch auf regelmäßige Alimente verklagen können.«

»Vielleicht hatte sie Angst vor ihm. Oder sie hoffte, er würde sich irgendwann freiwillig zu ihr und Sascha bekennen. Ich weiß es nicht. Karls Frau war schon immer kränklich. Als Sascha siebzehn war, ist sie gestorben. Doch Karl hat danach natürlich auch nicht Christine geheiratet. Sie hat es irgendwann aufgegeben und ist mit einem anderen Mann nach Gran Canaria gezogen.«

»Warum hätte Karl dann im Nachhinein Sascha noch umbringen wollen sollen? Seinen eigenen Sohn!«

Ruth zuckte mit den Schultern. »Seine Vaterschaft hätte jederzeit mittels eines DNA-Tests nachgewiesen werden können. Sascha war dem jungen Karl übrigens wie aus dem Gesicht geschnitten. Ich habe vor einiger Zeit ein paar alte Fotos von ihm gesehen. Dazu kam, dass es dem Claussen Hof wirtschaftlich schon lange nicht mehr so gut geht, wie es aussieht. Ingmar hat anscheinend nicht Karls Talent fürs Wirtschaften; er kommt mehr nach seiner Mutter. Und die Anforderungen an einen landwirtschaftlichen Betrieb haben sich bestimmt auch geändert. Sascha Janssen hätte jederzeit sein Erbteil von Karl einfordern können. Ich glaube, das war Karls größte Angst. Das hätte den Hof wahrscheinlich ruiniert. Sascha war eine ständige Bedrohung für ihn.«

»Warum hat Janssen es nicht getan? Der Erbteil stand ihm doch zu«, fragte Fentje. »Soweit ich gehört habe, wusste er seit einiger Zeit, wer sein Vater ist.«

Ruth Suhr wiegte den Kopf. »Vielleicht wollte er Karl beweisen, dass er es auch ohne die Hilfe seines Vaters schafft, ganz im Gegensatz zu seinem Halbbruder, und seinen Erbteil erst nach dem Tod des Vaters einfordern? Vielleicht machte es Sascha auch Spaß, sein protziges Auto auf Eikes Grundstück und damit direkt vor Karls Nase zu parken und dabei zu wissen, dass der Anblick, die implizierte Drohung, seinen Vater gelinde gesagt irritieren würde.«

Fentje dachte über diese neue Theorie nach.

»Ich glaube, dass Sascha Janssen Eike Harms für seine Rache an dem Dorf benutzt hat, das ihn als Heranwachsenden so zurückgewiesen hat. Dorte hat mir mal erzählt, dass er Ann-Kathrin damals mit Eike bekannt gemacht hat, wohl wissend, was für ein schwieriger, gewaltbereiter Mann Eike war. Und er hat Eike gemeinsam mit einem anderen Angestellten ein Alibi für den Abend gegeben, an dem Ann-Kathrin starb. Das weiß ich von Volker.«

»Und über den Anblick des Spielplatzes soll er sich immer amüsiert haben«, ergänzte Fentje nachdenklich. Das hatte Niklas von Janssens Witwe Julie erfahren. »Er wusste wohl, dass Eike dort Damaris' Leiche vergraben hat, kurz bevor einige Spielgeräte aufgebaut wurden.«

»Eike Harms und Sascha Janssen waren beide auf ihre eigene Weise verdorben. Glauben Sie mir, Frau Jacobsen, ihr Tod ist kein Verlust für die Menschheit«, stellte Ruth Suhr selbstgerecht fest.

»Trotzdem ist Selbstjustiz keine Option!«

Ruth Suhr verzog abschätzig das Gesicht. »Ich glaube nicht, dass es dabei die Falschen getroffen hat.«

»Das können Sie doch gar nicht beurteilen.« Es fiel Fentje immer schwerer, die Frau in ihrer Küche zu ertragen. Denn gleichgültig, wie viele Argumente Ruth Suhr gegen Eike Harms und Sascha Janssen ins Feld führte: Karl Claussen und Henner Gramberg hatten ihrer Ansicht nach vorsätzlichen Mord begangen und ihre Familie und Freunde gezwungen, für sie zu schweigen und zu lügen. Was diese dann auch bereitwillig getan hatten …

»Etwas möchte ich noch verstehen«, sagte Fentje. »Wieso sind Sie in Panik geraten, als Sie in Niebüll waren? Und weshalb haben Sie Frau Schrader ausgerechnet von einem Kiosk aus angerufen?«

»Das mit dem Telefon ist einfach. Ich hatte mein Handy ausgestellt, als ich weggefahren bin, damit mich niemand erreichen kann. Aber es hat sich trotzdem entladen, und ich hatte mein Ladekabel vergessen. Frau Schraders Nummer kenne ich zum Glück auswendig. Also bin ich zu dem Kiosk gegangen und habe sie von dort aus angerufen, weil ich dringend mit jemandem sprechen musste. Ich hatte ein schlechtes

Gewissen und wollte nicht bis an mein Ende mit diesen Schuldgefühlen weiterleben.«

Sie hob die Schultern und ließ sie wieder sinken. »Ich hätte zur Polizei gehen sollen, das weiß ich jetzt. Stattdessen habe ich gestern Abend auch noch Karl angerufen. Ich Idiotin! Ich wollte ihm ins Gewissen reden, sich zu stellen. Henner und er sollten meinetwegen auf Notwehr plädieren ... Damit wir anderen nicht länger lügen müssen. Ich habe Karl sogar erzählt, wo ich bin, weil er so einsichtig klang und sagte, dass er in Ruhe mit mir über alles reden wollte. Er tat so reumütig. Doch zwei Stunden später tauchte dieser Mann dann mit seinem Sohn Ingmar im Hotel auf!«

Die ganze Angelegenheit hätte noch weitaus schlimmer ausgehen können, dachte Fentje. Sie erhob sich und deutete mit dem Kopf zur Tür. »Es ist besser, wenn Sie jetzt gehen, Frau Suhr.«

40. Kapitel

»Was machst du da?«

Maren wandte sich ruckartig um. Dorte stand in der Tür zu Ann-Kathrins altem Zimmer. »Ich packe meine Sachen. Mein Chef ist bereit, mich frühzeitig aus meinem Vertrag zu entlassen«, antwortete sie. »Ich werde nach Flensburg gehen. Ich habe in einer Physiotherapiepraxis dort einen neuen Job in Aussicht.«

»Und wo willst du wohnen?«

»Ich komme erst mal in der WG einer Freundin unter.«

»Mit dem Kind? In einer *WG*?«, stieß Dorte ungehalten hervor. »Was gefällt dir bei uns nicht?«

»Ich möchte neu anfangen«, antwortete Maren schlicht. Dass sie wegmusste aus Helenendeich, von Henner und Dorte, von Wiebke und Ingmar, von den Erinnerungen an Eike und den schrecklichen Abend bei den Claussens, das sagte sie nicht. Doch ihre Gedanken und Gefühle mussten ihr wohl ins Gesicht geschrieben stehen.

Dorte erwiderte: »Das kommt nicht infrage! Du stehst nach alldem noch unter Schock. Wir kümmern uns um dich. In Flensburg bist du ganz allein mit Ylva!«

»Ich komme schon klar. Es tut mir leid. Aber es muss einfach sein. Ich werde gehen.«

Dorte blickte sie kalt an. »Das tust du uns an, nach allem, was wir für dich getan haben?«

»Was ihr für *mich* getan habt?« Maren warf eilig weitere Kleidungsstücke in die offene Reisetasche. »Der Gedanke daran, was *ihr* getan habt, verursacht mir Albträume. Ich habe das *so* nicht gewollt!«

Dorte trat näher zu ihr. Sie roch den Pfefferminztee in ihrem Atem. »Henner und Karl hatten keine Wahl!«

Maren schluckte. Sie hatte viel über das, was geschehen war, nachgedacht. »Hattet ihr das eigentlich geplant? Du und Henner und Karl … und die anderen?«

Dorte schnaubte. »Wir konnten doch gar nicht wissen, dass du an dem Abend zu Wiebke und Ingmar rüberkommen würdest. In Angst und Sorge um dein Kind …«

Maren ging an ihr vorbei ins Bad. Ihre Schulter streifte die der älteren Frau. »Trotzdem. Es war eine willkommene Gelegenheit für euch, oder? Im Nachhinein kam es mir so vor, als hätten Karl und Henner förmlich darauf gewartet …«

»Wir wollten dir nur helfen«, sagte Dorte schneidend. Sie war Maren hinterhergelaufen und versperrte ihr nun den Rückweg in Ann-Kathrins Zimmer. »Es war gut gemeint. Eike hätte dich und vielleicht sogar Ylva früher oder später umgebracht. So wie unsere Tochter! Und wie Damaris. Weißt du das nicht, du dummes Ding? Mein Henner und Karl kommen deinetwegen in Untersuchungshaft! Und vielleicht erwartet uns andere auch noch eine Strafe. Und das alles nur euretwegen!«

»›Dummes Ding‹? Und ›nur unseretwegen‹?« Maren schnappte nach Luft. »So redest du nicht mit mir«, rief sie aufgebracht. »Lass mich durch, Dorte. Eigentlich wollte ich erst heute Abend fahren, aber wie es aussieht, sind Ylva und ich hier ohnehin nicht mehr erwünscht!« Sie kämpfte trotz ihrer Wut mit den Tränen.

»Du solltest Ylva besser hierlassen. Du bist nicht in der Lage, für deine Tochter zu sorgen.«

Maren starrte Dorte entsetzt und fassungslos zugleich an. »So denkst du also von mir! Das ganze freundliche Getue war nur gespielt!« Weil du mein Kind willst? Für deines, das du verloren hast? Doch das sprach Maren nicht laut aus. Was sollte es auch bringen?

Dorte machte eine wegwerfende Handbewegung. »Werde endlich erwachsen, Maren. Alle hier denken so!«

Wie war sie aus dem Haus gekommen? Maren stand mit Ylva an der einen Hand, Taschen und Tüten in der anderen, am Straßenrand. Dorte hatte ihr einen blauen Müllsack mit Bettdecke und Kissen hinterhergeworfen, der die Treppe heruntergerollt und an der Pforte zum Liegen gekommen war. Die Haustür der Grambergs fiel lautstark ins Schloss.

Die Deichstraße war still. Da näherte sich von rechts ein Auto. Trotzig starrte Maren dem Fahrer entgegen. Sie musste einen seltsamen Anblick bieten, so beladen und derangiert, wie sie hier stand. Doch was auf Eiderstedt geredet wurde, war ihr ab sofort sowieso egal.

Jeanette Faro, eine der anderen Mütter, hielt direkt neben ihr. Das Seitenfenster fuhr geräuschlos herunter. »Hallo, Maren, was ist denn los?«

»Ich bin gerade bei Dorte und Henner ausgezogen«, sagte sie. »Mein Entschluss wurde nicht so gut aufgenommen.«

Jeanette riss die Augen auf. »Gab es Ärger? Kann ich dir irgendwie helfen?«

»Du?«, hätte Maren beinahe ausgerufen. Dabei war Jeanette noch die weitaus Netteste aus der Müttergruppe. »Ich fahre gleich nach Flensburg und muss nur die Sachen zu meinem Auto schaffen. Es steht da drüben auf der anderen Straßenseite.«

Jeanette schaltete den Motor aus. »Warte, ich helfe dir. Du hast ja das Kind an der Hand … Hallo, Ylva!« Schnell war sie ausgestiegen, sammelte die Tüte mit dem Bettzeug ein und nahm Maren eine Tasche ab. »Hast du deinen Wagenschlüssel?«

Maren öffnete ihr Auto, und Jeanette war ihr behilflich, alles zu verstauen. Als sie fertig waren und Ylva in ihrem Kindersitz festgeschnallt war, zögerte Jeanette. Sie blickte zu

Boden, dann schaute sie wieder auf und Maren geradewegs in die Augen. »Ich muss dir noch etwas sagen.«

»Was denn?«

»Dass es mir leidtut. Ich glaube, wir haben uns manchmal ziemlich blöd dir gegenüber verhalten.«

»Manchmal?«, hätte Maren am liebsten ausgerufen. »Ich war wohl auch schwierig«, räumte sie stattdessen ein. »Es war eine schwere Zeit für mich. Aber du warst doch noch ganz nett zu mir.«

Jeanette starrte an ihr vorbei in Richtung Spielplatz. »Warum hast du nie etwas gesagt?«

»Was sollte ich denn sagen?«, protestierte Maren. »Euer Leben ist so perfekt. Tausend Kilometer von meiner Realität entfernt.«

»Das stimmt doch gar nicht«, wandte Jeanette unentschlossen ein.

»Wenn es nicht so ist, dann habt ihr das aber sehr gut vor mir verborgen.«

Jeanette seufzte. »Vielleicht hast du ein bisschen recht. Mich nervt das Getue der anderen ja auch manchmal. Aber …« Sie blickte sich um und zuckte mit den Schultern.

»Paula und Ina machen sich über nichts Schlimmeres Sorgen als die Entscheidung, wo sie ihren nächsten Skiurlaub verbringen wollen, und ich soll zugeben, dass mein Ehemann mich unter Druck setzt und tyrannisiert? Dass ich inzwischen Angst vor ihm habe und nur hoffe, dass das irgendwie vorbeigeht.«

»Es tut mir wirklich leid, Maren. Mehr kann ich dazu nicht sagen.«

Maren nickte. »Ich kann zumindest von mir behaupten, dass ich viel dazugelernt habe.«

»Ich wünsche dir, dass alles gut wird.«

»Danke, Jeanette. Wenn Molly mal Sehnsucht nach Ylva hat, komm gern mit ihr in Flensburg vorbei, ja?«

»Ich glaube, unser Fall ist gelöst«, sagte Fentje, nachdem sie Niklas von Ruths Geständnis und deren Aussage bei der Polizei erzählt hatte. Ihre Augen funkelten. Sie wirkte energiegeladen und roch nach frischem Heu und salziger Meeresluft. Wälzte sie sich morgens auf dem Heuboden, oder gab es ein Parfüm der Note »Nordfriesische Heuernte«?

»Im Grunde waren es zwei Fälle. Oder sogar drei.«

»Ist denn schon sicher, dass die Leiche auf dem Spielplatz die von Damaris Ehmke ist?«, fragte Fentje.

»Ein DNA-Abgleich steht noch aus. Aber die Staatsanwaltschaft geht wohl fest davon aus. Und offenbar auch von Eike Harms' Täterschaft. Das Spurenmaterial an der Leiche deutet zumindest schon mal darauf hin. Und Damaris' Kollege in der Pension, der damals der Polizei gegenüber behauptet hat, dass sie freiwillig gegangen ist, ist vermutlich von Harms bestochen worden. Dafür spricht, dass er sich bald nach seiner Aussage ein neues Auto gekauft hat. Aber da dieser Rudi inzwischen auch tot ist, bleibt eine gewisse Unsicherheit.«

Fentje ließ die Informationen einen Moment auf sich wirken. »Und gibt es neue Hinweise darauf, dass Eike Harms seine Frau Ann-Kathrin tatsächlich umgebracht hat?«, fragte sie dann.

»Das wird nach der langen Zeit schwierig zu beweisen sein. Ihre Eltern wollten ein Urnenbegräbnis. Es wird also keine Exhumierung geben. Und die zwei Männer, die mehr wissen könnten, sind beide tot. In den Aufzeichnungen der Therapeutin, bei der Ann-Kathrin Harms in Behandlung war, steht angeblich, dass Eike Harms seiner Frau Gewalt angedroht hat, sollte sie ihn verlassen. Als die Therapeutin Frau Harms drängte, etwas dagegen zu unternehmen, hat diese die Therapie abgebrochen.«

»Wie schrecklich! Das, was da passiert ist, wird die Menschen in Helenendeich noch lange beschäftigen«, vermutete

Fentje mit düsterem Blick. »Das halbe Dorf ist mitschuldig …«

»Diejenigen, die an der Feier teilgenommen und die Täter gedeckt haben, auf jeden Fall. Sie haben einfach geschwiegen und sich so gegenseitig ein Alibi gegeben. Die Polizei konnte nichts machen.« Niklas schüttelte den Kopf, eine Bewegung, die keine gute Idee war. Obwohl er keine gravierenden Verletzungen erlitten hatte, schmerzte nach dem Unfall beinahe jeder Muskel in seinem Körper. Er würde es die nächsten Tage definitiv etwas ruhiger angehen lassen müssen. Wider besseres Wissen fühlte er sich spontan besser, seit er Fentje die Tür geöffnet hatte.

»Das waren zwei beinahe perfekte Morde.« Fentje kraulte Blofeld, die ihr Köpfchen immer wieder auffordernd in ihre Hand drückte. Die Katze war auf Fentjes Schoß gesprungen, kaum dass sie sich auf Niklas' Sofa gesetzt hatte. Ein bisschen eifersüchtig war er schon, das musste er zugeben.

»Und doch sind sie nicht damit durchgekommen«, antwortete er. »Bei Janssen war die Todesursache Erdrosseln, nicht Erhängen. Die Strangfurche an seinem Hals verlief horizontal. Bei Erhängen verläuft sie zum Knoten hin aufsteigend, und die Haut darunter zeigt vitale Reaktionen. Sind die nicht vorhanden, wurde das Opfer erst nach seinem Tod aufgehängt.«

»Doch diese Erkenntnisse allein haben die Polizei ja noch nicht zu den Tätern geführt.«

»Nein. Letztlich ist ihr Plan an Ruths Enttäuschung über das Verhalten ihres Mannes gescheitert. Hat sie dir gesagt, warum sie sich überhaupt in Niebüll versteckt hat?«, erkundigte sich Niklas.

»Ihr Mann sollte sich Sorgen um sie machen, glaube ich«, antwortete Fentje. »Nachdem sie auf dem Schiff gesehen hat, was wir gesehen haben – die Beweise für seine akribische, kontinuierliche Suche nach Damaris Ehmke –, muss ihr klar geworden sein, dass sie die letzten Jahre nur noch nebeneinanderher gelebt haben. Vielleicht hat sie gehofft, dass er nun ausnahmsweise einmal sie sucht.«

»Und warum ist sie später in Panik geraten und hat Frau Schrader angerufen?«, wollte Niklas noch wissen.

»Angeblich hat ihr Gewissen sie geplagt. Sie hat mir erzählt, dass sie auch Karl Claussen angerufen hat. Sie wollte ihn überreden, sich zu stellen. So wusste er dann, wo sie war.«

»Stell dir mal vor, du wärst nicht in der Nähe gewesen und hättest so schnell reagiert.«

»Dann hätte die Sache schlecht für Ruth Suhr ausgehen können.«

Niklas schaute zum Fenster hinaus. »Ich dachte eine ganze Weile, die Erpressungen wären das Mordmotiv gewesen.«

»Hat sich in der Beziehung noch etwas ergeben?«, fragte Fentje.

»Die Polizei hat das Ehepaar aufgespürt, das ich an Janssens Grab fotografiert habe. Sie waren mal Stammgäste in einem der *Gamberetto*-Restaurants. Die beiden haben wohl eine Aussage bezüglich einer Erpressung gemacht. Wie auch mein Kontakt hatten sie Janssen dabei in Verdacht. Doch die Polizei glaubt inzwischen, dass es einer seiner Angestellten war. Möglicherweise hat derjenige auch mit Janssen gemeinsame Sache gemacht.«

»Wie hast du von alldem erfahren?«

»Borgholz hat mich darüber informiert, als ich noch in der Klinik war.«

Fentje sah Niklas mitfühlend an. »Das mit deinem Unfall tut mir so leid. Wenn ich dich nicht angerufen hätte …«

»Hör auf, Fentje. Wir haben diese Aktion zusammen angefangen und letztlich auch zusammen durchgezogen.«

»Du bist nicht sauer auf mich?«

»Nein, überhaupt nicht.« Er nahm all seinen Mut zusammen, räusperte sich. »Wann heiratest du eigentlich? Nur, damit ich mir ein passendes Geschenk überlegen kann.«

»Wie bitte? Wer sagt denn, dass ich vorhabe zu heiraten?«

»Deine Großmutter.«

Fentje lachte ein wenig unglücklich auf. »Ach ja?«

»Sie meinte, du hättest sogar schon ein Hochzeitskleid.«

»Was? Oje. Greetje hat sich wahnsinnig Hoffnung darauf gemacht, dass ich Onno heirate.«

Schon bei dem Klang dieses Namens verspannten sich Niklas' Schultern, und er spürte einen stechenden Schmerz in der Brust. »Er scheint ein guter Mann zu sein. Passend …«

»Überhaupt nicht. Er ist viel zu gut für mich!«, widersprach Fentje aufgebracht. »Wir werden nicht heiraten, auch wenn alle Welt – du anscheinend eingeschlossen – zu denken scheint, Onno wäre eine super Partie für mich.«

»So meinte ich das nicht. Ich dachte nur, falls du ihn liebst, will ich nichts Falsches sagen«, schloss er ungeschickt.

»Ich würde über Julie Janssen ohne Bedenken alles mögliche Falsche und Richtige sagen, falls du planst, ernsthaft etwas mit ihr anzufangen.«

Bei den heftigen Worten nah an ihrem Ohr erhob sich Blofeld und sprang beleidigt zu Boden.

»Was? Julie? Wie kommst du jetzt darauf?«

Fentje sah ihn nur mit schmalen Augen an.

»Du meinst das im Hotel? Der eine Kuss? Das war ein Fehler. Es hatte nichts zu bedeuten.«

»Komm, Niklas. So, wie du es formulierst, ist es ein blödes Klischee.« Fentje erhob sich. »Und du warst ja auch über Nacht bei ihr. Sag nicht, das war nur aus Recherchegründen.«

Er stand ebenfalls auf, zuckte zusammen und verzog schmerzhaft das Gesicht.

»Mach mir jetzt kein schlechtes Gewissen, weil dir alles wehtut nach deinem Unfall. Das zieht bei mir nicht!« Sie starrte ihn an, erst empört, dann nachdenklich. Schließlich musste sie über ihre eigenen Worte schmunzeln.

»Mir tut wirklich alles weh.« Er unterdrückte den Impuls, ebenfalls zu lächeln.

Sie trat näher. »Wenn ich dich jetzt in den Arm nehme und fest an mich drücke, wird es dann besser oder schlechter?«

»Viel besser.«

»Ich glaube dir nicht, Niklas John.«

Dank

Wieder einmal möchte ich mich bei ganz vielen lieben Menschen bedanken, die mir bei diesem Roman geholfen haben. Den Ort »Helenendeich« und seine speziellen Bewohner gibt es meines Wissens nicht. Ein Problem beim Krimischreiben ist, dass ich unsympathische Charaktere erfinden muss, während ich bei meinen Recherchen auf so viele hilfsbereite und unglaublich nette Leute treffe!

Monika und Willi Unger haben mit ihren Übersetzungen dazu beigetragen, dass Gretje und Hinrich Jacobsen sich auch mal ganz charmant auf Eiderstedter Platt äußern können.

Steffi und Heike haben das Golfspiel von Niklas und dem Staatsanwalt unter die Lupe genommen. Ohne ihre Tipps hätten die beiden wahrscheinlich eher rückwärts gespielt.

Frank hat mir bei meinen Fragen zur Heuernte weitergeholfen. Diese Szene hätte ich ansonsten beinahe streichen müssen, was Niklas wiederum um die leckeren Pfannkuchen gebracht hätte … Vielen Dank auch Heimke für ihre Vermittlung.

Hans-Christian danke ich ebenfalls für die Szene mit den Pfannkuchen, die in seinem Fall Bratkartoffeln gewesen sind, und für seinen Blick auf Volker Suhrs Segelboot. Matthias danke ich für seine Begleitung zur Recherche auf den Ball und nach Nordfriesland, wo wir unter anderem die Bar, verschiedene Orte und die leckere Buchweizentorte getestet haben. Luisa und Linus haben mir bei Computerproblemen, meiner Website, Social Media, Fotos und beim Testlesen enorm geholfen. Das wunderbare Team des Bastei Lübbe Verlags, meine Lektorinnen Karin Schmidt und Dorothee

Cabras, und meine Agentin Franka Zastrow haben sich wieder einmal großartig für mich und meinen neuen Roman eingesetzt! Ohne sie alle gäbe es diese Krimireihe nicht.

Alle Fehler, die mir beim Schreiben möglicherweise trotzdem unterlaufen sind, gehen allein auf mich. Sämtliche Personen, die im Roman vorkommen, sind nur Produkte meiner Fantasie. Ähnlichkeiten mit lebenden oder verstorbenen Personen sind rein zufällig und nicht von mir beabsichtigt.